HEYNE BÜCHER

Das Buch

Graf Cecil Richards ist nicht gerade ein Vater wie aus dem Bilderbuch. Deshalb freut sich seine einundzwanzigjährige Tochter Kimberly besonders, als sie erfährt, daß sie endlich das elterliche Schloß verlassen darf: Die Schönheit mit den grünen Augen soll in die feine Gesellschaft eingeführt werden.

Bestens geeignet für diese Aufgabe sind der Herzog von Wrothston und seine Frau Megan, die auf dem Herrensitz Sherring Cross ein glanzvolles Leben führen. Dort lernt Kimberly den aus guter Familie stammenden, aber verarmten Schotten Lachlan MacGregor kennen. Vom ersten Augenblick an verabscheuen sich die beiden – er hält sie für ein eingebildetes, verzogenes Kind, sie findet ihn langweilig. Im Laufe der Zeit fühlt sich das ungleiche Paar aber immer mehr zueinander hingezogen – doch ihrer Beziehung steht einiges im Weg: Kimberlys Vater, der einen Schotten nicht als Schwiegersohn akzeptieren will, und die nie ganz erloschenen Gefühle Lachlans für die schöne Megan ...

Die Autorin

Johanna Lindsey, die ungekrönte Bestsellerkönigin ihres Genres, veröffentlichte bereits 1976 ihren ersten Roman. Seitdem wurden mehr als 46 Millionen Exemplare ihrer Werke in der ganzen Welt verkauft.

Weitere Romane von Johanna Lindsey im Wilhelm Heyne Verlag:
Die Rache der Liebe (01/10317), *Die Sprache des Herzens* (01/10114), *Wer die Sehnsucht nicht kennt* (01/10019), *Wogen der Leidenschaft* (01/9862), *Halte mein Herz* (01/9737), *Rebellion des Herzens* (01/9589), *Ungestüm des Herzens* (01/9452), *Lodernde Träume* (01/9145).

JOHANNA LINDSEY

JUWELEN DER LIEBE

Roman

Aus dem Amerikanischen
von Elisabeth Schulte-Randt

WILHELM HEYNE VERLAG
MÜNCHEN

HEYNE ALLGEMEINE REIHE
NR. 01/10521

Titel der Originalausgabe
LOVE ME FOREVER

Umwelthinweis:
Das Buch wurde auf
chlor- und säurefreiem Papier gedruckt.

Redaktion: Redaktionsbüro Dr. Andreas Gößling

Printed in Danmark 1998
Umschlagillustration: Jean Monti/Agentur Schlück
Umschlaggestaltung: Atelier Ingrid Schütz, München
Satz: Alinea GmbH, München
Druck und Bindung: Nørhaven, Viborg

ISBN 3-453-13105-3

Für Aaron, in Liebe
und Anerkennung

1

»Lachlan, lebst du noch, Mann?«
Es war zweifelhaft. Und nicht einmal wünschenswert in diesem Augenblick. Obwohl Lachlan MacGregor im Gras lag und das Lebensblut aus seinem Körper rann, war seine schmerzende Wunde mehr störend als quälend. Er erkannte, daß er den tödlichen Stoß allein seinem Stolz verdankte. Schlimm genug, daß er als Laird des MacGregor-Clans auf den Rang eines gewöhnlichen Räubers herabgesunken war. Nun war er dabei auch noch verwundet worden ...
»Lachlan?« Die drängende Nachfrage in deutlich gefärbtem Schottisch kam erneut von seinem Clan-Gefährten.
»Verdammt, auch wenn ich noch nicht tot bin, so wäre es doch das beste. Zerbrich dir also gar nicht erst den Kopf, wie ihr meinen Leichnam zum Begräbnis nach Hause karren könnt, Ranald. Ihr werdet ihn hierlassen, damit er verfaulen kann, wie er es verdient hat«, entgegnete Lachlan in der gleichen Mundart.
Von der anderen Seite hörte er ein Kichern. »Habe ich dir nicht gesagt, daß du dir keine Sorgen machen mußt, Ranald?« fragte Gilleonan MacGregor. »Es braucht mehr als eine verirrte Bleikugel aus einer englischen Pistole, um diesen ungeschlachten Riesen zu vernichten.«
Lachlan antwortete mit verächtlichem Schnauben. Ranald, der ihn absichtlich herausgefordert hatte, um ein Lebenszeichen zu erhalten, seufzte. »Ja, und ich wußte es«, sagte er in einer seltsamen Mischung aus Prahlerei und Erleichterung. »Ich habe mir eher Sorgen gemacht, wie wir ihn auf sein Pferd zurückbekommen. Wenn er es nicht selbst schafft, wird er hier tatsächlich verfaulen,

denn wir können ihn ganz sicher nicht hochheben, auch nicht wir beide zusammen.«
»Also wirklich, wo liegt das Problem? Ich weiß noch, wie ich einmal Feuer neben seinen Riesenfüßen gemacht habe, als er noch jünger war. Schon erstaunlich, wie schnell dieser MacGregor in Bewegung kam ...«
Lachlan stöhnte laut auf. Er erinnerte sich noch gut daran. Gilleonan kicherte wieder, und Ranald schnalzte mit der Zunge, bevor er ernst weitersprach. »Das würde ich nicht versuchen, Cousin. Ein Feuer verrät diesen Engländern nur, wo wir sind, falls sie dumm genug sein sollten, noch immer nach uns zu suchen.«
»Richtig, und ein Feuer wäre auch nicht nötig, wenn unser Clan-Hauptmann mit seinem Sturz von diesem verdammten Pferd gewartet hätte, bis wir wieder zu Hause sind. Aber da er nun einmal hier liegt, mußt du dir etwas anderes einfallen lassen.«
»Ich hätte eine Idee«, sagte Lachlan gereizt. »Wie wäre es, wenn ich euch beiden das Genick bräche, damit wir alle drei gemeinsam hier verfaulen?«
Die zwei Schotten wußten, wie empfindlich Lachlan hinsichtlich seiner Körpergröße war, die immerhin fast zwei Meter betrug. Mit ihrem gezielten Spott versuchten sie ihn so wütend zu machen, daß er von allein wieder aufstand – doch hoffentlich nicht so wütend, daß er ihnen an den Kragen ging.
Angesichts der ungünstigen Situation war sein Ärger im Augenblick kaum abzuschätzen, so daß Ranald vorsichtig blieb. »Wenn es dir egal ist, Lachlan, dann will ich wenigstens nicht so nahe an der englischen Grenze verfaulen. Oben in den Highlands würde es mir nicht so viel ausmachen, aber hier unten in den Lowlands ... nein, dieser Gedanke gefällt mir überhaupt nicht.«
»Dann haltet jetzt beide den Mund und laßt mich ein paar Momente ausruhen. Dann tue ich euch vielleicht den Gefallen und schaffe es allein, mich auf mein Pferd zurückzuhieven. Oder auf das, was davon übrig ist.«

Nach diesem Vorschlag schwiegen die Cousins. Sie gewährten ihm anscheinend die Ruhe, die er verlangte. Nur zu dumm, daß er selbst nicht daran glaubte, wieder auf die Beine zu kommen. Er wurde von einem Augenblick zum anderen schwächer und spürte förmlich, wie ihn seine Kräfte mit dem aus der Wunde rinnenden Blut immer mehr verließen. Verdammter Schuß. Wenn er nicht gespürt hätte, wie die Kugel im Brustbereich eindrang, könnte er nicht einmal mit Sicherheit sagen, ob er getroffen worden war. Sein Oberkörper war taub geworden, lange bevor er vom Pferd gekippt war, und die harte Landung hatte ihm weitere Verletzungen zugefügt. Das Problem war seine Größe. Wenn er fiel, dann landete er hart.

»Ich wette, er war in Gedanken wieder woanders, und deshalb hat er sich anschießen lassen«, begann Gilleonan, als Lachlan sich nach mehreren Minuten immer noch nicht rührte. »Seit einem Jahr tut er nun nichts anderes, als diesem rothaarigen Mädchen nachzutrauern, das der Engländer ihm gestohlen hat.«

Lachlan wußte sehr gut, daß sein Verwandter seinen Zorn wecken wollte, damit er endlich sein Hinterteil hochbekam und ihnen keine Sorgen mehr machte. Und er wollte verdammt sein, wenn es nicht wirkte, denn Gilleonans Bemerkung traf ins Schwarze.

Als er angeschossen wurde, war er in Gedanken bei der hübschen Megan mit ihrem flammendroten Haar und den großen mitternachtsblauen Augen. Sie war das schönste Mädchen, dem er jemals begegnet war. Er dachte jedesmal an sie, wenn sie nahe der englischen Grenze auf Raubzug gingen, denn dort war er ihr begegnet ... und hatte sie wieder verloren. Natürlich kam sie ihm auch zu anderen Zeiten viel zu häufig in den Sinn, doch das war sein Problem und blieb es auch besser. Darüber ließ er nicht mit sich reden, ganz gleich, zu welchem Zweck.

»Ich war derjenige, der sie dem Engländer gestohlen hat«, murmelte Lachlan. »Er hat sie sich nur zurückgeholt. Das ist ein Unterschied.«

»Ja, zurückgeholt und dir das Fell versohlt ...«
Diese Erinnerung verdiente einen guten Gegenhieb, und trotz Lachlans Schwäche brachte der Schlag Gilleonan zu Fall. Gilleonan grunzte verblüfft, als er auf dem Rücken landete, obwohl er gerade diese Reaktion von seinem Laird erhofft und erwartet hatte.
Ranald lachte. »Sehr gut, Lachlan. Wenn du nun die gleiche Energie aufbringst, um deinen Riesenkörper auf dein winziges Pferd zu hieven, schaffen wir es bis nach Hause, und Nessa kann deine Wunde versorgen.«
Lachlan stöhnte. Gilleonan, der den gleichen Gedanken hatte, fuhr Ranald an. »Bist du blöd, Mann? Ich würde in die entgegengesetzte Richtung rennen, wenn ich wüßte, daß ich in Nessas zärtliche Hände fallen sollte. Sie prügelt dich gesund, nachdem sie dich erst einmal ordentlich angebrüllt hat. Ihre Methoden sind wirklich übel, da kannst du sicher sein.«
Ranald hob eine Braue. »Glaubst du, sie wird den Laird schlagen?«
»Ich weiß es«, murmelte Lachlan. Und die Strafe war gerecht, fügte er insgeheim hinzu. Seine Dummheit verdiente nichts anderes.
Mit diesem Gedanken rollte er sich zur Seite, stützte sich mit den Händen ab und kam auf die Knie. Ihm wurde schwarz vor Augen, was nicht bedeutete, daß er vorher viel hatte sehen können, so dunkel wie es war. Eine gute Zeit für Raubzüge, diese mondlose Nacht. Doch rauben und träumen paßte weniger gut zusammen, und er würde etwas unternehmen müssen, um beides auseinanderzuhalten ... falls er dieses Fiasko überlebte.
»Zeig mir den Weg zu dem Tierchen«, befahl er seinen Cousins und Spießgesellen.
Sie taten noch mehr und versuchten ihm hochzuhelfen. Wobei sie sich allerdings als eher hinderlich erwiesen, so daß er sie mit einem Murren abschüttelte. Irgendwie schaffte er es dann, in den Sattel zurückzukommen. Seine beiden Stammesbrüder brachten ihn nach Hause. Später

konnte er sich nicht mehr an Einzelheiten des langen, zermürbenden Rittes und an die Rastpausen erinnern, in denen seine Wunden versorgt wurden, bevor er Nessa in die Hände fiel.

Und sie bekam ihn unter ihre Finger, und zwar gründlich. Es dauerte drei quälend lange Wochen, bis er ihr endlich mit dem nötigen Nachdruck befehlen konnte, ihn in Ruhe zu lassen. Das Problem mit Nessa war, daß sie es sich in den Kopf gesetzt hatte, ihn eines Tages zu heiraten, obwohl er ihr nie Anlaß zu der geringsten Hoffnung gegeben hatte. Die Tatsache, daß er auch sonst keinem anderen Mädchen den Hof machte, schien ihr als Ermutigung auszureichen. Doch wann hätte er schon jemals die Zeit gehabt, auf Brautschau zu gehen? Schon in jungen Jahren war ihm die Verantwortung für den gesamten Clan aufgebürdet worden.

Nessa lebte in seinem Haushalt, so wie viele weitere MacGregors. Das Mädchen war bei ihm gewesen, seit er denken konnte. Zuerst als jüngere Spielkameradin, als sie noch kleiner waren, und dann als Störenfried, nachdem er sich für das weibliche Geschlecht zu interessieren begann. In seinen Augen zählte sie nämlich nicht dazu, weil sie der jungenhafte Wildfang geblieben war. Sie war fünf Jahre jünger als er mit seinen sechsundzwanzig, besaß ein Temperament wie der Teufel und hatte mehr oder weniger den Haushalt übernommen, als sein Vater starb und seine Stiefmutter sich mit allen beweglichen Gütern des MacGregor-Vermögens davongemacht hatte, so daß ihm nur das Land geblieben war und er sich in sein ungewolltes Räuberdasein gedrängt sah.

Er hatte der schönen Megan erzählt, daß die Räuberei in seiner Familie Tradition war, doch das stimmte nicht. Es lag mehr als zweihundert Jahre zurück, seit sein Clan des Nachts die Straßen unsicher gemacht hatte, und selbst damals diente es eher dem Zweck, andere Clans zu schikanieren, als sich durch Beutezüge die eigenen Truhen zu füllen. Der Wohlstand der MacGregors war über die

Jahrhunderte durch königliche Schenkungen, einige waghalsige Unternehmungen und Glücksspiel zusammengekommen, doch es wurden auch beträchtliche Summen für die Instandhaltung des alten Schlosses und die unzähligen jährlich abzuhaltenden Hochzeiten benötigt. Natürlich sollte es niemandem in seinem Clan an etwas mangeln, was auch immer es sein mochte.

Die Ernte der wenigen Felder, die sie bestellten, war vom Wetter abhängig und reichte so wenig aus, den gesamten Haushalt das Jahr über zu ernähren, wie die bescheidenen Schaf- und Rinderherden in ihrem Besitz. So war es immer gewesen. Und nun fiel auch noch der Ertrag aus der einzigen Investition, die den Clan regelmäßig mit liquidem Geld versorgte, einem Konkurs zum Opfer. Dennoch wäre es ihnen immer noch gutgegangen, hätte es nicht Lady Winnifred gegeben.

Es versetzte Lachlan jedesmal in üble Stimmung, wenn er daran dachte, was seine Stiefmutter den Clan gekostet hatte. Sie war ihm nie eine Mutter gewesen, obwohl sie den größten Teil seiner Jugend schon auf Schloß Kregora gelebt hatte. Während der zwölf Jahre, die sie mit seinem Vater verheiratet war, hatte er keinen Widerwillen gegen sie verspürt. Sie war einfach ein Teil der Umgebung gewesen, mit einem gelegentlichen Lächeln auf den Lippen, doch selten mehr, da sie viel zu unstet war, um sich mit Kindern abzugeben. Sie interessierte sich hauptsächlich für sich selbst und natürlich für seinen Vater.

Niemand hätte je geahnt, daß sie eine Diebin sein könnte, doch genau das war sie. Nicht einmal eine Woche nach dem Tod ihres Ehemanns hatte sie sich auf und davon gemacht, mit Lachlans Erbe. Sie hatten mehr als ein Jahr nach ihr gesucht, jedoch nie eine Spur gefunden. Es war, als hätte sie den Diebstahl und die Flucht gut geplant, bis in die letzte Einzelheit, was ein noch schlechteres Licht auf ihren Charakter warf. Dabei reichte das, was man von ihr wußte, ohnehin für ein düsteres Bild völlig aus.

Drei Jahre später jedenfalls begann Schloß Kregora langsam zu einer Ruine zu verfallen, weil Lachlan den wenigen Engländern, die er unten an der Grenze beraubte, nicht genug abnehmen konnte, um das alte Gemäuer wieder instand setzen zu lassen. Doch er weigerte sich, mehr zu stehlen, weil er fürchtete, daß sonst jemand ernsthaften wirtschaftlichen Schaden erleiden könnte, selbst wenn es sich bei seinen Opfern nur um Engländer handelte. Schließlich lebte er selbst mit der Bürde finanzieller Not und konnte kaum die Menschen ernähren, die von ihm abhängig waren. So wie die Dinge standen, mußten Hochzeiten verschoben werden, und einige Clan-Mitglieder, die ihr Leben lang im Schloß oder auf dem Land der MacGregors gelebt hatten, verließen nun ganz die Highlands.

Seine Pflichten waren tief in ihm verwurzelt, doch niemand hatte einen plötzlichen Vermögensverlust in Betracht gezogen. Mit dreiundzwanzig mußte Lachlan völlig unvorbereitet die schwere Last auf sich nehmen. Nun war er sechsundzwanzig und sah sich einer noch schwierigeren Lage gegenüber, ohne Aussichten auf Verbesserung. Alle Auswege, die er sich ausdachte, hinterließen den gleichen üblen Nachgeschmack wie der Straßenraub. Er hatte bereits Schulden bei den wenigen wohlhabenden Verwandten, und sämtliche Wertgegenstände im Schloß waren längst verkauft worden.

Es war ein trauriger Zustand, und deshalb rief Lachlan, noch während er von seiner Wunde genas, seine beiden nächsten Vertrauten zusammen, Gilleonan und Ranald, um die Sachlage zu besprechen.

Gilleonan war ein Cousin zweiten Grades und einige Jahre älter als Lachlan. Ranald war Cousin dritten Grades und ein Jahr jünger. Keiner von beiden lebte im Schloß. Sie besaßen Häuser in der Nähe, obwohl sie sich meist in Lachlans Gesellschaft aufhielten, so wie jetzt, als sie an diesem stürmischen Novemberabend gemeinsam mit ihm zu Abend aßen.

Lachlan wartete, bis das kärgliche Mahl beendet war. »Es klappt nicht«, erklärte er dann.
Seine Freunde waren über das Thema im voraus in Kenntnis gesetzt worden und brauchten daher keine Erläuterung. »Es ging doch aber gut, bevor du niedergeschossen wurdest«, bemerkte Ranald.
»Meine Wunde hat nichts mit dem zu tun, was nur zu offensichtlich ist, Ranald«, sagte Lachlan und wiederholte dann: »Es klappt einfach nicht.«
Es war überflüssig, die hellen Vierecke auf der Täfelung zu betrachten, wo einst die Gemälde hingen. Die Porzellanvitrine war ebenfalls leer, und das feine Kristall und die Silberbecher zierten schon lange nicht mehr die Tafel. Vielleicht hatten seine Freunde längst vergessen, wie der Speiseraum ausgesehen hatte, als Lachlans Vater noch am Leben gewesen war.
»Willst du damit sagen, daß es keine Raubzüge mehr geben wird?« fragte Gilleonan.
»Ich frage, wozu das alles? Nur einmal haben wir eine Börse mit nach Hause gebracht, die fett genug war, daß wir für kurze Zeit ein besseres Leben führen konnten. Wir machen den langen Ritt sechs- oder siebenmal im Monat, und es kommt trotzdem kaum etwas dabei heraus.«
»Ja, ich bin selbst auch nicht allzu scharf darauf, bei dieser Jahreszeit so lange auf dem Pferd zu sitzen«, stimmte Gilleonan zu. »Aber unser Problem ist, daß wir die Sache nie richtig ernstgenommen haben. Es war nicht mehr als ein Spaß.«
Lachlan mußte zustimmen. Bis auf das letzte Mal, als er angeschossen wurde, hatten sie auf ihren Ausflügen nach Süden einen Mordsspaß gehabt, doch darum konnte es kaum gehen.
»Wenn wir ernst machen, Gill, sind wir nicht besser als andere Diebe«, sagte Lachlan.
Gilleonan hob eine Braue. »Sind wir das jetzt etwa?«
Ranald schnaubte. »Ich betrachte es nicht als Diebstahl, wenn wir den Engländern etwas abnehmen.«

Lachlan mußte lächeln. Nein, das war der lustige Teil gewesen. Schotten und Engländer mochten in den meisten Dingen gut miteinander auskommen, aber im Herzen waren sie immer Feinde gewesen. Zumindest sahen es so die Schotten in den Highlands und auch die Grenzschotten, die den Engländern seit unerdenklichen Zeiten mit ihren Raubzügen nachstellten. An der Grenze konnten sich die Gemüter noch immer erhitzen und die Fehden hohe Wellen schlagen. Die Feindseligkeit war über die Generationen vererbt und zu tief verwurzelt.

»Die Überfälle waren ein Ausweg, als die Dinge noch nicht zu übel standen«, erklärte Lachlan. »Aber nun sieht es düster aus, und wir müssen uns etwas anderes einfallen lassen, wenn wir nicht auch noch Kregora verlieren wollen.«

»Und hast du eine Idee?« fragte Gilleonan.

Lachlan seufzte. »Nein, aber ich bin wie immer offen für Vorschläge.«

Seine Clan-Brüder lehnten sich in ihren Stühlen zurück. Gilleonan schwenkte den billigen Wein in der Zinntasse, die er hielt, während Ranald ein Bein über die Armlehne schwang. Lachlan verschränkte die Hände hinter dem Kopf und war bereit, jeden Einfall abzuschmettern, der ihm nicht paßte.

»Ich habe gehört, sie finden jetzt Gold, drüben in diesem Kalifornien«, bemerkte Ranald. »Große Nuggets sollen dort einfach so herumliegen, und jeder kann sie nehmen.«

Lachlan hob die Braue, doch bevor er antworten konnte, sprach schon Gilleonan. »Ja, das habe ich auch gehört, aber unser Laird kann sich nicht so weit von seinem Herd entfernen. Vielleicht könnten wir einige andere aus dem Clan hinschicken, damit sie nachsehen, was an der Sache dran ist. Arnald juckt es schon lange, eine größere Reise zu machen, und sein Bruder willigt sicher ein, ihn zu begleiten. Aber wir können uns nicht allein auf Gerüchte verlassen, und außerdem würde es Monate

dauern, bevor wir überhaupt eine Nachricht von jemand bekämen, den wir so weit wegschicken.«
Lachlan hätte es nicht besser sagen können und nickte nur, obwohl er bedauerte, daß er diese weite Reise nicht selbst machen konnte. Gilleonan hatte recht. Das Oberhaupt des Clans mußte erreichbar bleiben.
»Einverstanden«, fügte Ranald hinzu. »Wir können es Arnald überlassen, ob er sich etwas daraus macht, dem Gold nachzujagen, aber in der Zwischenzeit ... ich habe schon vor einiger Zeit über eine Lösung nachgedacht, aber damals war Lachlan wohl noch zu jung dazu.«
»Wie meinst du das?«
»Eine Frau ... ähem, das heißt, eine reiche Frau zu heiraten.«
Lachlan rollte die Augen. Dieser Vorschlag war absurd. Doch Gilleonan beugte sich aufgeregt nach vorn. »Ja, das ist es, Ranald. Außerdem wird es Zeit, daß uns MacGregor einen Erben präsentiert, den wir hätscheln können.«
»Und wo soll ich diese reiche Frau hier finden?« fragte Lachlan mißmutig.
»Hier gibt es keine, die nicht schon versprochen wäre. Aber weiter im Süden ...«
Lachlan unterbrach ihn. »In den Lowlands herrscht auch nicht gerade Überfluß an reichen Erbinnen.«
»Nein, aber in England, und das ist nur wenige Tagesritte entfernt. Nicht so weit wie über diesen verfluchten, riesigen Ozean.«
Lachlan stöhnte innerlich, weil sie die Idee nicht so schnell wieder fallenließen, wie er es wünschte. »Eine englische Ehefrau?« rief er aus.
»Dein Großonkel Angus sah kein Problem darin«, erinnerte Ranald ihn eilig.
»Onkel Angus, Gott hab ihn selig, war verliebt«, entgegnete Lachlan barsch. »Das rechtfertigt eine Ausnahme.«
»Na und? Ist es nicht genau das, was du dir ebenfalls genehmigt hättest, wäre die Schöne dir nur ein ganz klein wenig mehr gewogen gewesen?« erinnerte Gilleonan ihn.

»Wenn ich mich recht entsinne, hätte sie nicht englischer sein können.«
Lachlan wurde rot, weil es die Wahrheit war. Er hatte Megan gebeten, ihn zu heiraten, als er sie erst wenige Minuten kannte. Dann war er mit ihr losgeritten, um ihr Bedenkzeit zu geben, nachdem sie sein Ansinnen rundweg abgelehnt hatte. Vielleicht wäre es ihm auch gelungen, sie umzustimmen, ohne ihren Verlobten, der hinter ihnen hergejagt kam, um sie so schnell wie möglich zurückzuholen. Doch sie war eine wirkliche Ausnahme. Er würde wohl kaum wieder ein so schönes Mädchen finden.
Nein, die Sache paßte ihm gar nicht. Sie sprachen über eine Ehefrau für ihn, ein weibliches Wesen, an das er für den Rest seines Lebens gekettet sein sollte. Zugegeben, ein Clan-Oberhaupt sollte bereit sein, einige Opfer für seine Stammesgenossen zu bringen, wenn dies nötig war, doch dieses hier schien für seinen Geschmack ein wenig zu groß zu sein. Vor allem, da er sich immer vorgestellt hatte, ein Mädchen zu heiraten, das er mochte, und nicht eines, das nur seinem Clan gefiel.
»Ihr erwartet also, daß ich irgendeine alte Erbin nehme?« ließ er sich mürrisch zu einem Kommentar herab.
»Nein, überhaupt nicht«, versicherte Gilleonan ihm. »Du denkst an schottische Mädchen und wie wenige davon reich sind. Richte deinen Blick nach England, denn dort herrscht Überfülle. Und bei der Auswahl sollte es dir doch nicht schwerfallen, eine zu finden, die du lieben kannst, oder?«
Das Wort Liebe ließ Lachlan wieder an Megan denken. Ob sie ihren englischen Verlobten geheiratet hatte? Nicht alle Ausreißer, die nach Gretna Green kamen, schlossen tatsächlich den Bund fürs Leben. Doch mittlerweile war ein Jahr vergangen. Wenn sie nicht den genommen hatte, mit dem sie nach Schottland zum Heiraten gekommen war, würde sie jetzt bestimmt einem anderen gehören. Doch wenn nicht? Am Ende war sie

noch immer zu haben? Schon deshalb lohnte es sich, nach England zu gehen und die Sache nachzuprüfen. Dennoch gab es etwas zu bedenken. »Ihr überseht, daß ich keine erste Wahl bin.«
Nun schnaubte Ranald. »Du bist so hübsch, wie es ein Junge nur sein kann. Nach dir werden mehr Mädchen schmachten, als du bedienen kannst.«
Es stimmte. Lachlan sah gut aus. Sein Haar war tiefbraun, mit einem nur leichten Rotglanz bei bestimmtem Lichteinfall. Er hatte blaßgrüne Augen, die meist lachten. Und seine Züge entlockten mehr als nur einem Mädchen ein von Herzen kommendes Seufzen.
»Ich glaube, er spielt auf seine Länge an, Ranald«, fügte Gilleonan zögernd hinzu. »Das macht zierlichen Mädchen etwas angst.«
Die außergewöhnliche Größe seines muskulösen Körpers, die er von seinem Vater geerbt hatte, würde immer ein wunder Punkt bei Lachlan sein. »Ich meine die Tatsache, daß ich keinen Penny besitze«, knurrte er.
Seine Freunde rümpften die Nase, und Gilleonan drückte entrüstet ihre Gedanken aus. »Du bist der Laird der MacGregors, Mann. Mehr brauchst du nicht, um bei jedem Mädchen erste Wahl zu sein.«
Jetzt seufzte Lachlan. Er war dem Rat seiner Stammesbrüder gefolgt, als er sich auf das Rauben verlegte, ohne daß es ihn weit gebracht hätte. Und jetzt würde er sich nicht in eine Ehe stürzen, nur weil es gut klang ... in ihren Ohren. Dennoch war der Gedanke erwägenswert, und es würde die Mühe lohnen, die sich bietenden Möglichkeiten zu überprüfen, denn er war die Sorgen verdammt leid.
»Nun gut, aber ich gehe nicht allein, um diese Sache richtig und schnell hinzukriegen, wenn sie überhaupt gelingt. Ich werde meiner Tante dort unten schreiben und sie fragen, ob sie mich unterstützt und empfiehlt. Doch wenn ich es ertragen soll, auf allen Seiten von Engländern umringt zu sein, könnt ihr beiden mich ebensogut begleiten

und mit mir leiden. Und das sagt euch der Laird MacGregor.«
Mit anderen Worten, er gab ihnen einen Befehl, der keine Widerrede duldete.

2

»Du wirst noch diese Woche reisen, Mädchen«, sagte Cecil Richards, der gegenwärtige Earl von Amborough, zu seinem einzigen Kind in einem Ton, der keine Widerrede zuließ. »Seine Gnaden erwarten dich auf Sherring Cross und werden dich in großem Stil herausbringen. Höre mir gut zu, Kind. In dieser noblen Gesellschaft wirst du ohne Schwierigkeiten einen passenden Ehemann finden.«
Kimberly Richards starrte unbewegt in das Gesicht ihres Vaters, der in den Salon, in dem sie nähte, getreten war, um ihr seine bestürzende Ankündigung zu machen. Cecil war in den Mittfünfzigern, ein wenig korpulent, besaß eine recht gesunde Gesichtsfarbe, unscheinbares braunes Haar und graue Augen. Kimberly hatte nichts von seinem Aussehen oder Charakter geerbt, wofür sie dankbar war.
Sie hätte über seine Worte nicht überrascht sein sollen, obwohl sie erst vor wenigen Tagen die Trauerzeit beendet hatte. Ein ganzes Jahr lang war sie in tiefem Kummer über das Hinscheiden ihrer Mutter verschleiert gegangen. Sie hatte alle Zerstreuungen gemieden und ihre gesellschaftlichen Kontakte auf den sonntäglichen Kirchgang beschränkt. Durch das Trauerjahr hatte sie auch ihren lebenslangen Verlobten verloren, weil dieser bis zur Heirat keine weiteren sechs Monate warten konnte oder wollte.
Und doch hatte sie mit etwas Ähnlichem gerechnet, da sie bereits seit einiger Zeit spürte, daß ihr Vater sie aus dem Haus haben wollte. Er machte überhaupt kein Ge-

heimnis daraus und auch nicht aus seinem Verlangen, die Witwe Marston zu heiraten, die vor einigen Jahren in ihre kleine Stadt in Northumberland gezogen war. Sie wußte sehr wohl, daß die Witwe es ablehnte, mit einer anderen Frau die Herrschaft im Haus zu teilen.

Je eher Kimberly also heiratete und fortging, desto schneller konnte Cecil diese zweite Ehe eingehen. Er hatte natürlich nicht ein ganzes Jahr den Verlust seiner ersten Frau, Kimberlys Mutter, betrauert. Ihr Tod war nur eine Unbequemlichkeit für ihn gewesen.

Kimberly zeigte ihrem Vater noch immer keine gefühlsmäßige Reaktion, sondern ging lediglich auf seine Erwähnung des Herzogs und der Herzogin von Wrothston ein. »Wie haben Sie es geschafft, ihre Hilfe zu erlangen?«

»Eine Gefälligkeit, die der Herzog mir schuldet. Eine große«, entgegnete er brummend. »Ich hätte mir nie träumen lassen, daß ich für eine so unbedeutende Angelegenheit darauf zurückkommen würde, aber nun ist es eben so.«

Bei diesen Worten hob sie die Braue. Ob es sich um etwas Unbedeutendes handelte, war Ansichtssache, für ihn war die Angelegenheit immerhin wichtig genug. Doch sie verzichtete auf einen Kommentar. Über dieses Thema würde sie kaum mit ihm streiten, vor allem, da sie genauso begierig darauf war, das einzige Zuhause zu verlassen, das sie jemals besessen hatte und aus dem er sie nun fortwünschte. Seit dem Tod ihrer Mutter war dieser Ort keine Heimat mehr für sie, sondern nur noch ein düsterer, langweiliger Platz, an dem sie ihre Zeit vergeudete.

»Und halte dich nicht monatelang auf bei deiner Entscheidung«, fügte Cecil streng hinzu. »Der Herzog ist über meine Wünsche bezüglich der Angelegenheit vollkommen in Kenntnis gesetzt, und du weißt auch Bescheid. Vergeude also nicht deine Zeit mit einem Mann, von dem du weißt, daß ich ihn nicht akzeptiere.«

Oder er würde sie enterben. Die Drohung war in seinem Ton enthalten. Er hatte sie oft genug ausgesprochen.

Schon vor sechs Monaten war er nahe daran gewesen, sie zu enterben, als sie sich weigerte, die Trauer um ihre Mutter zu beenden. Damals allerdings gab Cecil sich geschlagen. Sie konnte durchaus ohne seine Erlaubnis heiraten. Mit einundzwanzig war sie alt genug. Auch eine Enterbung durch Cecil Richards, den gegenwärtigen Earl von Amborough, würde für sie kein so großes Unglück sein, vor allem, weil er ihr finanziell nicht wirklich schaden konnte. Dafür hatte ihre Mutter gesorgt, zum Leidwesen ihres Vaters. Er war mehr als zornig darüber gewesen, als er es erfuhr. Dennoch wäre eine Heirat unter ihrem Rang eine gesellschaftliche Katastrophe, ein regelrechter Skandal, und den wollte sie auf jeden Fall vermeiden.

Der Heiratsmarkt. Allein bei dem Gedanken schüttelte sich Kimberly. Sie hätte nicht geglaubt, daß sie einmal dort landen würde. Seit dem Tag ihrer Geburt war sie verlobt gewesen, mit Maurice Dorrien, dem Sohn eines guten Freundes ihres Vaters, Sir Thomas. Sie war immer gut mit ihm ausgekommen während der gegenseitigen Besuche in den Häusern ihrer Eltern. Sie waren zwar nie enge Freunde geworden, besaßen aber den gleichen gesellschaftlichen Hintergrund, und das schien auszureichen.

Es war ihnen jedoch nie gelungen, ein Datum festzulegen. Als sie das heiratsfähige Alter erreichte, war für ihn die Zeit gekommen, auf die übliche große Bildungsreise zu gehen, und sogar ihr Vater war überzeugt, daß er auf diese wichtige Abrundung seiner Studien nicht verzichten durfte, nur weil er heiraten sollte. Sie hatte sich damit zufriedengegeben, noch ein Jahr zu warten. Das war der Zeitraum, den man für solche Dinge gewährte. Maurice jedoch nahm nicht nur ein Jahr in Anspruch, sondern zwei, weil er sich so gut auf seinen Reisen amüsierte.

Natürlich fragte niemand sie nach ihrer Meinung und ob es ihr etwas ausmachte, noch ein Jahr auf ihn zu warten. Sie war nur informiert worden, daß Maurice seine Reise verlängerte und die Eheschließung warten mußte.

Als Maurice zurückkehrte, war sie zwanzig. Der Termin kam schließlich doch zustande, Einladungen wurden verschickt ... dann starb ihre Mutter, und sie begann mit dem Trauerjahr. Sie hatte ihre Mutter innig geliebt und beabsichtigte nicht, den üblichen Zeitraum abzukürzen, nur weil der Heiratstermin schon um zwei Jahre verschoben worden war und durch die Trauer noch ein Jahr hinzukam. So war es fair. Sie hatte auf Maurice gewartet, und nun sollte auch er keine Schwierigkeit darin sehen, seinerseits auf sie zu warten. Vor allem, da sie gerade den Elternteil verloren hatte, der ihr am nächsten stand.
Doch es kam anders. Maurice hatte durch die Verlängerung seiner Reisen und durch Glücksspiel beträchtliche Schulden angesammelt. Er benötigte verzweifelt das Geld und den Besitz aus der Mitgift, die ihm durch die Heirat mit ihr zufallen würden.
Sie war nie von der Idee begeistert gewesen, daß Maurice ihr Ehemann wurde, und hatte nur die längst getroffene Entscheidung akzeptiert, doch wenigstens war sie bisher davon überzeugt gewesen, daß er nicht auf ihr Vermögen aus war. Als seine wahre finanzielle Lage deutlich wurde, beendete er umgehend ihr langes Verlöbnis, nachdem sie sich geweigert hatte, ihn auf der Stelle zu heiraten. Sie war regelrecht schockiert gewesen, weil es so unerwartet geschah.
Ihr Vater hatte getobt, ihretwegen, nicht wegen Maurice. Mit Maurice hatte er nur ein wenig gepoltert und gemurrt, doch was konnte er schon sagen? Maurice war nun sein eigener Herr, nachdem sein Vater Thomas gestorben war. Er mußte kein Versprechen halten, das seine Eltern für ihn gegeben hatten. Zumindest nicht mehr in der heutigen Zeit. Zu seiner Ehre mußte eingeräumt werden, daß er Kimberly immer noch nehmen wollte, und nur nicht bereit war, sechs weitere Monate zu warten, bis ihre Trauerzeit beendet war.
Als sie töricht genug gewesen war, darauf hinzuweisen, daß Maurice offensichtlich nur ihr Geld wollte, hatte

Cecil sich sogar auf seine Seite gestellt. »So?« sagte er nur. »Das ist nun mal der Lauf der Dinge. Glaubst du, ich hätte deine Mutter geliebt? Die einzige Frau, die ich jemals liebte, ist gestorben, wegen dieser elenden Schotten da oben im Norden, Fluch und Schande über sie alle. Deine Mutter war zweite Wahl für mich, weil sie Geld mitbrachte. Aber wir sind gut miteinander ausgekommen.«
Waren sie das? Kimberly würde sich immer an ihre Mutter erinnern, wie sie unglücklich war und zusammenfuhr, wenn Cecil nur seine Stimme erhob. Sie war eine sanfte, beinahe ängstliche Frau gewesen, und die beiden paßten überhaupt nicht zusammen. Sie hätte einen freundlichen, verständnisvollen Ehemann gebraucht, nicht diesen aufbrausenden Grenzgrafen. Und vor allem einen Mann, der sie liebte, und den hatte sie in Cecil Richards wahrhaftig nicht gefunden.
Aber obwohl sie sich in ihrer Duldsamkeit ähnelten, war Kimberly nicht ängstlich wie ihre Mutter. Sie konnte weitaus mehr ertragen, bevor sie wirklich die Fassung verlor. Und wegen der gegenwärtigen Situation würde dies ganz bestimmt nicht geschehen. Sie mußte einen Ehemann finden, und zwar schnell. Damit war sie einverstanden. Je eher sie das Haus ihres Vaters und seine Herrschaft über sie hinter sich ließ, um so besser. Doch nach ihrer Erfahrung mit Maurice mußte sie sich fragen, wie sie jemals erkennen sollte, ob ein Mann sie zur Frau wählte, weil er sie wirklich begehrte, oder nur wegen des Geldes und Besitzes, die sie in die Ehe einbrachte.
Früher hatte dieser Gedanke sie nie beschäftigt. Und auch jetzt war er völlig unbedeutend, wie ihr Vater als erstes betonen würde. Nur für sie war diese Frage auf ganz selbstsüchtige Weise von Bedeutung. Sie wollte nun einmal lieber einen Ehemann, der sie auch als Mensch mochte.
Als sie noch mit der Aussicht leben mußte, Maurice zu heiraten, hatte es keine Rolle gespielt – sie hatte sich in

ihr Schicksal ergeben. Ihr wäre überhaupt nicht eingefallen, daß sie etwas Besseres haben könnte. Doch nun, nachdem sie nicht länger an Maurice gebunden war, sah sie keinen Grund, warum sie nicht einen Mann haben sollte, mit dem sie glücklich war, statt einfach nur mit ihm auszukommen.

Dieses Ziel zu erreichen, würde keine leichte Aufgabe sein. Sie war nicht gerade eine betörende Schönheit, die jeden Mann in ihren Bann zog. Ihre Mutter hatte gut reden gehabt, wenn sie behauptete, sie besäße ein hübsches Lächeln, das andere erfreute. So etwas erzählten Mütter ihren Töchtern nun einmal. Kimberly selbst hatte nie etwas Außergewöhnliches in ihrem Lächeln erkennen können, und es war schon schwierig genug gewesen, überhaupt ein echtes Lächeln zustande zu bringen, wenn sie im Spiegel auf ihre eher gewöhnlichen Züge starrte.

Sie hatte nicht viel mehr anzubieten als die üblichen Fähigkeiten einer wohlerzogenen Tochter, eine passable Singstimme, etwas Übung im Klavierspielen, geschickte Hände beim Nähen und die Fähigkeit, einen großen Haushalt reibungslos zu führen. Ihr Genie, mit Zahlen und Abrechnungen umzugehen und höchst profitable Geldanlagen ausfindig zu machen, hatte sie erst kürzlich entdeckt, und das zählte sicher nicht zu den Qualitäten, die ein Ehemann an ihr zu schätzen und zu nutzen wüßte. Finanzdinge waren Männersache.

Ihre Figur war schlank, in Anbetracht der Körpergröße eher etwas mager. Sie hatte dunkelblondes, lockiges Haar, was dem allgemeinen Geschmack entsprach, auch wenn Hellblond noch hübscher gewesen wäre. Ihre Züge waren eigentlich nicht besonders auffällig, trotz ihrer leicht kantigen Wangenknochen, die auf einen gewissen Starrsinn schließen ließen, den sie zwar selten zeigte, zu dem sie aber durchaus fähig war. Sie hatte hübsche Augen, die von einem dunklen, klaren Grün waren, was Leuten gelegentlich auffiel. Doch die meisten Menschen,

die sie kannte, waren einfach nur höflich und sagten ihr deshalb irgendwelche Nettigkeiten.
Sie legte das Nähzeug beiseite und erhob sich, um auf ihren Vater herabzusehen. Mit ihrer Größe von fast einem Meter achtzig, die sie von dem mütterlichen Zweig der Familie geerbt hatte, überragte sie ihn knapp. Diese Tatsache irritierte Cecil beträchtlich, und seit sie voll ausgewachsen war, nutzte sie diese kleine Waffe, um ihn zu ärgern, was ihr großen Spaß machte. Ansonsten war ihre ungewöhnliche Statur eher störend, da sie unter normal großen Frauen immer auffiel.
»Ich beabsichtige nicht, Zeit zu vergeuden, Vater, aber erwarten Sie keine sofortigen Ergebnisse. Ich bin wenig daran interessiert, den erstbesten Mann zu nehmen, den Seine Gnaden empfehlen. Sie werden schließlich nicht mit dem Herrn für den Rest seiner Tage zusammenleben. Aber ich muß es, und ohne eine gewisse Übereinstimmung werde ich mein Einverständnis nicht geben.«
Er war rot angelaufen, bevor sie zu Ende gesprochen hatte, doch etwas anderes hatte sie ohnehin nicht erwartet. Er haßte es, wenn sie ihre Absichten erklärte und dazu stand.
»Du wirst die Sache nicht verschleppen, um mir zu trotzen …«
Kimberly schnitt ihm das Wort ab. »Wie kommen Sie nur darauf? Ist Ihnen noch nicht klargeworden, wie sehr es mir mißfällt, hier zu leben? Oder haben Sie das auch übersehen, wie alles andere an mir?«
Darauf antwortete er nicht. Was sollte er auch sagen? Er ignorierte sie ständig, wenn er nicht gerade etwas Besonderes von ihr benötigte. Und er besaß noch nicht einmal den Anstand, durch ihre Bemerkung beschämt zu sein.
Ihr Vater murmelte nur etwas Unverständliches, bevor er sich wiederholte. »Bemühe dich, die Sache nicht zu verschleppen.« Dann stolzierte er aus dem Salon.
Kimberly setzte sich seufzend wieder hin, ohne ihr Nähzeug aufzunehmen. Nervosität überkam sie, nach-

dem sie nun Gewißheit hatte und darüber nachdenken konnte, was ihr bevorstand. Sie würde allein reisen, was sie noch nie getan hatte. Zudem würde sie vielen neuen Menschen begegnen, nachdem sie ihr bisheriges Leben nur im vertrauten Kreis der Familie und mit Freunden verbracht hatte. Sie mußte einen Ehemann wählen, mit dem nicht nur sie, sondern auch ihr Vater einverstanden sein konnte. Das war der schwierigste Teil, denn sie rechnete nicht damit, daß allzu viele Bewerber um ihre Hand anhalten würden. Ein oder zwei vielleicht, und das bedeutete keine große Auswahl bei der Entscheidung für den Menschen, mit dem sie den Rest ihres Lebens verbringen sollte.

3

Megan St. James, seit einem Jahr Herzogin von Wrothston, sah von dem Brief auf, den sie soeben gelesen hatte. Ihr Ehemann hatte ihr das Schreiben mit der Bemerkung ausgehändigt, daß sie hoffentlich gern die Heiratsvermittlerin spiele. Nun verstand sie seinen Kommentar und war nicht allzu glücklich über die Aussicht.

Sie wandte mit erhobener Braue den Blick zu Devlin, wobei sie entnervt mit dem Fuß wippte, als ihre Geste nicht sofort Wirkung zeigte. »Und warum bleibt es an mir hängen, einen Ehemann für das Mädchen zu finden, wenn eigentlich du dem Vater einen Gefallen schuldest? Der Brief ist an dich adressiert, oder täusche ich mich da?«

»Das ist er«, bestätigte Devlin. »Aber Ehe und Familie sind eine Domäne der Frauen.«

»Wer sagt das?«

»Ich.«

Er lächelte, weil er wußte, daß diese Antwort sie noch mehr aufbringen würde. Sie zeigte die erwartete Reaktion, indem sie undamenhaft schnaubte.

»Du weißt sehr gut, daß Duchy um einiges besser für diese Aufgabe geeignet ist«, teilte sie ihm mit. »Sie kennt jeden, der etwas darstellt, und weiß genau, wer gerade auf dem Heiratsmarkt eine Frau sucht. Ich dagegen plage mich immer noch damit herum, mir überhaupt die Namen all dieser Earls und Viscounts zu merken und mich auf dem neuesten Stand der laufenden Skandale zu halten. Und mit den Lebensgeschichten deiner Lords und Ladies, die ich deiner Meinung nach besser kennenlernen soll, habe ich noch gar nicht angefangen.«

»Das kommt schon, mein Schatz, du machst deine Sache hervorragend.« Ein Kompliment war das letzte, was sie jetzt hören wollte, und das wußte er. Deshalb machte er es auch. »Du hast recht. Duchy kennt sich sicher besser aus auf diesem Gebiet, aber meine Großmutter ist zu alt für die Gastgeberrolle und den gesellschaftlichen Trubel, der damit verbunden ist, wenn wir die Sache richtig machen wollen. Aber du kannst sie und auch Tante Margaret auf jeden Fall um Hilfe bitten. Die werden sie dir gern gewähren. Doch die Bitte um die Gefälligkeit ging an mich, mein Liebling, und daher fällt es dir als meiner Frau zu, dich darum zu kümmern.«

Es stimmte natürlich. Er war der Herzog. Und in eine so triviale Angelegenheit sollte er sich nicht persönlich einmischen. Auf der anderen Seite war sie aber auch die Herzogin, und deshalb galt für sie ihrer Meinung nach das gleiche. Vielleicht gab es einen Ausweg.

Dieser Gedanke brachte Megan zu ihrer nächsten Frage. »Ist es unbedingt notwendig, daß du diese Gefälligkeit gewährst?«

»Unbedingt«, versicherte er ihr. »Die Gefälligkeit, die ich schulde, ist eine ernsthafte, und ich hätte um viel mehr gebeten werden können. Daher sollte ich froh sein, die Angelegenheit so einfach zu erledigen.«

Am liebsten hätte sie wieder geschnaubt, doch sie hielt sich zurück. Für ihn war es einfach. Sicherlich. Er hatte die Verantwortung bereits weitergegeben und sich damit der Sache entledigt. Dachte er. Nun, wenn von ihr erwartet wurde, mehr als die normale Gastgeberinnenrolle zu spielen, um dieses Mädchen mit einem standesgemäßen Mann zu verheiraten, würde sie dafür sorgen, daß Devlin an allen damit verbundenen gesellschaftlichen Pflichten teilnehmen mußte.

Dann fiel ihr ein, daß sie neben Lady Kimberly einen weiteren Gast erwarteten. Vielleicht würde es gar nicht so lange dauern, für die Dame einen Ehemann zu finden ...

»Deine Tante Margaret erwähnte etwas von ihrem angeheirateten Neffen, der auf Besuch kommen wollte ...«

»Schön, freut mich ...«

»Das bedeutet, wir werden das Haus wieder voll haben.«

»Wann war das jemals anders?« entgegnete Devlin trocken.

Sie lachte leise. Mit mehr als hundert Bediensteten unter einem Dach war ein volles Haus eher eine Untertreibung. Allerdings meinte er nur die Gäste, und damit hatte er recht. Devlin stand mit einer Menge Leute in geschäftlichen Beziehungen, und da Sherring Cross in einiger Entfernung von London lag, kamen sie zu ihm, wenn er hier residierte, und blieben meist als Übernachtungsgäste, manche für Wochen, bis sie in die Stadt zurückkehrten.

»Was ich sagen wollte, bevor du vorzogst, es zu ignorieren«, sagte sie mit vorwurfsvollem Blick und spielte auf sein ablenkendes »Schön, freut mich« an. »Margarets Neffe gibt vermutlich einen guten Ehemann ab. Vielleicht können wir vermeiden, die ganze Gesellschaft einzuladen, wenn er und Lady Kimberly sich zueinander hingezogen fühlen ... Das wäre doch praktisch, wenn wir ihn ohnehin für eine Zeitlang als Gast aufnehmen müssen.«

»Ausgezeichnet.« Er lächelte. »Ich hoffe nur, du kannst dich darauf verlassen, daß sie sich tatsächlich füreinander interessieren?«

»Oh, dem läßt sich bestimmt nachhelfen. Das ist viel leichter, als eine Menge Bälle und andere kleinere Gesell-

schaften zu planen ... an denen du selbstverständlich ausnahmslos teilnehmen müßtest.«
Bei dem Gedanken zog er ein angewidertes Gesicht. »Ich werde wohl für die fragliche Zeit in London wohnen.«
Sie sah ihn nachdenklich an. »Jetzt, wo du es erwähnst, fällt mir ein, wieviel leichter es wäre, alle diese Gesellschaften für London zu planen. Dann besteht weniger Aussicht, daß jemand über Nacht bleibt.«
Er änderte schnell seine Meinung. »Wenn ich länger darüber nachdenke, bleibe ich doch besser auf dem Land.«
Sie lächelte unschuldig. »Wie du wünschst. Wenn es dir nichts ausmacht, jeden Morgen mit dreißig oder vierzig Leuten am Frühstückstisch zu sitzen ...«
Verdrossen sah er sie an. »Du bist fest entschlossen, mich hineinzuziehen, nicht wahr?«
»Absolut.«
Devlin seufzte. »Ich denke, ich muß mit Tante Margaret über diesen angeheirateten Neffen sprechen. Wenn er gesellschaftsfähig ist, und warum sollte er es nicht sein, setze ich meine eigenen Anstrengungen darein, die Tochter des Earls mit ihm zu verheiraten.« Er umarmte Megan kurz. »Eine ausgezeichnete Idee, mein Liebling. Laß uns diese Angelegenheit so schnell wie möglich hinter uns bringen, was meinst du?«
Sie erwiderte die Umarmung, allerdings nicht so kurz. »Und dann können wir vielleicht selbst etwas Ferien machen, nur du und ich und das Baby? Seit Justins Geburt hatten wir nie wirklich Zeit, die nur uns gehörte. Es ist Monate her, und immer noch kommen die Leute, um einen Blick auf deinen Erben zu werfen. Wie wäre es, wenn wir in dein Landhaus bei Bath fliehen?«
Er kicherte. »Dieses Landhaus besitzt zwanzig Zimmer und eine vollzählige Dienerschaft. Wie sollen wir dort unsere Ruhe finden, mein Liebling?«
Sie runzelte die Stirn. Unter seinem Landhaus hatte sie sich etwas Kleineres vorgestellt. Aber sie schlug sofort eine Alternative vor. »Nun, Sherring Cross ist so groß,

daß wir leicht in einen der unbewohnten Flügel ziehen könnten, und niemand wüßte etwas davon.«
Er sah zu ihr hinunter, um festzustellen, ob sie scherzte. Doch ihre Miene verriet nichts. »War das eine Beschwerde über die Größe meines Hauses?«
»Überhaupt nicht. Tiffany nennt Sherring Cross ein Mausoleum, nicht ich.«
Tiffany war Megans Freundin, und die beiden Mädchen waren noch Kinder gewesen, als sie Sherring Cross zum ersten Mal sahen. Tiffany hatte das Schloß tatsächlich für ein Mausoleum gehalten. Aber man mußte ihnen zugestehen, daß sie damals einfach überwältigt waren von der Weitläufigkeit des Herzogsitzes.
»Ich selbst fand immer, daß es gerade die richtige Größe hat«, fügte Megan hinzu. »Selbst wenn ich mich gelegentlich verirre.«
»Das tust du nicht«, protestierte er.
»Nur ein- oder zweimal.«
»Megan …«
»Also gut, nur einmal, und nicht für lange.« Sie grinste.
Es bereitete ihr das größte Vergnügen, ihren Ehemann aufzuziehen. Dadurch schaffte sie es immer wieder, seine steife, etwas blasierte Art zu lockern, die er früher an den Tag gelegt hatte – bevor er ihr begegnet war … Nur manchmal fiel er in diese Attitüde zurück. Ihr war bei weitem der hitzige, keinem Streit aus dem Weg gehende Stallbursche lieber, den zu heiraten sie geglaubt hatte, als sie vor einem Jahr mit ihm nach Gretna Green durchbrannte. Es war eine gehörige Überraschung gewesen, als sie erfuhr, daß es sich um den Herzog selbst gehandelt hatte, auf den sie zielsicher zugesteuert war, um ihn dann zu heiraten …
»Du mußt wissen«, entgegnete Devlin auf ihre Neckerei, »daß ich die hinteren Flügel von Sherring Cross auch noch nicht erforscht habe. Sie waren ziemlich privat, wenn ich mich recht entsinne. Und du bist absolut sicher, daß sie es immer noch sind?«

Der Blick der türkisfarbenen Augen sagte ihr genau, in welche Richtung seine Gedanken gingen. Ein leichter Schauder durchrieselte sie, wie es gewöhnlich geschah, wenn er sie mit diesem erhitzten Ausdruck ansah. Ein Stelldichein am hellichten Tag, in einem unbenutzen Teil des Schlosses, das hörte sich aufregend an.
»Warum gehen wir nicht los und finden es selbst heraus?« schlug sie vor, wobei ihre Stimme viel heiserer als vorher klang.
»Das war genau mein Gedanke.«

4

Es war das größte Gebäude, das Kimberly jemals gesehen hatte. Sie war in Victorias Palast gewesen, als sie bei ihrem letzten Besuch mit ihrer Mutter in London der Königin vorgestellt wurde, so daß ihr Gebäude von königlichen Ausmaßen vertraut waren. Sherring Cross jedoch, der Herzogsitz von Ambrose Devlin St. James, übertraf in seiner Größe jeden Palast, den sie kannte, und war umgeben von tadellos gepflegten, grünleuchtenden Rasenflächen, so weit das Auge reichte. Der Anblick konnte beinahe einschüchternd genannt werden, dabei war sie auch so schon nervös genug.
Je mehr sie über den Grund ihrer Einladung nachgedacht hatte, desto unbehaglicher wurde ihr. Allein die Vorstellung, jemanden vom Rang eines Herzogs von Wrothston damit zu behelligen, ihr bei der Suche nach einem Ehemann behilflich zu sein, genügte. Die Bosheit ihres Vaters kannte wahrhaft keine Grenzen. Seine Gnaden, der Herzog, würde wohl kaum begeistert davon sein, ihr den geschuldeten Gefallen zu tun, ebensowenig wie sie es war, die Wohltat anzunehmen.
Auch die Reise war nicht angenehm gewesen. Ihr taten alle Knochen weh von der dreitägigen Fahrt in der Kut-

sche, die unterwegs zu allem Übel auch noch ein Rad verloren hatte, so daß sie stundenlang herumstehen mußte, bis es repariert war. Dann wurde es noch kälter, als es für die Jahreszeit normal war, und der kleine Kohlenbrenner, den sie mit sich führte, hatte nicht ausgereicht, um sie wenigstens ein bißchen zu wärmen.
In einer der Herbergen, wo sie übernachtete, hatte ihr außerdem eine Gruppe ungehobelter Schotten im Raum nebenan die Nachtruhe geraubt. Sie hatte im Grunde nichts gegen Schotten. Nur ihr Vater machte sie allesamt schlecht, weil er ihnen die Schuld am Tod der Frau gab, die er geliebt hatte. Ein Tod, der nach ihrer Meinung und auch der des Gerichtes auf einen Unfall zurückzuführen war.
Seit ihrer Kindheit kannte sie diese Gefühle, denn Cecil hatte aus seiner unsterblichen Liebe für eine andere nie einen Hehl gemacht und sie auch nicht vor seiner Ehefrau, Kimberlys Mutter, verborgen. Im Gegenteil, er sprach immer wieder über das Thema. Kimberly hatte sich nie von seinen Vorurteilen anstecken lassen, vielleicht weil sie sich ihrem Vater nicht wirklich nah fühlte. Manchmal fand sie sogar, daß diese Frau sich glücklich schätzen konnte, einem Leben mit dem Earl entkommen zu sein, auch wenn dies durch ihren Tod geschehen war. Das waren allerdings seltene Gedanken. Sie kamen meist, wenn ihr Vater etwas getan hatte, das ihr wirklich zuwider war.
Der Lärm dieser Schotten nachts in der Herberge hatte sie dennoch geärgert. Auch nach drei Beschwerden beim Wirt waren die Männer nicht leiser geworden. Zum Glück war ihr Vater nicht dabeigewesen, um eine Szene zu machen. Er haßte Schotten so sehr, daß die Situation nicht nur lästig, sondern auch peinlich geworden wäre.
Sie machte sich selbst schon genügend Vorwürfe, einen dieser Männer angefahren zu haben, als sie ihm am nächsten Morgen in der Halle begegnet war. Der arme Bursche war noch gar nicht richtig wach gewesen, und

nachdem sie ihrem Zorn Luft gemacht hatte und empört davongestürzt war, hatte er ihr mit weitaufgerissenen Augen nachgestarrt. Erst Stunden später, als sie schon wieder in der Kutsche saß, bedauerte sie ihren scharfen Ton. Normalerweise verlor sie selten die Nerven. Müde und daher reizbar zu sein galt bei ihr nicht als Entschuldigung.

Ihre neue Zofe war auch keine Hilfe. Mary bekam das Reisen beinahe noch schlechter als Kimberly. Ihre dauernden Klagen bei dem kleinsten Ruck, bei jedem unfreiwilligen Aufenthalt oder wenn das Wetter noch schlechter wurde hätten sogar die Geduld einer Heiligen strapaziert. Doch das Mädchen fand wenigstens nachts ihre Ruhe, wenn sie mit Kimberly das Quartier teilte. Sie schlief tiefer als ein Stein.

Als würde das alles noch nicht reichen, hatte Kimberly sich außerdem einen Schnupfen geholt. Ihre Nase war vom vielen Putzen fast so rot wie eine Kirsche, ihr ganzer Körper schmerzte von der zermürbenden Fahrt, und der Kopf fühlte sich an, als würde er in Stücke springen. Ob die Etikette auch in dieser Situation verlangte, daß sie sich von ihrer besten Seite zeigte, um bei Ihren Gnaden einen guten Eindruck zu machen? Es war beinahe zum Lachen. Ein Blick auf ihre Erscheinung würde ausreichen, daß sie sich fragen würden, was um alles in der Welt sie sich mit dieser Jammergestalt aufgehalst hatten.

Aber es war nicht zu ändern. Sie hatte Sherring Cross erreicht. Livrierte Diener traten bereits heran, um ihr aus der Kutsche zu helfen. Der Türschlag wurde weit aufgerissen, und ihr blieb nichts anderes übrig als auszusteigen.

Sie hatte gehofft, sogar darum gebetet, daß die Umstände es ihr erlaubten, sich unverzüglich auf ihr Zimmer zu begeben, und sie Ihren Gnaden später vorgestellt würde, wenn sie sich genügend erholt hätte. Doch das Glück war ihr nicht hold. Die Herzogin von Wrothston stand selbst in der Eingangshalle, um sie zu begrüßen.

Die beiden Frauen sahen sich zum ersten Mal, und beide waren verblüfft. Kimberly hatte sich die neue Herzogin von St. James nicht so zierlich vorgestellt. Und sie war unglaublich schön. Was sie nicht hätte verwundern sollen. Sie war dem Herzog vor zehn Jahren einmal begegnet, als er gerade zwanzig gewesen war, und obwohl ein junges Mädchen nur wenig auf solche Dinge achtete, erinnerte sie sich deutlich, wie gutaussehend sie ihn gefunden hatte. Also schien es nur logisch, daß seine Frau schön war. Dennoch reagierte sie beinahe erschrocken.
Megan St. James war der Inbegriff von Schönheit, obwohl sie etwas wild wirkte. Ihr leuchtendes kupferfarbenes Haar widersprach zwar gängigen Idealvorstellungen, doch es paßte perfekt zu ihr. Die mitternachtsblauen Augen blickten warm und freundlich, und ihre schlanke, wohlgeformte Figur hatte sich nach der Geburt des ersten Kindes offenbar kaum verändert.
Kimberly fühlte sich neben ihr wie ein Mauerblümchen. Sicher, in ihrer kleinen Stadt in Northumberland hatte nie die Notwendigkeit bestanden, sich besonders modisch zu kleiden. Und ihre Trauer war eben erst zu Ende, so daß die Kleider, die ihr blieben, mehrere Jahre alt waren und nach dem Gewichtsverlust nicht mehr richtig paßten. Der weite Wintermantel, den sie für die Reise trug, verdeckte diesen Eindruck zum Glück; wenigstens so lange, bis einer der Livrierten sie um ihren Mantel bat und nicht nachgab, bis sie herausglitt und ihn überreichte.
Megan dagegen dachte, nachdem sich ihre erste Überraschung gelegt hatte, daß ein neues Kleid, an den richtigen Stellen auf Figur gearbeitet, eine gefälligere Frisur und etwas weniger Rot an der Nase Wunder bei Lady Kimberly wirken würden. In die Königin der Ballsaison ließ sie sich dadurch noch nicht verwandeln, was Megan bedauerte, aber nicht ändern konnte. Nicht jede junge Dame, die sich auf dem jährlichen Heiratsmarkt tummelte, war mit diesem Glück gesegnet.

Dennoch hätte es schlimmer kommen können, überlegte Megan. Wenigstens war die Lady nicht vollkommen häßlich. Kimberly Richards sah ... durchschnittlich aus. Das war ihr erster Gedanke. Und sie hatte hübsche dunkelgrüne Augen, die immer schöner wurden, je länger man hineinsah. Es würde einfach etwas länger dauern, bis sie unter die Haube gebracht war.
In diesem Augenblick nieste Kimberly laut, als wollte sie den ersten Eindruck von sich noch unterstreichen. Schlimmer war die Entdeckung, daß sie ihr Spitzentaschentuch in der Kutsche vergessen hatte. Sie geriet beinahe in Panik, denn ihre Nase begann wieder zu laufen, als sich plötzlich in Megans Gesicht die Grübchen zeigten und sie so bezaubernd lächelte, daß Kimberly alles andere vergaß.
»Ein Schnupfen?« fragte Megan, und ihr hoffnungsvoller Ton war nicht zu überhören. »Das erklä... ist wirklich lästig. Aber zu erwarten bei diesem furchtbaren Wetter.«
Die erfreuliche Wirkung des Lächelns verschwand wieder, als Kimberly den Ton von Megans Worten in sich aufnahm, der jegliches Mitgefühl bei ihrer Gastgeberin vermissen ließ, und sie erstarrte leicht gekränkt. Dann beschloß sie, zuerst nachzudenken, bevor sie etwas sagen würde, das sie später bereute. Sie war sicher nur erschöpft von der Reise und bildete sich Dinge ein.
»Ich bin gleich zurück, Euer Gnaden«, rettete sie sich. »Ich habe anscheinend etwas in der Kutsche vergessen.«
Ohne der Herzogin die Möglichkeit zu geben, sie aufzuhalten, wandte sie sich zur Tür, die sich wieder hinter ihr geschlossen hatte. Die Kutsche würde noch draußen stehen, da Mary das Entladen ihres Gepäcks beaufsichtigte. Das war wenigstens Kimberlys Erwartung, als sie die Tür öffnete.
Sie stand im Durchgang, und beinahe wäre eine Faust an ihrer Stirn gelandet. Diese Hand, die schnell zurückgezogen wurde, gehörte einem faszinierenden Mann. Er war groß, sogar außergewöhlich groß. Und als ob das

noch nicht reichte, um Kimberlys Aufmerksamkeit für einen Moment völlig zu fesseln, sah er außerdem ungewöhnlich gut aus.
Er hatte dunkelbraunes Haar, das er feucht zurückgekämmt trug, damit der heftige Wind es nicht zerzauste. Ein kurzer Sonnenstrahl, der plötzlich die Szenerie beleuchtete, zauberte ein leichtes Rot auf die dichten Locken. In den hellen grünen Augen des Mannes hatte ein Lachen gestanden, das jedoch verschwand, als sie ihn anstarrte. Er war nicht nur hochgewachsen, sondern auch kräftig gebaut, mit Beinen wie Baumstämmen, einer breiten, mit Muskeln gepolsterten Brust.
»Warum lassen Sie mich nicht erst einmal eintreten, Mädchen, bevor Ihnen die Augen aus dem Kopf fallen?«
Seine Stimme war tief und überraschend melodisch, trotz der leicht schottischen Färbung, doch im Augenblick klang er ziemlich barsch. Anscheinend mochte er es nicht, offen angestarrt zu werden. Doch wie konnte irgend jemand ihn nicht anstarren? Kimberly war noch nie einem dermaßen großen Mann begegnet, und auch keinem, der so gut aussah ... vielleicht mit Ausnahme des Herzogs von Wrothston, was die Attraktivität anging. Anderen Frauen ging es zweifellos ähnlich.
Sie war so verwirrt, daß sie weder sprechen noch sich bewegen konnte. Sie spürte wieder das Prickeln auf ihrer Oberlippe, mit dem ihre Nase sich bemerkbar machte. Die wartete nicht darauf, bis sie ihr Taschentuch gefunden hatte. Kimberly hob automatisch den Arm und wischte mit dem Ärmel über den Mund. Es war ein Fauxpas der schlimmsten Sorte. Ein Kind würde vielleicht so etwas tun, aber keine erwachsene Frau, und ihr fiel nicht einmal auf, was passiert war, bis sie ihn schnauben hörte.
Das Geräusch vertiefte ihre Verlegenheit noch. Dann umfaßte er ihre Taille und hob sie kurzerhand aus dem Weg.
Ihre heißen Wangen, die nun genauso rot leuchteten wie die Nase, blieben vollkommen unbemerkt, denn nun

war der Weg frei und die Herzogin von Wrothston und der Neuankömmling sahen sich. Kimberly, die den Schotten immer noch anstarrte, bemerkte sofort sein Entzücken beim Anblick der Dame des Hauses. Bewunderung und Entzücken strömten förmlich aus ihm heraus, und mit seinem strahlenden Lächeln kehrte auch das lustige Blitzen in seine hellen Augen zurück. Sie hätte sich in diesem Moment nicht über einen Luftsprung bei ihm gewundert.
Megan St. James wirkte alles andere als erfreut. »Guter Gott, der schottische Räuber!« sagte sie und preßte eine Hand gegen die Brust. »Sie sind hoffentlich nicht gekommen, um uns wieder um etwas zu erleichtern?«
Sein Lächeln wurde plötzlich sinnlich, und Kimberly spürte eine höchst seltsame Wirkung. Ihr war, als träfe sie ein sanfter Stoß in den Bauch, gerade genug, daß sie den Atem anhielt, aber nicht so stark, daß es weh tat. Dabei galt das Lächeln nicht einmal ihr.
»Wenn Sie mir erlauben, Ihr Herz zu stehlen, Darling, dann stimmt es«, entgegnete er. »Verdammt ... das hübscheste Mädchen von ganz England lebt unter einem Dach mit meiner Tante Margaret? Wie kann ich nur soviel Glück haben?«
Megan schüttelte den Kopf. »Sie sind Margarets Neffe? Unmöglich. Wir können nicht so viel Pech haben. Margarets angeheiratete Verwandten sind MacGregors, keine Mac ...« Sie versuchte, sich an den Namen zu erinnern, den er ihr vor langer Zeit gesagt hatte. »Duell, so nannten Sie sich, nicht wahr? Ja, Lachlan MacDuell.«
»Na und? Sie glauben doch nicht etwa, daß ein Räuber Ihnen seinen richtigen Namen nennt?« fragte er mit unablässigem Grinsen. »Nein, ich bin ein MacGregor, *der* MacGregor, um genau zu sein. Ich bin Laird meines Clans ... und Lachlan stimmt. Es freut mich ja so, daß Sie sich an mich erinnern.«
Auch das war mehr als offensichtlich. Er konnte mit dem Lächeln nicht aufhören. Und genauso sichtbar war Me-

gans Mißbehagen bei dieser unerwarteten Wendung der Ereignisse.
»Sie werden nicht damit durchkommen, MacGregor«, warnte sie ihn. »Devlin erlaubt niemals, daß Sie in seinem Haus bleiben. Er besaß nicht die geringste Sympathie für Sie, wenn Sie sich recht erinnern.«
»Devlin Jefferys? Was hat der mit Sherring Cross zu tun?«
»Vielleicht, daß er der Besitzer ist!« sagte sie etwas trocken, bevor sie erklärte: »Und Devlin ist auch kein Jefferys. So wie Sie fand auch er damals Vergnügen daran, einen Namen zu führen, der nicht seiner war.«
Der Mann wirkte plötzlich entsetzt. »Moment, lassen Sie mich nachdenken. Sie meinen doch nicht etwa, daß Ihr verdammter Engländer der Großneffe meiner Tante ist, Ambrose St. James?«
»Psst, er kann seinen Vornamen wirklich nicht ausstehen, aber er ist es.«
Jetzt stöhnte der Schotte. »O bitte, Darling, sagen Sie mir, daß Sie diesen Mann nicht geheiratet haben.«
»Und ob ich das habe«, empörte sich Megan.
Sein Stöhnen wurde zu einem Aufheulen, worauf er plötzlich wieder lächelte und mit den Schultern zuckte. »Egal. Ich habe schon größere Hindernisse überwunden, soviel ist sicher.«
Megan sah ihn mit zusammengekniffenen Augen an. »Wenn das bedeutet, was ich vermute, können Sie die Sache sofort wieder vergessen. Ich bin verheiratet, und zwar sehr glücklich«, betonte sie. »Außerdem kann ich Ihnen garantieren, daß Sie Ihre Pläne ändern müssen, da Sie nicht auf Sherring Cross bleiben. Und übrigens habe ich von Margaret gehört, daß Sie sich auf dem Heiratsmarkt umsehen wollen.«
Der Blick, den er Megan zuwarf, sprach Bände: Er hatte die einzige Frau gefunden, die er jemals begehrt hatte. Die Herzogin wurde rot. Kimberly bemerkte den Blick und war aus einem unerfindlichen Grund verärgert, ob-

wohl die Angelegenheit sie gar nichts anging. Sie versuchte ein Räuspern, um die beiden darauf aufmerksam zu machen, daß es eine unfreiwillige Zeugin bei dieser höchst privaten Unterhaltung gab, doch es gelang ihr nicht.

»Ob ich nun hier im Haus bleibe oder in der Nähe, ich werde auf jeden Fall der Sehnsucht meines Herzens folgen. Sonst wäre ich ein Narr.«

»Sie wären ein Narr, täten Sie es«, entgegnete Megan und seufzte. »Starrköpfig sind Sie.« Sie schüttelte den Kopf, als könnte sie ihn nicht verstehen. »Genau wie vor einem Jahr, als ich Ihnen sagte, daß ich verlobt sei, Sie aber nichts davon hören wollten.«

»Nein, ich bin entschlossen«, verbesserte er sie mit einem weiteren Grinsen. »Und was bedeutet schon eine belanglose Ehe, wenn zwei Herzen füreinander bestimmt sind?«

Megan rollte die Augen. Kimberly, die immer nervöser wurde, räusperte sich erneut, nur dieses Mal etwas lauter. Nun hörte Megan sie und sah zu ihr hin, doch ihr Blick wirkte für einen Augenblick völlig verwirrt, als ob sie sich nicht erinnern könnte, wer Kimberly war und was sie hier tat.

Dann schien es ihr zu dämmern, und sie holte tief Luft. »Ach, du liebe Zeit, Lady Kimberly! Bitte verzeihen Sie mir meine Zerstreutheit. Sie müssen von der Reise erschöpft sein, und ich stehe hier und gebe mich mit diesem unverbesserlichen Schotten ab ...« Sie machte eine Pause und warf Lachlan einen vorwurfsvollen Blick zu, womit sie den Tadel dem auflud, der ihn verdiente, wenigstens in ihren Augen. Dann wandte sie sich wieder an Kimberly. »Es tut mir wirklich aufrichtig leid. Kommen Sie, damit ich Ihnen das Zimmer zeigen kann, das für Sie vorbereitet wurde. Und dann kümmern wir uns auch um Ihren Schnupfen. Glücklicherweise kennt Duchy, Devlins Großmutter, einige wunderbare Heilmittel ...«

Lachlan schaltete sich ein, als Megan die erleichterte

Kimberly wegführen wollte. »Ach, Darling, verlassen Sie mich nicht gleich wieder. Es ist so lange her, seit ich im glorreichen Schein Ihrer Sonnenstrahlen baden durfte.«
Megan ließ ein unterdrücktes Schnauben los, das nur Kimberly hörte, und ging mit ihr weiter. Doch dann schien sie es sich anders überlegt zu haben.
Sie hielt an, fuhr herum und zischte Lachlan mit zornigem Stirnrunzeln an. »Ich habe einen Gast, um den ich mich kümmern muß und der willkommen ist, was man von Ihnen nicht behaupten kann. Sagen Sie einem der Diener, daß er Margaret für Sie holen soll, und vergessen Sie nicht, sie über Ihre frühere Begegnung mit Devlin in Kenntnis zu setzen. Sie wird Ihnen dann selbst sagen, daß Sie Ihre Pläne ändern müssen. Daran besteht kein Zweifel, denn die gute Dame weiß ganz sicher nichts von Ihren unseligen Unternehmungen. Sie hätte niemals einen Dieb in unser Haus eingeladen.«
»Räuber, Darling«, verbesserte er mit schmerzlichem Gesichtsausdruck. »Ich lege Wert auf diesen kleinen Unterschied.«
Megan seufzte entnervt. »Da gibt es nichts zu unterscheiden, MacGregor. Nicht, wenn Sie Engländer ausgeraubt haben. Ihr Schotten mögt das anders sehen, aber wir haben da unsere eigenen Vorstellungen.«
»Ach was. Außerdem ist es völlig gleichgültig. Denn meine Tage als Räuber liegen hinter mir«, versicherte er ihr. »Sicher kann ich nicht ungeschehen machen, was ich aus gutem Grund getan habe, aber Sie sollten mir eine Chance geben, ein neues Leben zu beginnen.«
»Sollte ich? Das wäre sehr unwahrscheinlich. Und wir haben nun lange genug darüber gesprochen. Guten Tag.«
Bevor sie weggeführt wurde, bemerkte Kimberly seinen schmerzlichen Gesichtsausdruck und den entschlossenen Blick, der darauf folgte. Er war offenbar ein Mann, den nichts so schnell von einem einmal gefaßten Entschluß abbrachte, doch wenn es darum ging, die Zunei-

gung von Megan St. James zu erringen, würden seine Bemühungen wohl erfolglos bleiben. Ganz England wußte, daß der Herzog und die Herzogin wirklich ineinander verliebt waren. Diese Nachricht war sogar bis nach Northumberland gedrungen. Schottland dagegen schien sie noch nicht erreicht zu haben.

Ein Hochländer. Zu dumm. Kimberly hatte sich durchaus zu Lachlan MacGregor hingezogen gefühlt ... nein, das war noch zu schwach ausgedrückt. Sie fand ihn ausgesprochen anziehend. Das war nicht zu leugnen. Doch besser vergaß sie ihn gleich wieder, aus zwei guten Gründen. Seine Zuneigung galt bereits einer anderen, obwohl die Frau verheiratet war. Und er war Schotte. Selbst wenn das erste Hindernis überwunden werden könnte, blieb das zweite unwiderruflich bestehen. Ihr Vater würde niemals einen Schotten als Ehemann für sie akzeptieren, sondern sie umgehend enterben und dem damit verbundenen Skandal aussetzen.

Ein Schotte. Das war wirklich zu ärgerlich.

5

»Mein armer, lieber Junge«, sagte Margaret MacGregor mitfühlend, nachdem Lachlan ihr in aller Offenheit die Umstände erklärt hatte, die ihn nach Sherring Cross geführt hatten, wo er nach einer Ehefrau Ausschau halten konnte. »Und Winnifred? Wer hätte ahnen können, daß sie so etwas tun würde? Sie schien solch ein nettes Mädchen zu sein.«

Lachlan mußte lächeln. Winnifred war beinahe fünfzig und sicher nicht mehr jugendfrisch. Doch Margaret, die an die Siebzig reichte, bezeichnete jeden, der jünger als sechzig war, als Mädchen oder Jungen. Sie war eine freundliche, liebe Dame, ein wenig dick und immer gut gelaunt, wenigstens in Lachlans Gesellschaft. Doch in

einem Punkt mußte er ihr recht geben. Niemand hätte ahnen können, daß Winnifred sich zu dieser abscheulichen Tat würde hinreißen lassen.
Als Margaret Lachlans Teetasse wieder auffüllte – sie saßen allein in dem riesigen Salon von Sherring Cross –, machte sie ihm Vorhaltungen. »Warum bist du nicht zu mir gekommen, um dir finanzielle Hilfe zu holen? Dein Großonkel Angus, Gott hab ihn selig, hat mir eine Menge Geld vermacht, obwohl er wußte, daß ich es nicht brauchen würde. Ich besitze mehr, als ich jemals ausgeben kann.«
Das Thema war Lachlan schon peinlich genug, doch es würde noch schlimmer werden, wenn er versuchte, seine Gründe darzulegen. Für einen Schotten war es völlig in Ordnung, von Blutsverwandten zu borgen. Doch Margaret war eine angeheiratete Tante. Und ihr Ehemann lebte nicht mehr. Dann säße Lachlan auch nicht bei ihr, sondern wäre längst zu Onkel Angus gegangen, um sich von ihm unter die Arme greifen zu lassen.
»Ich muß das auf meine Art klären, Tante Margaret«, begnügte er sich zu sagen und hoffte, sie würde es darauf beruhen lassen.
Sie tat es, obwohl sie ein mißbilligendes Gesicht machte. »Nun gut. Und du scheinst auf dem richtigen Weg zu sein. Eine Frau mit gut gefüllten Taschen ist genau das, was du brauchst, um aus deinen Schwierigkeiten herauszukommen. Warum auch nicht? So etwas geschieht doch dauernd. Habe ich recht?«
Er nickte zustimmend, obwohl er wünschte, daß er nicht gezwungen wäre, auf diese Möglichkeit zurückzugreifen. »Es gibt da noch etwas, das ich dir sagen muß, Tante Margaret. Ich wußte nicht, daß es ein Problem sein würde, bis ich hier ankam. Ich habe deinen Neffen Ambrose unter mehr als ungünstigen Umständen kennengelernt. Er verwendete damals einen anderen Namen. Deshalb wußte ich auch nicht, daß ich ihm hier begegnen würde ... bis heute.«

»Einen anderen Namen?« Sie runzelte die Stirn. »War das letztes Jahr in Schottland?«
»Ja, genau. Ich muß gestehen, daß ich ihn angehalten habe ... äh, um ihn um ein paar Münzen zu erleichtern. Doch statt dessen habe ich ihm seine Verlobte abgenommen.«
Margarets blaß türkisfarbene Augen weiteten sich, bevor die kleinen Fältchen in den Augenwinkeln sich kräuselten und sie zu kichern begann. »Großer Gott, du warst das? Meine Schwester und ich haben von Megan etwas über diese Geschichte gehört ... Devlin hätte niemals davon erzählt, obwohl seine Rettungsaktion ziemlich heldenhaft war. Aber Duchy und ich haben herzlich darüber gelacht, das muß ich schon sagen.«
Er war erleichtert, daß sie die Sache amüsant gefunden hatte. Was er keineswegs fand, so wenig wie Devlin, das wußte er.
»Die Sache ist die«, erklärte er weiter. »Megan meint offenbar, daß er mich nicht hierbleiben läßt.«
»Ach Unsinn. Natürlich wird er das«, raunzte sie. »Spätestens wenn er über deine Lage Bescheid weiß, und dafür werde ich sorgen. Sei ganz ruhig, mein lieber Junge, wir werden dich in kürzester Zeit verheiratet haben.«
Lachlan lächelte zustimmend, obwohl er bei dem Gedanken rot wurde, daß Devlin von seiner Notlage erfahren sollte. Welch ein verdammtes Pech, daß die schöne Megan einen Verwandten seiner Tante geheiratet hatte. Andererseits hätte er sie sonst kaum wiedergefunden.
Diese Tatsache änderte seine Pläne etwas, um nicht zu sagen, vollständig. Er würde nicht nach einer Ehefrau Ausschau halten, wenigstens so lange nicht, bis er alles versucht hatte, um Megan dem Herzog auszuspannen. Wenn ihm das gelang, konnte er immer noch über andere Wege nachdenken, wie er die Vermögenslage seiner Familie in Ordnung brachte. Obwohl ihm, verflixt noch mal, auch jetzt keine andere Möglichkeit einfiel.

Megan ... er hatte sie wirklich gefunden, und sie war so wunderschön, wie er sie in Erinnerung hatte, sogar noch schöner, wenn das überhaupt möglich war. Und genauso lebendig, dachte er erfreut. Es war schon seltsam, beinahe eine Ironie des Schicksals, daß ausgerechnet seine Suche nach einer Ehefrau ihn zu ihr zurückführte. Ja, sie war für ihn bestimmt, nicht für den Engländer. Er mußte sie nur davon überzeugen, und das würde er tun.

»Meiner Schwester und ich sind eine ganze Reihe von Namen möglicher Erbinnen eingefallen, die du dir ansehen solltest, mein Junge«, fuhr Margaret fort, ohne etwas von geänderten Plänen zu ahnen. »In der Tat, wir haben das Glück, daß eine von ihnen gerade jetzt für einen längeren Aufenthalt eintreffen soll. Die Tochter eines reichen Earls. Mit ihr könntest du keine bessere Wahl treffen. Es geht das Gerücht, daß ihre Mitgift immens sein soll und sich mehrere erstklassige Besitzungen darunter befinden.«

Lachlan nickte, weil er selbstverständlich nicht sagen konnte, daß er nicht länger an Erbinnen interessiert war. Er würde sofort von Sherring Cross verbannt werden. Außerdem benötigte er für den Aufenthalt noch immer die Hilfe seiner Tante, denn er konnte sich kaum persönlich an Megans Ehemann wenden, damit dieser ihn bleiben ließ, so daß er seine Frau verführen konnte.

»Klingt ideal, Tante Margaret«, begnügte er sich also zu antworten. »Du mußt mich ihr vorstellen, wenn sie eingetroffen ist ... das heißt, falls ich dann nicht schon wieder auf dem Weg zurück in die Highlands bin. Was mir im Augenblick wahrscheinlicher vorkommt«, schloß er mit einem Seufzer.

Sie beugte sich herüber und tätschelte seine Hand. »Darüber mach dir jetzt keine Sorgen. Unser Dev ist kein solcher Flegel, daß er dir wegen dieses kleinen Mißverständnisses, das schon so lange her ist, einen Fußtritt gibt. Ich werde jetzt zu ihm gehen und mit ihm sprechen, damit du beruhigt sein kannst. Fühle dich also ganz wie zu Hause, Lachlan, mein Junge. Du wirst bleiben.«

6

»Er bleibt nicht. Und das ist mein letztes Wort.«
Devlin hatte dies nicht zum ersten Mal in den letzten Stunden gesagt, doch niemand schien ihn zu beachten, zumindest nicht, was dieses Thema betraf.
Megan hatte ihn unverzüglich darüber informiert, wer der schottische Verwandte seiner Tante war, und ihn in dem Gefühl zurückgelassen, wahrhaft gestraft zu sein. Dann erschien Margaret in seinem Studierzimmer und erzählte eine lächerlich rührselige Geschichte, daß der Highlander förmlich seines Erbes beraubt worden war und sich deshalb gezwungen sah, seine Sippschaft zu ernähren, indem er sich auf das Rauben verlegte.
Eine Stiefmutter, die mit dem Familienschmuck durchbrannte und spurlos verschwand? Nicht sehr glaubhaft, das Ganze. Es schien eher ein Märchen zu sein, das der Schotte erfunden hatte, weil er sicher sein konnte, damit das Mitgefühl ihrer gemeinsamen Tante und anderer leichtgläubiger Damen zu erregen. Doch allmählich schien sogar Megan ihre Haltung zu ändern, obwohl sie zunächst höchst ungehalten auf Lachlan MacGregors Anwesenheit unter ihrem Dach reagiert hatte.
Sie befanden sich im Salon, wo die Hausgemeinschaft sich gewöhnlich nach dem Essen versammelte. Seine Großmutter und ihre Schwester Margaret hatten die Köpfe zusammengesteckt und saßen auf dem Sofa. Sie sprachen so leise, daß ihre Stimmen nicht bis zu Devlin und Megan drangen, die am Kamin standen. Lord Wright, der von London herübergekommen war, um eines der berühmten Zuchtpferde von Sherring Cross zu kaufen, war ein Übernachtungsgast und sprach mit Lady Kimberly über das Wetter, als wäre es das wichtigste aller Themen. Zu dumm, daß er schon in den Fünfzigern und außerdem verheiratet war, denn er zeigte ein deutliches Interesse an der Dame.
Wenigstens hatte der Gegenstand ihrer Auseinanderset-

zung den Anstand besessen, der Abendgesellschaft fernzubleiben. Was vielleicht sein Glück war, denn Devlin war sich seiner Reaktion nicht sicher, wenn ihm der Schurke erneut unter die Augen kommen sollte. Dieser befand sich noch immer irgendwo im Haus, was er allein dem allgemeinen Gesetz der Höflichkeit verdankte. Es verlangte, daß man ihn sich ausruhen ließ, damit er am nächsten Morgen frisch gestärkt seine Rückreise in die Highlands antreten konnte, oder was sonst sein Ziel war.
Megan hatte Devlin aufgefordert, seine Entscheidung noch einmal zu überdenken und vorgeschlagen, den Highlander nun doch bleiben zu lassen. Bisher war sie ihm eine Erklärung dafür schuldig geblieben, doch sie würde sicher bald damit herausrücken. Normalerweise ließ sie ihn nie lange über ihre Absichten im unklaren ... wenigstens nicht allzusehr.
Auf seine Weigerung ging sie nur knapp ein. »Du wirst doch nicht ernsthaft böse sein wegen dieser lächerlichen Angelegenheit, die außerdem mehr als ein Jahr zurückliegt?«
Devlin sah sie an und hob eine Braue. »Lächerliche Angelegenheit? Der Mann ist vor dir auf die Knie gefallen und wollte dich auf der Stelle heiraten, und als du das kategorisch ablehntest, so wie jede Frau mit einigermaßen klarem Verstand, hat er dich kurzerhand entführt.«
»Ja, aber du hast mich zurückgeholt und ihm eine ordentliche Tracht Prügel verpaßt«, erinnerte sie ihn. »Oder weißt du nicht mehr, daß du deine Rache schon bekommen hast?«
Jeder, der Devlin nicht sehr gut kannte, hätte das leichte Kräuseln seiner Mundwinkel übersehen, das ein Zeichen von Selbstzufriedenheit war. Die angenehme Erinnerung, die der Auslöser dafür war, hielt jedoch nicht lange vor.
»Das macht keinesfalls ungeschehen, wie er seinen Lebensunterhalt verdient«, sagte er. »Großer Gott, er ist ein verdammter Dieb. Warum überseht ihr Frauen das nur?

Und er könnte sogar der Stiefsohn meiner Tante sein, statt nur ihr Neffe, und ich würde ihn deswegen trotzdem nicht in meinem Haus willkommen heißen.«
Verschiedene Köpfe wandten sich in ihre Richtung, und Megan flüsterte: »Nicht so laut, bitte. Dann sage ich dir noch etwas. Du hast Lady Kimberly nicht einmal bemerkt, so unscheinbar ist sie ... was bedeutet, daß wir eine Menge Zeit investieren müssen, um einen Ehemann für sie zu finden. Und du willst einfach einen möglichen Bewerber aus dem Haus werfen. Hast du schon vergessen, daß wir versuchen wollten, die zwei zusammenzubringen?«
Nun begriff er, warum sie ihre Meinung geändert hatte. Doch er weigerte sich weiterhin. »Wo liegt der Sinn, Megan? Kein Earl würde einen Schwiegersohn mit dieser Vergangenheit akzeptieren.«
»Oh, gib es auf, Dev«, unterbrach sie ihn ungeduldig. »Er ist ein schottischer Lord und außerdem Oberhaupt seines Clans. Das macht ihn überaus passend als Schwiegersohn für die Tochter eines Earls. Du weißt es auch. Und seine Taten in der Vergangenheit können großzügig übersehen werden angesichts der Umstände, die ihn dazu gezwungen haben. Du hast gehört, was deine Tante sagte. Der arme Mann war verzweifelt. Jetzt hat er diesen Teil seines Lebens hinter sich gelassen. Und er ist hier, um eine reiche Frau zu finden, die er heiraten kann. Bei der Mitgift, die Lady Kimberly in die Ehe bringt, wird er kaum sein Räuberdasein fortführen wollen, das mußt du zugeben.«
Er schnaubte. »Es sei denn, die Raubzüge haben ihm Spaß gemacht, was Grund genug wäre, daß er weiter die Grenze unsicher macht, ob nun verheiratet oder nicht. Und du kannst nicht leugnen, daß er sehr vergnügt wirkte, als er uns ausgeraubt hat, Megan.«
»Er wirkte so, vielleicht. Aber sicher wissen wir das nicht. Und allein die Tatsache, daß er sich hier auf Brautschau befindet, ist für mich Beweis genug für seine Ab-

sicht, mit diesem Leben zu brechen. Ich wüßte nicht, warum wir ihm verwehren sollten, uns seine Aufrichtigkeit zu beweisen. Selbst deine Großmutter ist dazu bereit.«
»Wenn dieser Mensch aufrichtig ist, dann fresse ich ...«
»Versprich nichts, was du später bereuen könntest«, unterbrach sie ihn mit einem Grinsen. »Und gib endlich zu, daß du den Burschen einfach nicht leiden kannst. Da liegt doch der wahre Grund, warum du nicht willst.«
»Das stimmt nur teilweise«, beharrte er. »Und jetzt haben wir genug über diesen Lumpen gesprochen. Er muß fort, und damit Schluß.«

7

Also war der Schotte wirklich ein Dieb. So wie MacGregor es von sich selbst gesagt hatte. Das Gespräch, das sie in der Eingangshalle zwischen ihm und der Herzogin mitzuhören gezwungen war, hatte sich eher nach einem einfachen Geplänkel angehört als nach einer ernsthaften Auseinandersetzung. Doch nun bestätigte der Herzog, was der Schotte von sich selbst gesagt hatte.
MacGregor war tatsächlich ein Dieb, und er hatte versucht, Ihre Gnaden auszurauben. Noch schlimmer: Dieser Dieb war außerdem ein Frauenentführer. Schon ein erstaunlicher Bursche. Noch mehr verwunderte es Kimberly, daß nicht unverzüglich Anklage gegen ihn erhoben wurde. Vermutlich lag das daran, daß er wohl mit der Tante des Herzogs verwandt war.
Der einzige Grund, der sie veranlaßt hatte, heute abend zum Essen nach unten zu kommen, obwohl sie sich miserabel fühlte, war ausgerechnet dieser Schotte gewesen, den sie wiederzusehen hoffte. Wie dumm von ihr. Und er war nicht einmal erschienen. Sie hätte besser daran getan, früh zu Bett zu gehen, um wenigstens etwas Schlaf zu be-

kommen, was nun jemand im Nebenzimmer unmöglich machte.
Das Schieben, Klappern, Diskutieren und gelegentliche laute Gelächter hörte nicht auf. Die Stimmen waren laut genug, um sie zu stören, jedoch nicht so laut, daß sie die einzelnen Worte verstehen konnte. Sie fühlte sich an die schlaflose Nacht in der Herberge erinnert, obwohl die Wände dort dünner gewesen waren, so daß sie den schottischen Tonfall bei den gelegentlich fallenden Worten hatte heraushören können. Der Lärm war jetzt genauso schlimm, und wenn er noch länger andauerte, würde sie sich gezwungen sehen, etwas zu unternehmen, wenngleich sie nicht wußte, was.
Gegen die Wand zu klopfen, würde sie die geringste Anstrengung kosten. So müde wie sie war, verspürte sie kein Verlangen, nach der Hausverwalterin zu suchen, damit sie ein anderes Zimmer bekam. Außerdem war es möglich, daß die Frau längst schlief, und ein Umzug kostete erneut Zeit und Kraft. Nicht zum ersten Mal wünschte sie sich einen weniger leichten Schlaf. Dann hätte sie zumindest eine kleine Chance, sich trotz des Lärms von nebenan etwas zu erholen.
Kimberly wußte, daß eine wohlerzogene Dame die Belästigung still erdulden würde, doch sie hatte keine Lust, noch mehr zu leiden. Als der Lärm nach einer Viertelstunde kein bißchen leiser geworden war, hämmerte sie an die Wand über ihrem Bett.
Als Antwort trat augenblicklich Stille ein. Sie hatte sich offensichtlich klar genug ausgedrückt. Kimberly seufzte, schüttelte das Kopfkissen auf und legte sich zurück ... um im nächsten Moment vor Schreck fast aus dem Bett zu fallen, denn ein sehr viel lauteres Pochen klang nun von der anderen Seite der Wand.
Das reichte. Soviel zu dem Thema, den leichten Weg zu gehen. Sie würde darum bitten, in einen unbewohnten Flügel des Schlosses ziehen zu können, der in einem Anwesen dieser Größe sicher vorhanden war. Vorher jedoch

verdienten diese unverschämten Lümmel im Nebenzimmer eine Lektion. Wäre ihr nicht vor kurzer Zeit genau das gleiche passiert, hätte sie nie an eine derartige Auseinandersetzung gedacht. Doch sie war wütend. Vor zwei Nächten erst hatte sie kein Auge zugetan, und deshalb war es ihr im Augenblick vollkommen gleichgültig, ob ihr Verhalten noch damenhaft genannt werden konnte.

Sie warf ihr Negligé über, schnürte sich beinahe den Atem ab, als sie den Gürtel zu fest band, ließ die Tür mit einem Knall gegen die Wand prallen, als sie nach draußen trat, und hämmerte wenige Sekunden später mit aller Kraft gegen die Nachbartür. Es überraschte sie nicht übermäßig, daß sofort geöffnet wurde. Durch den lauten Knall, mit dem sie aus ihrem Zimmer getreten war, hatte sie sich schließlich gebührend angekündigt. Erstaunt war sie nur, daß plötzlich Lachlan MacGregor vor ihr stand.

Dieses Mal ließ sie sich nicht durch seinen Anblick lähmen, obwohl sie ihn ebenso faszinierend fand wie bei ihrer Ankunft. Jetzt war sie einfach wütend.

»Haben Sie eigentlich eine Ahnung, wie spät es ist, verdammt? Und daß Sie andere Leute mit Ihrem Krach stören könnten?« fragte sie und blitzte ihn an.

Als Antwort hob er neugierig die Braue. »Die Kleine kann also tatsächlich sprechen.«

Sie errötete, als er sie daran erinnerte, wie sie ihn wortlos angestarrt hatte. Doch das minderte ihren Zorn keinesfalls. Vor allem nicht, weil eine andere Stimme ihre Aufmerksamkeit in den hinteren Teil des Raumes lenkte, wo ein weiterer Mann in einem Sessel lungerte. Es war der gleiche, den sie vor wenigen Tagen in der Herberge angeschnauzt hatte, weil er sie die halbe Nacht am Schlafen hinderte.

»Und ob sie das kann«, sagte der Bursche und nickte betrunken. »Wenn sie loslegt, glaubst du, die Todesfee höchstpersönlich will dich holen. Sie hat mir mächtig die Ohren vollgeschrien, in der Herberge neulich, und das ohne jeden Grund.«

»Überrascht mich eigentlich nicht, daß sie mich in den Dienstbotenflügel gesteckt haben«, bemerkte Lachlan, offenbar an seinen Freund gerichtet, obwohl er weiterhin Kimberly ansah. »Aber ich gehe schlafen, wenn ich will. Tut mir leid, daß ich Sie gestört habe, Mädchen, aber ...« Er zuckte mit den Achseln. »Nun, Sie können sich bei Ihren Dienstleuten beschweren, daß die mich hier einquartiert haben.«

Er hatte sie vielleicht für eine Dienstmagd halten können, als er sie in der Eingangshalle hochgehoben hatte, doch er mußte schon taub sein, um überhört zu haben, daß die Herzogin sie mit ihrem Titel angesprochen hatte, als sie sich bei Kimberly für ihre Zerstreutheit entschuldigte. Megan hatte auch erwähnt, daß sie bei ihnen zu Gast war. Deshalb betrachtete sie seine Schlußfolgerung, er befände sich aufgrund ihrer Anwesenheit wohl im Dienstbotenflügel, als Beleidigung, und zwar als eine absichtliche.

Ein widerlicher Kerl. Seine Manieren ließen wahrlich zu wünschen übrig. Das hatte er bereits vorher bewiesen, als er sie vollständig ignorierte. Doch Kimberly war nicht bereit, klein beizugeben, nur weil er ihr unverschämt kam.

»Es ist offenbar eine Angewohnheit von Ihnen, andere Leute zu stören, ganz gleich, wo Sie sich aufhalten. Und das hier ist nicht der Dienstbotenflügel, MacGregor, was Sie im übrigen sehr gut wissen. Ich bin zu Gast auf Sherring Cross, genau wie Sie. Außerdem bin ich krank. Ich bin müde und erschöpft und brauche dringend Schlaf. Den bekomme ich jedoch nicht, solange Sie sich aufführen, als wollten Sie das ganze Haus wecken.«

»Ich glaube, das würde ich nicht schaffen, Mädchen. Dazu ist das Schloß zu groß. Obwohl ich zugebe, daß die Idee mich reizt, bei der Stimmung, in der ich mich befinde.«

Bei den letzten Worten grinste er herausfordernd, worauf sie ihre Brauen noch dichter zusammenzog. Ganz offensichtlich hatte er nicht die geringste Absicht, sich wie ein zivilisierter Mensch zu benehmen.

Jetzt reichte es ihr, und sie fuhr ihn mit lauter Stimme an: »Und ich glaube, Sie besitzen überhaupt kein Hirn, mit dem Sie denken könnten. Seid ihr Schotten tatsächlich so rücksichtslos? Oder handelt es sich bei Ihnen eher um Selbstsucht, daß Sie sich nicht darum scheren, wen Sie verletzen oder mit Ihrer Rüpelhaftigkeit stören?«

Sie hatte es geschafft, ihn ärgerlich zu machen. Sein plötzlich düsterer Gesichtsausdruck ließ keinen Zweifel daran. Er machte einen Schritt auf sie zu, was sie veranlaßte, den Atem anzuhalten und ihrerseits einen Schritt zurückzuweichen. Er machte noch einen Schritt und zwang sie weiter zurück, dann noch einen. In ihr stieg Angst hoch, und sie wünschte, sie hätte doch die Hausverwalterin geholt, statt direkt und persönlich gegen den Grund ihrer Beschwerden anzugehen.

»Sie halten mich also für rüpelhaft, wie?« sagte er in dunklem, drohenden Ton. »Dann wissen Sie nicht, was das ist, wenigstens nicht bei mir. Aber dem läßt sich abhelfen, wenn Sie nicht sofort damit aufhören, mir mit Ihren dummen Predigten zu kommen.«

Als er fertig war, hatte er sie vollständig in ihr Zimmer zurückgedrängt. Er schien einigermaßen zufrieden mit sich, da er sich mit einem knappen Nicken verabschiedete, nach der Klinke faßte und die Tür mit einem lauten Knall hinter sich schloß.

Kimberly blieb mit aufgerissenen Augen und zitternd zurück. Er hatte ihr angst gemacht, ohne Zweifel. Doch nur, weil sie keine Ahnung hatte, wozu er fähig war. Und sie hatte ihn damit durchkommen lassen. Wie selbstzufrieden sich dieser Schotte jetzt fühlen mußte.

Aus dem Zimmer nebenan klang erneut Lachen. Das Blut schoß in Kimberlys Wangen, da sie sicher war, daß die Heiterkeit auf ihre Kosten ging. Die Magd war eingeschüchtert und in ihre Grenzen verwiesen. Sie wäre am liebsten zurückgestürmt, um den Kerlen noch einmal ihre Meinung zu sagen ... doch ihr Puls raste immer noch wie wild. Außerdem konnte sie nicht wissen, ob dieser

Flegel von Highlander sie nicht ein zweites Mal in Angst und Schrecken versetzen würde.

Es machte sie wirklich wütend, daß sie mit der Situation nicht angemessen fertig wurde. Und das alles nur, weil dieser Schotte ein unwägbares Risiko darstellte. Sie war daran gewöhnt, mit berechenbaren Situationen umzugehen. Im Augenblick fürchtete sie sich einfach zu sehr, ihm noch einmal entgegenzutreten.

Mit einem leisen Geräusch der Verachtung, das vor allem ihr selbst und ihrem Mangel an Mut galt, verschloß sie die Tür von innen, glitt aus dem Negligé und kroch in das riesige vierpfostige Bett zurück. Es war ein sehr bequemes Bett, doch für die heutige Nacht gab sie den Gedanken an Schlaf auf. Nebenan war es immer noch zu laut, und sie fühlte sich zu zornig, um zur Ruhe zu kommen.

Trotzdem beschloß sie, sich kein neues Zimmer geben zu lassen. Sie würde warten, bis auf der anderen Seite Ruhe eingekehrt war, und dann ihrerseits zu lärmen beginnen. Wenn sie es schon nicht schaffte, sich auf zivilisierte Weise Respekt zu verschaffen, würde sie dem Mann seine Unverschämtheit eben mit gleicher Münze heimzahlen. Das würde nicht schaden, denn morgen reiste er ohnehin wieder ab. In diesem Punkt hatte sie St. James deutlich genug verstanden. Der Schotte mußte fort.

8

»Hast du das arme Mädchen zu Tode erschreckt, Lachlan?« fragte Gilleonan, als Lachlan in sein Zimmer zurückgekehrt war. »Ich habe nicht gehört, daß sie um Hilfe gerufen hat. Der Schrei muß ihr in der Kehle steckengeblieben sein.«

Lachlan warf seinem Cousin einen düsteren Blick zu. »Warum sollte sie um Hilfe schreien? Ich habe sie noch nicht einmal angerührt, Mann.«

»Oh, vielleicht hättest du es tun sollen. So sanfte Hände, wie du hast. Du warst immer besser im Liebkosen und Verführen als darin, den Frauen Angst einzujagen. Und das hat dir weniger Klagen eingebracht. Zumindest, wenn du dir Mühe gegeben hast.«
»Bei Mädchen, die ich kenne, magst du recht haben. Aber solche, die nicht wissen, was für ein netter Kerl ich eigentlich bin, rennen weg, wenn ich sie nur ein einziges Mal falsch ansehe.«
Ranald, der sich lässig in einem bequemen Lesesessel räkelte, brach in grölendes Gelächter aus. »Nett, sagt er? Die Mädchen können den Laird der MacGregors manches nennen, aber nett ist wohl nicht dabei.« Dann lachte er wieder laut.
Lachlans düsteres Gesicht nahm einen mißbilligenden Zug an, und Gilleonan schaltete sich ein. »Mach dir nichts draus, Lachlan. Er hat nur ein Bier zuviel getrunken. Das allerdings mit Grund.«
Die Strenge in Gilleonans Stimme blieb Lachlan nicht verborgen, und er empfand sie als höchst verwirrend. Ranald hatte sich dem Bier ergeben, nachdem er erfahren hatte, um wen es sich bei ihrer Gastgeberin handelte. Lachlans Cousins teilten seine Freude nicht im geringsten, daß er Megan wiedergefunden hatte. Ranald war schon zu benebelt, um überhaupt zu merken, daß sie wieder an dem Punkt ihrer Auseinandersetzung waren, bei dem sie durch diesen aufgebrachten Hausdrachen von nebenan unterbrochen worden waren.
Ranald redete unbeirrt weiter. »Wenn die da nebenan ihre Courage wiedergefunden hat, setzt sie noch einmal Himmel und Hölle in Bewegung. Da könnt ihr sicher sein. Sie hat mir in dieser Herberge einen Satz heißer Ohren verpaßt, der es in sich hatte, als du und Gill noch im Bett lagen. Ich war noch gar nicht richtig wach, als sie mich mit ihren Beschwerden bombardiert hat. Wäre sie nicht so verdammt laut geworden, hätte ich vielleicht einfach nur ihren Anblick genossen. Weil sie

eine ziemlich hübsche Figur hat, das muß man ihr lassen.«
Lachlan rollte die Augen. Gilleonan, der mit einem Krug Bier neben dem gemächlich brennenden Kaminfeuer stand, kicherte nun leise.
Ranald hatte eine Schwäche für ansprechende weibliche Formen. Eine Frau konnte häßlich wie die Nacht sein, doch wenn sie nach seinem Geschmack gebaut war, geriet er sofort in Wallung. Lachlan mußte zugeben, daß auch er die reizvollen Kurven unter dem festgeschnürten Negligé bemerkt hatte.
Tatsächlich waren ihm noch einige weitere Details aufgefallen, die er übersehen hatte, als sie noch ihr langweiliges, viel zu weites Kleid trug. Sie besaß recht volle Brüste, die zuvor nicht zur Geltung gekommen waren. Und sie war groß. Für einen Mann, der Frauen normalerweise um mehr als einen Kopf überragte, war es selten, einer Frau zu begegnen, neben der er sich zur Abwechslung einmal nicht wie ein verdammter Riese fühlen mußte. Und dann ihre Augen! Sie waren wirklich außergewöhnlich und hatten Funken gesprüht vor Zorn. Auch ihre Haut war bemerkenswert, so seidig und weich wie frische Sahne. Ebenso ihre üppigen, golden glänzenden Haare, die lose bis zur Taille wallten und ihr einen etwas ungebärdigen, lüsternen Ausdruck gaben, den er sehr anregend fand.
Ja, sie war eine ungewöhnliche Frau. Auf den ersten Blick wirkte sie unscheinbar, wie eine Dienstmagd, die leicht mißachtet und übersehen wurde. Doch besaß sie offenbar einige versteckte Qualitäten. Und sie hatte ganz sicher keine Hemmungen, einem Fremden deutlich ihre Meinung zu sagen, was eine gehörige Portion Mut erforderte ... oder auf einen völligen Mangel an Vernunft schließen ließ.
Ja, Ranald würde sie sicher begehrenswert finden. Lachlan ginge es vielleicht ähnlich, wenn er nicht schon für die süße Megan entbrannt wäre. Doch sein Herz gehörte

nun einmal ihr, und sie wollte er haben, für den Rest seines Lebens. Es gab nur dieses winzige Problem, daß sie bereits einen Ehemann hatte. Seine Cousins schienen zu glauben, er wäre sich dieser Tatsache nicht bewußt.

Als Lachlan enthüllt hatte, wer die Herzogin von Wrothston war und daß er beabsichtigte, die Dame für sich zu gewinnen, hatte Gilleonan ziemlich unverblümt reagiert.

»Bist du blöd, Mann, einem Herzog die Frau stehlen zu wollen? Oder hast du vergessen, daß sie schon jemand anderem gehört?«

Natürlich wußte Lachlan dies, doch er schenkte dieser Tatsache nicht die Bedeutung, die seine Cousins ihr offenbar beimaßen. »Sie hat bei ihrer Wahl einen Fehler gemacht«, antwortete er ungerührt. »Und ich werde sie davon überzeugen, ihn wiedergutzumachen. Schließlich gibt es die Scheidung.«

»Für Adelige bedeutet das den Ruin«, hatte Gilleonan erklärt. »Und du verlangst von ihr, den Titel einer Herzogin aufzugeben. Ich kann mir keine Frau vorstellen, die dazu bereit wäre.«

»Ach was. Als Beweis ihrer echten Liebe ...«

Nun hatte Gilleonan geschnaubt. »Eher als Beweis für wahrhaften Schwachsinn. Das wäre es. Und außerdem hast du vergessen, Lachlan, daß du hier bist, um ein Mädchen mit vollen Taschen zu finden. Was ist, wenn diese hier sich als bettelarm herausstellt?«

»Ein Herzog, der eine arme Kirchenmaus heiratet?« Lachlan schnaubte nun ebenfalls. »Sie stammt wohl eher selbst aus herzoglichem Geschlecht oder ist von ausländischem Adel. Herzöge heiraten nicht sehr weit unter ihrem Stand.«

»Herzöge können es sich leisten zu heiraten, wen sie wollen, und einen Mann, der so reich ist wie dieser, kümmert es wenig, wenn das Mädchen kein Geld in die Ehe mitbringt. Er braucht nur die Frau selbst und die Kinder, die sie für ihn zur Welt bringt. Diese Frau jedenfalls hat er ganz sicher ohne Bedingungen genommen, so schön,

wie sie ist. Du dagegen brauchst Geld. Oder hast du diese unbedeutende Einzelheit mittlerweile auch vergessen?«
An dieser Stelle war ihre Meinungsverschiedenheit durch das laute Pochen an der Tür und die nervtötenden Beschwerden der kurvenreichen Kratzbürste von nebenan unterbrochen worden. Wenn Lachlan nicht schon durch seine Cousins zermürbt gewesen wäre, hätte er ihren Forderungen vielleicht kampflos nachgegeben. Andererseits hatte sie ihn sofort mit Beleidigungen angegriffen und mit einem Blick, der töten konnte. Wenn eine Frau ihren streitlustigen Ton anschlug, brachte das wohl jeden Mann auf die Palme, und am Ende hätte er ohnehin gekränkt reagiert, ganz gleich, in welcher Stimmung sie ihn erwischte.
Trotzdem war ihm noch immer nicht nach Streiten zumute. »Wenn deine Stimme nicht mit jedem Krug Bier lauter würde, Ranald, hätten wir keine ärgerlichen Besucher im Morgengrauen zu fürchten, die sich bei uns beschweren wollen.«
»Ach ... nun ... es soll also ... alles mein Fehler sein ... wie?« lallte Ranald. »Du ... hast nicht zufällig ... zurückgeschrien?«
»Doch nur, damit du mich überhaupt hörst, bei dem Krach, den du machst.«
»Falls ihr es noch nicht bemerkt habt«, schaltete Gilleonan sich ruhig ein, »ihr schreit alle beide.«
Sie starrten Gilleonan an, als erwarteten sie eine Erklärung. Dann fuhr sich Lachlan entnervt durch das Haar und brummte: »Verdammt, und nun muß ich mich morgen früh auch noch bei dem Mädchen entschuldigen und mir dabei höchstwahrscheinlich noch einen Rüffel holen.«
»Als wäre das nicht sowieso passiert«, schalt Gilleonan und erinnerte Lachlan: »Immer wenn du dich gehenläßt, tut es dir hinterher leid und du mußt dich um die verletzten Gefühle kümmern, die bei anderen zurückbleiben.«
»Nicht immer«, entgegnete Lachlan. »Nur wenn ich ein-

sehe, daß ich im Irrtum bin. Und in diesem Fall hat das Mädchen sofort angegriffen, statt zunächst einmal höflich zu bitten. Das macht jeden Fehler meinerseits wieder wett.« An dieser Stelle mußten Gilleonan und Ranald sich einen bösen Blick ihres Laird gefallen lassen, der deutlich machte, auf wen Lachlan die Schuld schob. »Verdammt, warum könnt ihr beiden euch nicht einfach mit mir freuen, daß ich die Dame meines Herzens wiedergefunden habe?«
»Wegen der Schwierigkeiten, die du dir einhandelst, wenn du sie haben willst, Lachlan. Du solltest vernünftig sein und einsehen, daß du dir nur eine blutige Nase holen kannst.«
»Ihr vertraut mir also nicht. Stimmt's?«
Gilleonan besaß den Anstand, rot zu werden. »Es ist keine Sache des Vertrauens. Die Fakten sprechen gegen uns. Hätte sie den Mann geheiratet, wenn sie ihn nicht wollte?«
»Einen Herzog?« schnaubte Lachlan.
»Herrje. Das ist die eine Sache. Aber dieser Herzog hat mehr zu bieten als nur den Titel und seinen Reichtum. Du vergißt, wie gut er aussieht, Lachlan. Du kannst Gift darauf nehmen, daß er vor seiner Heirat den Mädchen genauso den Kopf verdreht hat wie du. Sie liebt ihn wahrscheinlich. Und da erwartest du, daß sie ihn aufgibt und dazu noch ihre blendende gesellschaftliche Position, nur um mit einem armen schottischen Laird davonzurennen? Wenn du deinen Kopf gebrauchen würdest – und nicht dein Herz –, wüßtest du genauso wie Ranald und ich, daß du darauf vergeblich hoffst.«
»Es gibt andere Dinge, ich ich ihr bieten kann und von denen dieser verstaubte Engländer keinen blassen Schimmer hat.«
»Und die wären?«
»Spaß und Lachen.«
Gilleonan rollte die Augen. »Nicht jedes Mädchen gibt sich damit zufrieden. Und du weißt nicht einmal, ob

sie die Bedingungen erfüllt, die dich hierhergeführt haben.«

»Dann werde ich eben andere Wege finden, um an das Silber zu kommen. Ehe ich Megan aufgebe.«

»Wir hatten kein Glück bei den anderen Möglichkeiten, Lachlan. Oder ist dir das entfallen?«

Der Sarkasmus brachte Gilleonan einen weiteren bösen Blick ein. »Ich werde sie für mich gewinnen, Gill«, versicherte er. »Und dann habe ich das schönste Mädchen im ganzen Königreich. Also laßt mich gewähren.«

Gilleonan schüttelte den Kopf. »Das kann ich nicht. Ich würde meine Pflicht vernachlässigen, wenn ich dich nicht vor deiner eigenen Dummheit warnte. Außerdem bedeutet Schönheit noch lange nicht, daß sie eine gute Ehefrau abgibt. Sicher, ich habe noch nie ein schöneres Mädchen gesehen. Das kann niemand leugnen. Aber in ihren Reden ist sie schlimmer als Nessa, das kannst du mir glauben. Es gibt schließlich noch andere hübsche Mädchen, die keine Qual für die Ohren sind. Nur du suchst erst gar nicht danach.«

»Weil es Zeitverschwendung wäre, nachdem ich jetzt Megan wiedergefunden habe. Die Umstände, unter denen wir sie kennengelernt haben, Gill, sind kein Beweis für ihren wahren Charakter. Natürlich war sie damals aufgebracht, als ich sie fortgeschleppt habe. Das bedeutet noch lange nicht, daß sie sich die ganze Zeit so aufregt.«

»Oder genau das.«

Lachlan sah seinen Cousin mit zusammengekniffenen Augen an. »Dann soll es uns auch recht sein«, sagte er in drohendem Ton. »Und jetzt gib Ruhe, Gill. Bevor ich etwas tue, für das ich mich morgen früh auch bei dir entschuldigen muß.«

Gilleonan lächelte, als führten sie eine freundliche Unterhaltung. »Also gut. Es ist sowieso Zeit für mein Bett. Ich kümmere mich jetzt um unseren Cousin hier.« Mit diesen Worten wuchtete er den schnarchenden Ranald über die Schulter und ging zur Tür. Dort wandte er sich in ei-

nem letzten Versuch noch einmal um. »Ich habe volles Vertrauen, daß du morgen früh zur Vernunft gekommen bist, Lachlan, mein Freund. Du besitzt die wunderbare Fähigkeit, Fehler zu vermeiden, bevor du sie begangen hast.«
Lachlan schnaubte, als die Tür sich hinter seinen Cousins geschlossen hatte. Megan nicht für sich zu gewinnen, wäre ein großer Fehler, und den würde er auf ewig bedauern.

9

Als Lachlan am nächsten Morgen das Frühstückszimmer betrat, einen Raum, der größer war als die meisten Speisesalons, aber immer noch kleiner als der Saal, in dem auf Sherring Cross die offiziellen Dinnerpartys gegeben wurden, tat er dies mit dem selbstsicheren Auftreten eines gern gesehenen Gastes. Devlin, der am Kopfende saß, murmelte halblaut vor sich hin, als er den Mann mit einer Mischung aus Zorn und Resignation ansah, denn der Highlander war nun in der Tat willkommen ... wenigstens bei den Damen seiner Familie.
Megan hatte Devlin natürlich von ihrer Sichtweise überzeugt. Er wußte nicht, wie sie das immer wieder schaffte, aber es war geschehen. Offensichtlich hatte sie den Schotten unverzüglich über die neue Lage in Kenntnis gesetzt. Devlin beabsichtigte nicht, so zu tun, als sei er glücklich über diese Entscheidung, und der kalte Blick, den er MacGregor zuwarf, ließ kaum Zweifel an seinen wahren Gefühlen.
Lachlan entging dieser Blick nicht, und er verstand ihn richtig. Er nahm an, daß seine Tante Margaret für den Sinneswandel bei St. James gesorgt hatte. Nie wäre er auf den Gedanken gekommen, daß nur Megan so etwas bewerkstelligen konnte. Er wäre entsetzt, hätte er den

Grund gekannt, weswegen sie wollte, daß er blieb. Aus dem gleichen Grund hatte sie die Diener angewiesen, die Hälfte der Stühle an der langen Tafel wegzuräumen, so daß der einzige freie Platz bei Lachlans Ankunft der neben Lady Kimberly war.

Kimberly und Lachlan bemerkten die knappen Sitzplätze ungefähr zur gleichen Zeit. Sie errötete tief und deutete es als übles Pech. Wäre sie als letzte zum Frühstück erschienen und hätte sich auf den einzigen freien Platz neben dem Schotten setzen müssen, wäre sie mit einer Entschuldigung wieder umgekehrt. Ganz gleich, wie hungrig sie gewesen wäre.

Doch nun wäre es zu unhöflich und außerdem zu offensichtlich, daß ihr Rückzug mit dem Auftauchen des Schotten zu tun hatte. Keine Ausrede würde glaubhaft genug sein, um diesen Eindruck zu zerstreuen. Wenn sie und der Schotte allein gewesen wären, hätte sie allerdings nicht eine Sekunde gezögert. Aber Ihre Gnaden saßen beide am Tisch, so wie der Rest der Familie, und Kimberly hatte nicht die Absicht, sie in Verlegenheit zu bringen, nur weil sie einen ihrer Gäste für ein Scheusal hielt.

Lachlan hätte ihnen beiden die Peinlichkeit ersparen können, doch er schien nicht im geringsten daran interessiert. Nicht, als er Megan entdeckte. Statt dessen lächelte er seine Gastgeberin strahlend an, küßte seine Tante auf die Wange, als er an ihr vorbeiging, und ließ sich dann auf den einzigen freien Stuhl fallen. Es gab einen unangenehmen Moment, als Margaret sie einander vorstellte, ohne zu ahnen, daß es bereits eine Mißstimmung und böse Worte zwischen ihnen gegeben hatte.

Kimberly überlebte die Situation, doch sobald es die Etikette erlaubte, ging sie dazu über, den Mann neben sich zu ignorieren, und begann eine Unterhaltung mit dem netten Lord Wright, den sie am Abend zuvor kennengelernt hatte und der ihr nun gegenübersaß. Ihr Glück dauerte jedoch nicht lange, da eine Bemerkung der Herzogin das Interesse von Lord Wright weckte.

Bevor Kimberly dieser Unterhaltung genügend folgen konnte, um sich anzuschließen, spürte sie, wie MacGregor den Kopf zu ihr neigte. »Ich muß mich bei Ihnen entschuldigen«, flüsterte er. »Weil ich Sie heute nacht gestört habe.«

Sie war so überrascht, daß sie nicht anders konnte, als zu ihm hinzusehen. Er hatte sie unter Einschüchterungen in ihr Zimmer zurückgedrängt und weitere Grobheiten angedroht, und nun das. Außerdem hatte sie ihm seine Unverschämtheit mit gleicher Münze heimgezahlt ... das hoffte sie wenigstens, und auch, daß er keinen so festen Schlaf besaß und sie nicht völlig umsonst den Rest der Nacht wach geblieben war. Seine Entschuldigung kam ihr daher höchst ungelegen.

Er klang aufrichtig. Was sie seltsam fand, wenn sie daran dachte, wie rüde er und seine Freunde sich verhalten hatten. Nun schien er auf eine Entschuldigung ihrerseits zu warten. Die er wohl kaum erhalten würde, dachte sie bei sich.

»Allerdings«, war alles, was sie ihm mit ebenfalls gedämpfter Stimme entgegnete, nachdem sie den Blick wieder auf ihren Teller gesenkt hatte.

Sie brauchte ihn nicht anzusehen, um zu wissen, daß sie ihn zum Erröten gebracht hatte. Ob vor Ärger oder Verlegenheit, war nicht klar, aber es interessierte sie auch nicht sonderlich. Seine Entschuldigung machte die schlaflose Nacht nicht ungeschehen, die sie durch ihn erlitten hatte. Sie hoffte, daß er an diesem Morgen genauso erschöpft war wie sie, obwohl auch das nicht deutlich wurde.

»Meine Clan-Brüder haben mir gestern abend zugesetzt«, erklärte er. »Wegen einer Entscheidung, die ihnen nicht gefiel. Was haben Sie zu Ihrer Entlastung vorzubringen?«

Nun wurde Kimberly rot. Natürlich meinte er den Lärm, mit dem sie begonnen hatte, sobald es auf der anderen Seite ruhig wurde. Wie sollte sie das erklären? Es

war Rache gewesen. Dafür würde sie sich genausowenig entschuldigen wie für alles andere.
Er und seine Clan-Brüder hätten ihre Auseinandersetzung an einem anderen Ort führen können, nachdem sie einmal wußten, daß sie ihren Frieden störten. Aber nein, sie hatten sie weiter am Schlafen gehindert ... Es gab keinen Grund für sie, ihr eigenes Verhalten zu rechtfertigen. Schließlich war sie immer noch krank und konnte kaum die Augen offenhalten, um die Mahlzeit zu beenden, während er anscheinend gutgelaunt und in vollkommener Gesundheit die Nacht überstanden hatte.
»Es hilft Ihnen wenig, wenn Sie Ihr Verhalten von heute nacht zu rechtfertigen versuchen, MacGregor. Ich habe in den letzten drei Nächten nur sehr wenig geschlafen, in zweien davon wegen Ihrer Rücksichtslosigkeit.«
»Na, so was. Das also ist Ihre Erklärung?«
»Ich entschuldige mich nicht bei Ihnen«, zischte sie. »Ich weise nur darauf hin, daß Ihr Verhalten noch unverzeihlicher ist, als Sie selbst es merken.«
»Hätten Sie höflich um etwas Ruhe gebeten, Darling, hätten Sie vielleicht etwas erreicht, aber so war es ja wohl nicht, oder?« fragte er reichlich selbstgefällig.
Ihr blieb beinahe die Luft weg. Er wagte tatsächlich, ihr die Schuld an seinem Verhalten zuzuschieben? Aber was war auch anderes zu erwarten von einem ... Kimberly erstickte den Gedanken im Keim. Nein, sie würde ihre Gedanken nicht von den Vorurteilen ihres Vaters beeinflussen lassen. Außerdem brauchte sie keine vorgefaßte Meinung, um diesen speziellen Schotten nicht zu mögen. Er schaffte es von ganz allein, das Gefühl der Abneigung in ihr zu wecken.
Sein Kommentar verdiente keine Entgegnung. Wenn sie auf ihn einginge, würde sie sich auf sein Niveau herabziehen lassen. Dennoch konnte sie eine Bemerkung nicht unterdrücken. »Muß ich Sie daran erinnern, daß es überhaupt nicht nötig gewesen wäre, Sie anzusprechen, hätten Sie die Ruhestörung gestern abend in erträglichem Aus-

maß gehalten? Und sprechen Sie mich bitte als Lady Kimberly an. Ich bin nicht Ihr Darling.«
»Wie froh ich darüber bin«, gab er zurück.
Sie verspürte den Drang, aufzustehen und ihm eine saftige Ohrfeige zu verpassen. Dann erinnerte sie sich, wo und in wessen Anwesenheit sie sich befand, und bemühte sich, die Hitze aus ihren Wangen zu zwingen.
»Wir sind uns also einig, MacGregor«, sagte sie mit zusammengebissenen Zähnen und ahmte ihn in seinem kehligen Tonfall nach. »Wie froh ich darüber bin, daß ich Ihre Gesellschaft nach dieser Mahlzeit nicht länger ertragen muß.«
Das brachte ihr ein Schmunzeln und ein breites Grinsen ein. »Dann verlassen Sie also Sherring Cross?«
»Nein, Sie sind derjenige, der abreist.«
Er schüttelte den Kopf. »Ich enttäusche Sie nur ungern, Mädchen, ganz bestimmt, aber ich reise nicht ab.«
Sie sah ihn stirnrunzelnd an. »Sie lügen. Ich habe deutlich gehört, wie Seine Gnaden …«
»Seine Gnaden hat höchstpersönlich seine Meinung geändert«, unterbrach er sie und runzelte nun ebenfalls die Stirn. »Bevor ich es übelnehme, ein Lügner genannt zu werden, verlange ich eine Entschuldigung von Ihnen.«
»Nein, die bekommen Sie nicht. Ich gestehe zu, daß veränderte Umstände Sie in diesem Fall vor dem Vorwurf der Lüge retten, aber in Anbetracht Ihres Lebenswandels, MacGregor, hege ich nur geringe Zweifel, ob das Lügen Ihnen nicht genauso leichtfällt wie das Stehlen. Und da Sie, unglücklicherweise, hierbleiben werden, muß ich meine Habseligkeiten wohl sicher unter Verschluß halten.«
Schlimmer hätte Sie ihn nicht treffen können, auch nicht mit voller Absicht. Sie war einfach zu aufgeregt und verärgert darüber, diese Unterhaltung mit ihm führen zu müssen, um über die mögliche Wirkung ihrer Antwort nachzudenken.

Er war jedoch verletzt. Und zwar sehr. Hätte er tatsächlich gelogen, wäre der Vorwurf zu verschmerzen gewesen. Aber er war unschuldig, und ihre Worte trafen ihn hart.
»Das einzige, was ich Ihnen stehlen würde, Mädchen, ist Ihr übles Mundwerk. Sie täten gut daran, auch das unter Verschluß zu halten.«
Ihr blieb ein zweites Mal die Luft weg, bevor sie steif antwortete: »Ihre Angewohnheit, Frauen zu bedrohen, spricht für sich selbst. Sie mögen damit durchgekommen sein, als Sie mich heute nacht eingeschüchtert haben, aber Sie können darauf bauen, ein zweites Mal wird Ihnen nicht soviel Erfolg beschieden sein. Darf ich deshalb vorschlagen, daß Sie ganz darauf verzichten, mich anzusprechen, und ich für meinen Teil werde Sie mit meinem ›üblen Mundwerk‹ verschonen.«
»Das hat man nun davon, wenn man sich bei einer Kratzbürste entschuldigt«, murmelte er vor sich hin.
Sie hörte ihn natürlich. Was er beabsichtigt hatte. Doch das anschließende Schweigen, das seine Bemerkung – endlich – hervorrief, beschämte ihn auch. Beleidigungen mit einer Dame auszutauschen gehörte nicht zu seinem Stil. Nicht, daß es ihm so viel ausgemacht hätte, jedenfalls nicht bei dieser Dame. Doch entsprach es seiner Natur viel mehr zu schmeicheln und zu necken als Feindseligkeit heraufzubeschwören. Er verstand nicht mehr, warum er plötzlich so verändert reagierte.
Heute morgen wirkte Lady Kimberly überaus langweilig mit ihrem schlichten, braunen Hauskleid, das lose um ihre Figur hing, und dem phantasielos frisierten Haar, das ihre rote Nase noch mehr betonte, und dennoch … Lachlan schaffte es nicht, sie zu ignorieren. Jedes Wort aus ihrem Mund reizte seinen Zorn aufs neue und ließ ihn aufgebracht zurückschlagen.
Ihr war es gelungen, mehrmals während der Nacht seinen Schlaf zu stören. Heute morgen war er genauso müde wieder aufgewacht, wie er schließlich eingeschla-

fen war. Das hatte ihn nicht gestört. Es amüsierte ihn eher, daß eine Engländerin so rachsüchtig sein konnte. Er hatte ihr Verhalten als sein wohlverdientes Schicksal angesehen und war hoffnungsfroh zum Frühstück heruntergekommen, nachdem ein Diener ihm die Nachricht überbracht hatte, daß er auf Sherring Cross willkommen war, solange er zu bleiben gedachte. Aber müde war er dennoch gewesen. Selbst der Anblick der schönen Megan hatte ihn nicht wie erwartet aufgemuntert. Aber nun, nachdem er mit der eigensinnigen Lady neben sich einige Nadelstiche ausgetauscht hatte, fühlte er sich plötzlich hellwach.

Ganz darauf verzichten, mit ihr zu sprechen? Den Teufel würde er tun. Ein MacGregor wich vor keiner Herausforderung zurück. Diese Runde hatte er immerhin gewonnen. Also konnte er sich für den Augenblick zurückziehen.

Mut besaß sie reichlich, obwohl die Anwesenheit der anderen ihr wahrscheinlich Sicherheit gab. Wenn sie allein gewesen wären, hätte sie vermutlich andere Töne angeschlagen. Vielleicht aber auch nicht. Das würde er herausfinden. Er reiste nicht ab und besaß nun alle Zeit, sich das zu verschaffen, wonach sein Herz begehrte. Und in der Zwischenzeit, daran zweifelte er nicht, würden er und Lady Kimberly erneut die Schwerter kreuzen.

10

Kimberly verschlief den größten Teil des Tages. Es war nicht sehr höflich, da sie sich erst den zweiten Tag auf Sherring Cross befand, doch sie hatte keine Wahl. Auch die Herzogin sah dies ein, nachdem Kimberly gleich zu Beginn des Gesprächs eingenickt war, in dem Megan ihr den »Plan« erläuterte, der sie auf den Weg in die Ehe bringen sollte.

Megan hatte Lucinda, Devlins Großmutter, und Kimberly gleich nach dem – quälenden – Frühstück in ihr Wohnzimmer geschickt. Der »Plan«, wie Megan ihn nannte, bestand aus einer Strategie, der alle zustimmten. Es ging darum, Kimberly bald mit einer Anzahl von unverheirateten Männern bekannt zu machen, um ihr eine möglichst große Auswahl zu bieten, über die sie dann in Ruhe nachdenken konnte.
Für die kommenden Wochen waren bereits verschiedene Geselligkeiten auf Sherring Cross geplant. Zudem gab es eine Reihe von Einladungen in andere Häuser, unter denen die richtigen ausgewählt werden mußten, darunter einige bedeutende Bälle.
Kimberly war eingeschlafen, als Lucinda, oder Duchy, wie sie von ihrer Familie zärtlich genannt wurde, gerade erwähnte, daß einer dieser Bälle in vier Tagen in London stattfinden würde. Kimberly wollte noch einwenden, daß sie sich auf solch ein wichtiges Ereignis unmöglich innerhalb dieser kurzen Zeit vorbereiten konnte, da sie nicht einmal ein Ballkleid besaß. Da fielen ihr die Augen endgültig zu, nachdem sie mehrmals beinahe eingenickt war.
Später erinnerte sie sich an Megan, die sie mit leisem Lachen wach rüttelte und ihr befahl, sich zu Bett zu begeben.
Vor den Augen ihrer Gastgeberin einzuschlafen war natürlich der Gipfel an schlechten Manieren, und Kimberly entschuldigte sich peinlich berührt und schob alles auf den Schnupfen und die Reise. Warum sie den wahren Übeltäter schonte, den Gast im Zimmer neben sich, verstand sie selbst nicht recht.
Als sie sich nun zum Dinner umzog, fragte sie sich außerdem, warum sie heute kein anderes Zimmer verlangt hatte. Der Gedanke, daß der Schotte in der Nähe schlief, würde nicht gerade zu ihrer Ruhe beitragen. Außerdem bestand jederzeit die Möglichkeit, ihm auf den Wegen zwischen den Gesellschaftsräumen und

ihrem Zimmer zu begegnen. Und sie würde ihn durch die Wand hören, selbst wenn er beschloß, etwas rücksichtsvoller zu sein. Sie konnte sich keine Ablenkungen leisten, denn schließlich stand sie vor Entscheidungen, die ihr ganzes Leben beeinflussen würden.

Dennoch hatte sie ihrer Gastgeberin nichts gesagt und würde es auch weiterhin nicht tun, wie sie sich selbst nach einigem Nachdenken eingestand – aus dem einfachen Grund, daß sie sich trotz ihrer Erschöpfung und dem elenden Krankheitsgefühl durch den Schnupfen noch nie im Leben so lebendig gefühlt hatte. Aufregung, Furcht, Herzklopfen, Zorn, was auch immer es war, MacGregor ließ sie alles spüren. Sie mußte herausfinden, ob es ein gutes oder ein schlechtes Gefühl war, bevor sie dem ein Ende setzte.

Die verwitwete Herzogin hatte durch Mary ein scheußlich schmeckendes Gebräu geschickt, das Kimberlys Schnupfen kurieren sollte, und als sie fertig angezogen im Zimmer stand, spürte sie, daß es ihr tatsächlich schon besserging. Wenigstens drohte ihre Nase nicht länger beim kleinsten Niesen wegzulaufen. Ja, das Prickeln hatte beinahe aufgehört, so daß sie es wagen konnte, die gerötete, wunde Haut mit etwas Puder abzudecken. Die Gliederschmerzen waren ebenfalls verschwunden, wodurch ihr Gang wieder lebendiger und beschwingter wurde.

Alles in allem konnte sie mit ihrer Erscheinung recht zufrieden sein. Das lavendelfarbene Kleid, das Mary gebügelt hatte, besaß eine drapierte Taille zum Schnüren, so daß sie die überflüssige Weite wegbinden konnte. Doch sie mußte dringend etwas wegen ihrer Garderobe unternehmen und beschloß, die Herzogin zu fragen, ob es eine Näherin auf Sherring Cross gab, oder wenigstens eine in der Nähe, die sie morgen aufsuchen konnte. Mit den Partys und Bällen in London würde sie warten müssen, bis sie richtig ausgestattet war.

Aus dem Zimmer nebenan klang den ganzen Nachmittag kein Ton, doch sie hatte ohnehin wie ein Stein geschlafen.

Abends hörte sie noch immer nichts. Vielleicht hatte nun der Schotte um ein anderes Zimmer gebeten, um ihnen beiden, nachdem er doch bleiben durfte, weitere Störungen zu ersparen. Sie verstand noch immer nicht, warum der Herzog den Mann am Ende doch akzeptiert hatte; seine Stimme hatte tags zuvor so entschieden geklungen, als stünde der Entschluß unumstößlich fest.

An diesem Abend waren verschiedene neue Gäste eingetroffen, denen Kimberly vorgestellt wurde, als sie sich der Gesellschaft im Salon anschloß. Lady Hester Cowles und ihre Tochter Cynthia besuchten die verwitwete Herzogin und hatten eine Einladung für die kommenden Wochen angenommen. Cynthia war eine hübsche, kleine Schnattergans von etwa siebzehn Jahren, die schon des öfteren an den Geselligkeiten der Erwachsenen teilnehmen durfte, aber noch nicht ganz an dieses Privileg gewöhnt war.

Tiffany Whately befand sich ebenfalls unter den Gästen und wurde Kimberly als Megans beste Freundin vorgestellt. Sie war über das Wochenende mit ihrem Ehemann gekommen, dem Hochwohlgeborenen Tyler Whately, und steckte die meiste Zeit mit der Herzogin zusammen, da die beiden Freundinnen viel miteinander zu besprechen hatten. Kimberly wäre gern auf den »Plan« zurückgekommen, bei dessen Besprechung sie am Morgen der Schlaf überwältigt hatte, doch anscheinend würde sie noch etwas warten müssen.

Sie erfuhr immerhin durch Margaret MacGregor von Mrs. Canterby, einer ausgezeichneten Näherin, die für die Damen des Hauses arbeitete und so viel zu tun hatte, daß sie ganz auf Sherring Cross wohnte. Megan war bereits mit ihr übereingekommen, daß Kimberly sie gleich am nächsten Morgen aufsuchen sollte.

Kimberly war also beruhigt, was ihre Garderobe anging. Mit etwas Glück stand der in wenigen Tagen stattfindende Ball, von dem die Rede gewesen war, vielleicht noch nicht auf dem Programm. Als sie nach Sherring

Cross kam, hatte sie gehofft, sich nach und nach an den gesellschaftlichen Wirbel gewöhnen zu können, bis sie sich sicher genug fühlte, eine Menge fremder Menschen kennenzulernen, statt gleich mit einem großen Ball zu beginnen. Das wenige, was sie heute morgen über den »Plan« gehört hatte, ließ allerdings vermuten, daß die Herzogin andere Vorstellungen besaß.
Als die Dinnerzeit nahte und Lachlan MacGregor aufzutauchen drohte, hoffte Kimberly, seine Gesellschaft nicht ein zweites Mal erdulden zu müssen. Doch dieses Glück blieb ihr versagt.
Sie saß neben Cynthia Cowles und hörte den Klagen des Mädchens über die langweiligen Farben ihrer Kleider zu. Junge Mädchen mußten noch immer die unvermeidlichen Pastelltöne tragen, die im vorigen Jahrhundert modern waren, und Megans leuchtendgrünes Kleid hatte ihr ein neidisches Seufzen entlockt. In dem Moment schlenderte der Highlander in den Raum und blendete sie mit seiner außergewöhnlich guten Erscheinung. Er trug ein burgunderfarbenes Abendjackett, das fast den Ton seiner Haarfarbe traf, wenn das Licht darauf reflektierte. Seine dichten, weichen Locken wallten frei über die Schultern, was ihm einen etwas barocken Anschein verlieh. Aber wann hätte sich dieser Highlander jemals einer Mode gebeugt? Er besaß seinen eigenen Stil. Etwas Spitze um den Hals und an den Ärmelaufschlägen seines weißen Seidenhemdes vervollständigte die hinreißende Wirkung.
Cynthia blieb der Mund offenstehen. Kimberly spürte an sich beinahe die gleiche Reaktion, obwohl sie es noch schaffte, den Mund geschlossen zu halten. Es bestand kein Zweifel, dieser Mann übte noch immer eine überaus anziehende Wirkung auf sie aus und ließ ihre Sinne erwartungsvoll vibrieren.
Er hingegen beachtete weder sie noch sonst jemanden im Raum, als er mit seinem Charmeurlächeln hereintrat. Es gab nur eine Dame, die er bezaubern wollte, und auf diese schritt er geradewegs zu.

Die Dame war natürlich die Herzogin; und da Megan sich am anderen Ende des Raums befand, war es unmöglich, die Worte zu verstehen, die sie miteinander wechselten. Doch die Szene glitt ins Komische, als Megan bemerkte, daß er nach ihrer Hand griff und sie ihn daran zu hindern versuchte. Sie bewegte ihre Hand rasch aus seiner Reichweite, mußte es aber immer wieder tun, da Lachlan nicht so schnell aufgab. Er jagte ihre Hand förmlich, bis er sie schließlich fing und zu einem hingebungsvollen Kuß an seine Lippen führte. Jedenfalls war die Geste als Ausdruck seiner Hingebung gemeint. Megan zog die Hand sofort zurück und quittierte seine Bemühungen mit einem Stirnrunzeln.

Natürlich beobachteten sie alle. Lucinda kicherte. Devlin blickte düster. Kimberly schüttelte den Kopf.

In die anschließende Stille hinein erklang Cynthias Stimme. »Ist er nicht ein wirklicher Riese?« sagte sie staunend.

Kimberly hatte das zuerst auch gefunden, mußte aber ihre Meinung ändern, nachdem sie neben ihm gestanden hatte. »Finde ich nicht«, entgegnete sie.

Cynthia hätte vor Scham im Boden versinken sollen, eine solch unbesonnene Bemerkung gemacht zu haben, dazu noch mit einer Stimme, die durch den ganzen Raum hallte, und ihrer Mutter ging es ganz sicher genauso. Doch dem Mädchen schien der Fauxpas überhaupt nicht bewußt zu sein.

Auf Kimberlys Antwort reagierte sie mit einem Blick, als würde sie ihre Tischnachbarin für dumm halten. Also stand Kimberly auf, um ihr zu zeigen, warum sie den Schotten nicht für einen Riesen hielt. Cynthias Blick folgte ihr in die Höhe, und auf ihrem Gesicht erschien ein Ausdruck, als verachte sie sich selbst für ihre Fehleinschätzung.

»Ja, kein Wunder, daß Sie so denken. Sie sind ja selbst eine Riesin«, sagte das Mädchen dann.

In diesem Moment wurde die arme Lady Cowles rot wie

eine Tomate, doch Kimberly fand die Bemerkung seltsamerweise komisch und mußte laut lachen. Sie fühlte sich etwas merkwürdig dabei, denn es war so lange her ... doch das Lachen tat gut. Als sie wieder aufhörte und nur noch lächelte, fing sie zufällig Lachlans Blick auf. Sie hatte nicht beabsichtigt, seine Aufmerksamkeit auf sich zu lenken, und nun war sie wieder verwirrt. Glücklicherweise wurde in dem Moment das Abendessen angekündigt, und die Gesellschaft bewegte sich in den Speiseraum.

Megan hatte sich wieder bemüht, die Zahl der Stühle am Tisch zu begrenzen, doch da sie keine Platzkarten verteilen und damit ihre Strategie verraten wollte, schlug ihre Absicht dieses Mal fehl. Kimberly und Lachlan setzten sich zuerst, und zwar so weit auseinander, wie es die lange Tafel überhaupt ermöglichte.

Megan war etwas enttäuscht. Aber sie hatte im Salon Lady Kimberlys Lächeln beobachtet und war noch immer so erfreut darüber, daß die Sitzordnung an Wichtigkeit verlor.

Dieses Lächeln, das vollkommen natürlich gewesen war, hatte die Lady völlig verändert. Zuerst war Megan nur überrascht gewesen, dann entzückt, wie einige Grübchen den Ausdruck, wenn nicht die ganze Erscheinung eines Menschen verändern konnten. Auch wenn Kimberly noch immer nicht schön genannt werden konnte, stand ein warmes, lebendiges Leuchten in ihren Zügen, das sie bezaubernd wirken ließ. Lachlan MacGregor hatte es auch bemerkt, stellte Megan aufgeregt fest.

Das brachte sie sofort auf eine neue Idee. Sie überprüfte die Wirkung schon beim Essen und gab sich die größte Mühe, amüsant zu sein und alle in ihrer Umgebung zum Lächeln oder gar zum Lachen zu bringen. Es funktionierte. Kimberly entspannte sich und schien tatsächlich Spaß zu haben. Und jedesmal, wenn sie lachte, schien Lachlan den Blick in ihre Richtung zu wenden.

Natürlich war es zu dumm, daß er sein verführerisches Lächeln und seine Blicke gleichzeitig auch Megan zuwarf.

Megan seufzte und erkannte, daß ein weiteres Gespräch mit ihm über sein fortdauerndes Interesse nötig sein würde ... bevor Devlin es bemerkte. Der einzige Weg, die sture Weigerung ihres Ehemanns zu umgehen, dem Highlander den Aufenthalt zu gestatten, war ihr Argument gewesen, daß sie die Tochter des Earls von Amborough mit ihm zusammenbringen könnten. Wenn er die wahren Interessen MacGregors erfuhr, auch wenn diese nicht von Dauer waren – dafür würde Megan schon sorgen –, könnte sie ihren Mann nicht mehr länger hinhalten. Der Schotte würde mit einem Fußtritt unverzüglich vor die Tür gesetzt, falls Devlin nicht doch wieder die Faust bevorzugte.

Das war unglücklicherweise eine noch immer drohende Möglichkeit, was Devlins Abneigung dem Highlander gegenüber anging. Doch heute abend saßen sie einträchtig beieinander – nur Duchy saß zwischen ihnen – und unternahmen bewundernswerte Anstrengungen, sich gegenseitig zu ignorieren. Zu sehr vielleicht.

Obwohl dieses Verhalten zu offensichtlich werden und zu Vermutungen und Klatsch Anlaß geben könnte, mußte sie sich darüber keine Sorgen machen, solange sie sich nicht auf Gesellschaften außerhalb von Sherring Cross begaben. Genau das war allerdings für die nächsten Tage vorgesehen.

Duchy hatte Megan davon überzeugen können, daß es nicht ratsam war, alles auf eine Karte zu setzen. Auch wenn ihr der Gedanke gefiel, Kimberly und Lachlan zur wahren Liebe zu verhelfen, und es bequem war, sie beide im Haus zu haben, um die Sache voranzutreiben, waren sie vielleicht doch nicht füreinander bestimmt. Deshalb verdienten beide die faire Chance, einer Reihe von weiteren möglichen Partnern vorgestellt zu werden. Der Ball bei den Wiggins in London, der in wenigen Tagen stattfinden sollte, war für diesen Zweck genau das richtige Ereignis.

11

Kimberly fühlte sich auf angenehme Weise müde, als sie sich langsam durch die vielen Korridore auf den Weg in ihr Zimmer machte. Sie hatte den Schlafmangel noch immer nicht vollständig ausgeglichen, hoffte aber, daß sie den Rückstand heute nacht würde aufholen können. Ihr Schnupfen schien dank Lucindas übelschmeckendem Teufelsgebräu wunderbarerweise vollständig verschwunden zu sein.

Alles in allem hatte sie diesen Abend wirklich genossen. Sie hatte den bevorstehenden gesellschaftlichen Zusammenkünften eher mit Bangen als mit Vorfreude entgegengesehen. Doch Megan St. James war heute abend eine solch charmante und amüsante Gastgeberin gewesen, daß Kimberly tatsächlich den Grund für ihren Aufenthalt auf Sherring Cross vergessen hatte.

Sie war auch erstaunt darüber, wie sie dank ihrer Gastgeberin wenigstens über kurze Strecken die Anwesenheit des Mannes vergessen konnte, der sie so faszinierte. Es half, daß er am entgegengesetzten Ende der Tafel Platz genommen hatte, weit genug entfernt, daß sie nicht einmal seine Stimme hörte, wenn er sich an Gesprächen beteiligte.

Nur in den Momenten, wenn sie das seltsame Gefühl bekam, daß MacGregors Blick auf ihr ruhte, erinnerte sie sich überhaupt an ihn. Dabei hatte sie kein einziges Mal in seine Richtung gesehen, etwa um sich zu vergewissern, ob er sie tatsächlich ansah. Wahrscheinlich war diese Vorstellung ohnehin ein Produkt ihrer Phantasie, da er keinen Grund hatte, sie zu beachten, wenn die schöne Megan anwesend war.

Kimberly wußte genau, wo sein Interesse lag. Schließlich hatte sie alles mit angehört, als er bei seiner Ankunft mit der Herzogin sprach. Nicht einen Moment hatte sie bei dem Wortwechsel an einen harmlosen Flirt geglaubt. Die Sache war ernst. Er beabsichtigte, einer verheirateten

Frau nachzustellen. Und diese verheiratete Frau fühlte sich offensichtlich durch sein Verhalten belästigt und war verärgert, zumindest schien seine Idee ihr nicht im geringsten zu gefallen. Doch das würde ihn nicht aufhalten. Sein Verhalten heute abend war der Beweis dafür.

Kimberly hörte die Schritte hinter sich, als sie in den Korridor einbog, der zu ihrem Zimmer führte. Das Geräusch ließ ihr Herz für einen Schlag aussetzen. Es könnte ein Diener sein, obwohl sie daran zweifelte, bei dem schweren Gang. Viel wahrscheinlicher handelte es sich um den Highlander; dabei hatte sie die abendliche Runde nur deshalb so frühzeitig verlassen, weil sie ein solches Zusammentreffen verhindern wollte.

Nach dem Essen waren sie vom Speisezimmer in den Musiksalon gewechselt, wo Cynthia sie mit ihrem Können auf dem Cembalo unterhielt. Weil es nach den Maßstäben der St. James' nur eine kleine Gesellschaft war, hatten die Männer ihre gefüllten Brandygläser mitgebracht, und diejenigen, die zu rauchen wünschten, taten dies im hinteren Teil des Raumes.

Als Kimberly ging, schwenkte MacGregor noch eine große Portion Brandy in seinem Glas und war in eine intensive Unterhaltung mit Lady Hester vertieft. Daher hatte sie kaum damit gerechnet, daß er sie auf dem Korridor einholen könnte. Sie wußte, daß er die Angewohnheit besaß, erst spät schlafen zu gehen. Doch ihre Sinne sagten etwas anderes und versetzten sie in Unruhe. Oder war es Erregung ...? Sie wünschte sich wirklich, die beiden Gefühle auseinanderhalten zu können.

Kimberly beschloß, daß es vernünftiger war, jeder weiteren Konfrontation mit ihm aus dem Weg zu gehen, selbst einem knappen Kopfnicken im Vorübergehen. Sie würde sonst mit Sicherheit heute nacht kein Auge zumachen. Also beschleunigte sie ihre Schritte, bis sie regelrecht rannte, doch als sie die Klinke niederdrückte, bemerkte sie, daß sie abgeschlossen hatte.

Verflixt, wie hatte sie nur so dumm sein können? Seine

Worte waren doch nicht ernst gemeint, als er davon sprach, etwas bei ihr zu stehlen. Das würde er nicht wagen. Um ihre Ruhe zu haben, genügte es, den Schlüssel herumzudrehen, wenn sie sich tatsächlich im Zimmer befand. Doch nun war abgeschlossen, während die Schritte hinter ihr immer lauter wurden. Endlich hatte sie die unter den Rockfalten versteckte Tasche ertastet und den Schlüssel herausgeangelt, war aber so nervös, daß er ihr aus den Händen fiel. Es kam noch schlimmer. Als sie den Schlüssel wieder aufgehoben hatte, traf sie das Schlüsselloch nicht.

Eine riesige Hand erschien und wurde in Höhe ihres Kopfes gegen die Tür gepreßt. In ihrem Nacken murmelte mit warmem Atem eine melodisch klingende, kehlige Stimme: »So, Sie glauben also, daß ich kein Riese bin?«

Nach der Hast und Ängstlichkeit überkam sie plötzlich eine seltsame Ruhe. Vielleicht hatte sie etwas zu viel von dem süßen Wein getrunken, der zum Abendessen serviert worden war, oder vielleicht ergab sie sich in ihr Schicksal. Als sie sich umwandte, brachte es sie jedenfalls nicht allzusehr aus der Fassung, den mächtigen Körper so nah über sich zu sehen.

Er hatte also ihre Bemerkung zu Cynthia gehört? Erstaunlich, daß es ihr überhaupt nicht peinlich war.

Kimberly hob die Augen, um dem Blick aus seinen nahen Augen zu begegnen, und antwortete trocken: »Kaum.«

Die Entgegnung schien ihn zu amüsieren, obwohl er nachhakte. »Beim ersten Mal haben Sie mich deutlich genug angestarrt, wenn ich mich recht entsinne.«

»Etwa, weil Sie ein außergewöhnlich gutaussehender Mann sind?«

Die Frageform ließ ihn erröten. Er senkte den Arm und trat etwas zurück, so daß er nicht mehr ganz so bedrohlich wirkte.

»Dann muß ich mich womöglich für die Schroffheit entschuldigen, mit der ich Ihnen bei meiner Ankunft begegnet bin.«

Sie hätte gnädig sein und die Entschuldigung annehmen können, was ihn zweifellos schnell in sein Zimmer zurückgebracht hätte, und sie in ihres. Doch sie tat es nicht.

»Es wird langsam zur Gewohnheit, daß Sie sich bei mir entschuldigen müssen, nicht wahr?« sagte sie statt dessen.

Es war eine herausfordernde Frage. Sie bemerkte es noch beim Sprechen, machte aber keinen Versuch, die Wirkung abzuschwächen.

Er reagierte mit einem Lachen. »Glauben Sie das, Darling? Und ich dachte, was für ein guter Kerl ich doch bin ... alles zusammengenommen.«

Kimberly ignorierte den Versuch, die Schuld an seinem Verhalten ihr zuzuschieben, und beschränkte sich auf eine Ermahnung. »Ich habe Ihnen verboten, mich so zu nennen.«

Das Lächeln, das nun folgte, wirkte beinahe ruchlos, doch vielleicht spielte ihr auch die eigene Phantasie einen Streich. »Ein Verbot bringt Ihnen nicht immer, was Sie von mir wollen.«

Sie hätte wissen müssen, daß mit diesem Mann kein Gespräch zu führen war, ohne daß sie sich erneut über ihn ärgerte. »Und wodurch bekäme ich es?«

»Von Ihnen möchte ich ... das Wörtchen ›bitte‹ hören.«

Sie hob eine Braue. »Ich soll mich erniedrigen, weil Sie nicht genug Verstand besitzen, um zu begreifen, daß ich weder jetzt noch in Zukunft Ihr Darling sein will? Nein, ich denke nicht daran.«

Es war eine weitere Provokation. Er preßte seine Hand wieder an die Tür hinter ihrem Kopf und lehnte sich über sie. Das trieb sie in die Enge, und sie mußte den Kopf noch mehr zurückbiegen, um weiter Blickkontakt mit ihm zu halten. Vielleicht sollte sie noch einmal darüber nachdenken, ob er nicht doch ein Riese war ...

»Leugnen Sie nie etwas, das möglich wäre, denn alles ist möglich, wenn das Schicksal es will. Genau wie bei den Launen der Natur oder der eigenen Entschlossenheit.«

»Wäre es Ihnen dann möglich, mich freizulassen, damit ich endlich in mein Zimmer gehen kann?«
Er lachte leise. »Ja, das ist möglich, aber hier wird Entschlossenheit die Sache etwas verzögern.«
»Was soll das heißen?«
Er lächelte etwas zu sinnlich, und sie hätte gewarnt sein sollen. »Daß ich Sie noch nicht geküßt habe, Darling, obwohl ich genau jetzt dieses mächtige Bedürfnis danach spüre.«
»Unterstehen Sie sich ...!«
Weiter kam sie nicht, weil er den Kopf senkte und den Kuß wahrmachte. Dafür, daß alles unerwartet geschah, verdiente dieser Kuß eine Auszeichnung. Niemals hätte Kimberly geglaubt, daß so etwas geschehen könnte. Lachlan MacGregors Lippen berührten die ihren mit einem leichten, zögernden Liebkosen, um dann plötzlich ihren Mund ganz in Besitz zu nehmen.
Kimberly war hingerissen. Sie rührte sich nicht vom Fleck, konnte kaum atmen und erst recht keinen klaren Gedanken fassen. Sie stand einfach da und erlebte das Wunder mit allen dazugehörenden angenehmen Empfindungen. Selbst als seine Zunge sich den Weg in ihren Mund bahnte, löschte der Schreck über seine Dreistigkeit nicht das Vergnügen daran aus. Zu viele einzigartige Gefühle durchströmten sie, als daß das Unerwartete sie hätte irritieren können.
Als er sich schließlich zurückneigte, war sie völlig betäubt. Er hätte sie stehenlassen können, ohne daß sie es bemerkt hätte. Aber er verließ sie nicht. Er starrte mit tiefem Blick auf sie herunter, und da kehrten ihre Gedanken schlagartig zurück. In ihr tobte ein Kampf der Widersprüche. Sie war empört, und gleichzeitig verlangte es sie danach, ihn noch einmal zu küssen, was wirklich nicht zusammenpaßte.
Kimberly war verblüfft. Als sie sechzehn war, hatte Maurice sich ihr einmal kurz und unbeholfen genähert, das war ihr erster Kuß gewesen. Dann hatte er ihr einen

männlicheren Kuß gegeben, bevor er zu seiner großen Reise aufbrach. Keiner hatte sie im geringsten erschüttert, was sie von dem Kuß dieses Schotten wahrhaft nicht behaupten konnte. Sie hatte zudem keine Ahnung, warum er ihr den Unterschied zeigen wollte.

Schließlich beschloß sie, es herauszufinden. »Warum haben Sie das getan?«

Plötzlich wirkte er genauso verwirrt, wie sie sich fühlte. »Ich weiß es nicht«, gab er zu. »Vielleicht habe ich zuviel getrunken und sollte besser schlafen gehen, bevor ich mich noch mehr blamiere.«

Seine Antwort enttäuschte sie, obwohl es keinen Grund dafür gab. Was hatte sie erwartet? Daß er sie geküßt hatte, weil er einfach nicht anders konnte und einem unwiderstehlichen Drang gefolgt war? Bei diesem Gedanken empörte sie sich beinahe über sich selbst.

»Ja, das ist eine wunderbare Idee«, rettete sie sich. »Und sparen Sie sich die Entschuldigung morgen beim Frühstück, MacGregor. Zu viele schaden Ihrer Glaubwürdigkeit.«

Sie drehte sich auf dem Absatz um und wollte nun endlich die Tür öffnen. Seine Hand senkte sich auf ihren Arm, und er hielt sie fest. Wieder strich sein Atem warm über ihren Nacken, was ihr ein jagendes Prickeln entlang der Wirbelsäule verursachte.

»Ich entschuldige mich nie, wenn ich ein Mädchen geküßt habe. So etwas tut mir nicht leid. Also warten Sie erst gar nicht darauf. Ich bedaure es nicht im geringsten.«

Dann ging er und ließ sie noch verwirrter als vorher zurück.

12

Drei Tage später konnte Kimberly es kaum glauben. Sie war unterwegs zum Ball der Wiggins'. Dabei hätte sie schwören können, daß sie niemals rechtzeitig mit den

Vorbereitungen fertig würde, doch nun war es soweit. Zu der Gesellschaft der St. James' gehörten die Herzogin und der Herzog, Lady Hester – wobei Cynthia noch immer schmollte, weil sie nicht alt genug war, um auch teilzunehmen – und Lachlan MacGregor. Alle befanden sich am Morgen des Balls auf der Fahrt nach London. Sie würden für eine knappe Woche im Stadthaus des Herzogs wohnen, da noch einige andere Einladungen in London auf dem Programm standen, darunter ein weiterer Ball. Lucinda und Margaret würden ihnen morgen folgen, zusammen mit Cynthia.

Mrs. Canterby hatte das Kunststück fertiggebracht, innerhalb von eineinhalb Tagen ein atemberaubendes Ballkleid für Kimberly zu zaubern, und ein weiteres würde im Laufe der Woche folgen. Gemeinsam mit einer Gehilfin hatte sie außerdem zwei Tageskleider fertiggestellt, bevor sie am Morgen losfuhren, und mit jedem Tag würden weitere nach London geliefert, hatte sie versprochen.

Da auch ein Teil der Dienerschaft mitkam und die Herzogin mit großem Gepäck reiste, wurden neben der herzoglichen Kutsche zwei weitere Gefährte benötigt, um alles zu transportieren. Trotzdem zog der Herzog es vor, auf seinem rassigen Vollblüter zu reiten. Er wollte es offenbar vermeiden, die vielen Stunden bis London mit dem Highlander auf engstem Raum eingesperrt zu sein. Kimberly wünschte ebenfalls, ihr bliebe seine Gesellschaft erspart, doch das Glück hatte sie nicht.

Immerhin war es ihr gelungen, Lachlan während der letzten zwei Tage aus dem Weg zu gehen, abgesehen von den Mahlzeiten. Am Morgen nach dem Kuß erschien er niesend zum Frühstück. In ihren Augen war es eine wohlverdiente Strafe, daß er sich ihren Schnupfen geholt hatte. Er dagegen sah sie seitdem grollend an und war offenbar anderer Meinung. Aus irgendeinem Grund amüsierte sie das. Sie nahm an, daß er von Lucinda das gleiche

übelschmeckende Gebräu geschickt bekam, da er seitdem nicht mehr sehr häufig geniest hatte.
An diesem Morgen saß sie neben ihm in der Kutsche, aber mit genügendem Abstand, da die Bänke ausreichend Platz boten. So konnte sie ihn immer noch weitgehend übersehen. Megan und Hester saßen auf der gegenüberliegenden Seite, und Kimberly ahnte, welche Blicke Lachlan der Herzogin zuwarf, wenn Lady Hester es nicht merkte. Sie hegte keinen Zweifel, daß die beiden ohne Lady Hesters Anwesenheit längst in eine offene Diskussion über sein Interesse an der Herzogin vertieft wären, ohne daß der Schotte auch nur einen Moment auf Kimberly Rücksicht genommen hätte.
Megan blickte mürrisch drein, was darauf hindeutete, wie sehr der Schotte ihr auf die Nerven ging. Ihre Miene hellte sich nur auf, wenn sie Hester antwortete, die in einem fort plauderte. Kimberly hielt sich aus diesem belanglosen Gespräch heraus und bewunderte die vorbeiziehende Landschaft – jedenfalls gab sie das vor.
Für den Nachmittag waren noch keine Verabredungen getroffen, und als sie in London ankamen, schlug Megan vor, daß sich alle zurückzogen, um etwas auszuruhen, da der Ball zweifellos bis in die frühen Morgenstunden dauern würde. Kimberly war sehr damit einverstanden. Lachlan in dem geschlossenen Raum der Kutsche zu ignorieren, hatte an ihren Nerven gezehrt und die Reise sehr ermüdend gestaltet.
Dennoch nahte der Abend im Nu, und bald befanden sie sich auf dem Weg zum Ball. Kimberly klopfte vor Aufregung das Herz. Noch nie hatte sie so hübsch ausgesehen. Sie war verblüfft über die Verwandlung, und das lag nicht nur an dem atemberaubenden Kleid, das ihre Figur perfekt zur Geltung brachte. Der silbergraue Satin war durchbrochen von hellblauer Spitze, die den engen Rock in Abständen umringte und mit der auch die üppige Schleppe besetzt war. Die Schultern und das tief ausge-

schnittene Dekolleté waren ebenfalls spitzenumsäumt, wie es die Mode verlangte. Ein Halsband aus Satin und Spitze erlaubte ihr, eine hübsche Kameebrosche anzustecken, die ihrer Mutter gehört hatte.

Doch vor allem fand sie sich wegen ihres Haares plötzlich so hübsch, das Megans Zofe frisiert hatte. Wenn sie daran dachte, wie sie das Mädchen gescholten hatte, als sie mit Schere und Brenneisen kam und anfing, Kimberlys Stirnhaar zu kürzen. Das Mädchen war offenbar mit den neuesten Frisuren vertraut, weshalb Megan sie vor dem Ball zu Kimberly geschickt hatte.

Als sie fertig war, lagen viele goldene Locken am Boden verstreut, doch die kurzen, luftigen Kräusel an Stirn und Schläfen, die nun Kimberlys Gesicht umrahmten, machten ihre Züge bedeutend weicher und gefälliger. Nachdem noch etwas Puder und Rouge aufgetragen waren, erkannte sie sich kaum wieder.

Lachlan ging es auf den ersten Blick genauso. Er trat aus seinem Zimmer, als sie vorbeikam, und setzte zu einer höflichen Begrüßung an, da er vermutete, sie sei ein weiterer Gast der St. James'. Sie schritt weiter, als bemerkte sie ihn nicht einmal. Sein Mund blieb offenstehen, als ihm dämmerte, wer sie war.

Es geschah nicht oft, daß er sich verblüffen ließ, doch Lady Kimberly schien beinahe eine Gewohnheit daraus zu machen. Er hätte sie am liebsten bei der Schleppe gepackt und gefragt, was zum Teufel sie sich dabei dachte, so gut auszusehen. Doch er hielt sich zurück und schwieg, bevor er sich lächerlich machte. Es reichte, wenn er sich so fühlte.

Am Abend zuvor hatte sie ihn genauso überrascht, als er ihr Lächeln sah. Sie war hübsch, wenn sie ihre Grübchen zeigte, richtig herzerfrischend. Dieses Lächeln, zusammen mit ihrem veränderten Aussehen, verlieh ihr eine besondere Schönheit. Er wollte im Laufe des Abends mehr darüber herausfinden, wenngleich ihn die mögliche Wirkung seiner Forschungen beunruhigte.

Was ihn am meisten irritierte, war die Art, wie diese Frau auf die seltsamste Weise sein Innerstes berührte.
Seit der Nacht, als sie aufgebracht gegen seine Tür getrommelt und er mit übergroßer Heftigkeit reagiert hatte, war er bemüht, sie nicht weiter zu beachten, sondern sich auf seine Megan zu konzentrieren. Doch irgendwie schaffte er es nicht. Sie huschte ihm durch den Kopf, obwohl sie dort nichts zu suchen hatte. Auch der Kuß, den sie getauscht hatten, half nicht dabei, sie zu vergessen.
Er konnte noch immer nicht begreifen, warum der Drang so unwiderstehlich gewesen war. Denn er hätte sie besser nicht geküßt. Nun wurde er den Gedanken daran nicht mehr los.
Etwas an dem Kuß hatte ihn auf das höchste erregt. Es war wohl die Art, wie sie ihn umschlungen, ihren Mund ihm bei seinem Überfall geöffnet und sich dann mit ihrem weichen, biegsamen Körper hingebungsvoll an ihn geschmiegt hatte. Dieses Mal hatte er keinen steifen Nacken bekommen, als er sich hinabneigte, um ihre Lippen zu erreichen. Es war eindeutig von Vorteil, eine hochgewachsene Frau zu küssen. Dennoch hätte er in diesem speziellen Fall gern auf diese Erfahrung verzichtet.
Für heute abend plante er, Megan weiter zu umgarnen. Er würde endlich die Gelegenheit haben, mit ihr zu tanzen. Auf einer Festlichkeit wie dieser wagte sie es sicher nicht, ihn zurückzuweisen. Wenn er sie erst einmal in den Armen hielt, war alles möglich. Dann würde es ihm auch gelingen, ihre lächerliche Behauptung zu entkräften, daß sie mit diesem englischen Langeweiler glücklich verheiratet war. Sie machten doch nur gute Miene, um ihren schrecklichen Fehler zu verbergen. Das würde er beiden beweisen.
Ja, er hegte große Hoffnungen, und diese verboten ihm, sich den Kopf über diesen kratzbürstigen, aber hübschen Schmetterling zu zerbrechen, der gerade aus seinem Kokon geschlüpft war.

13

»Was ist das? Ich hätte schwören können, daß sie eben noch mit jemand anderem getanzt hat.«
»Wen meinen Sie?«
»Lady Kimberly.«
Megan nickte zerstreut, als würde eben erst ihre Aufmerksamkeit geweckt. Sie tanzte mit Lachlan, weil er sie sonst plagen würde, bis sie endlich nachgab. Doch während er ihr die abwegigsten Schmeicheleien und Anzüglichkeiten ins Ohr flüsterte, schien er auch an einer anderen Frau interessiert zu sein ... worüber sie erfreuter nicht hätte sein können, solange es sich um Kimberly Richards handelte.
Sie war zwar von der Ernsthaftigkeit seiner Gefühle nicht überzeugt – auch wenn er selbst meinte, nur die Herzogin zu lieben –, doch im Laufe ihres Lebens hatte sie schon beinahe jedes denkbare Kompliment gehört und ließ sich nicht durch ihn beeindrucken.
Was sie allerdings verblüffte, war die vorteilhafte Veränderung an Kimberly Richards, und Lachlan ging es offenbar ebenso. Nur für den Fall, daß es ihm nicht bewußt war, bestätigte sie seine Worte.
»Ja, sie hat gerade mit jemand anderem getanzt. Jetzt, wo Sie davon sprechen, fällt es mir wieder ein«, sagte sie zu ihm. »Sie klatschen ihr beim Tanzen die Partner ab. Nicht sehr sportlich, aber junge Männer sind nun einmal ungeduldig. Wußten Sie das etwa nicht?«
»Keine Ahnung«, brummte Lachlan.
Megan lächelte innerlich. Er klang tatsächlich etwas eifersüchtig. Das war mehr, als sie zu diesem frühen Zeitpunkt hätte erhoffen können.
»Anscheinend ist sie sehr beliebt«, fuhr Megan fort und beobachtete sorgfältig seinen Gesichtsausdruck. »Sie wirkt nicht so oberflächlich und kichert nicht ständig wie die jüngeren Mädchen. Außerdem ist sie eine sehr gute Zuhörerin. Männer mögen das an Frauen. Oh,

und sie ist sehr hübsch, falls Sie das noch nicht bemerkt haben.«
Er grunzte. »Sie sind sogar schön, Megan, ohne daß die Männer Schlange stehen, um mit Ihnen zu tanzen, so wie bei ihr.«
Sie lachte. »Das will ich auch hoffen. Diese Angewohnheit hat Devlin den jungen Kerlen längst ausgetrieben. Aber was unsere Kimberly angeht, kann ich mir vorstellen, daß sie einige Anträge erhält, bevor wir nach Sherring Cross zurückkehren. Ich sollte sie fragen, ob schon jemand Bestimmtes ihr Interesse geweckt hat. Vielleicht sind Sie so gut und geleiten mich zu ihr, sobald dieser Tanz vorüber ist.«
Er nickte knapp, und sie bemerkte, daß er aufgehört hatte, ihr Komplimente zu machen. Tatsächlich würdigte er sie kaum noch eines Blickes, und Megan konnte sich nur mit Mühe zurückhalten, um nicht in Lachen auszubrechen und sich selbst auf die Schulter zu klopfen.
Dieses Verkuppelungsspiel war wirklich viel einfacher, als sie gedacht hatte. Entweder war es ihr Verdienst, oder Lachlan und Kimberly waren einfach füreinander bestimmt, ganz gleich, was die anderen unternahmen, um sie zusammenzubringen.
Lachlan führte sie direkt zu Kimberly, als die Musik aufhörte. Besser gesagt: Er zog sie dorthin, und keinen Augenblick zu früh. Megan kannte den jungen Herrn, der Kimberly auf die Tanzfläche zurückführen wollte. Sie kam ihm eilig zuvor, indem sie ihn losschickte, einige Erfrischungen zu holen. Was Lachlan anging …
»Wenn Sie uns nun entschuldigen«, sagte Megan in einem Ton zu ihm, der keinen Widerspruch duldete. »Ich gehe mit Kimberly hinaus auf den Balkon, um etwas frische Luft zu schnappen …«
»Aber was wird Ihr Gemahl dazu sagen, Darling«, fuhr er dazwischen, »wenn ich Ihnen nicht meinen Schutz bei solch einem gefährlichen Unternehmen anbiete?«
Megan schnaubte beinahe bei diesem Unsinn, doch es ge-

fiel ihr gut, daß er in der Nähe bleiben wollte. Was er aber nicht erfahren sollte. Sie zuckte gleichgültig mit den Achseln. »Wie es Ihnen beliebt, aber halten Sie Abstand.«

Sie wartete nicht auf seine Zustimmung, sondern nahm Kimberly beim Arm und führte sie hinaus. Um die Balkonbrüstung herum war ein Windschutz angebracht. Dadurch konnten sich die Gäste auch im Freien aufhalten, ohne sich allzusehr der Winterkälte auszusetzen. Dennoch blieb deutlich spürbar, welche Jahreszeit herrschte.

Megan hatte nicht wirklich beabsichtigt, Kimberly über die Männer auszufragen, denen sie begegnet war. Doch da Lachlan ganz offensichtlich angestrengt die Ohren spitzte, durfte sie sich diese Gelegenheit nicht entgehen lassen.

»Amüsieren Sie sich gut, Kimberly?« begann sie in leichtem Ton.

»Ja, Euer Gnaden.«

»Aber nicht doch«, wandte Megan sanft ein. »Ich möchte, daß wir Freundinnen sind, Sie und ich, und meine Freundinnen nennen mich Megan.«

Kimberly lächelte scheu, obwohl ihr Blick sich in die Richtung verirrte, wo Lachlan stand und vorgab, die beiden Frauen nicht zu beachten.

»Erzählen Sie mir doch ein bißchen«, fuhr Megan fort. »Haben Sie schon jemanden kennengelernt, der Sie interessiert?«

»John Kent.«

Die Antwort kam zu schnell, und Megan war überrascht. »Nun, das ist ein netter junger Mann. Konservativ. Kommt aus den besten ... sind Sie sicher? Verstehen Sie mich nicht falsch, aber er wirkt etwas fade auf mich.«

Kimberly mußte unwillkürlich lachen. Sie hatte diese Eigenschaft auch schon bemerkt. »Ja, aber bedenken Sie eines. Ich habe mein ganzes Leben lang mit einem ... wie soll ich es ausdrücken ... mit einem hochemotionalen Vater gelebt.«

»Ihr Vater ist etwas jähzornig?«
»Ja, genau. Deshalb ist fade für mich nicht übel, sondern eher eine Erleichterung.«
»Sagen Sie das nicht«, entgegnete Megan in gespieltem Entsetzen. »Mein Devlin leidet auch an gelegentlichen Anfällen von Fadheit. Das läßt sich zwar mit früher nicht mehr vergleichen, verstehen Sie, aber hin und wieder kommt dieser alte Zug zum Vorschein und bringt mich sofort in Rage. Wenn Sie etwas vom Jähzorn Verschiedenes suchen, sollten Sie einen Mann von der ruhigen Sorte auswählen oder besser noch jemanden, der einen anständigen Sinn für Humor hat und Sie zum Lachen bringt.«
Sie warfen beide einen verstohlenen Blick zu Lachlan, der leise vor sich hin pfiff, als hätte er kein Wort gehört. Kimberly war nervös, wie immer, wenn er sich in ihrer Nähe aufhielt. In seinem schwarzen Abendanzug wirkte er sündhaft attraktiv, was ihre Unruhe noch verschlimmerte.
Sie hatte versucht, sich auf die Herren zu konzentrieren, denen sie vorgestellt wurde, doch das war beinahe unmöglich, solange Lachlan MacGregor im gleichen Raum war. Und sie war enttäuscht. Aus einem unerfindlichen Grund hatte sie tatsächlich erwartet, daß er sie zum Tanzen auffordern würde. Doch das tat er nicht. Er hatte mit Megan getanzt, oder überhaupt nicht.
»Dann war da Howard Canston«, erwähnte Kimberly. »Ihn fand ich recht interessant.«
Megan runzelte unmerklich die Stirn. Es war zu dumm. Ihr fiel nicht das geringste ein, was sie an Howard Canston bemängeln konnte. Er war sportlich und aktives Mitglied des britischen Oberhauses, wo er nach der Erkrankung des alten Canston dessen Sitz übernommen hatte. Die Familie war reich, ihr gehörten einige erstklassige Immobilien in London. Der Name war noch nie in Verbindung mit irgendeinem noch so winzigen Skandal aufgetaucht. Howard würde von seinem Vater den Titel

eines Marquis erben, was Gerüchten zufolge nicht mehr lange dauern würde.
Nein, Viscount Canston war eine der Glanzpartien der Saison und der ideale Partner für jede junge Dame, Kimberly Richards eingeschlossen. Er sah außerdem recht gut aus, wenn eine Frau den Typ des braungebrannten Adonis bevorzugte.
Megan wünschte inständig, sie könnte etwas Unangenehmes über den Kerl sagen, weil sie sich fest in den Kopf gesetzt hatte, daß Lachlan der passende Mann für Kimberly war. Doch es fiel ihr nichts ein, und um fair zu bleiben, mußte sie Canston wohl oder übel für die kommenden Wochen nach Sherring Cross einladen. Wenn es schon um Fairneß ging, müßte sie Lord Kent ebenfalls herbitten. Margaret würde dann freie Hand bekommen, einige der jungen Damen einzuladen, die ihr für Lachlan passend erschienen.
Megan seufzte unhörbar. Es gab wirklich Augenblicke, in denen ihr der Gedanke an Fairneß gegen den Strich ging. Jetzt war ein solcher Moment. Sie zwang sich einen höflichen, wenn auch knappen Kommentar ab. »Howard wird ein guter Ehemann sein. Gibt es sonst noch jemanden?«
Es war nicht allzu überraschend, daß Kimberly noch drei weitere Namen erwähnte. Das Mädchen wollte sich schließlich verheiraten und vergeudete ihre Zeit nicht mit reinem Amüsement.
Dennoch hätte Megan gern gewußt, warum sie Lachlan, diesem Prachtexemplar an Männlichkeit, mit dem sie seit dem ersten Tag in direkter Nähe lebte, nicht die geringste Beachtung schenkte. Falls Kimberly doch an ihm interessiert war, so hütete sie ihr Geheimnis jedenfalls gut.
Da Lachlan mit kaum mehr verhüllter Aufmerksamkeit ihr Gespräch belauschte, konnte sie Kimberly kaum darüber befragen, so sehr es sie auch danach drängte.
Die Sache erübrigte sich, als die Balkontüren aufgingen und Devlins dunkler Umriß vor dem hellerleuchteten

Hintergrund des Ballsaals erschien. Er mußte den Blick nicht lange schweifen lassen, um sie zu entdecken, und kam direkt auf sie zu. Mit einer Hand auf dem Mund bemühte er sich um ein Flüstern, das laut genug war, um von allen dreien verstanden zu werden.

»Megan, Liebes, ich brauche dich, um mich vor Henrietta Marks zu retten. Sie ist wild entschlossen, mir die politischen Ansichten ihres Gemahls darzulegen, mit denen ich, wie alle wissen, nicht im geringsten übereinstimme. Beeil dich, sie folgt mir direkt auf den Fersen.«

Er klang verärgert und bestimmt, vor allem bestimmt. Megan hatte keine Zeit mehr, etwas zu entgegnen oder sich bei ihrem Gegenüber zu entschuldigen. Sie lächelte Kimberly zu und würdigte Lachlan keines Blickes, während Devlin sie ungeduldig in den Ballsaal zurückschob.

Megan bemerkte sofort, daß ihn nirgends ein fauchender Drache bedrohte, worauf sie ihn unverzüglich hinwies. »Ich sehe keine Henrietta.«

»Nein, das kannst du auch nicht«, entgegnete er und tätschelte ihre Hand, während er sie angrinste. Dann schlang er den Arm um sie und wirbelte sie zu der gerade einsetzenden Musik herum. »Die Marks' kommen nie zu diesen exklusiven Bällen.«

Einen Moment war sie verblüfft, dann lächelte sie zu ihm hinauf. »Ausgezeichnet, Devlin. Es war genau der richtige Moment, um Kimberly und Lachlan allein dort draußen zurückzulassen, wenn du mir ein Lob erlaubst.«

»Ich weiß«, entgegnete er ziemlich selbstgefällig.

Sie hob eine Braue. »Willst du damit sagen, daß du uns gesehen hast, als wir auf den Balkon hinausgegangen sind?«

»Mein Schatz, ich weiß immer, wo du bist und was du gerade tust.«

Sie zog ein Gesicht. »Wie ist das zu verstehen? Soll ich erfreut sein oder mich eher fragen, ob du mir nicht traust?«

»Da ich dir selbstverständlich grenzenloses Vertrauen entgegenbringe, solltest du dich für die Freude entscheiden.«
Sie lächelte wieder. »Ja, das werde ich wohl müssen.«

14

Kimberly starrte noch immer auf die geschlossene Balkontür und war verblüfft, wie schnell man sie alleingelassen hatte ... mit ihm ... als sie Lachlans auffälliges Husten hörte, mit dem er ihre Aufmerksamkeit auf sich lenken wollte. Sie beschloß, ihn nicht zur Kenntnis zu nehmen, und wandte sich ab, um den Hof hinter dem Stadthaus der Wiggins' zu betrachten. Dort unten flackerten Lichter im Nebel. Sie erkannte einige einsame Bänke und die große Statue eines vergessenen Kriegshelden in der Mitte ...
»Es tut Ihnen nicht gut, mich zu übersehen, Mädchen. Ich bin unübersehbar.«
»Oh, ich weiß nicht«, bemerkte Kimberly und wandte den Blick noch immer nicht in seine Richtung. »Ich bin ziemlich gut darin, Dinge nicht zu beachten, die mich langweilen.«
»Au weh«, klang Lachlans Stimme aus nächster Nähe, und sie bemerkte, daß er lautlos hinter sie getreten war. »Damit kränken Sie mich tief, Darling.«
»Das bezweifle ich aufrichtig, doch für den abwegigen Fall, daß dies stimmt, werden Sie sicher darüber hinwegkommen.«
»Nun, und für den abwegigen Fall, daß Sie meinen, was Sie sagen, würde ich auf der Stelle meinen Atem aushauchen.« Er schwieg und spielte dann den Erstaunten. »Na, so was, ich bin ja immer noch hier. Stellen Sie sich das nur vor!«
Sie mußte beinahe lachen, was sie nur mit Mühe unter-

drücken konnte. Alberne Späße wie diese fehlten tatsächlich in ihrem Leben ... doch nicht mit einem Mann; dessen wahres Interesse woanders lag, wie sie beide wußten.
»Sie müssen mich entschuldigen, Mac...«
»Haben diese steifen Engländer Ihnen gesagt, wie wunderschön Sie heute abend aussehen, Kimberly?«
Sie wollte gerade von ihm weggehen, aber seine Bemerkung hielt sie auf und erfüllte sie mit einem warmen Leuchten. Ja, ihr war im Laufe des Abends von verschiedenen Männern gesagt worden, wie schön sie sei, doch deren Worte besaßen nicht die gleiche magische Wirkung wie Lachlans.
Seine Hand berührte ihren Arm, als müßte er sie mit physischen Mitteln aufhalten, obwohl ihre Füße in diesem Augenblick wie angenagelt am Boden blieben. Ihr gefiel der Gedanke, daß er sie einfach berühren wollte, in einer beinahe unschuldigen Geste.
»Habe ich Sie in Verlegenheit gebracht?« fragte er sanft.
Sie war nicht verlegen, sondern sprachlos. In ihrem Leben hatte sie so wenige Komplimente erhalten, zumindest von Männern, daß sie nicht wußte, wie sie selbstbewußt darauf antworten sollte. Also schüttelte sie kurz den Kopf und hielt den Blick gesenkt, doch diese Geste schien ihn nur zu weiteren Intimitäten zu ermutigen.
»Ich glaube, ich mag diese schüchterne Seite an Ihnen. Sie verblüfft mich, aber ich finde sie entzückend.«
»Ich bin nicht ...«
»Oh, jetzt verteidigen Sie sich nicht gleich. Ein wenig scheu zu sein ist keine Schande.«
Sie wollte heute abend nicht mit ihm streiten, doch gleichzeitig konnte sie auch diesen falschen Eindruck von sich nicht stehenlassen. »Ich bin wirklich nicht ...«
»Man bekommt als Mann richtig Lust, Sie zu küssen, und ich muß gestehen, daß ich diesen Drang jetzt wieder spüre.«
Ihr blieb der Atem in der Kehle stecken. Ihr Blick hob sich und begegnete seinem, und in diesem Augenblick preßten

seine Lippen sich auf ihre. Im Gegensatz zu den vorigen Küssen war dieser sehr viel ernsthafter. Er umschlang sie und hielt sie nah an sich gedrückt. Seine Zunge drang sofort hinter ihre Lippen, um sich ihren Weg tiefer zu suchen. Diese Art zu küssen sollte Leidenschaften wecken. Sie lernte sie wohl besser erst kennen, wenn sie sicher im Hafen der Ehe gelandet war. Doch es war zu spät, sie stand bereits lichterloh in Flammen.

Wohin dieser Kuß sie geführt hätte, konnte Kimberly nicht mehr herausfinden, denn in diesem Moment suchten verschiedene andere Gäste der Wiggins' Abkühlung auf dem Balkon. Lachlan wich sofort zurück, um eine unverfängliche Distanz zwischen ihnen herzustellen. Unglücklicherweise raubte sein plötzlicher Rückzug Kimberly den Halt, und er mußte mit einem Arm ihren Rücken stützen. Die einfachste Methode, diese intime Berührung zu überspielen, bestand darin, sie unverzüglich in den Saal zurückzugeleiten, direkt auf die Tanzfläche.

Als sie endlich wieder einigermaßen klar denken konnte, war es zu spät, um ihn für seine Kühnheit zu rügen. Nicht, daß sie ein echtes Bedürfnis dazu verspürte, denn sie hatte den Kuß ehrlich genossen. Aber nichts zu sagen, würde ihn glauben machen, daß er sie von nun an küssen durfte, wann immer es ihn danach gelüstete. Sie würde sich überwinden müssen und ihm die Grenzen zeigen ... allerdings erst später, wenn die Woge des Glücks abgeebbt war, auf der sie im Augenblick schwamm, und er sie nicht mehr mit seiner Aufmerksamkeit überschüttete.

Denn das tat Lachlan.

Er achtete nicht im geringsten auf die anderen, während er mit ihr tanzte, sondern starrte nur sie an. In seinen hellen grünen Augen entdeckte sie ein Glühen, das sie noch immer erwärmte. Als einer der Herren, der vorhin ihren Partner abgeklatscht hatte, dies noch einmal versuchte, wehrte ihn Lachlan unter Mißachtung aller Anstandsregeln heftig ab.

Er ging so weit, daß er den Mann anknurrte. »Verschwinde, Engländer. Sie ist vergeben.«
Kimberly war peinlich berührt und gleichzeitig begeistert, eine schwierige Mischung, und sie sagte kein Wort. Sie genoß einfach seine Hand an ihrem Rücken, während die andere ihre Rechte sanft umfaßte, und jedesmal, wenn er rein zufällig viel zu nah kam, so daß ihre Brüste seinen Oberkörper streiften, machte ihr Puls einen Satz.
Sie hatte keine Ahnung, daß dies von ihm erprobte Verführungskünste waren und er in seinem Plan gut vorankam. Er ging die Sache sehr subtil an und setzte nicht einmal die Hälfte seiner üblichen Taktiken ein, weil er fürchtete, daß alles, was zu offensichtlich war, eher das Gegenteil der beabsichtigten Wirkung hervorrief. Dabei hätte er nicht sagen können, wann und warum er den Entschluß gefaßt hatte, sie zu erobern, komme was da wolle. Es gab keine andere Wahl. Er mußte sie einfach haben, sein Verlangen war zu groß.

15

In dieser Nacht kehrte Kimberly in einer Art romantischer Verklärung zum Stadthaus der St. James' zurück. Da Lachlan mit ihr in derselben Kutsche fuhr, konnte dieses Gefühl gar nicht erst verfliegen.
Ihre Meinung über ihn hatte an diesem Abend natürlich einige entscheidende Veränderungen erfahren. Sie überlegte tatsächlich bereits, wie sie den Skandal verhindern konnte, wenn sie ihn heiratete und ihr Vater sie enterbte. Es ging nicht mehr darum, ob sie ihn heiratete. Die Entscheidung stand fest, soweit es sie betraf.
Es gab einfach keinen Grund mehr, weiter nach einem Ehemann Ausschau zu halten, wenn Lachlan MacGregor ihr so überaus recht war. Das einzige Hindernis, das sie bisher davon abgehalten hatte, dieser Idee zu folgen, war

sein offensichtliches Interesse an Megan St. James gewesen. Doch nach dem heutigen Abend schien es damit vorbei zu sein. Seine Aufmerksamkeit hatte sich ihr zugewandt. Daß es leicht sein würde, ihn zu lieben, bezweifelte sie nicht. Außerdem war seine Art, sich mit Nonchalance über alles Steife hinwegzusetzen, zu scherzen und seinen Charme spielen zu lassen, genau das, was sie in ihrem Leben brauchte.

Sie lächelte noch immer und träumte vor sich hin, wie ihre Zukunft mit ihm wohl aussehen mochte, als sie ihr Zimmer erreichte und sich langsam für das Bett fertigmachte. Ihr war undeutlich in Erinnerung, daß man Lachlan das Zimmer nebenan zugewiesen hatte, als sie früher am Abend auf dem Korridor an ihm vorbeigegangen war. Ein ziemlicher Zufall, wenn sie daran dachte, wie groß das Stadthaus der St. James' war. Doch sie dachte nicht lange darüber nach, denn auch in dieser Angelegenheit hatte sie ihre Meinung geändert. Nun gefiel es ihr, daß er so nah war.

Mary hatte die Anweisung, Kimberly nicht aufzuwarten, und sie schaffte es ohne allzu große Schwierigkeiten, sich aus dem Ballkleid zu schälen, wobei ihr auch nicht auffiel, wie unsicher sie dabei schwankte.

Sie wäre gern weiter ihren Träumen von Lachlan nachgehangen … es waren so aufregende Phantasien, doch aufgrund der enormen Mengen Champagner, die sie auf dem Ball getrunken hatte, schlief sie, nachdem sie in ihr Bett geschlüpft war, innerhalb weniger Augenblicke ein. Sie war ziemlich verwirrt, als sie eine Weile später wieder aufwachte. Ihr war, als befände sie sich noch immer auf dem Ball, wo Lachlan sie draußen auf dem Balkon küßte. All die wunderbaren Empfindungen, die sie dort verspürt hatte, wurden wieder lebendig. Doch sie waren nun stärker. Sie wurde ziemlich leidenschaftlich geküßt. Und im Gegensatz zum Balkon, wo es kalt gewesen war, spürte sie jetzt Hitze.

Es dauerte eine Weile, bis ihr bewußt wurde, daß Lachlan

sich nicht nur auf einen Kuß beschränkte. Seine Hände hielten sie nun nicht mehr, sondern bewegten sich ungehindert über ihre Schenkel, wo er auf ihre bloße Haut traf, statt auf den zu erwartenden Satin. Das verwirrte sie, ohne daß sie weiter darüber nachdenken konnte. Seine Hände wanderten unentwegt weiter und bereiteten ihr so angenehme Empfindungen, daß sie entzückte Geräusche von sich gab, die ihn zu weiteren Erforschungen ermutigten.

Doch da war auch etwas, das sie vorher nicht gespürt hatte, ein vages Gefühl der Frustration, ohne daß sie genauer hätte sagen können, was es bedeutete. Sie wußte auf eine unbestimmte Weise, daß all die wunderbaren Dinge, die er mit ihr tat, ihren Hunger nicht stillen würden, und eine noch größere Seligkeit ausblieb, ohne die sie nicht befriedigt war. Zusammen mit diesem Gefühl kam in ihr ein drängendes Verlangen auf, als ob ihr Körper ihr mitteilte, daß es ein Ende des Regenbogens gab und sie ihn finden könnte, wenn sie sich beeilte.

Die Hitze wurde immer heftiger. Das Nachtgewand schien an ihr zu kleben, aber ... es fühlte sich nicht mehr wie Satin an. Ihr war eher, als besäße sie statt dessen eine zweite Haut, die schwer, hart und unnachgiebig auf ihr lastete, obwohl sie sich normalerweise weich anfühlte. Doch sein Kuß betäubte sie noch immer, so daß sie nicht darüber nachdenken konnte, was wirklich mit ihr geschah. Außerdem bildete sie sich zweifellos alles nur ein, da sie zuviel Champagner getrunken hatte, ohne daran gewöhnt zu sein.

Dann spürte sie den Schmerz, was eine ernüchternde Wirkung auf sie ausübte. Mit einem Mal waren zwei Dinge klar. Sie befand sich nicht auf dem Balkon der Wiggins', sondern in ihrem Bett, wo sie hingehörte. Und über ihr lag Lachlan MacGregor, der auf keinen Fall dort sein sollte.

Ihre Gedanken wirbelten durcheinander, während sie nach dem Sinn suchte, den sie in ihrer Unschuld noch immer nicht ganz begriff. Ihr fiel nur eine Frage ein. »Was tun Sie hier?«

Er beugte sich leicht zurück, doch sie konnte ihn kaum erkennen, da die Glut im Kamin den Raum nur schwach beleuchtete. »O mein Schatz. Ist das nicht offensichtlich? Ich mache Liebe mit dir.«

»Den Teufel tun Sie«, rief sie entrüstet aus. »Ohne meine Erlaubnis? Ich denke gar nicht daran.«

»Ja, da hast du recht«, entgegnete Lachlan. »Es tut mir leid wegen dem Schmerz, aber ...«

»Schmerz?« unterbrach sie ihn. Dann erinnerte sie sich und holte tief Luft. »Warum haben Sie mir weh getan?«

»Es war keine Absicht ... sondern ... nicht zu vermeiden, aber ich schwöre dir, Mädchen, daß es nicht wieder vorkommt.«

»Nein, das wird es sicher nicht, denn Sie gehen jetzt«, sagte sie bestimmt. »Und zwar augenblicklich.«

»He, warum sollte ich, wenn keiner von uns das will?«

»Bilden Sie sich nicht ein, meinen Willen zu kennen ...«

»Oh, aber wenn ich doch weiß, was du willst? Du hast mir während des ganzen Abends gesagt, daß du mich begehrst, Darling, und jetzt will ich dich genauso.«

Bei diesen Worten durchfuhr sie ein freudiger Schrecken, doch es war auch Verwirrung dabei. Sie erinnerte sich nicht, ihm etwas Derartiges gesagt zu haben, und wäre auch gar nicht unverfroren genug dazu, ob es nun stimmte oder nicht. Eines war jedenfalls richtig ... Sie wollte ihn wirklich, aber das hier war etwas anderes ... oder etwa doch nicht? Sie würde ihn ohnehin heiraten. Welche Rolle spielte es also, wenn sie sich schon vorher liebten? Alles, was er mit ihr gemacht hatte, war so angenehm gewesen, bis dieser Schmerz dazwischenkam.

Als sie sich wieder daran erinnerte, fragte sie ihn kleinlaut: »Warum haben Sie mir weh getan?«

Er stöhnte und begann augenblicklich, sie mit Küssen zu bedecken. »O Darling. Das habe ich nicht absichtlich getan. Hat dich deine Mutter nie darüber aufgeklärt ...

hmm, nun ... darüber, daß bei einer Jungfrau zuerst Blut vergossen werden muß, bevor sie sich wirklich mit einem Mann vereinen kann?«
Sie erinnerte sich tatsächlich vage an etwas Ähnliches, doch sie war noch so jung gewesen, als diese Unterhaltung stattfand, daß sie überhaupt nicht mehr daran gedacht hatte. Sie vermutete, daß Lachlan tiefrot geworden war, als er es ihr noch einmal sagen mußte. Sie errötete selbst ebenfalls etwas.
»Wollen Sie damit sagen, daß wir wirklich eins geworden sind?«
Ihr kam nicht in den Sinn, daß er dies anders als sie meinen könnte.
Seine Antwort war eher kurz und treffend. »Kannst du es nicht spüren?« fragte er mit leicht heiserer Stimme.
Es war schwierig, in diesem Moment überhaupt etwas anderes als sein Gewicht zu spüren, weil er sehr ruhig auf ihr lag. Doch dann veränderte sich etwas, und sie riß die Augen weit auf, als sie die Bewegung tief in sich fühlte. Kein Schmerz mehr, nur noch ein angenehmes Fluten, nachdem ihr Puls vorher beinahe stehengeblieben war und nun um so heftiger schlug.
»Haben Sie das getan?«
Er kicherte stolz bei ihrer ungläubigen Frage. »Ja, das war ich, Darling. Und es ist erst der Anfang. Der Rest wird noch besser, das verspreche ich dir.«
Er fuhr damit fort, ihr zu zeigen, was er meinte. Besser? Das beschrieb kaum die köstlichen Empfindungen, die mit seinen Bewegungen in ihr einhergingen. Er küßte sie wieder, sehr tief. Selbst wenn sie daran gedacht hätte, ihn zu erinnern, daß sie so etwas nicht tun sollten, bevor sie wirklich verheiratet waren, bekam sie keine Chance dazu.
Nicht, daß sie ihn hätte hindern wollen. Dafür war sie schon viel zu tief in die selige Wonne eingetaucht, die alle Gedanken auslöschte und nur noch ihren Körper antworten ließ. Zuerst waren die Erwiderungen verhalten und

unschuldig, wurden aber bald leidenschaftlicher und paßten sich dem Rhythmus an, den er vorgab. Langsam, schnell, und sie folgte ihm. Ein beinahe schmerzliches Verlangen erfüllte sie, und dann wurde es zuviel. Sie schrie überrascht auf. Der Höhepunkt, zu dem er sie führte, kam unerwartet, und sie entlud sich in einem glorreichen Ausbruch wilder Lust. Dann kam das unglaublich süße Wonnegefühl danach, ein wunderbares Pulsieren und die Mattigkeit. Sie fühlte sich vollständig befriedigt.
Was sollte sie ihm sagen? Wurde von ihr erwartet, daß sie dem Gentleman ihren Dank aussprach, nachdem er sie in dieses sündige Vergnügen eingeführt hatte? Sie würde die Antwort auf den nächsten Morgen verschieben. Jetzt seufzte sie nur glücklich, schlang die Arme um seinen Nacken und schlief augenblicklich ein.

16

Mary betrat Kimberlys Zimmer wie jeden Morgen, um mit ihrem Dienst zu beginnen. Kimberly hob leicht den Kopf, als sie die leisen Geräusche hörte, die das Mädchen beim Feuermachen verursachte. Nichts Außergewöhnliches. Und schon gar nichts, was darauf hindeutete, daß sich ihr Leben unwiderruflich verändert hatte.
Als sie sich genügend aufrichtete, um den Ellbogen aufstützen zu können, und die Augen öffnete, geschah dies zu schnell. Schmerz durchschoß ihre Schläfen. Sie hob hastig die Hand, um sich vor dem Sonnenlicht zu schützen, das ihr so grell wie nie erschien. Der Ball. Sie war auf dem Ball der Wiggins gewesen und hatte zuviel Champagner getrunken. Das also waren die Folgen, wenn man mit Alkohol sündigte? Ein pochender Kopfschmerz, Lichtempfindlichkeit und diese seltsame Unruhe?
Unruhe? Was hätte sie tun können, um dieses Gefühl zu rechtfertigen? Ein Kuß auf dem Balkon, mehrmals mit

dem gleichen Mann zu tanzen, diese machtvollen, sinnlichen Blicke, die Lachlan ihr zuwarf? Lachlan …
Eine Erinnerung löste die nächste aus, in der Reihenfolge der Ereignisse. Als sie bei den letzten angekommen war, die sich in diesem Raum zugetragen hatten, ließ sie die Hand auf das Bett zurücksinken und stöhnte innerlich. Unmöglich. Das konnte sie nicht getan haben, das hätte sie sich nie erlaubt. Die restlichen Erinnerungen mochten echt sein, doch die letzte, nein, das mußte ein Traum gewesen sein. Andererseits, hatte sie jemals etwas so Echtes … oder Schönes geträumt?
Dann fiel ihr Blick auf das Nachtgewand am Fußende des Bettes, und mit einiger Beklemmung sah sie an sich herab und stellte fest, daß es sich bei dem Kleidungsstück am Boden nicht um ein zweites Gewand handelte, das sie aus dem Schrank geholt und dann doch nicht angezogen hatte. Sie war tatsächlich nackt unter der Decke, die sie im Augenblick vor der Brust festhielt. Das Frösteln an den bloßen Schultern hätte ihr früher auffallen sollen, doch hatten vermutlich die Kopfschmerzen sie von diesen eher unbedeutenden Beobachtungen abgehalten.
In dem Moment schoß ihr das Blut in die Wangen, und genauso schnell wich es wieder und ließ sie erblassen. Ob es Zufall war, daß sie in der einzigen Nacht, in der sie kein Nachthemd trug, davon geträumt hatte, daß jemand mit ihr Liebe machte? Sie fürchtete das Gegenteil, und das würde bedeuten, daß sie ruiniert war … nun wußte sie auch, woher diese schleichende Unruhe kam.
Wenigstens lag Lachlan nicht mehr in ihrem Bett. Sie hätte sich kaum ihre Verlegenheit vorstellen können. Mary kam morgens gewöhnlich ohne anzuklopfen ins Zimmer und machte Feuer, damit Kimberly es beim Aufwachen warm hatte. Andererseits handelte es sich um ihre Zofe. Welchen Unterschied machte es also?
Einen ganz gewiß. Mary tratschte gern, und da sie erst seit kurzem für sie arbeitete, war kaum damit zu rechnen, daß sie Kimberly gegenüber echte Loyalität emp-

fand, die sie zum Schweigen veranlaßt hätte. Doch auch wenn ihr diese Peinlichkeit erspart blieb, war sie erledigt. Junge Damen aus gutem Haus taten einfach nicht, was sie sich erlaubt hatte und ...

Sie stöhnte wieder und verbarg den Kopf unter der Decke, in der Hoffnung, daß Mary sie in ihrem Unglück wieder alleinließe. Wie hatte sie sich nur so weit vom geraden Weg der Tugend abbringen lassen können? Gerade sie, die sich sonst immer an alle Regeln der Schicklichkeit hielt? Nur ein einziges Mal hatte sie sich bisher diesen Geboten widersetzt, als sie ihrem Vater trotzte, der von ihr verlangte, die Trauerzeit vorzeitig zu beenden, und das nur, weil es darum ging, die Spielschulden ihres Verlobten zu tilgen. Dieser Lump. Wenn Maurice nicht so leichtsinnig mit seinem Geld gewesen wäre, würde sie sich jetzt nicht in dieser mißlichen Lage befinden ... und ...

Sie war auf dem besten Weg, sich in echte Panik hineinzusteigern, und das nur, weil sie eine kleine Einzelheit übersehen hatte. Sie seufzte, als auch diese Erinnerung zurückkehrte. Gestern abend hatte sie beschlossen, daß Lachlan MacGregor ihr als Ehemann recht angenehm sein würde. Die Tatsache, daß sie diese Entscheidung mit leicht benebeltem Kopf getroffen hatte ... spielte wohl kaum noch eine Rolle.

Sie hatte den Entschluß gefaßt, ihn zu heiraten, und jetzt konnte sie nicht mehr zurück, selbst wenn sie es wollte. Sie hatten miteinander geschlafen. So etwas tat eine Frau nur mit ihrem Ehemann ... oder in ihrem Fall mit dem zukünftigen Gatten. Und in dem Punkt fand sie nichts an ihm auszusetzen. Sie würde es sehr genießen, diese Sache regelmäßig mit ihm zu wiederholen ... sobald sie offiziell verheiratet waren. Sicher wäre es ihr lieber gewesen, er hätte seine Demonstration, wie schön dieser Teil des Ehelebens sein würde, bis dahin aufgeschoben, doch nun war es geschehen, und sie würde ihn ganz sicher später gehörig dafür ins Gebet nehmen.

Wenigstens wollte sie erfahren, was ihn tatsächlich bewogen hatte, in ihr Zimmer zu kommen, sie mit Küssen zu wecken und dann ihr Schicksal zu besiegeln. Er hatte von diesem Unsinn gesprochen, daß sie ihn gewollt hätte. Doch das war lächerlich. Natürlich hatte sie ihm nichts dergleichen gesagt.
Ja, sie hatte mehr Champagner getrunken, als offensichtlich gut für sie war. Deshalb war ihre Erinnerung etwas verschwommen, und sie wußte nicht mehr in allen Einzelheiten, warum sie überhaupt beschlossen hatte, Lachlan zu heiraten. Doch sie war ganz sicher niemals so dreist gewesen, ihm zu sagen, daß sie ihn begehrte, selbst wenn es so war. Vor allem, da sie in ihrer Unschuld nie mit diesem Ausgang des Abends gerechnet hätte ...
Sie erinnerte sich an das Gefühl, etwas zu vermissen, während er mit ihr Liebe machte, hatte aber nicht gewußt, was es war, und nie hätte sie sich vorstellen können, als welch unglaubliches Vergnügen sich diese Sache herausstellte. Nun kannte sie das Verlangen, doch auf dem Ball war sie noch völlig unwissend gewesen. Wie hätte sie Lachlan also etwas davon sagen können?
Sie hörte, wie die Tür leise geschlossen wurde, und seufzte dankbar. Mary hatte den Hinweis verstanden, daß sie noch nicht zum Aufstehen bereit war. Sie hätte ihr Problem gern noch etwas beiseite geschoben, indem sie wieder einschlief, doch war ihr, als würde sie nie wieder ein Auge zutun können.
Ihrer Zofe wollte sie trotzdem in diesem Augenblick nicht begegnen. Sie war sicher, daß das Mädchen ihr ansehen würde, was sie in der vergangenen Nacht getan hatte. Dazu gehörte nicht viel Phantasie. Kimberlys schlechtes Gewissen würde die ganze Geschichte auf den ersten Blick verraten. Aber sie konnte sich auch nicht für den Rest ihrer Tage in ihrem Zimmer verkriechen, obwohl sie genau das am liebsten getan hätte.
Sie mußte die Herzogin aufsuchen und ihr mitteilen, daß sie in ihrem Fall keine weiteren Anstrengungen unter-

nehmen mußte. Worüber sie hoffentlich erleichtert sein würde. Kimberly wäre es jedenfalls lieber gewesen, hätte sich die Sache auf andere Weise erledigt. Sie würde auch mit Lachlan sprechen, nur um sicherzugehen. Damit er wußte, daß sie heiraten würden. Womöglich war er sich darüber noch gar nicht im klaren. Obwohl sie es für unwahrscheinlich hielt.

Sie brauchte zwei Stunden, bis sie genug Mut gesammelt und sich so weit beruhigte hatte, daß ihr neuer Zustand nicht sofort für jeden offensichtlich war. Der einzig sichtbare Beweis waren die Flecken auf den Laken. Kimberly hatte die Tücher weggenommen, bevor Mary sie sehen konnte, und betete, daß die Hausverwalterin nichts merken würde.

Sie trug eines ihrer neuen Kleider. Es war hellgrün und betonte die Farbe ihrer Augen, so daß einer der hübscheren Züge ihres Gesichts besser zur Geltung kam. Ohne Marys Hilfe, die keine Anstalten zu machen schien, unaufgefordert zurückzukehren, machte die Frisur, die sie zustande brachte, einen ziemlich losen Eindruck. Doch sie mußte zugeben, daß der Stil ihrem Gesicht schmeichelte, zumindest mit dem neuen, fedrigen Haarschnitt an Stirn und Schläfen. Sie war recht zufrieden und fand, daß sie beinahe so hübsch wirkte wie am vergangenen Abend in ihrer Ballaufmachung. Dieser Gedanke munterte sie an diesem unerfreulichen Morgen wenigstens etwas auf.

Leider antwortete Lachlan nicht auf ihr Klopfen an der Tür. Sie wartete beinahe eine Minute und sammelte ihren ganzen Mut, bevor sie mit den Knöcheln dagegentrommelte. Vergebens. Sie spürte die Enttäuschung. Ihm nach dieser Nacht gegenüberzutreten, würde schwierig genug sein. Sie war noch nie mit einem Menschen so intim gewesen und fürchtete, daß sein Wissen über sie ihr die Zunge lähmen und sie zu verlegen sein würde, das Thema ihrer Heirat anzusprechen.

Doch es mußte sein. Wenn er nicht mehr schlief – was

jedoch sehr wahrscheinlich war, da es bis zum Mittag noch einige Zeit dauerte und sie sehr spät von dem Ball nach Hause zurückgekehrt waren –, würde sie eben nach ihm suchen.
Kimberly sah ein, daß sie vernünftigerweise zuerst mit ihm reden mußte, bevor sie Megan einweihte. Schließlich würde sie der Herzogin ihre bevorstehende Heirat mitteilen, und er könnte es übelnehmen, von jemand anderem zuerst davon zu erfahren. Obwohl er damit rechnen mußte, daß dies als Folge der Intimität, die sie miteinander geteilt hatten, auf ihn zukam. Doch es war nur höflich, wenn sie ihm ihre Zustimmung zu ihrer Ehe mitteilte, nur für den Fall, daß sie ihm nicht bewußt war.
Sie fragte jedes Zimmermädchen, das ihr über den Weg lief ... und natürlich hatten sie ihn alle vorbeikommen sehen und ihm wahrscheinlich mit offenem Mund nachgestarrt. Sie wurde zuerst in den Frühstücksraum geführt, wo sich niemand mehr aufhielt, dann auf die kalte und ebenfalls verlassene Terrasse und schließlich zur Bibliothek. Dort blieb sie auf der Türschwelle stehen.
Er war nicht allein.
Die Herzogin befand sich ebenfalls im Raum und suchte offenbar ein Buch in den oberen Regalreihen, da sie in halber Höhe auf einer Leiter stand. Lachlan hielt die Leiter für sie fest, obwohl sie auch ohne seine Unterstützung stabil genug erschien und er die Geste nur als guten Vorwand benutzte, um der Dame näher zu sein.
Kimberly wollte eben auf sich aufmerksam machen, als sie Lachlan in leicht enttäuschtem Ton zu Megan sagen hörte: »Sie glauben also nicht, daß ich Sie lieben könnte? Meinen Sie das?«
Megan machte sich nicht einmal die Mühe, zu ihm hinunterzusehen. »Ich glaube, Sie sind einfach in mein Gesicht verliebt. Das passiert mir oft. Denken Sie darüber nach, Lachlan. Was Sie fühlen oder zu fühlen glauben, kann nicht echt sein, da Sie absolut nichts von mir wissen.«

»Ich weiß, daß Sie seit einem Jahr meine Gedanken beherrschen. Das ist mehr als eine flüchtige Laune.«
»Vielleicht, weil ich der Vogel war, der Ihnen davongeflogen ist?« schlug Megan vor.
»Ich bin nicht so gierig, daß ich alles haben muß, was auch nur entfernt meine Aufmerksamkeit erregt.« Lachlan klang nicht nur enttäuscht, sondern schien auch ernsthaft gekränkt zu sein.
Megan seufzte laut, als sie das gesuchte Buch aus dem Regal zog und die Leiter wieder herunterstieg, um ihn anzusehen. »Sie können sich die ganze Mühe sparen, Lachlan. Wie oft muß ich noch wiederholen, daß ich meinen Gemahl liebe? Kein Mann könnte mich glücklicher machen. Deshalb würde ich es vorziehen, wenn Sie Ihre Gefühle, wie auch immer sie seien, in Zukunft für sich behielten. Sie sind hier, um eine Ehefrau zu finden, eine reiche dazu, wenn ich die Sache richtig verstanden habe, damit sie Sie aus der verzweifelten Lage rettet, in die Ihre Stiefmutter Sie gebracht hat, als sie sich mit dem Familienerbe davonmachte. Es wird höchste Zeit, daß Sie sich auf diese Tatsache besinnen, glauben Sie nicht auch? Und Sie sollten eine Frau finden, die nicht schon jemand anderen liebt und unverheiratet ist.«
Kimberly hatte genug gehört, zu viel sogar, und wenn jetzt jemand ihre Anwesenheit bemerkte, würde sie auf der Stelle in Ohnmacht fallen. Sie trat hastig neben die Tür und lehnte sich gegen die Wand zwischen ihr und den Anwesenden im Raum. Dann rannte sie atemlos zur Treppe am Ende der Halle, was sie gewöhnlich nie tat, da es sehr undamenhaft war. Ihre Reaktion war Ausdruck ihrer tiefen Bestürzung.
Als sie den oberen Korridor erreichte, blieb sie stehen und lehnte sich gegen die Wand. Plötzlich wurde ihr mit voller Wucht bewußt, in welch mißlicher Lage sie sich befand. Sie stöhnte laut, während sie die Augen schloß und mehrmals mit dem Kopf gegen die Wand stieß.
Lachlan MacGregor würde sie nicht heiraten, er liebte

noch immer Megan St. James. Wie hatte sie nur einen Moment glauben können, daß diese Sache zu Ende war? Nur weil er sie geküßt hatte, und das mehr als einmal? Oder weil er mit ihr geschlafen hatte? Mein Gott, wie naiv war sie gewesen! Eines der ältesten Gewerbe der Welt beruhte auf der Tatsache, daß Männer eine Frau nicht lieben mußten, um mit ihr ins Bett zu gehen.

Er hatte offenbar nur mit ihr gespielt, vielleicht aus Langeweile oder aus der Enttäuschung heraus, daß er keine Fortschritte bei der Frau machte, die er wirklich wollte. Nach dem, was sie mit angehört hatte, klang es nicht so, daß er jemals weiterkommen würde. Doch wo blieb sie dabei? Gesellschaftlich ruiniert und ohne Ehemann ... nein, nicht wirklich ruiniert, wenn niemand außer ihr und Lachlan etwas wußten. Bis jetzt wenigstens. Doch zwei Dinge könnten das schnell ändern.

Sie mochte nicht viel über die Ausübung körperlicher Liebe in ihren Einzelheiten gewußt haben. Doch es war allgemein bekannt, daß dabei Babys entstanden. Nicht immer, aber manchmal. Dem würde sie sich stellen müssen und hoffen, daß dieser eine Fehltritt nicht gleich Folgen für sie hatte.

Sollte hier das Glück auf ihrer Seite sein, wäre Zeit gewonnen, sich dem zweiten Punkt zu stellen, der ihren schnellen Ruin bedeuten könnte. Wenn ein Mann sie heiraten wollte, würde sie ihren Fehltritt zugeben müssen, bevor sie den Antrag annahm. Sie mußte dem Gentleman sagen ... daß sie nicht so unberührt war, wie sie sein sollte.

Sie war kein solcher Feigling, ihm alles zu verschweigen und zu hoffen, daß er nichts merkte. Zudem hatte es in ihrer Stadt einen großen Skandal gegeben, als auf mysteriöse Weise herauskam, daß die Braut nicht mehr jungfräulich war. Der Mann hatte es überall verbreitet und darauf bestanden, daß die Ehe aus diesem Grund annulliert wurde. Manche Männer waren offenbar in der Lage, die Wahrheit herauszufinden.

Doch wenn sie ihre Schande gestand, hatte ihr Zukünftiger die Wahl, entweder großzügig darüber hinwegzusehen und sie zu akzeptieren, wie sie war, oder seinen Zorn in alle Welt hinauszuposaunen.
Die Reaktion ihres Vaters schien gewiß. Er würde sie höchstwahrscheinlich auf der Stelle enterben. Oder er sähe sich gezwungen, ihr buchstäblich einen Mann zu kaufen, wobei sie kein großes Mitspracherecht mehr besaß.
Da hörte sie die Stimme, die sie mittlerweile so gut kannte. »Hier verstecken Sie sich also, Kimberly? Oder träumen Sie nur in den Tag hinein?«

17

Kimberly öffnete langsam die Augen. Da sie mit dem Hinterkopf noch immer gegen die Wand gelehnt stand, konnte sie Lachlans Gesicht sofort erkennen. Es lag ein zärtlicher Ausdruck darin, als er zu ihr heruntersah. Dieser Blick löste in ihr das dringende Bedürfnis aus, ihn gehörig zu ohrfeigen.
Natürlich würde sie so etwas niemals tun. Schlagen war absolut undamenhaft und …
Sie trat von der Wand weg, wobei ihr Arm sich schwungvoll auf sein Gesicht zubewegte. Die Handfläche traf mit lautem Knall auf seine Wange. Es war wunderbar befriedigend, den Abdruck zu erkennen, den der Schlag hinterlassen hatte, genau wie das heiße Stechen, das sie anschließend in der Hand spürte.
Aber es überraschte sie, daß sie es getan hatte. Lachlan war noch verblüffter. Noch bevor er sich erholen konnte, hätte sie ihn beinahe ein zweites Mal geschlagen, weil er überhaupt nicht damit gerechnet hatte und das zu einem zweiten Schlag reizte.
Sie schaffte es, sich nun zurückzuhalten, und legte alle

Verachtung in ihre Stimme, die sie aufbringen konnte. »Sie sind so abscheulich, daß es jeder Beschreibung spottet. Bleiben Sie mir vom Leib, Lachlan MacGregor, oder ich übernehme keine Verantwortung ...«
Sie sprach nicht zu Ende, da sie dem Weinen nahe war. Ihr Stolz erlaubte ihr nicht, ihm zu zeigen, in welchen gefühlsmäßigen Zustand er sie gebracht hatte. Sie zog sich zurück und rannte den Korridor entlang. Dieses Mal war ihr nicht einmal mehr bewußt, daß sie etwas Undamenhaftes tat.
Als sie ihr Zimmer erreicht hatte, ließ sie sich von innen gegen die Tür fallen und preßte die geballten Fäuste dagegen. Nein, sie wollte nicht weinen. Selbstmitleid würde sie sich nicht erlauben. Doch die mächtigen Gefühle drängten nach oben. Der Zorn überwog, und auf ihn konzentrierte sie sich, um die Tränen zurückzuhalten.
Die Tür hinter ihr öffnete sich, und Kimberly wurde zur Seite geschoben. Eine Unverfrorenheit, die er sich erlaubte!
»Das ist mein Zimmer, MacGregor, nicht Ihres! Wie können Sie es wagen, hier schon wieder unerlaubt einzudringen?«
Sein Gesichtsausdruck war drohend. Die erste Verblüffung hatte er offenbar überwunden und fühlte sich nun als Opfer ihres ungerechtfertigten Angriffs. Tatsächlich drohte er jeden Augenblick zu explodieren.
»Schon wieder?« rief er mit kaum zurückgehaltener Wut, als er die Tür hinter sich zuschlug. »Wollen Sie damit sagen, daß ich vorhin nicht eingeladen war?«
»Ganz richtig, das waren Sie bestimmt nicht!«
Offenbar war er auf diese Antwort nicht gefaßt, denn er runzelte die Stirn und senkte die Stimme. »Dann haben Sie wohl ein kurzes Gedächtnis, Mädchen, wenn Sie sich nicht an Ihr Benehmen von gestern abend erinnern.«
»Was hat mein Verhalten damit zu tun, daß ...«
»Alles«, unterbrach er sie. »Sie haben sich nicht gewehrt bei meinen Küssen, Kimberly, sondern sie mit gleicher

Leidenschaft erwidert. Und Ihre Augen haben mich den ganzen Abend förmlich verschlungen. Glauben Sie, daß ich zu unerfahren in diesen Dingen bin, um eine Einladung zu erkennen?«

Sie starrte ihn entgeistert an. »Wollen Sie damit sagen, daß Sie gestern abend hier hereingekommen sind und mit mir geschlafen haben, weil Sie glaubten, ich hätte Sie dazu eingeladen? Sie haben mich nichts davon sagen hören, sondern es einfach angenommen?«

»Sie leugnen Ihren Wunsch?«

»Wenn ich Sie auf eine Weise angesehen habe, die unpassend war, bin ich mir dessen nicht bewußt gewesen. Und ich bin auf Ihre Küsse eingegangen, weil ich dummerweise glaubte, Sie wären ernsthaft an mir interessiert, ich törichte Gans. Außerdem hatte ich zuviel Champagner getrunken, Lachlan. Das war doch offensichtlich, oder?«

»Nein, Sie wirkten einfach noch angenehmer«, sagte er und runzelte nachdenklich die Stirn. »Und da Sie so zugänglich waren, habe ich mir wohl selbst eingeredet, daß Sie Erfahrung in dieser Sache hatten.«

»Erfahrung! Ich habe noch nie ...«

»Ja, das weiß ich jetzt«, fuhr er ungeduldig dazwischen. »Ich vertrage Champagner auch nicht allzugut. Daher waren meine Gedanken ebenfalls nicht sehr klar, um die Sache richtig einzuschätzen. Sie waren eine wunderschöne Frau, die mir mit allem zu verstehen gab, daß sie meine Aufmerksamkeit wünschte. Und ich bin kein Mann, der einer schönen Frau etwas abschlägt.«

Das Kompliment berührte sie nicht im geringsten. Sie war einfach zu wütend und konnte nur Ekel empfinden.

»Sie sind so treulos wie ein Gockel auf dem Hühnerhof«, höhnte sie. »Behaupten, die eine Frau zu lieben, und tändeln gleich darauf wieder mit einer anderen herum.«

Bei diesen Worten war er dreist genug, sie frech anzugrinsen und mit den Achseln zu zucken. »Ach, Mädchen, Sie haben noch viel zu lernen. Ein Mann ist dann treu, wenn seine Bedürfnisse regelmäßig befriedigt werden. Sollte das nicht der Fall sein, wird er so heiß, daß er dankbar alles nimmt, was ihm über den Weg läuft.«

Er hatte mit seiner vulgären Rede geschafft, daß sie rot wurde, doch sie konnte ihn nicht dafür tadeln, denn schließlich hatte sie selbst angefangen. »Wahre Liebe sollte das ändern«, war alles, was ihr zu betonen blieb.

Er schüttelte den Kopf und seufzte enttäuscht. »Das ist romantisches Geschwätz, Kimberly. Der Körper ist eine erstaunliche Angelegenheit und besitzt seinen eigenen Willen, was bestimmte Dinge angeht ... wobei Liebe machen eines davon ist. Haben Sie das nicht selbst heute nacht herausgefunden? Oder brauchen Sie eine weitere Demonstration?«

Sie streckte die Hand aus, um ihn zu stoppen, falls er wagen sollte, sich ihr zu nähern. Doch was er sagte, war nicht ganz falsch, auch wenn sie es nicht zugeben wollte. Sie erinnerte sich gut an die Antworten ihres Körpers und daran, wie ihr Wille dem sehnsuchtsvollen Drängen unterlegen war.

Trotzdem ging es um etwas anderes. Sie hatte ihn nicht dazu aufgefordert, sie zu ruinieren. Das hatte er ihr aufgezwungen, weil er ihr Verhalten mißverstand.

Dazu war jetzt genug gesagt. »Ich habe schon eine Demonstration bekommen, für die ich Ihnen am liebsten die Augen auskratzen würde. Falls Sie es noch nicht wissen: Ich bin hier, um einen Ehemann zu finden. Nun verraten Sie mir, wie ich das anstellen soll, nach dem, was Sie mir angetan haben!«

»Wollen Sie, daß ich Sie heirate?«

Sie hätte ja sagen sollen und ihn für den Schaden zahlen lassen, den er angerichtet hatte. Aber ihr Stolz bäumte sich auf und trieb die Wahrheit heraus.

»Wenn Sie eine andere Frau lieben?« fragte sie spitz. »Nein, ich danke.«

»Ach was. Man hat mir gerade erst zu verstehen gegeben, daß ich möglicherweise meine eigenen Gefühle nicht

kenne«, sagte er in verachtungsvoll gefärbtem Ton. »Wenn Sie mich also haben wollen, Mädchen, dann heirate ich Sie.«
»Welch ein Selbstopfer! Und wie unnötig, da ich Sie nicht will. Ich lege keinen Wert auf einen Mann, der sich dauernd nach anderen Frauen verzehrt. Meine Mutter führte eine solche Ehe, deshalb weiß ich genau, wie unerträglich so etwas sein kann.«
»Sind Sie sicher?«
»Oh, absolut. Und jetzt wäre ich Ihnen dankbar, wenn Sie mein Zimmer verließen, Lachlan. Setzen Sie keinen Fuß mehr über meine Schwelle! Und für den Fall, daß Sie in Zukunft irgendwelche Blicke von mir mißverstehen sollten, lassen Sie mich Ihnen hiermit versichern, daß Sie bei mir nie wieder willkommen sind ... so wenig, wie Sie es jemals waren.«
Er setzte ein schmollendes Gesicht auf. »Und wenn ich darauf bestehe?«
Sie atmete hörbar aus. »Hier hereinzukommen?«
»Sie zu heiraten?«
Sie machte runde Augen. »Warum sollten Sie das um Himmels willen tun, wenn Sie mich gar nicht wollen?«
Zuerst antwortete er nicht, sondern starrte sie nur an. Nach einigen Momenten stöhnte er und fuhr sich entnervt mit den Fingern durch das Haar. »Ich weiß nicht, was ich überhaupt will.« Dann hefteten seine hellen grünen Augen sich mit einem tiefen, bedeutungsvollen Blick auf sie, so daß sie zu verstehen begann. »Aber normalerweise nehme ich den Fehdehandschuh auf, der mir hingeworfen wird«, fügte er hinzu.
»Unterstehen Sie sich ...«, flüsterte sie erstickt, doch er unterbrach sie.
»Wir sehen uns noch, Darling.«
Sie war so verwirrt über seine vorige Bemerkung, daß er die Tür schon hinter sich geschlossen hatte, bevor sie reagieren konnte. »Und nennen Sie mich nie wieder so«, rief sie ihm hinterher.

Es dauerte noch einen Augenblick, bis sie begriff, daß sie wieder allein war. Sie hastete zur Tür und schloß ab. So würde es von nun an bleiben, wenn sie im Zimmer war. Dieser dreiste Highlander. Er besaß tatsächlich die Unverfrorenheit zu behaupten, daß er ihretwegen seine Meinung über Megan geändert hatte.
Sie war empört. Als ob er das jemals könnte.

18

Verschiedene weitere gesellschaftliche Anlässe folgten in London rasch aufeinander, einschließlich eines Abends im Theater. Kimberly genoß vor allem diese Abwechslung, denn statt ihrer eigenen Sorgen konnte sie sich wenigstens für eine Weile mit denen der Bühnencharaktere beschäftigen.
An ihrem letzten Abend in London fand auch ein weiterer Ball statt, auf dem sie ihre Bekanntschaft mit Lord Kent und Howard Canston vertiefte, die ihr beide mitteilten, daß sie eine Einladung nach Sherring Cross angenommen hatten. Sie wirkten beide begeistert, da es offenbar eine große gesellschaftliche Auszeichnung war, dem Kreis um den Herzog von Wrothston anzugehören.
Noch verschiedene andere Gentlemen hatten auf dem Ball Interesse an ihr bekundet. Einer von ihnen war so betrunken gewesen, daß er Kimberly noch auf der Tanzfläche einen Antrag machte. Sie hatte den Herrn in Anbetracht seines Zustandes natürlich nicht ernstgenommen, doch geschmeichelt war sie schon.
Ihr erster Heiratsantrag ... nun, nicht ganz der allererste, weil sie die anderen beiden nicht mitrechnete. Ihr Verlöbnis war arrangiert worden, als sie noch ein kleines Kind gewesen war. Lachlan hatte gefragt, ob er sie heiraten sollte, was nicht als wirklicher Antrag angesehen

werden konnte, obwohl die Worte letztlich auf das gleiche hinausliefen ... bis auf den Unterschied in der Formulierung. Sie wäre lieber gefragt worden, ob sie ihn überhaupt wollte, und das hatte sie bei ihm nicht gehört.

Was Lachlan anging, konnte Kimberly ihm kaum völlig aus dem Weg gehen, obwohl sie sich die größte Mühe gab. Beim Dinner, das in formellem Rahmen zu festgesetzten Zeiten stattfand, konnte sie seine Gesellschaft nicht vermeiden. Außerdem nahm er an jeder Geselligkeit teil, die auch sie besuchte. Schließlich war er wie sie nach Sherring Cross gekommen, um nach einer guten Partie Ausschau zu halten. Nach Ansicht der meisten Gäste tat er dies auch.

Nur zu ärgerlich, daß ihm bei dieser Suche die Herzogin in die Quere gekommen war und Kimberly von Anfang an darüber Bescheid wußte. Sonst wäre sie zweifellos zugänglicher gewesen und hätte sich ohne mit der Wimper zu zucken über alle Vorurteile ihres Vaters Schotten gegenüber hinweggesetzt. Lachlan wäre es wert gewesen, ihrem Vater die Stirn zu bieten. Außerdem schien er nicht ganz desinteressiert an ihr zu sein, sonst hätte er sie nicht mehr als einmal geküßt und auch nicht mit ihr geschlafen.

Dummerweise wußte sie aber, wo seine wahren Interessen lagen. Selbst wenn Lachlan zur Vernunft kam, von Megan abließ und sogar eine ungebundene, heiratswillige Frau zu finden versuchte, die er aus finanziellen Gründen offenbar brauchte, wäre diese nur zweite Wahl. Er würde immer seiner anderen Liebe nachtrauern, und dafür tat Kimberly seine zukünftige Ehefrau schon heute leid.

Gegen Ende der ersten Woche nach ihrer Rückkehr aus London befand sich neben den zahlreichen Tagesbesuchern eine ganze Schar von Gästen auf Sherring Cross. John Kent und Howard Canston hatten beide ihre Zimmer bezogen. Außerdem gehörten zu den Neuankömmlingen drei junge Damen, die wie Kimberly entweder von der Herzogin oder von Lachlans Tante Margaret zu einem ausgedehnten Besuch eingeladen waren.

Kimberly empfand gleich zu Beginn Unbehagen. Die Mädchen waren alle jünger als sie und ihrer Meinung nach auch hübscher. Ohne die gutaussehenden, unverheirateten Brüder, die zwei von ihnen als Anstandsbegleitung mitgebracht hatten, hätte Kimberly womöglich umgehend ihre Koffer gepackt und wäre nach Northumberland zurückgekehrt. Neben den drei Grazien, wie sie die jungen Damen heimlich nannte, hätte sie sich keine faire Chance mehr ausgerechnet, die Aufmerksamkeit der anwesenden Herren auf sich zu ziehen.

Lady Monica Elgar war blond, eine sehr helle Blondine sogar, und hatte blaue Augen. Sie war außerdem sehr zierlich, besaß einen drolligen Sinn für Humor, der alle in ihrer Umgebung zum Lachen brachte, besonders die Herren ... und als John Kent sie erblickte, besaß das Mädchen fortan seine ungeteilte Aufmerksamkeit.

Lady Edith Winestone, eine lebhafte dunkelblonde Person mit ansprechenden grauen Augen, war etwas laut, aber so hübsch, daß niemand außer Kimberly es zu bemerken schien. Die junge Dame kannte anscheinend überhaupt keine Scheu und dachte sich nicht das geringste dabei, sich mit ihrer abweichenden Meinung in jedes Gespräch einzuschalten, obwohl alle anderen Edith ständig nachwiesen, wie sehr sie sich irrte. Sie war nicht allzu intelligent und zielte oft am Thema vorbei, was die Herren allerdings nicht zu stören schien.

Jane Carlyle dagegen stellte in jeder Hinsicht die perfekte Lady dar. Sie war schlank bis zur Auszehrung, wenigstens nach Kimberlys Meinung, ebenfalls blond und hatte braune Augen, eine wirklich klassische Schönheit. Alles an ihr war makellos. Sie aß korrekt, sprach korrekt, befolgte jede Regel der Etikette buchstabengetreu und besaß außerdem ein sanftes Gemüt, wie ihre hochfahrende Mutter jedem versicherte, der ihr zuhörte. Kein vernünftiger Mensch hätte ihre Worte bezweifelt. Doch es war auch fraglich, welcher Gentleman, der nur einen Funken Vernunft besaß, diese unbeugsame Dame zur Schwiegermutter haben wollte …

Neben Hector Carlyle und Christopher Elgar war noch ein verwitweter Marquis zu der größer werdenden Gruppe gestoßen. Er besuchte den Herzog in geschäftlichen Angelegenheiten und hatte Devlins Vorschlag angenommen, gleichzeitig ein wenig auszuspannen und einige der Geselligkeiten mit ihnen zu genießen, die Megan für die kommenden Wochen geplant hatte. Er hieß James Travers und war mit Anfang Vierzig etwas älter, als Kimberly gehofft hatte. Doch niemand konnte leugnen, daß er eine hervorragende Partie darstellte.

Mit seinem dunklen Haar und den blauen Augen war er eine sportliche, gutaussehende Erscheinung, außerdem enorm reich, wenn sie Lucindas beiläufigem Flüstern glauben konnte. Obwohl er mit zwei kleinen Söhnen aus erster Ehe keine direkten Pläne für eine weitere Heirat schmiedete, schloß er diese Möglichkeit nicht prinzipiell aus. Megan hatte ihr versichert, daß er einfach noch nicht die richtige Frau gefunden hatte, die den Platz seiner ersten Gemahlin einnehmen könnte.

In den folgenden Tagen entwickelte Kimberly eine Zuneigung zu James. Unterhaltungen mit ihm waren immer lebhaft und stockten nie, was sie als angenehm empfand. Lange, schweigsame Momente empfand sie immer peinlich für beide Seiten. Mit ihm erlebte sie solche Augenblicke nie. Nachdem er ihr Lächeln zum ersten Mal bemerkt hatte, bemühte er sich ständig, sie zum Lachen zu bringen, was ihm mit Leichtigkeit gelang.

Doch Lachlan befand sich bei solchen Gelegenheiten immer irgendwo in der Nähe, und sie spürte dies, ganz gleich, mit wem sie gerade sprach. Ihn zu übersehen mochte ihr hinreichend gelingen. Aber ihn völlig zu ignorieren, wenn er sich im gleichen Raum befand, war etwas ganz anderes. Und es gab Zeiten …

Vor ihrer Rückkehr aus London war sie einmal auf dem

Korridor an ihm vorbeigegangen. »Wie anziehend Sie heute aussehen, Lady Kimberly«, sagte er sehr förmlich, um im nächsten Moment umzuschwenken. »Wissen Sie, daß bei dem, was wir gemacht haben, Kinder herauskommen können?«

Bei seinem Kompliment war ihr das Blut in die Wangen geschossen, was die anschließend aufsteigende Zornesröte noch verstärkte. Er war zur Seite gesprungen, bevor sie überhaupt an eine passende Entgegnung denken konnte. Er hatte sie lediglich an diese Möglichkeit erinnern wollen, für den Fall, daß sie nicht daran gedacht hatte.

Sie fand es niederträchtig von ihm, daß er sie auch noch mit dieser Sorge zu quälen versuchte. Immerhin hatte sie noch keine Gewißheit über ihren Zustand. Aber wahrscheinlich ging es ihm im Grunde um etwas ganz anderes, und er hatte sie nur auf seine nächste unverschämte, aus dem Zusammenhang gerissene Bemerkung vorbereiten wollen.

Sie hatten an einer Dinnerparty mit gut dreißig Gästen teilgenommen, und ihm war es irgendwie gelungen, den Herrn zu ihrer Linken dazu zu bringen, das Zimmer zu verlassen. Sie wußte nicht, wie er es angestellt hatte, aber der Mann kehrte nicht zurück, und Lachlan setzte sich auf den freigewordenen Platz. Kimberly hatte sich die ganze Zeit erfolgreich bemüht, Lachlan zu ignorieren, doch waren alle Anwesenden gleichmäßig am Tischgespräch beteiligt.

Zwischen zwei Beiträgen hatte Lachlan sich zu ihr gebeugt. »Sie werden es mir doch sagen, wenn Sie ein Kind bekommen, Kimber? Ich wäre sehr zornig, wenn ich glauben müßte, daß Sie so etwas vor mir verbergen.«

Eine Woche später kam für sie die Erleichterung, und sie teilte ihm die Nachricht mit. »Nun, ich werde keine Babys bekommen, Lachlan MacGregor, bis ich anständig verheiratet bin.«

Sie konnte es kaum fassen, aber er schien keineswegs erleichtert, wie sie erwartet hatte. Sie dagegen war es. Nun konnte sie sich in Ruhe weiter nach einem passenden Ehemann umsehen und mußte auch ihrem Vater nicht gestehen, was sie getan hatte. Allzuviel Zeit blieb ihr dennoch nicht, da er ungeduldig darauf wartete, sie endlich los zu sein. Außerdem wollte sie den St. James' nicht ewig zur Last fallen.

Was sie verwirrte, war Lachlan. Er hatte nicht verraten, was er bei ihrer Nachricht empfand. Bevor sie das Gespräch fortsetzen konnten, war Howard Canston erschienen und hatte sie bei dem schönen Winterwetter zum Reiten eingeladen.

Kimberly freute sich, daß Howard noch immer deutliches Interesse an ihr zeigte, trotz der Ankunft der drei Grazien. John Kent jedoch konnte sie von ihrer dürftigen Liste streichen.

Was Lachlans Bemühungen anging, eine Ehefrau zu finden, schien er überhaupt keine Anstrengungen zu unternehmen. Edith beachtete er kaum, obwohl sie bei ihm auffällig ihren Augenaufschlag einsetzte, und bei Jane war seine Aufmerksamkeit bestenfalls freundschaftlich motiviert.

Kimberly fragte sich mehr als einmal, ob sie ihn durch eine unbedachte Bemerkung, die ihr auf dem letzten Ball in London entschlüpft war, aus dem Gleichgewicht gebracht hatte, denn seitdem schien er über etwas nachzugrübeln. Sie war auf dem Weg zu den Erfrischungen zufällig an ihm vorbeigekommen und hatte bemerkt, daß er Megan und Devlin anstarrte, die miteinander tanzten. Dabei war tiefer Groll in ihr aufgestiegen, daß er sich noch immer nach dieser Frau sehnte und wahrscheinlich nie damit aufhören würde. Ohne diese Vernarrtheit hätte Kimberly vielleicht zugelassen, daß sie sich in ihn verliebte.

Ihre Verstimmung hatte die Oberhand gewonnen. »Glauben Sie tatsächlich, daß sie ihren Ehemann, der sie glühend verehrt, und ihr Baby für Sie verläßt?« hatte sie spitz gefragt.

Er war zu ihr herumgefahren und schrie sie beinahe an. »Ihr was?«
Sie hatte bei seinem ungläubigen Gesichtsausdruck die Stirn gerunzelt. »Wußten Sie nicht, daß die beiden einen kleinen Jungen haben?«
»Nein, wie hätte ich das ahnen sollen? Ich habe sie nie mit einem Kind gesehen.«
»Dann tut es mir leid ... wenigstens, daß Sie es von mir erfahren mußten.« Als sie weitersprach, wurde ihr Ton sanfter, weil sie die unbedachten Worte schon wieder bedauerte. »Ganz England weiß es, Lachlan. Alle Zeitungen haben darüber geschrieben, und der Adel kannte eine Zeitlang kein anderes Gesprächsthema. Ich dachte, Sie wüßten davon, zumindest durch Ihre Tante, und daß es für Sie keinen Unterschied machen würde.«
»Keinen Unterschied? Daß sie nicht nur zwei, sondern eine verdammte Familie sind?«
Er hatte gelacht, doch seine Stimme hatte hohl geklungen, und dann war er weggegangen. Sie hatte ihn den Rest des Abends nicht mehr gesehen. Was sie beunruhigte, war der Blick, den er ihr zuwarf, bevor er verschwand. Er bedeutete entweder, daß sie ihn mit dieser letzten Bemerkung zutiefst beleidigt hatte. Oder aber, daß er sie nun verachtete, weil sie ihn auf etwas hingewiesen hatte, das ihm völlig unwichtig war. Sie hätte zu gern gewußt, welche Deutung stimmte.

19

»Und ich sage dir, es ist mir egal! Ich will den Schotten, Mutter. Ich bin es leid, immer nur auf das zu hören, was du willst!«
Kimberly hatte gerade den Frühstücksraum betreten, als Jane Carlyle mit dem Geschrei angefangen hatte. Es war so laut, daß man ihre Stimme wahrscheinlich bis zu den

Ställen hörte. Alle im Zimmer, darunter wenigstens fünfzehn Dauergäste, einschließlich des Schotten, standen leicht unter Schock nach dem unerwarteten Ausbruch dieser scheinbar perfekten Dame.
Es folgte ein Hüsteln, dann noch eins, und schließlich kicherte jemand. In die anschließende Stille dröhnte eine kehlige Männerstimme. »Ich glaube, der Schotte hat auch noch etwas dazu zu sagen.«
Überall am Tisch setzten angestrengte Gespräche ein, damit der Vorfall schnell überdeckt wurde. Jane, die mit ihrer Mutter neben der Anrichte stand, auf der das Frühstück aufgebaut war, sah sich in der Runde um, als wäre sie sich keines Fehlers bewußt. Ihrer Mutter erging es offenbar anders. Die Dame packte mit rotem Gesicht ihre Tochter am Arm und schritt energisch mit ihr aus dem Zimmer. Kimberly konnte gerade noch zur Seite treten, um nicht umgerannt zu werden.
Sobald die beiden gegangen waren, entspannten sich die Tischgespräche. Nur Edith in ihrer naseweisen Art konnte sich nicht zurückhalten und gab einen lautstarken Kommentar ab. »Ich dachte, sie wäre sanftmütig. Hat ihre Mutter jedenfalls behauptet.«
Zufällig traf Kimberlys Blick in diesem Moment mit Lachlans zusammen, und sie brach beinahe in Lachen aus, als er die Augen rollte. Sie beherrschte sich glücklicherweise. Es wäre vernichtend gewesen, unter den gegenwärtigen Umständen. Ein kurzes Lächeln konnte sie allerdings nicht unterdrücken, was dieser unverfrorene Kerl natürlich sofort mit einem Augenzwinkern beantwortete.
Sie trat zum Frühstücksbüfett, das wegen der zahlreichen Gäste jeden Morgen aufgebaut wurde. Dabei hörte sie, wie sich Janes Bruder, der am unteren Tischende saß, höhnisch an Christopher wandte. »Ich hätte dir sagen können, was für eine kleine Furie sie ist. Mein Vater hat meine Mutter auch immer so genannt. Es ist die reinste Hölle mit diesen beiden Frauen, das kann ich dir sagen.«

Monicas Bruder wirkte verlegen bei dieser Enthüllung, was für ihn sprach. Kimberly jedoch strich Hector Carlyle mit einem innerlichen Kopfschütteln von ihrer Liste. Geschichten über die eigene Familie zu erzählen …

Jane tat ihr jetzt beinahe leid. Es machte einem Mann wenig aus, wenn seine Frau etwas begriffsstutzig war, vielleicht gefiel es ihm sogar, weil er sich dann für den Überlegenen halten konnte. Aber kaum jemand wollte eine Frau mit impulsivem Charakter. Das konnte in Gesellschaft peinlich werden.

Wenig überraschend verließ Janes Mutter, die arme Frau, noch am gleichen Nachmittag mit ihrer Tochter Sherring Cross. Jane hatte ihre Chancen unter den dort versammelten Kandidaten verspielt. Schade nur, daß sie Hector nicht gleich mitnahmen.

Für den Nachmittag desselben Tages waren zwei Aktivitäten geplant. Die Herzogin machte den Vorschlag, ihr beim Eislaufen auf einem nahe gelegenen Teich Gesellschaft zu leisten. In der Regel war dies ein Wintervergnügen für Gäste, die sich auch bei kaltem Wetter gern im Freien aufhielten. Für die anderen war eine Scharade im Salon vorbereitet.

Nach einigem Überlegen wählte Kimberly das Eislaufen. Es war eine schwierige Entscheidung, aber letztlich mochte sie Scharaden nicht, Eislaufen dagegen schon. Auch wenn der Ausflug unter Megans Führung stattfand und daher Lachlan sicher ebenfalls teilnehmen würde.

Schließlich beschloß Kimberly, sich trotz seiner Anwesenheit einfach nur zu amüsieren. Außerdem hatte sie in London einen neuen Wintermantel gekauft, dessen modischer Schnitt ihre Figur besonders gut zur Geltung brachte, und bisher hatte sie nicht viele Gelegenheiten gehabt, sich damit zu zeigen. Außerdem war sie eine geübte Schlittschuhläuferin. Dieses Vergnügen hatte sie oft mit ihrer Mutter geteilt.

Megan hatte eine große Auswahl an Schlittschuhen in

allen Größen anzubieten. Dazu gab es kleine Holzöfen, die am Ufer aufgestellt wurden, damit man sich daran aufwärmen konnte. Etliche Diener war ebenfalls mitgekommen, die als kleine Zwischenmahlzeit Kastanien rösteten und Becher mit heißer Schokolade sowie Brandy für die Herren bereithielten.

Es überraschte Kimberly etwas, daß Howard Canston nicht mitkam, da er sehr sportlich war. Um so mehr staunte sie über James, vor allem, als sie erfuhr, daß er noch nie auf Schlittschuhen gestanden hatte. Es bereitete ihr einen Riesenspaß, ihm Unterricht zu geben, obwohl sie mehrmals selbst dabei auf dem Hinterteil landete, weil er das Gleichgewicht nicht hatte halten können. Sie mußte ihn ehrlich bewundern, da er eisern versuchte, alles richtig zu machen. Er übte sogar weiter, als sie für eine heiße Schokolade und zum Aufwärmen an einem der Holzöfen ans Ufer zurückkehrte.

Kimberly schloß sich John und Monica an, doch die beiden kehrten nach wenigen Minuten in angeregter Unterhaltung wieder auf das Eis zurück. Kimberly selbst war schon zu lange ohne Pause dort draußen gewesen, so daß sie die glühende Holzkohle zu schätzen wußte und die Hände immer nur kurz wegnahm, um zu winken, wenn James an ihr vorbeikam. Er hob den Blick kaum vom Eis, wenn er sie überhaupt sah.

Megan lief zwischen einem Paar älterer Gäste, und sie hatten sich untergehakt. Es waren recht viele Leute, die sich diesem Ausflug angeschlossen hatten, einschließlich mehrerer Familien mit kleinen Kindern. Und Lachlan …

Kimberly hatte gerade den Becher mit heißer Schokolade in Empfang genommen, als der Diener zu einem Kollegen gerufen wurde. Während sie eine Minute allein dastand, hielt Lachlan am Teichrand an und kletterte die niedrige Böschung zu ihr hinauf.

»Verdammt, Sie sahen wirklich entzückend aus da draußen, Darling«, bemerkte er und zog die Handschuhe aus, um seine Finger über das Feuer zu halten.

Aus einem unerfindlichen Grund wärmte sie dieses Kompliment mehr als die Holzkohlen, und sie errötete. Das schien in der Nähe dieses Mannes allmählich beinahe eine normale Reaktion zu sein. Wahrscheinlich meinte er ihre Eislaufkünste, denn nach den beiden Stürzen bot sie ganz sicher nicht mehr den vorteilhaftesten Anblick. Beim letzten Mal hatte sich ihre Frisur gelöst, und es war sinnlos, die Haare hier draußen wieder in Ordnung bringen zu wollen.

Immerhin war sie erfreut genug, um ihm zu antworten. »Danke, ich laufe seit meiner Kindheit Schlittschuh.«

Sie hätte das Kompliment zurückgeben müssen, denn er war auch ein sehr geübter Läufer. Aber sie verzichtete. Es wäre ein Eingeständis gewesen, daß sie ihn heimlich beobachtet hatte. Diesen Eindruck wollte sie auf keinen Fall erwecken.

Aber er überraschte sie damit, daß er ihre Vermutung korrigierte. »Nein, ich habe Ihr Haar bewundert, Kimber. Wie es weich und lose im Wind wehte. Das erinnert mich an unsere ...«

Er sprach nicht zu Ende ... absichtlich. Sein Ziel war erreicht. Ihr Gesicht brannte vor Röte. Sie mochte kaum glauben, daß er ihre Begegnung im Bett nach so vielen Wochen noch einmal erwähnen würde. Kimberly selbst dachte sehr oft daran, auch wenn sie sich dagegen wehrte, viel zu häufig, um ehrlich zu sein. Bei ihm war sie davon ausgegangen, daß er alles längst vergessen hatte.

Und dann, wie es für ihn neuerdings typisch war, machte er wieder eine völlig unerwartete Bemerkung. »Warum ermutigen Sie ihn? Er ist alt genug, um Ihr Vater zu sein!«

Sie verzichtete auf den Versuch, so zu tun, als wüßte sie nicht, von wem die Rede war. »Was geht Sie das an?« fragte sie. »Außerdem finde ich ihn überhaupt nicht alt. James ist in den besten Jahren, bei bester Gesundheit, körperlich fit, und die Frauen finden ihn attraktiv, mich

eingeschlossen. Oder glauben Sie, daß Menschen unterschiedlichen Alters nichts gemeinsam haben können? Da müßte ich widersprechen, denn James und ich haben bereits eine Menge Interessen entdeckt, die wir teilen.«
Er murmelte undeutlich, bevor er empört aufbegehrte. »Und seine Küsse? Schafft er es, daß Sie sich dabei selbst vergessen, Darling? Erfüllt er Sie mit der gleichen Leidenschaft, wie ich es tue?«
Es kostete sie ihre ganze Willenskraft, nicht schon wieder zu erröten, und sie antwortete ihm nachdenklich. »Hmm, ich weiß nicht. Er hat mich noch nicht geküßt. Vielleicht sollte ich es herausfinden. Ich kann mir vorstellen, daß er mit seiner jahrelangen Erfahrung ziemlich gut darin ist.«
»Dann lassen Sie mich Ihre Erinnerung auffrischen, damit Sie besser vergleichen können ...«
»Wagen Sie das nicht!« zischte Kimberly. »Wir sind hier nicht allein.«
Er grinste über das ganze Gesicht, weil es ihm endlich gelungen war, sie zu provozieren. »Oh, wie jammerschade. Aber ich denke, ich kann warten, bis wir allein sind.«
Sie schnappte nach Luft. »Den Teufel werden Sie ... schlagen Sie sich jeden Gedanken aus dem Kopf, mich noch einmal küssen zu können, Lachlan MacGregor. Ich erlaube es nicht, und außerdem, warum sollten Sie das wollen?«
»Eine schöne Frau küssen?« Er lächelte. »Habe ich Ihnen nicht gesagt, wie sehr ich so etwas liebe?«
Plötzlich dämmerte ihr, daß er sie aufzog. Sie hätte es vielleicht früher bemerkt, wenn sie daran gewöhnt gewesen wäre. Doch ihre zurückhaltende Art hielt die Leute gewöhnlich davon ab, sich solche Freiheiten herauszunehmen. Lachlan allerdings war ein unverschämter Teufel, den es nicht kümmerte, ob sie ein eher ernster Mensch war. Sie wollte herausbekommen, wann genau er mit der Neckerei angefangen hatte und wieviel davon ernst gemeint war.

Wegen seiner Dreistigkeit allerdings warf sie ihm einen säuerlichen Blick zu. »Ja, das erwähnten Sie. Ich bin sicher, daß Sie in der Zwischenzeit reichlich zu tun hatten, bei den vielen schönen Frauen hier. Vielleicht hat Jane heute morgen bei ihrer Mutter die Nerven verloren, weil Sie dem Mädchen mit ein paar Küssen so den Kopf verdreht haben, daß sie Sie unbedingt haben wollte.«
Er machte ein verächtliches Geräusch. »Dieses kleine Muster an Korrektheit? Ich traue keinem Mädchen ohne offensichtlichen Makel, und das zu Recht, wie sich später herausgestellt hat, denn die Dame besitzt zumindest einen Fehler, und den im Übermaß.«
»Ich habe auch ein heftiges Naturell«, erinnerte sie ihn und versuchte, ihre Erleichterung zu dämpfen, daß er nicht im geringsten an Jane interessiert gewesen war. »Doch das hat Sie nicht davon abgehalten, mich ...«
»Sie besitzen Geist und Mut, Darling. Das ist ein großer Unterschied, falls Sie es noch nicht wissen sollten.«
Natürlich wurde sie wieder rot. Der Mann teilte neuerdings zu viele Komplimente in ihre Richtung aus, und sie hätte gern den Grund gekannt. Ob er etwa versuchte, Wiedergutmachung zu leisten? Einige nette Worte konnten keine verlorene Jungfräulichkeit wettmachen, und die Konsequenzen standen ihr erst bevor, wenn sie dem Mann, den sie heiratete, die Wahrheit sagen mußte. Andererseits waren manche Männer recht unlogisch in ihrem Denken, und vielleicht wollte er auf diese Art wirklich sein Gewissen erleichtern.
»Nun ... Jane war nicht die einzige schöne Frau hier«, betonte sie. »Also nehme ich an, daß Sie auch sonst gut beschäftigt waren. Lady Edith ...«
»... hat nicht genug Grips, um zu merken, wann sie sich lächerlich macht«, warf er schnell ein. »Mit ihrem endlosen Geplapper treibt sie einen Mann in wenigen Tagen in den Alkohol.«
Kimberly hätte beinahe genickt, da das auch ihre Meinung war. Doch sie kämpfte mit widersprüchlichen Ge-

fühlen. Einerseits war sie ärgerlich, daß er jedes ihrer Argumente entkräftete, und andererseits entzückte es sie, daß ihn gerade diese zwei Frauen überhaupt nicht interessierten.
Gegen Monica Elgar allerdings würde auch er nichts einwenden können. Selbst Kimberly hatte nicht umhin gekonnt, diese nette Person einfach zu mögen. Sie wollte, daß Lachlan endlich zugab, eine andere geküßt zu haben. Es würde ihr zwar nicht gefallen, aber dabei helfen, nicht mehr so viel an ihn zu denken.
»Und was ist mit Lady Monica?«
Jetzt seufzte er. »Falls Sie es noch nicht bemerkt haben, Kimber, diese Dame reicht mir gerade mal bis zum Bauch. Sie ist höchstens einen Meter fünfzig groß. Jedesmal, wenn ich neben ihr stehe, bekomme ich Lust, sie auf meine Hüfte zu heben wie ein kleines Kind.«
Sie nickte müde. »Wen also haben Sie dann geküßt?«
»So wie es aussieht, Darling, niemanden.«
Sie blinzelte. »Warum?«
»Vielleicht warte ich darauf, daß Sie zur Vernunft kommen und mich haben wollen.«
Ihr Herz setzte für einen Schlag aus. Und genauso schnell schoß ihr Zorn hoch. Er zog sie wieder auf, und dieses Mal konnte sie seinem Humor nichts mehr abgewinnen. Offenbar wollte er ihr nicht sagen, mit wem er sich jetzt amüsierte, während er weiter nach der Herzogin schmachtete.
Sie trank einen Schluck Schokolade, setzte den Becher wieder ab und zog ihre Handschuhe an. »Wenn das stimmt, Lachlan«, sagte sie mit gepreßtem Lächeln, »dann können Sie es sich beim Warten bequem machen.«
Als Beleidigung verpaßte die Bemerkung ganz offensichtlich ihr Ziel, denn er lachte.
»Wissen Sie, daß Ihre Augen wie zwei grüne Feuer leuchten, Darling, wenn Sie zornig werden. Das ist sehr verlockend.«
»Verlockend?«

Er seufzte. »Sie sind wirklich in vielem die reinste Unschuld. Und jetzt rennen Sie, Mädchen, sonst küsse ich Sie auf der Stelle, ganz gleich, wer uns dabei zusieht.«
Sie verstand nicht, was er mit verlockend gemeint hatte. Wozu sollte sie ihn verlocken? Dazu, sich erneut an sie heranzumachen? Der letzte Hinweis allerdings war deutlich gewesen. Und obwohl es mit Schlittschuhen auf der verschneiten Böschung gefährlich war, verlor sie keine Zeit und kehrte hastig auf das Eis zurück.
Er lachte hinter ihr her, und ihre Laune war für den restlichen Tag verdorben. Ob er sie wieder aufgezogen hatte? Sie würde es auch durch Grübeln nicht herausfinden.

20

»Ich überlege gerade, daß wir seinen stolzen Hengst hätten stehlen sollen, als wir die Gelegenheit dazu hatten«, bemerkte Gilleonan in brummigem Ton, als er und Lachlan stehenblieben und zusahen, wie zwei junge Vollblüter auf einem Reitplatz in der Nähe der Ställe trainiert wurden. »Er hätte ihn gar nicht vermißt, so viele Pferde, wie er besitzt. Und jedes Jahr kommen neue dazu. Der Hengst hätte einen guten Preis gebracht.«
»Nicht so laut«, schalt Lachlan.
Er sah rechts an Gilleonan vorbei, wo noch weitere Hausgäste am Zaun lehnten und ebenfalls das Paar junger Pferde bewunderten, das durch alle Gangarten geführt wurde. Die Leute standen glücklicherweise nicht so nah, um Gilleonan wirklich hören zu können, und ihre Aufmerksamkeit galt nicht ihnen. Soweit Lachlan erkennen konnte, waren auch sie in ein lebhaftes Gespräch über den möglichen Preis der Vollblüter vertieft, die auf Sherring Cross gezüchtet und von hier verkauft wurden.
Dennoch rückte er vorsichtshalber einige Schritte mehr

von ihnen ab und zog seinen Cousin mit sich. »Es wäre sinnlos gewesen, sein Pferd zu stehlen, Gill, da er es genauso zurückgeholt hätte wie sein Mädchen. Außerdem bin ich kein Pferdedieb, und das weißt du sehr gut.«
Es ging um den Herzog von Wrothston und das Pferd, das er mit sich geführt hatte, als Lachlan und dessen Cousins seine Kutsche anhielten, um ihn auszurauben, und Lachlan statt des Geldes, hinter dem sie her waren, Megan entführte. Lachlan wünschte mittlerweile inständig, daß er an diesem Tag zu Hause geblieben wäre.
»Na ja. Das war nur so ein Gedanke«, gab Gilleonan zu. »Dabei fällt mir ein, daß du diese Sache mit der Ehefrau offenbar nicht allzu ernst nimmst.«
Lachlan hob eine dunkelbraune Braue und sah seinen Freund an. »Was haben Pferdediebstahl und Heiraten miteinander zu tun?«
»Siehst du das denn nicht?« entgegnete Gilleonan. »Natürlich das Geld, das beides einbringt. Aus dem Grund sind wir doch hier, oder hast du das schon vergessen?«
Es war die Frage und nicht die Antwort, die bei Lachlan Stirnrunzeln auslöste. »Sag mir eines, Gill, glaubst du, ich würde meine Pflichten nicht ernst nehmen? Oder hast du das Bedürfnis, dich öfter mal zu beklagen, seit wir unter diesen Engländern leben müssen?«
Wenigstens machte Gilleonan nun ein einigermaßen betretenes Gesicht und ließ sich sogar zu einem Seufzer hinreißen. »Muß wohl das letztere sein. Vor allem, da wir schon über einen Monat hier sind. Hat dir denn noch keine gefallen? Jetzt, nachdem du wegen der Herzogin endlich zur Vernunft gekommen bist?«
Lachlan verzog ärgerlich das Gesicht. »Ja, eine schon«, murmelte er.
»Verdammt, warum hast du das denn nicht gleich gesagt? Wann machst du ihr einen Antrag?«
»Habe ich schon.«

»Und?«
»Sie will mich nicht.«
Gilleonan schnaubte. »Das ist kein bißchen komisch, Lachlan. Jedes Mädchen wäre beglückt ...«
»Bis auf diese eine.«
Gilleonan machte eine Pause. »Bist du sicher?«
»Ja.«
»Sie ... äh, hat sie einen anderen?«
»Nein, sie mag mich einfach nicht.«
Bei Lachlans gequältem Gesichtsausdruck hätte Gilleonan beinahe laut losgelacht, doch er hielt sich zurück und schüttelte nur den Kopf. »Ach, dann haben wir aber Glück, daß neuerdings jeden Tag mehr Mädchen auftauchen, dank der Bemühungen deiner Tante. Du findest leicht eine andere, Lachlan. Jedenfalls ist es sehr ermutigend, daß du endlich ernst machst und das Wohl des Clans vor deine Gefühle für die Herzogin stellst.«
In Lachlan stieg Empörung auf. Seine Gefühle beiseite stellen? Das war wirklich nicht schwierig gewesen, obwohl es zuerst so ausgesehen hatte. Und nun fragte er sich, ob er Megan recht geben mußte.
Hatte er sich die ganze Zeit etwas vorgemacht mit seinen Gefühlen für sie und Megan nur wegen ihrer Schönheit gewollt und weil sie ihm entkommen war, bevor er sie verführen konnte? Oder kam sein Sinneswandel daher, daß sie und der Herzog ein Kind hatten?
Dieses Kind änderte alles, besonders da ein Herzog, völlig zu Recht, niemals seinen Erben aufgeben würde. Lachlan könnte nicht so grausam sein, eine Mutter von ihrem Kind zu trennen, ganz gleich, welche Gefühle er für sie hegte. Aber er gab es auf, darüber nachzudenken, was er für sie empfunden hatte. Die Gefühle waren einfach verschwunden, als hätten sie nie existiert.
Seltsam war nur, daß es ihm überhaupt keine Schwierigkeiten bereitete, seine Gefühle diesem anderen Mädchen gegenüber zu erkennen. Zorn gehörte eindeutig dazu.

Und den hatte er in letzter Zeit immer häufiger gespürt, besonders, wenn er Kimberly dabei beobachtete, wie sie sich mit anderen Männern amüsierte.
Es war keine Eifersucht ... nun, vielleicht doch. Am meisten ärgerte es ihn, wenn sie mit James Travers zusammen war, mit ihm lachte, tanzte, Karten spielte oder sich einfach unterhielt. Dabei war Travers ein Mann in mittleren Jahren. Lachlan konnte doch nicht auf einen Mann eifersüchtig sein, der doppelt so alt war wie er. Das war lächerlich. Und außerdem, wann war er jemals eifersüchtig gewesen? Er konnte sich nicht erinnern, also ging es auch wider seine Natur, sich von diesem albernen Gefühl verwirren zu lassen.
Aber seinen Zorn konnte er nicht leugnen. Er blieb, ganz gleich, wie sehr er ihn zu ignorieren versuchte. Der wahrscheinlichste Grund dafür war, daß das Mädchen sich geweigert hatte, ihn zu heiraten. Das mußte seinem Stolz einen empfindlichen Schlag versetzt haben. Zuerst Megan, die ihn nicht ernst nehmen wollte, und dann Kimberly. Nachdem sie ihm zunächst deutlich gezeigt hatte, wie sehr sie ihn begehrte, weigerte sie sich nun, ihn auf Dauer zu nehmen. Wann hatte er jemals so viel Pech mit Frauen gehabt? Noch nie. Deshalb kam er auch so schwer damit zurecht.
Es war wirklich zu dumm, daß er erst nach Kimberlys Verführung aufgehört hatte, Megan nachzustellen. Wäre er die Sache mit ihr von vornherein anders angegangen, statt törichterweise immer noch zu glauben, daß er Megan wollte, hätte er vielleicht Erfolg gehabt. Aber er hatte Kimberly nur für eine zeitweilige Ablenkung gehalten. Dabei war sie ihm seit dieser einen glorreichen Nacht mit ihr nicht mehr aus dem Kopf gegangen. Deshalb überraschte es ihn auch nicht, daß er gleich an sie gedacht hatte, als er endlich beschloß, mit der Suche nach einer Frau ernst zu machen. Aber es war zu spät. Er hatte verspielt. Ihr Verhalten war deutlich genug gewesen.

Andererseits, wann hatte er sich jemals von etwas abbringen lassen? Und er wollte sie. Noch immer. Verdammt, sie fühlte sich so richtig an in seinen Armen. Es war eine einzigartige Erfahrung gewesen, etwas, das er noch nie erlebt hatte. So sollte es am besten immer für ihn sein.

21

»Siehst du sie, mein Schatz? Siehst du die Pferdchen?« Das Baby, das zum Fenster hochgehoben wurde, von wo man die Stallungen sehen konnte, gluckste nur. »In ein paar Jahren wirst du eines ganz für dich allein haben«, fuhr Megan fort. »Natürlich nicht gleich so ein großes wie diese hier, aber ...«
»Und auch nicht in ein paar Jahren«, schaltete Devlin sich ein und trat hinter seine Frau und seinen Sohn. »Justin ist noch nicht einmal ein Jahr alt, Megan.«»Psst, das weiß er doch nicht. Und außerdem zeige ich ihm nur etwas, worauf er sich freuen kann.«
Devlin lachte. »Du bist entzückend, wenn du albern wirst. Als ob er ein Wort von dem verstehen würde, was du sagst.«
»Ich möchte betonen, Devlin St. James, daß mein Sohn sehr intelligent ist«, entgegnete Megan gekränkt. »Er versteht mehr, als du denkst.«
»Wenn du es sagst, meine Liebste. Es liegt mir fern, dir zu widersprechen, wenn du diesen kämpferischen Gesichtsausdruck bekommst.«
Sie schnaubte, worauf er erneut lachte. »Aber es ist jetzt Zeit für sein Bad, und du solltest ihn der Kinderfrau geben. Die Arme hat schon das ganze Schloß nach euch beiden abgesucht und mich aus dem Büro geschleift, damit ich ihr helfe.«
»Ich bitte um Verzeihung, Euer Gnaden, aber ...«

Devlins abruptes Räuspern ließ die Frau verstummen, und sie errötete. Megan kicherte. Sie wußte genau, was ihr Mann gerade versucht hatte, aber ohne die Mitarbeit der Frau scheiterte er natürlich. Er schien zu glauben, daß Megan ihn für den Rest des Tages mit ihrer spitzen Zunge in Ruhe ließ, wenn es ihm gelang, in ihr Schuldgefühle zu erwecken. Es gelang selten, aber er versuchte es immer wieder.
»Wir haben heute morgen wirklich lange nach dir gesucht«, beharrte er. »Warum nimmst du Justin dauernd in diese unbewohnten Räume mit?«
»Wegen der Abwechslung natürlich und der schönen Aussicht«, entgegnete sie und küßte Justins Wange, bevor sie den Jungen der Kinderfrau übergab. »Es ist zu kalt, um ihn so früh am Morgen nach draußen zu bringen, aber ich möchte nicht, daß er auf den hübschen Anblick verzichten muß, den die Umgebung im frühen Morgenlicht bietet ... also biete ich ihm immer wieder neue Ausblicke von verschiedenen Räumen. Ich wußte gar nicht, daß man die Stallungen von hier aus so gut sehen kann. Du etwa?«
»Aber natürlich«, antwortete er selbstsicher.
Devlin mochte im Laufe seines Leben jeden Raum des Anwesens betreten haben, aber sicher nicht, um von dort die Aussicht zu bewundern. Für diesen Raum holte er das nun nach und runzelte die Stirn, als er hinaussah.
»Ziemlich viele Frühaufsteher unterwegs«, bemerkte er, wobei sein Ton scharf wurde.
Megan wußte sofort, wen er unten bei den Stallungen gesehen hatte. »Aber Devlin, wann hörst du endlich damit auf, dich jedesmal aufzuregen, wenn du den Highlander siehst?«
»Wenn ich ihn zum letzten Mal sehe.«
Sie grinste. »Störrischer Kerl.«
Er zuckte mit den Achseln, legte den Arm um ihre Schulter und drückte sie. »Da aus deinen Verkuppelungsplä-

nen anscheinend nichts geworden ist, glaubst du nicht auch, daß es langsam Zeit wird, ihm eine Dame zuzuführen, bei der er anbeißt, damit dieser Halunke uns nicht den ganzen Winter vor der Nase herumläuft?«

»Ist bereits geschehen. Ich habe Margaret gebeten, ihre Einladungen zu verdoppeln, aber ...«

Er seufzte laut und ausgiebig. »Wann wird unser Zuhause wieder normal sein?«

Sie grinste, da der Normalzustand immer noch drei oder vier Gäste zur gleichen Zeit bedeutete. »Bald, Dev, aber wie ich gerade anmerken wollte, habe ich unseren ursprünglichen Plan noch nicht völlig aufgegeben.«

Er schüttelte den Kopf. »Du meinst deinen ursprünglichen Plan. Und mich nennst du störrisch.«

»Aber ich habe bemerkt, wie er sie neuerdings beachtet.«

»Und ich, wie sie ihn völlig ignoriert«, konterte er.

»Ich glaube, sie tut nur so, als übersähe sie ihn.«

»Nun, dann macht sie ihre Sache verdammt gut, wenn ich mir diese Bemerkung erlauben darf. Akzeptiere es, Megan, sie ist nicht im geringsten an diesem Schotten interessiert. Außerdem ist sie so gut wie vergeben, und damit haben wir unsere Pflicht erfüllt.«

»Wie bitte?«

»Nun«, erklärte er schnell. »James hat mir gegenüber erwähnt, daß er ernsthaft an eine Wiederverheiratung denkt.«

»Oh, ich hoffe doch nicht.«

»Megan ...«

»Bitte mißverstehe mich nicht. Ich finde James Travers sehr nett, und er würde für jede Frau einen guten Ehemann abgeben.«

»Ich wünschte, ich hätte kein ›aber‹ in deiner Stimme gehört«, murmelte Devlin gerade so laut, daß seine Frau es verstehen konnte.

Sie kniff die Augen zu schmalen Schlitzen zusammen, bevor sie weitersprach. »Aber durch ihren Aufenthalt bei

uns kenne ich Kimberly nun gut genug, um zu wissen, daß sie mit jemand anderem glücklicher würde.«
»Wieso, erlaube ich mir zu fragen, wenn sie und James perfekt zusammenpassen?«
»Sie passen zu gut zusammen, das ist es. Und du weißt, was dabei herauskommt, nicht wahr?« Sie antwortete für ihn, bevor er selbst etwas sagen konnte. »Genau, Langeweile.«
Er rollte die Augen. »Darf ich vorschlagen, daß es auch zu perfekter Harmonie und ... Glück führen kann?«
»Nein, das darfst du nicht.«
»Wer in unserer Familie störrisch ist, das bist du. Und niemand sonst. Du weißt ganz genau, daß ...«
Devlins entnervte Stimme erstarb, während er aus dem Fenster starrte. Megan folgte seinem Blick und sah Kimberly, die in Begleitung verschiedener verheirateter Frauen von einem morgendlichen Ritt zurückkehrte. Neben den älteren Damen strahlte sie vor Jugend und Frische. Außerdem wirkte sie gerade heute besonders attraktiv in ihrem neuen Reitkleid aus rubinrotem Samt, das in seinem körpernahen Schnitt ihre Figur sehr hübsch zur Geltung brachte.
Megan lächelte in sich hinein. Sie hatte mit Mrs. Canterby gesprochen, bevor diese mit der neuen Garderobe von Lady Kimberly begann, und sie darauf hingewiesen, daß sie alle Kleider enger geschnitten wünschte, damit die Rundungen und Kurven der Lady vorteilhaft zur Geltung kamen. Und Kimberly hatte nichts gemerkt und den knappen Sitz wohl darauf zurückgeführt, daß sie etwas an Gewicht zugelegt hatte.
Devlins Aufmerksamkeit war durch die plötzliche Anwesenheit Howard Canstons geweckt worden, der den auf Kimberly zutretenden Reitknecht wegwinkte, damit er selbst der Dame beim Absitzen helfen konnte. Es war nach Megans Meinung ein alter Trick, der es einem Gentleman erlaubte, die Dame seines Interesses zu berühren, und zwar ziemlich handfest. Während die meisten Her-

ren die Situation nur so lange ausnutzten, bis die Füße der Dame wieder den Boden berührten, nahmen einige dies nicht so genau.
Howard gehörte offenbar der letzteren Gruppe an. Seine Hände hielten Kimberlys Taille auch noch umschlossen, als er auf eine Bemerkung ihrerseits antwortete, was die schickliche Zeit weit überzog. Das sollte sein Verhängnis sein, denn Kimberlys Reitgenossinnen, Abigail und Hilary, waren ziemliche Klatschbasen. Andererseits konnte er es natürlich absichtlich darauf anlegen, daß sein Interesse an Kimberly allgemein bekannt wurde.
Doch das allein hätte Devlins ungeteilte Aufmerksamkeit nicht geweckt. Der Schotte brach bei Kimberlys Auftauchen abrupt seine eigenes Gespräch ab und starrte grimmig in ihre Richtung. Als Howard die Arme hob, um ihr vom Pferd zu helfen, spannte sich Lachlans Körper wie zum Sprung, und im nächsten Moment stürmte er zornig heran, da der Viscount Kimberly nicht sofort wieder losließ.
Devlin mußte das gleiche wie Megan gedacht haben. »O guter Gott, er wird doch nicht ... nein, er kann doch nicht im Ernst ...«
Es hatte keinen Sinn mehr, daß er weitersprach, denn Lachlan tat es. In dem Augenblick, als er das ahnungslose Paar erreichte, landete seine Faust auf Howard Canstons rechtem Auge. Der Schlag warf den Mann zu Boden. Howard fiel der Länge nach auf den Rücken, zwar nicht bewußtlos, aber offenbar benommen, da er keinen Versuch unternahm, wieder aufzustehen.
Neben ihr stöhnte Devlin auf, und Megan faßte ihn rasch am Revers seines Hausmantels, um ihn davon abzuhalten, aufgebracht nach unten zu stürmen. Mit halb heruntergezogenen Ärmeln drängte er zur Tür.
Dort drehte er sich noch einmal um, wobei er warnend eine Braue hob. »Entweder läßt du mich jetzt los, oder ich ziehe dich mit mir.«

Sie zupfte seinen Mantel zurecht und sprach in festem Ton zu ihm. »Devlin, es besteht überhaupt kein Grund, daß du dich dort unten einmischst.«
»So, überhaupt keiner?« preßte er zwischen den Zähnen hervor. »Howard Canston ist Gast in meinem Haus.«
»Oh, gib es schon zu. Du hast schon lange auf eine Gelegenheit gewartet, dem Highlander einen Fußtritt geben zu können, und nun glaubst du, deine Chance sei gekommen. Doch du täuschst dich. Diese Meinungsverschiedenheit ist eine höchstpersönliche Angelegenheit, die zwei deiner Gäste betrifft, oder besser gesagt drei. Außerdem wird das blaue Auge den Viscount kaum schmerzen. Die Damen mit ihren Achs und Ohs sorgen schon dafür, daß er auf seine Kosten kommt.«
»Darum geht es kaum ...«
»Du hast recht. Es geht darum, daß ein Mann sich ungehörig benommen hat und einen anderen daraufhin die Eifersucht überwältigt. Nicht der Mühe wert, daß man sich einmischt.«
»Ah! Jetzt kommt der wahre Grund zum Vorschein, warum du willst, daß ich mich heraushalte. Du freust dich über die Sache, weil du gaubst, daß MacGregor eifersüchtig ist.«
Sie lächelte ihn über das ganze Gesicht an. »Da gibt es nichts zu glauben. Das war eine Glanzvorstellung in Sachen Eifersucht, und du warst Zeuge. Warum also beobachten wir nicht alles als unbeteiligte Zuschauer? Wenn sie versuchen sollten, sich gegenseitig umzubringen, kannst du immer noch eingreifen.«
»Und was ist, wenn die Lady genau dies bei einem von ihnen versucht?« fragte Devlin trocken.
»Was?«
Megan fuhr wieder zum Fenster herum und sah den Sonnenschirm, den Kimberly statt einer Reitpeitsche um ihr Handgelenk trug, auf Lachlans Kopf landen. Völlig ruiniert ... natürlich der Schirm. Lachlans Schädel würde Schlimmeres aushalten.

»Oh, das war wirklich zu böse von ihr«, sagte Megan enttäuscht.
»Ich bin sicher, er empfindet es genauso«, entgegnete Devlin selbstgefällig und lachte dann.
»Das ist nicht lustig. Sie hätte beeindruckt und geschmeichelt sein sollen.«
»Warum, wenn sie den Kerl nicht mag?«
»O wirklich! Du wirst diese Sache aber auch nie von meinem Standpunkt aus sehen, oder?«
»Kaum, da es mir in der Faust juckt, die in seinem Gesicht landen will.«
»Wirst du dich mit diesem Drang bitte auch weiterhin zurückhalten?«
Das Paar am Fenster tauschte noch einige hitzige Bemerkungen aus, dann schritt Lachlan davon, und Kimberly beugte sich mit einigen mitfühlenden Achs oder Ohs über Howard, wenigstens vermutete Megan dies. Zu dumm, daß sie und Devlin so weit entfernt standen und durch das geschlossene Fenster nichts hören konnten. Sie brannte darauf zu erfahren, was dort unten gesagt worden war, mußte aber wohl warten, bis Abigail und Hilary die Geschichte in Umlauf brachten. Zum Glück kannte sie die Damen gut genug, um zu wissen, daß diese der ersten Person, die ihnen über den Weg lief, alles brühwarm erzählen würden.

22

»Ich finde es soooo romantisch.«
»Aber ich dachte, Lady Kimberly und der Marquis wären so gut wie verlobt.«
»Offenbar nicht, oder …«
»Nun, ich habe gehört …«
»Barbarisch, wenn ihr mich fragt …«
»Schotten sind normalerweise …«

»Da bin ich anderer Meinung, wirklich. Der Cousin meines Vaters stammt aus den Highlands. Sie spielen dort Golf. Sehr zivilisierte Leute, diese Schotten.«
»Ich meinte, daß sie ihren Sonnenschirm über seinem Kopf zerbrochen hat. Wirklich schade um den Schirm.«
»Davon habe ich gehört.«
»Ich fand es eher komisch.«
»Das sieht dir ähnlich, Abigail. Du hast selbst vier oder fünf über dem Kopf deines Elbert zerbrochen, stimmt's?«
»Nur zwei, meine Liebe.«
»Nun, ich habe gehört, daß er ...!«
»Guter Gott, Mabel, nun schrei doch nicht so. Was hast du gehört?«
Es folgte ein leises Murmeln. »Jetzt habe ich es vergessen.«
Jemand kicherte. »Übrigens habe ich es aus sicherer Quelle, daß sie ihm schon dreimal einen Korb gegeben hat.«
»Wem? Dem Marquis?«
»Nein, du Dummchen, dem Schotten.«
»Aber was ist mit dem Viscount? Ein erstklassiger Fang, und außerdem scheint er interessiert.«
»Canston? Er ist immer interessiert. Aber nicht an der Ehe, wenn ihr versteht, was ich meine.«
»Nun hör aber auf, Hilary, und werde nicht gehässig. Nur weil nichts dabei herauskam, als der Viscount vor einigen Monaten deiner Nichte den Hof gemacht hat ...«
»Steigt ihr die ganze Saison nach, ohne sich jemals zu erklären.«
»Ganz wie sein Vater, wenn ihr mich fragt. Der alte Canston war zu seiner Zeit auch ziemlich wählerisch ...«
»Unsinn, sie sind nur etwas langsam, wenn sie sich entscheiden sollen. Liegt in der Familie ...«
Das war ein recht typisches Beispiel für die Gespräche, die Kimberly den Tag über mitgehört hatte, beim späten Frühstück, nach der Andacht, die sie anschließend besuchte, zur Teezeit am Spätnachmittag und dann wieder

beim Dinner. Sie hörte entweder Flüstern oder traf auf völliges Schweigen, sobald ihre Anwesenheit bemerkt wurde, oder aber sie mußte das aufgeregte Gerede mit anhören, wenn die anderen sich unbeobachtet fühlten. Sie schlüpfte wortlos aus dem Kartenzimmer, um die angeregt plaudernde Gruppe nicht in Verlegenheit zu bringen, obwohl diese Leute es verdient hätten.

Es tat ihr außerordentlich leid, in diese Geschichte verwickelt zu sein. Tratsch war so unappetitlich. Doch sie hätte wohl zu viel erwartet, wenn sie gehofft hätte, daß das kleine Drama, zu dem Lachlan am Morgen den Anlaß gegeben hatte, nicht auf Sherring Cross die Runde machen würde.

Genausowenig durfte sie hoffen, daß die Geschichte keine weiteren Kreise zog. Tatsächlich wäre sie nicht überrascht, wenn die Sache bis zum Ende der Woche auch ihren Vater erreichte. Und dann würde es nicht mehr lange dauern, bis er wutschnaubend in Sherring Cross vor der Tür stand. Ein Schotte in Verbindung mit seinem Namen, dafür würde er die Gründe erfahren wollen.

Sie wunderte sich allerdings nicht darüber, daß jede Version der Geschichte auf irgendeine Weise falsch war. Tratsch funktionierte nun einmal so. Nach ein paar Runden war der Inhalt kaum noch wiederzuerkennen.

In einer Fassung wurde der arme Howard von dem Highlander kräftig verprügelt. Eine andere wollte es, daß Kimberly eine Verlobung mit Lachlan gebrochen hatte, was ihn vermutlich dazu getrieben hatte, beim Anblick von Howard wie ein Berserker zu toben. Wieder eine andere ließ James Travers den Schlag auf den Viscount ausführen. Der Marquis war nicht einmal dabeigewesen, und doch wurde er in die Geschichte hineingezogen, weil er sich häufig in ihrer Gesellschaft befand. Schließlich kam ihr zu Ohren, daß sie zwei- oder dreimal Lachlans Heiratsantrag abgelehnt hatte, einer der Herren behauptete sogar, es seien sechs Anträge gewesen … nur um eine

Entschuldigung für sein eifersüchtiges Verhalten zu finden, vermutete sie.
Eifersüchtiges Verhalten? Nein, nichts war absurder. Vielleicht, wenn es um Megan gegangen wäre, aber bei ihr? Ihre einzige nahe Begegnung, außer einigen Auseinandersetzungen, war die gemeinsame Nacht gewesen, nachdem sie beide zuviel Champagner getrunken hatten. Seitdem bestand ein eher feindseliges Verhältnis zwischen ihnen. Sein einziger Heiratsantrag, der nicht wirklich zählte, war zu spät gekommen und außerdem doch nur, damit er sein Gewissen beruhigen konnte.
Wollen Sie, daß ich Sie heirate? Das war kaum ein Satz, der aus dem Herzen kam.
Warum also hatte er Howard Canston angegriffen?
Jetzt, da Kimberly Zeit hatte, darüber nachzudenken – und nichts anderes tat sie schon den ganzen Tag –, vermutete sie, daß es eine Meinungsverschiedenheit zwischen den beiden Männern gegeben haben mußte, entweder erst vor kurzem, oder sie hatten eine alte Rechnung zu begleichen. Auf jeden Fall war da ein ungelöster Konflikt, der sich langsam zuspitzte, seit sie unter dem gleichen Dach lebten ... und nichts mit ihr zu tun hatte. Sie hatte nur das Pech, zufällig dabeizusein, als sie aneinandergerieten und einem von ihnen schließlich die Nerven durchgingen ... in diesem Fall Lachlan.
In jenem Moment war alles viel zu schnell gegangen. Sie war zutiefst schockiert gewesen und hatte Lachlan nicht einmal kommen sehen, was sie zumindest vorgewarnt hätte. In ihrem fassungslosen Zustand hatte sie reagiert, ohne nachzudenken. Ihr Verhalten wurde dadurch nicht richtiger.
Sie hätte ihn nicht schlagen dürfen. Es tat ihr gleich darauf leid. Dieser Gewaltakt war genauso schlimm gewesen wie der vorangehende Fausthieb, selbst wenn ihr Schlag, mit dem sie den zarten Sonnenschirm auf ihm zerbrach, Lachlan überhaupt nicht weh getan hatte.
Lachlan hatte ganz offensichtlich nicht mit einem An-

griff gerechnet. Er war so überrascht gewesen, daß er sie laut anbrüllte. »Warum zum Teufel schlagen Sie mich?«
Ohne sein heftiges Brüllen hätte sie sich ... vielleicht entschuldigt. Doch in dem Moment war sie über seine Reaktion genauso entsetzt wie über ihre eigene und hatte statt dessen mit lauter Stimme gekontert: »Warum zum Teufel haben Sie ihn geschlagen? Wir sind in England, nicht in Ihren wilden Highlands. Hier redet man über die Dinge, statt sie durch Gewalt zu klären.«
Nach dieser kleinen Predigt hatte er einen sehr langen Blick auf ihren zerbrochenen Sonnenschirm geworfen, den sie immer noch umklammert hielt, und dazu maliziös die Braue gehoben. Ihr Gesicht war blutrot angelaufen. »Eine feine Art, über die Dinge zu reden, Darling, die Sie da besitzen«, ergänzte er für den Fall, daß sie den scharfen Blick noch nicht verstanden hatte.
Danach war er ohne eine weiteres Wort davongeschritten, und alles an seiner Haltung ließ die Wut erkennen, die in ihm tobte. Kimberly sah ihn den Rest des Tages nicht mehr, genausowenig wie Howard. Der Viscount war von diesem einzigen Hieb so benommen gewesen, daß er zehn Minuten brauchte, um wieder auf die Beine zu kommen. Dann wurde auch seine Verärgerung offensichtlich, und wer hätte es ihm verdenken können? Obwohl er bewundernswerte Anstrengungen machte, den Zorn zu verbergen, stand ein bedrohlich wirkendes Glimmen in seinen tiefblauen Augen, zumindest in dem, das nicht langsam zuschwoll.
Als die kleine, naseweise Abigail ihn fragte, warum Lachlan ihn angegriffen hatte, zuckte er nur knapp mit den Achseln. »Weiß der Teufel.«
Das hatte die Neugier der Umstehenden natürlich nicht befriedigt, vor allem nicht die der beiden Klatschmäuler. Die allgemeine Annahme lautete auf Eifersucht als Lachlans Tatmotiv. Nun, Kimberly wußte es besser, und wenn sie jemals wieder mit diesem ungehobelten Burschen sprechen würde, der sie immer wieder zum Zorn reizte,

dann nur, um ihn nach dem wahren Grund zu fragen. Dabei blieb fraglich, ob sie überhaupt Wert darauf legte. Wieder einmal hatte er sie dazu gebracht, sich auf eine Weise zu benehmen, die sie zutiefst verabscheute, und das machte sie wütend. Sie wünschte, sie könnte herausfinden, wie er es anstellte, daß sie sich dermaßen vergaß. Er reizte sie, alle Etikette und ihre gute Kinderstube fahrenzulassen, obwohl sie doch wußte, wie sie sich zu benehmen hatte.

In der kurzen Zeit, die sie Lachlan MacGregor nun kannte, hatte sie mehr Ärger und Zorn verspürt als in all den Jahren mit ihrem tyrannischen Vater ... wenngleich sie zugeben mußte, daß sie einige Übung darin entwickelt hatte, ihn einfach zu ignorieren. Bei dem gutaussehenden Highlander schaffte sie dies nicht so leicht. Besser gesagt, es gelang ihr überhaupt nicht.

23

»Meine Güte, haben Sie mich erschreckt«, sagte Megan, als sie das Gewächshaus betrat und die plötzliche Bewegung zu ihrer Linken bemerkte. »Was machen Sie denn hier im Dunkeln?«

Kimberly zuckte mit den Achseln und fuhr mit den Fingern über ein stachliges Blatt auf dem Tisch voller Pflanzen neben sich. »So dunkel ist es gar nicht hier drinnen. Durch die Fenster fällt genug Licht vom hellerleuchteten Haus herein.«

»Hmm, da haben Sie recht«, gab Megan nach einem kurzen Blick durch die zum Herrschaftsgebäude weisende Glasfront zu. »Ich bin selbst noch nie abends hiergewesen, deshalb habe ich die Lampe mitgebracht ... die ich ja nun nicht brauche.«

Kimberly lächelte schwach, als Megan die Flamme löschte. Sie hatte allein sein wollen, da sie sich nicht in

gesprächiger Stimmung befand. Doch sie wollte nicht unhöflich zu der Herzogin sein, die sich immer überaus freundlich ihr gegenüber verhielt.
Auch wenn sie der Herzogin nicht antworten mochte, so stellte sie selbst die Frage: »Und was führt Sie so spät abends hierher?«
In Megans Kichern lag eine Spur Bosheit. »Ich bin hier, um eine Rose zu pflücken. Mein Devlin war den ganzen Tag über schadenfroh zu mir und hat mich unsäglich damit geärgert. Er braucht eine Mahnung, was er zu erwarten hat, wenn er nicht damit aufhört. Ich dachte mir, daß eine hübsche, langstielige Rose heute abend auf seinem Kopfkissen ihm diese Botschaft schnell übermitteln wird, natürlich ohne die Blütenblätter.«
Kimberly mußte spontan lachen; sie konnte nicht anders, und es tat wirklich gut, es herauszulassen nach diesem furchtbaren Tag. Das mußte sie der Herzogin lassen. Die Idee war hintersinnig und klug. Ein Stengel mit Dornen auf dem Kopfkissen ihres Gemahls. Ja, er würde den Sinn sofort begreifen ... und ebenfalls herzlich darüber lachen.
Kimberly verzog amüsiert das Gesicht. »Ich hoffe, er bemerkt die Dornen, bevor er sich hinlegt.«
»Oh, darauf werde ich schon achten. Haben Sie Lust, mir bei der Auswahl einer geeigneten Rose zu helfen?«
Kimberly nickte, und sie gingen zwischen den Pflanztischen hindurch zu einem Beet, auf dem Rosen in allen Entfaltungsstadien blühten. Megan beugte sich zu einem Blütenkelch, um daran zu schnuppern. »Übrigens«, begann sie beiläufig. »Ich bin froh, Sie hier getroffen zu haben. Ich wollte schon länger etwas fragen, habe Sie aber nie allein angetroffen. Es geht um den Schotten. Haben Sie über ihn nachgedacht?«
»Nachgedacht?«
»Über eine mögliche Heirat mit ihm.«
»Nein.«
Kimberlys Antwort kam so schnell, daß Megan überrascht blinzelte. »Nein? Aber er sieht verdammt gut aus

und ist so charmant. Er würde einen wunderbaren Ehemann abgeben. Außerdem sucht er eine Frau, müssen Sie wissen.«
»Ja, es sprechen viele Dinge für ihn«, und genauso viele dagegen, fügte Kimberly im Geist hinzu. »Aber für mich ist er nicht der Richtige.«
Megan machte ein abwehrendes Geräusch. »Natürlich ist er das ... wie kommen Sie nur darauf, er könnte nicht zu Ihnen passen?«
»Weil er in Sie verliebt ist«, wäre die ehrliche Antwort gewesen. Doch Kimberly wollte weder sich noch die Herzogin in Verlegenheit bringen. »Ich hätte Ihnen wohl sagen müssen, daß mein Vater niemals seine Zustimmung zu einem Schotten als Ehemann für mich geben wird«, erklärte sie statt dessen.
»Sie meinen das doch hoffentlich nicht im Ernst?« sagte Megan. Ihre Überraschung grenzte an Erschrecken.
»Nein, bedauerlicherweise ist es die Wahrheit«, entgegnete Kimberly zögernd und wünschte, dieses Thema wäre nicht zur Sprache gekommen. »Er hat beträchtliche Vorurteile gegen Schotten.«
Megan runzelte die Stirn. »Ich nehme an, das liegt daran, daß Sie so nah an der Grenze leben? Die geschichtliche Vergangenheit voller Gewalt, die Raubzüge über die Grenze und solche Dinge? Jetzt da Sie es erwähnen, fällt mir ein, daß ich verschiedene andere Familien kenne, die ähnlich empfinden. Obwohl solche Feindseligkeiten in unserer Generation weitgehend aufgehört haben, vererbt sich die Voreingenommenheit weiter ...«
»Nicht in unserem Fall«, unterbrach Kimberly. »Bei meinem Vater handelt es sich um eine persönlich begründete Abneigung, die er auf alle Schotten überträgt.«
»Persönlich?« fragte Megan nach. »Dann teilen Sie seine Ansichten nicht?«
»Nein, ich bin nur in sehr wenigen Dingen mit meinem Vater einig, und ganz sicher nicht bei seinen engstirnigen Ansichten.«

Die Herzogin seufzte erleichtert. »Nun, das höre ich gern. Aber … ist es unbedingt notwendig, daß er der Wahl Ihres Ehegatten zustimmt?«

»Wenn ich einen Skandal vermeiden will.«

Megan holte tief Luft. »Wollen Sie damit andeuten, daß er Sie tatsächlich enterben wird?«

»Genau das. Und zwar ohne Skrupel.«

Die Herzogin runzelte wieder die Stirn. »Das ist verdammt … hartherzig, wenn Sie mich fragen.«

»Ja, allerdings. Ich sagte Ihnen ja schon, daß er eine tyrannische Art besitzt. Er ist ziemlich unbeugsam und entschieden, wenn es um seine Meinung geht.«

»Also, das schockiert mich einigermaßen … das muß ich schon sagen … um Ihretwillen. Ich kann mir einfach nicht vorstellen … und wenn Sie sich nun unsterblich in einen Schotten verlieben würden? Nicht in MacGregor natürlich«, fügte Megan schnell hinzu. »Aber in einen anderen, den Sie zufällig kennenlernen würden und der Sie gleichermaßen verehren würde. Dann könnten Sie nie das Glück erleben, das ich …«

»Nein, die Sache ist anders.«

»Anders?«

»Sicher. Sie dürfen nicht glauben, daß ich großen Wert darauf lege, meinem Vater zu gefallen. Genausowenig, wie ihm daran gelegen ist, mir zu gefallen. Nein, wenn mir so etwas widerfahren sollte, würde ich wohl eher den Skandal riskieren.«

»Wunderbar … ich meine, nun, natürlich wäre ein solcher Skandal zu bedauern, aber er könnte Ihnen bestimmt nicht dauerhaft schaden. Selbst die Königin wäre auf Ihrer Seite, so vernarrt, wie sie in ihre schottischen Untertanen ist. Ihren Vater träfe der Tadel für seine harte und vorurteilsbehaftete Haltung. Wenn jemanden die gesellschaftliche Ächtung träfe, dann ihn. Sie würde man … eher …«

»Bedauern?«

Megan wirkte etwas betreten. »Nun … nein …«

Kimberly lächelte und tätschelte Megans Arm. »Es ist schon in Ordnung. Und außerdem völlig belanglos, da ich nicht die Absicht habe, mich in einen Schotten zu verlieben, ganz gleich, um wen es sich handelt.«
Megan seufzte wieder. »Richtig. Aber wissen Sie, ich kann einen Vater wie den Ihren wirklich nicht verstehen. Meiner hat mich furchtbar verwöhnt. Ich kann mich nicht erinnern, daß er mir jemals etwas abgeschlagen hätte ... nun, bis auf meinen Wunsch, Devlin zu entlassen. Das hat er mir verweigert.«
»Entlassen? Wovon?«
Nun kicherte Megan. »Oh, das ist eine lange Geschichte, meine Liebe, und da es schon spät ist, erzähle ich sie Ihnen ein anderes Mal. Ich sollte jetzt zum Haus zurückkehren, sonst schickt Devlin eine Brigade von Dienern los, die mich suchen sollen.« Sie bückte sich, um eine Rose abzuschneiden. »Ach, bevor ich es vergesse. Was hat Sie nun wirklich hierhergeführt?«
Kimberly stöhnte innerlich. Es hatte keinen Sinn zu lügen. Die Herzogin wußte mit Sicherheit längst über den Klatsch Bescheid, der heute die Runde machte. Jeder hatte davon gehört.
Trotzdem begann sie eher ausweichend. »Ich verspürte das Bedürfnis, ein wenig allein zu sein, konnte aber keinen Raum im Haus finden, wo sich nicht schon jemand befand. Vielleicht hätte ich mich besser auf mein Zimmer zurückziehen sollen, aber danach war mir auch nicht.«
Megan lächelte verständnisvoll, hakte Kimberly unter und führte sie durch den Mittelgang zurück. »Ich habe auch manchmal diesen Drang, aber in Ihrem Fall ... Sie sollten wissen, daß Ihnen das Gerede von heute nicht im geringsten schaden kann, meine Liebe. Im Gegenteil, es ist überaus nützlich. Nun weiß jeder Herr hier, wie beliebt Sie sind.«
Kimberly wollte sich auf keine Diskussion einlassen, auch wenn das Thema nun angesprochen war. »Ich habe

nur bemerkt, daß die betreffenden Herren es vorziehen, sich nicht mehr zu zeigen.«

Megan grinste. »Nun, aus unterrichteter Quelle ist mir bekannt, daß Lord Lachlan sich in das nächstgelegene Gasthaus zurückgezogen hat, um sich zu betrinken. Und Lord Canston hat den Tag bei seinem Anwalt verbracht. Er war entschlossen, die Sache vor Gericht zu bringen.«

»*Was?*«

»Oh, keine Sorge, die Klatschbörse wird keine neue Nahrung von dieser Seite bekommen. Devlin hat Canston davon abgebracht, die Dinge schlimmer zu machen als sie sind, was sonst ganz sicher geschehen wäre. Der Mann ist tödlich beleidigt und – nun, für einen Viscount ist es kein sehr schmeichelhaftes Wort, aber es beschreibt seinen Zustand: Er schmollt.«

Kimberly konnte sich den maskulinen, sportlichen Viscount kaum mit Schmollmiene vorstellen. »Plant er denn, seinen Besuch hier abzubrechen?«

»Nein«, entgegnete Megan und klang etwas enttäuscht. »Ich bin sicher, daß er morgen wieder mitmischt. Wir veranstalten eine Fuchsjagd, erinnern Sie sich? Ich weiß, daß er die nicht verpassen will.«

Kimberly wäre es lieber gewesen, das Ereignis fände nicht statt. Sie hatte sich noch nie viel aus Jagden gemacht und fand Füchse eher niedlich …

»Kommen Sie mit zum Haus zurück?« fragte Megan, als sie am Eingang des Gewächshauses ankamen.

»Später.«

Megan nickte und sah sich dann noch einmal zwischen den Pflanzen um. »Wissen Sie, ich sollte ein Picknick hier drinnen veranstalten. Ja, wenn ich jetzt darüber nachdenke, finde ich die Idee großartig.«

Kimberly lächelte und schüttelte den Kopf, während sie Megan davonhüpfen sah, mit ihrer langstieligen Rose in der Hand. Es mußte eigentlich ziemlich anstrengend sein, Gastgeberin für so viele Menschen zu spielen, be-

sonders, wenn man immer wieder neue Unterhaltungsmöglichkeiten entdecken mußte.
Die Herzogin erfüllte ihre Aufgabe auf bewundernswerte Weise, und ein Picknick im Gewächshaus – das klang gut. Die Luft war feuchtwarm und schwer, aber sehr angenehm mit den vielen Düften, die den Raum erfüllten. Für ein Picknick mitten im Winter eignete sich dieser Ort wie kein anderer, und das Gewächshaus von Sherring Cross war das größte, das sie kannte. Ja, die Idee versprach viel Vergnügen und …
Er war also losgegangen, um sich zu betrinken? Gut, und sie hoffte aufrichtig, daß er am Morgen unter mörderischen Kopfschmerzen leiden würde. Der niederträchtige Kerl verdiente es nicht besser.

24

Zuerst erklang ein lautes Pochen an ihrer Wand, dann folgte ein Ruf. »Kimber, sind Sie wach?«
Nun war sie es. Hellwach. Und sie mochte kaum glauben, daß Lachlan mitten in der Nacht solchen Lärm veranstaltete … In den vergangenen Wochen war es so still gewesen, daß sie schon geglaubt hatte, er wäre nach ihrer Rückkehr aus London in ein anderes Zimmer übergewechselt.
Herr im Himmel, wie spät mochte es sein? Die schweren Vorhänge in ihrem Zimmer waren fest zugezogen und ließen nichts erkennen. Aber sie erinnerte sich, daß sie nicht hatte einschlafen können. Es war nach Mitternacht gewesen, als sie sich immer noch auf dem Kopfkissen umherwälzte …
»Kimber?«
Sie konnte nicht anders, als knurrend die Bettdecke zurückzuwerfen. Dann kniete sie sich vor die Wand und hämmerte ihrerseits hart dagegen. »Seien Sie still da drü-

ben! Haben Sie den Verstand verloren? Wissen Sie, wie spät es ist …«

»Ich … sterbe.«

»*Was?*« schrie sie auf.

Ihr Herz setzte einen Schlag aus. Es folgte keine Antwort, auch nicht, nachdem sie erneut gegen die Wand getrommelt hatte. Angst ergriff sie wie noch nie in ihrem Leben. Sie sprang aus dem Bett und rannte zur Tür. Dabei hatte sie nur noch einen Gedanken. Sie mußte zu ihm. Wenn nötig, würde sie seine Tür aufbrechen … doch das war überflüssig. Sie leistete keinen Widerstand, sondern flog mit einem Schlag auf, als Kimberly in ihrer Hast dagegenstürmte.

Sie fand ihn wie erwartet, an der Wand zu ihrem Zimmer, von wo er geklopft hatte. Er hockte auf den Knien, nach vorn gebeugt, mit dem Kopf beinahe am Boden, und war merkwürdig ruhig. Im Kerzenlicht, das flackernd den Raum erleuchtete, konnte sie keine Bewegung bei ihm erkennen. Es schien, als wäre alles Leben aus ihm gewichen. Atemlos glitt sie zu ihm auf die Knie.

»Lachlan?«

Sie faßte seinen Kopf, hörte ihn stöhnen und spürte eine unglaubliche Erleichterung. Wenn das Gefühl nicht so kurz gewesen wäre, hätte sie geweint. Also lebte er noch. Aber sie wußte noch immer nicht, was mit ihm los war, und die Panik schoß erneut in ihr hoch.

»Wo tut es Ihnen weh? Sagen Sie doch etwas! Bluten Sie? Haben Sie eine Schußwunde oder …?«

»Sie sind gekommen?«

»Natürlich bin ich das. Sie sagten, Sie würden sterben. Und nun erzählen Sie mir endlich, woran Sie sterben!«

»Gift.«

»Oh, großer Gott. Ich weiß nicht, was man da tut«, schrie sie auf. »Wie ist es geschehen? Und wie lange ist es her? Ich schicke sofort nach einem Arzt …«

»Nein, lassen Sie mich nicht allein.«

Eine Hand kam unter seinem Körper hervor, wo er sich

den Bauch gehalten hatte. Er tastete blind nach ihr, fand ihren Fußknöchel und umklammerte ihn fest. Sein Zustand hatte ihn also nicht alle Kräfte gekostet. Der Griff war noch immer wie Stahl und ließ sie zusammenfahren.
»Sie müssen mich für eine Minute gehenlassen, Lachlan. Nur so lange, daß ich einen Arzt holen kann.«
»Ein Arzt kann mir nicht helfen, Mädchen.«
Die Angst machte ihre Stimme heftig. »Nein, sagen Sie das nicht! Sie werden nicht sterben, hören Sie mich? Es muß etwas geben, das Ihnen helfen kann, und ein Arzt weiß, was.«
»Ich brauche nur ein Bett, Kimber, und eine zärtliche Hand, die mir hilft, das Schlimmste durchzustehen. Glauben Sie, daß Sie ein ganz klein wenig Mitgefühl für mich aufbringen könnten, um mir zu helfen?«
»Ich versuche schon die ganze Zeit, Ihnen zu helfen«, begann sie, um dann sanfter weiterzusprechen. »In Ordnung, ich helfe Ihnen zuerst ins Bett. Setzen Sie sich auf, damit wir Sie auf die Beine bringen.«
Sie versuchte, seine Schultern anzuheben, doch ohne seine Mithilfe bewegte sich überhaupt nichts. Es war völlig unmöglich, ihn allein von der Stelle zu bewegen.
Dann kam sein Oberkörper aus eigener Kraft hoch, während er sich mit einer Hand am Boden aufstützte und hochhievte. Als sie ihn genauer sehen konnte, bemerkte sie, daß er vollständig angezogen und offensichtlich eben erst in sein Zimmer gekommen war, bevor er damit begonnen hatte, gegen die Wand zu klopfen. Sie erkannte auch, wie schmutzig er war. Das Haar klebte durchnäßt an seiner Stirn, Staub und Stroh hingen an ihm, als hätte er sich in einem Stall gewälzt und vergessen, sich hinterher die Kleider wieder abzuklopfen. Was sie nachdenklich stimmte, war der Alkoholdunst, der von ihm ausströmte, als wäre er mit dem Zeug durchtränkt.
Sie hatte vergessen, daß er losgezogen war, um sich zu

betrinken, und nun herrschte sie ihn an. »Haben Sie sich etwa den ganzen Tag über vollaufen lassen?«
»Nein, ich habe geschlafen ... ich weiß nur nicht mehr, wo.«
»Und dann sind Sie geradewegs zurückgegangen, um noch mehr Alkohol in sich hineinzuschütten?«
Er lächelte schief. »Och nun, ich hatte einen mächtigen Durst. Daran erinnere ich mich noch.«
Kimberly hockte sich neben ihn. Er wirkte nicht wie ein Mann, der im Sterben lag. Nein, er war nur sturzbetrunken. Das konnte sie riechen und hören.
»Wie sind Sie vergiftet worden, Lachlan? Wissen Sie genau, daß es so war?«
»Vergiftet?«
Sie sah ihn mit zusammengekniffenen Augen an. »Sie haben gesagt, Sie wären vergiftet worden, erinnern Sie sich nicht?«
»Ach ja ... natürlich. Das war ... der Alkohol. Ich habe mich noch nie so miserabel gefühlt ...«
»Elender Schuft! Sie erschrecken mich halb zu Tode damit, daß Sie im Sterben liegen, und dann sind Sie nur betrunken?«
Sie sprang zornentbrannt auf, vergaß aber, daß er sie noch immer am Fußknöchel hielt. Bevor sie sich zur Tür drehen konnte, verlor sie das Gleichgewicht und landete auf dem Hinterteil. Es gelang ihr gerade noch, sich mit den Ellenbogen abzustützen, um zu verhindern, daß sie vollkommen flach auf dem Rücken lag.
»Oh, das ist eine Einladung, die ich kaum ablehnen kann, Darling«, hörte sie ihn schleppend sagen.
»Wie bitte?«
Sie war durch den Sturz verwirrt, und seine Bemerkung ergab keinen Sinn, bis sie an sich hinabsah. Ihr Nachtgewand – ein Negligé trug sie nicht, weil sie daran in ihrer Hast nicht gedacht hatte – war an den Hüften verdreht und hochgerutscht, an einer Seite bis zu den Knien, an der anderen den halben Oberschenkel hinauf. Sie lag mit

aufgerichteten Knien und flach auf den Boden gepreßten Füßen da, die Beine weit auseinandergespreizt.
Nun verstand sie die Bemerkung, so plump, wie diese war. Schlimmer noch: Er kam bereits auf sie zugekrochen, wobei seine Bewegungen langsam und nicht allzu sicher waren. Ganz offenkundig beabsichtigte er, sie mit seinem Körper zu bedecken, um die angebliche Einladung anzunehmen. Allein bei dem Gedanken durchschoß sie ein heißer Strahl des Verlangens, was Überraschung und Entsetzen zugleich in ihr auslöste.
Ihr entfuhr ein erstickter Laut der Befangenheit, dann preßte sie entschlossen die Knie zusammen und stemmte den Fuß, den er immer noch festhielt, gegen seinen näher kommenden Oberkörper.
»Unterstehen Sie sich, auch nur daran zu denken«, drohte sie.
»Soll ich nicht?«
»Absolut nicht.«
Er hockte sich zurück, schwankte, reckte sich gerade und sah stirnrunzelnd zu ihr hinunter. »Sie sind eine kaltherzige Frau, Kimber. Jawohl, das sind Sie.«
»Was Sie betrifft, muß ich es sein«, murmelte sie. Sie hatte es nicht für ihn gesagt, doch er hörte sie und merkte auf.
»Wirklich? Warum denn das, Darling? Könnte es sein, daß Sie in Versuchung sind und dagegen ankämpfen?«
Das kam der Wahrheit gefährlich nahe, und sie setzte sich auf, um sich sicherer zu fühlen. »Könnte es sein, daß Sie erneut den Verstand verloren haben? Sehen Sie sich doch an, wie verdreckt, nach Fusel stinkend und mit welch glasigen Augen Sie vor mir hocken! In Versuchung? Wodurch denn? Können Sie mir das verraten?«
Ihre Stimme klang wütend. Ihrer Meinung nach hatte sie ihren Zorn so glaubwürdig zum Ausdruck gebracht, daß er zusammenzucken müßte. Zu dumm nur, daß Lachlan ein viel zu gutaussehender Mann war. Das bißchen Schmutz und der alkoholisierte Zustand machten ihn nicht weniger begehrenswert.

»Ich wünschte, ich könnte das gleiche über Sie sagen, Mädchen. Sie haben die gleichen glasigen Augen, und nach dem Sturz ist Ihr Anblick nicht mehr der gepflegteste, und dennoch begehre ...«
»Kein Wort weiter!« fuhr sie heftig dazwischen und fürchtete, etwas zu hören, das sie ins Wanken bringen würde. »Und lassen Sie meinen Fuß los, damit ich gehen kann. Sie hatten nicht den geringsten Grund, mich zu wecken, und ich bin völlig überflüssig hier.«
Er sah auf seine Hand an ihrem Fußknöchel herunter und schien überrascht, daß sie dort war. Doch dann ließ er sie mit einem Seufzer los. »Dann machen Sie schon, daß Sie zurück in Ihre Kissen kommen. Ich werde die Nacht hier am Boden verbringen, da ich es allein nicht bis zum Bett schaffe.«
Sie sah ihn aus schmalen Augen an, als sie aufstand. »Soll ich Sie deshalb bedauern?«
»Nein, dazu wäre Mitgefühl nötig, was Sie nicht besitzen, wie Sie bewiesen haben.«
»Ich versichere Ihnen, daß ich genauso mitfühlend bin wie jede andere Frau«, entgegnete sie steif. »Warum sonst wäre ich wohl herbeigerannt?«
»Ja, das sind Sie. Sie haben auch gesehen, in welch bedauernswertem Zustand ich bin. Was Sie nicht davon abhält, mir Ihre Hilfe zu verweigern.«
»Also wirklich, ich sehe nur, daß Ihr Zustand selbstverschuldet ist und Sie kein Mitgefühl verdienen. Warum haben Sie auch soviel getrunken?«
»Glauben Sie mir, die Antwort würden Sie nicht hören wollen, Kimber.«
Sie knirschte ungehalten mit den Zähnen. Wie schon so oft, lag es ihr auf der Zungenspitze, ihm zu sagen, daß sie es nicht mochte, wenn er ihren Namen abkürzte. Und erst recht wollte sie nicht sein Darling genannt werden. Meist war sie zu wütend gewesen, um ihn auch noch darauf hinzuweisen, wenn andere Dinge wichtiger schienen. Außerdem wäre ihr Protest jetzt ohnehin sinnlos, denn

er würde sich am nächsten Morgen kaum noch daran erinnern.
»Gut. Dann sagen Sie es eben nicht. Ich habe nur darum gebeten, daß Sie sich anständig benehmen. Ihre Motive kümmern mich nicht im ...« Sie schwieg, als ihr bewußt wurde, daß sie zu viele Worte machte, und nahm einen hochnäsigen Ton an, um das Gespräch zu beenden. »Nun, dann gute Nacht, Lachlan. Und versuchen Sie, diesen Lärm zu unterlassen. Seien Sie bitte so freundlich, ja?«
Er sagte nichts, als sie sich auf den Weg zur Tür machte und hinausging. Nein, sie würde sich nicht nach ihm umsehen, und er tat ihr auch nicht leid. Wenn er sich elend fühlte, war dies eine verdiente Strafe.
Erst als sie sich schon auf der anderen Seite der Tür befand und sie gerade schließen wollte, hörte sie ihn. »Ich brauche Sie.«
Kimberly stöhnte. Sie ließ die Stirn gegen die Tür sinken und schloß die Augen, während sie gegen den Ansturm der Gefühle kämpfte, die diese drei Worte in ihr auslösten. Aber es half nichts. Dieses Flehen konnte sie nicht übergehen. Nicht bei ihm. Und nicht, wenn seine Stimme diesen Klang hatte.
Vermutlich durfte sie sich noch glücklich schätzen, daß er nur Hilfe von ihr wollte, denn in diesem Moment hätte sie nicht sagen können, ob sie den gleichen Worten in einem anderen Zusammenhang widerstehen könnte. Aber noch einmal mit ihm im Bett zu landen, nur weil er ein paar kleine Dinge zu ihr sagte, das mochte Gott verhüten. Sollte sie etwa solch eine Närrin sein?

25

Kimberly schob die schweren Vorhänge zur Seite und spähte aus dem Fenster. Die undeutlichen Geräusche aus der Halle, ein fröhliches Pfeifen, ein Knallen, eine

Glocke, die irgendwo klingelte, ein halblauter Gruß, der zu ihr heraufklang, hätten sie warnen sollen, und doch konnte sie kaum glauben, daß der Morgen schon gekommen war ... und sie sich noch immer in Lachlans Zimmer befand. Wie viele Stunden waren vergangen, seit sie zu ihm gekommen war? Zu viele.

Sie warf einen Blick auf ihn. Er lag im Bett und schlief nun fest, was sie enttäuschte, wie sie zu ihrem Entsetzen feststellen mußte. Doch nun konnte sie sich wenigstens zum ersten Mal vom Bett wegbewegen, ohne daß er sie zurückzog.

Sie schüttelte seufzend den Kopf. Warum hatte sie sich nur auf diese Sache eingelassen? Ihm zu helfen, war zweifellos ein bedauernswerter Fehler gewesen. Andererseits, was hätte sie sonst tun sollen? Wenigstens war sie kurz angebunden und etwas grob gewesen, als sie ihm half. Falls er sich später erinnerte, was sie bezweifelte, würde er glauben, daß ihre Unterstützung eher widerwillig geschehen war.

Aber geholfen hatte sie ihm. Sie war so weit gegangen, ihm auch einige seiner Kleidungsstücke auszuziehen, nachdem sie ihn ins Bett befördert hatte. Genau in dem Moment, als sein Kopf auf das Kissen fiel, schlief er ein.

Das hatte jedoch nicht lange gedauert, wie sie feststellen mußte, als sie zum ersten Mal versuchte, ihn allein zu lassen. Immer, wenn sie sich vom Bett entfernen wollte, stöhnte er auf, als müßte er sterben. Nie öffnete er die Augen dabei, sondern er schien irgendwie zu spüren, was sie tat. Jedesmal hoffte sie, er würde endlich fest genug einschlafen, so daß sie in ihr eigenes Bett zurückkehren könnte.

Es war kein billiger Trick, wie sie zuerst vermutete. Trotz seiner großen Reden und der neckenden Worte befand er sich tatsächlich in einem bejammernswerten Zustand. Sie hatte ihn betreut. Während sein Körper versuchte, das Gift herauszuschwitzen, legte sie ihm kalte Kompressen auf und stand mit zarter Hand bereit, um ihm eine Schale

vor den Mund zu halten, wenn er sich auf schnellerem Weg erleichterte. Danach wurde er ruhiger. Aber er ließ noch immer ein ungeduldiges Geräusch vernehmen, sobald sie von seiner Seite zu weichen drohte.
Sie konnte ihre Augen kaum noch offenhalten. Bevor sie in der Nacht gestört worden war, hatte sie nur eine Stunde geschlafen, und danach überhaupt nicht mehr. Er mochte so viel stöhnen und jammern, wie er wollte, es würde sie nicht davon abhalten, in ihr eigenes Bett zurückzukehren, bevor Mary sie am Morgen wecken kam. Die klatschsüchtige Zofe sollte keine Gelegenheit erhalten, darüber zu spekulieren, wo Kimberly die Nacht verbracht haben mochte.
Sie ging durch das Zimmer und blieb ein letztes Mal am Bett stehen. Lachlan schien nun friedlicher zu schlafen. Er wirkte so unschuldig, daß sie lächeln mußte. Doch sogar der Teufel, so vermutete sie, sah im Schlaf wohl harmlos aus. Es war jedoch nichts Harmloses an den Gefühlen, die dieser Mann in ihr auszulösen vermochte. Selbst jetzt verspürte sie den Drang, eine widerspenstige Locke zurückzustreichen, die auf seine Stirn gefallen war ... so wie sie es während der Nacht verschiedene Male getan hatte. Sie mußte aus dem Zimmer, bevor sie dem Verlangen nachgab.

Wenig später wurde Kimberly grob geweckt, allerdings nicht durch Mary, die hereingekommen war, ohne daß Kimberly sie bemerkte. Wieder weckte sie das Klopfen an der Wand. Sie setzte sich im Bett auf, blinzelte und versuchte, die Lider aufzuschlagen oder, besser gesagt, die Augen offenzuhalten.
Dann wurde es wieder laut, kein Klopfen dieses Mal, sondern ein sehr deutliches Krachen, als würde etwas oder jemand auf den Boden fallen. Dieses Geräusch brachte Kimberly in ihrem schläfrigen Zustand Lachlan und die Ereignisse der Nacht wieder zu Bewußtsein. Der Tölpel war aufgestanden und hatte wahrscheinlich die

schlimmsten Kopfschmerzen seines Lebens, und deshalb stolperte er über Gegenstände und veranstaltete diesen Höllenlärm.

Sie wandte langsam den Kopf und starrte auf die Wand hinter dem Bett. Ihr war völlig klar, daß sie erst wieder einschlafen konnte, wenn Ruhe eingekehrt war. Dieses Mal hatte sie es nicht eilig, so wie in der Nacht. Sie spürte nicht einmal Ärger. Selbst dazu war sie zu müde. Sie nahm sich Zeit, ihr Negligé überzustreifen und in die Pantoletten zu schlüpfen. Auch einen kurzen Blick in den Spiegel erlaubte sie sich, um ihre Eitelkeit zu befriedigen – was ein Fehler war.

Sie sah tatsächlich so erschöpft aus, wie sie sich fühlte. Ihre Augen waren eingesunken und nur halb geöffnet. Das Haar hing in wilder Unordnung um ihren Kopf. Es war der zügellose Ausdruck, den Lachlan so erregend fand. Kimberly hielt ihn eher für undamenhaft und tadelnswert.

Ein paar Striche mit der Haarbürste und etwas Wasser im Gesicht verbesserten ihr Erscheinungsbild einigermaßen, obwohl sie sich immer noch so schläfrig fühlte, daß sie lieber in ihr bequemes Bett zurückgekrochen wäre. In den wenigen Minuten, die sie sich gönnte, hörte sie von nebenan ein erneutes Krachen und einige Geräusche, die wie ernsthafte Klagen klangen, gefolgt von Grunzen und Stöhnen. Sie hätte angenommen, daß Lachlan aus dem Bett gefallen war, wenn auch mehrfach ... wäre da nicht wieder dieses merkwürdige Donnern an ihrer Wand gewesen. Sein Bett stand am andere Ende des Zimmers, so daß er von dort kaum dagegenschlagen konnte.

Sie seufzte und fragte sich, wie sie nur dazu gekommen war, seine Krankenschwester zu spielen. Doch es ließ sich nicht ändern. Niemand sonst würde ihm so früh am Morgen zu Hilfe kommen. Wo steckten nur diese beiden Clan-Brüder, die mit Lachlan hergekommen waren? Ob die Burschen woanders den gleichen Rausch ausschliefen? Dabei sollten doch sie ihrem Herrn beistehen, und nicht Kimberly.

Sie verließ das Zimmer, bevor sie sich in wirklichen Abscheu hineingesteigert hatte. Ihre Gedanken stockten ebenso wie ihre Schritte, als sie Lachlans weitgeöffnete Tür bemerkte sowie die Herzogin von Wrothston, die sich auf die Lippen biß, die Hände rang und kummervoll in den Raum blickte.

Kimberly kam schnell näher und trat neben Megan. Was sie dann sah, konnte sie kaum glauben. Im Zimmer befand sich der Herzog von Wrothston und schlug wie ein Wilder auf Lachlan ein. Lachlan, dieser Dummkopf, blieb nicht einfach am Boden liegen, um dem Ganzen ein Ende zu bereiten. Allerdings bezweifelte Kimberly, daß dies überhaupt möglich war, denn der Herzog tobte vor Zorn. Solange Lachlan jedesmal wieder auf die Füße kam, nachdem er niedergeschlagen worden war, erübrigten sich diese Gedanken ohnehin. Kimberly wußte nicht, wie oft er schon am Boden gelegen hatte.

So wie er zugerichtet war, schienen es jedenfalls schon zu viele Male gewesen zu sein. Seine Nase blutete, und auf seinen Wangen zeichneten sich die Spuren von Devlins Fäusten ab. Auf einen Schlag in den Magen folgte das gleiche Stöhnen, das Kimberly vorhin durch die Wand gehört hatte. Ein Hieb gegen den Kiefer warf ihn wieder zu Boden, wobei er mit seinem Arm ein Tischchen streifte und mitriß.

Kimberly zuckte zusammen und stellte sich vor, wie bei jedem Stoß die Kopfschmerzen, unter denen er mit seinem Kater vermutlich litt, noch verstärkt wurden. Dennoch hielt er sich erstaunlich gut, auch wenn er keine Anstrengungen unternahm, sich zu verteidigen. Offensichtlich war er zu benommen, um überhaupt zu merken, was mit ihm geschah. Kimberly aber war unfähig, einfach dazustehen und alles mit anzusehen, wie Megan es tat.

Sie war nun völlig wach, sogar hellwach. »Was, bitte, wenn ich fragen darf, geht hier vor?« stieß sie hervor.

Megan schrak zusammen, denn sie hatte Kimberly nicht herankommen hören. Dann sah sie zu ihr herüber und schüttelte den Kopf. »Wissen Sie, ich hatte tatsächlich angefangen, den Highlander zu mögen, seit er damit aufgehört hat, mich zu belä... nun, es ist eine Schande, daß er seine alten Gewohnheiten wieder aufgenommen hat und seine Diebereien auch hier versucht. Ich bin ehrlich enttäuscht.«
Kimberly hielt erschrocken inne, bevor sie Megan verständnislos ansah. »Diebereien? Wollen Sie damit sagen, daß er auf Sherring Cross etwas gestohlen hat?«
Megan nickte. »Nicht einfach irgend etwas, verstehen Sie, sondern einen unserer besten Hengste und zwei Zuchtstuten. Es ist offensichtlich, daß er ein eigenes Gestüt damit aufbauen wollte, um seinen finanziellen Schwierigkeiten abzuhelfen. Und so unnötig, wenn er nur eine Frau braucht, um aus der Zwangslage herauszukommen.«
Kimberly hätte beinahe zugestimmt, daß es völlig unnötig war. Warum also hatte Lachlan dieses Risiko auf sich genommen? Ein weitereres Krachen lenkte sie von diesen Gedanken ab. Lachlan schlug gegen die Wand an der Fensterfront. Jemand hatte die Vorhänge zurückgezogen und das helle Tageslicht in den Raum fluten lassen – wahrscheinlich Devlin, bevor er Lachlan aus dem Bett zog, damit er ihn besser sehen konnte, wenn er seine Fäuste in den Schotten rammte. Ohne die schweren Stoffvorhänge vor den Fenstern hätte Lachlan nur einen Schritt mehr nach links fallen müssen, und er wäre womöglich durch die Scheiben gebrochen und hinausgestürzt; zumindest hätte er sich ernsthafte Schnittwunden zuziehen können.
Nun explodierte Kimberly. »Hören Sie augenblicklich damit auf!« brüllte sie in das Zimmer hinein und direkt den Herzog an. »Sehen Sie denn nicht, in welchem Zustand er ist, daß Sie ihn so behandeln? Er war gestern abend sturzbetrunken, und es wird Tage dauern, bis er wieder völlig nüchtern ist.«

Als der Herzog nicht gleich antwortete, schloß Megan sich in besorgtem Ton an. »Devlin, sie hat recht. Hör jetzt auf. Merkst du denn nicht, daß MacGregor sich überhaupt nicht wehrt?« Sie wandte sich flüsternd an Kimberly. »Woher wußten Sie von seinem Zustand?«

Kimberly wurde rot, erholte sich aber schnell und erfand etwas. »Er hat mich mehrmals geweckt mit seinem Würgen und Stöhnen und den krachenden Stürzen. Ich hätte schwören können, daß er halb im Sterben lag, so furchtbar klang er ... Außerdem haben Sie mir erzählt, er wäre gestern losgezogen, um sich zu betrinken. Deshalb nahm ich an ...«

»Ja, ganz recht und eine völlig logische Schlußfolgerung ... Devlin, hör auf, hörst du mich? Du bringst diesen elenden Teufel noch um.«

»Habe ich vergessen ... zu erwähnen, daß dies ... meine Absicht ist?« fauchte der Herzog zwischen zwei Fausthieben.

Megan schüttelte mißbilligend den Kopf, wandte sich jedoch mit einem erklärenden Flüstern an Kimberly. »Ich nehme an, Devlin will wissen, was MacGregor mit den Tieren gemacht hat. Sonst hätte er ihn längst einsperren lassen. Vielleicht wird er wieder vernünftig, wenn er eine Möglichkeit sieht, seine Pferde zurückzubekommen. Vielleicht, wohlgemerkt. Denn seine Gefühle diesem Mann gegenüber ...«

Was Megan ungesagt ließ, konnte Kimberly nur ahnen. Und das war nicht sehr ermutigend.

»Hat er wenigstens gefragt, wo die Pferde jetzt sind?« wollte Kimberly wissen.

»Sicher, aber der Schotte gibt vor, keine Ahnung von dem Diebstahl zu haben.«

»Aber Sie haben Beweise, nehme ich an?«

»Nun, ja ... das denke ich doch.« Megan runzelte die Stirn. »Der junge Mann, der den Verlust bemerkte – einer der Stallknechte –, behauptet, jemanden mit schottischem Akzent gehört zu haben, bevor er einen Schlag auf den Schädel erhielt. Und angesichts von Lachlans wohlbekannter und eingestandener Vergangenheit als Straßenräuber fürchte ich, daß mein Mann keine weiteren Indizien braucht.«

Es klang wirklich schlecht. Kimberly besaß ganz sicher keinen Grund, den Mann zu verteidigen. Andererseits handelte es sich um wenig konkrete Beweise. Nur der Akzent? Es gab noch andere Schotten auf dem Besitz, einschließlich einiger Diener. Wenn der Herzog und die Herzogin logisch über die Sache nachdachten, würden sie eher annehmen, daß der Dieb sich von außen auf das Gelände geschlichen hatte und längst über alle Berge war. Natürlich grollte Lachlan dem Herzog wohl noch immer, weil dieser mit seiner wahren Liebe verheiratet war, und daher hätte Lachlan kaum Skrupel, ihn zu bestehlen. Dann war da das Stroh an seiner Kleidung, obwohl dies aus jedem anderen Stall stammen konnte und er sich möglicherweise lange vor der Rückkehr in sein Zimmer dort aufgehalten hatte.

Kimberly mochte nur wenig über Lachlan wissen und ihn in mancher Hinsicht verabscheuungswürdig finden, doch sie war sicher, daß es gegen sein Ehrgefühl verstieß, einen Mann zu bestehlen, dessen Gastfreundschaft er genoß, ganz gleich, welche persönlichen Gefühle er ihm gegenüber hegte. Darauf würde sie jede Wette eingehen.

Außerdem machte die Tatsache, daß er als Dieb bekannt war, ihn nicht automatisch zum Schuldigen, vor allem, da er es nicht nötig hatte, dieses Risiko einzugehen. Hinzu kam sein betrunkener Zustand gestern, und er war nicht dabei gesehen worden, wie er die Pferde mitnahm.

»Wann soll der Diebstahl stattgefunden haben?« fragte Kimberly.

»Ungefähr eine Stunde vor dem Morgengrauen.«

Kimberly wurde schwindlig vor Erleichterung. »Aber zu der Zeit war er ...«

Sie unterbrach sich entsetzt. Beinahe hätte sie gesagt, daß er mit ihr zusammen war. Das durfte sie keinesfalls zuge-

ben, es sei denn, sie wollte ihren Ruf endgültig ruinieren. Es mußte eine andere Möglichkeit geben, Lachlans Unschuld zu beweisen, denn nun war sie sicher, daß er den Diebstahl nicht begangen hatte.
Sie hüstelte, um den Fehler zu überdecken, und zog ihr Taschentuch hervor. »Zu der Zeit war er in einem elenden Zustand, nach dem, was ich davon mitbekommen habe. Ich bin sicher, daß er mich lange vor Morgengrauen mit seinem Stöhnen geweckt hat. Nein, schon um Mitternacht habe ich ihn zum ersten Mal im Raum nebenan herumstolpern hören. Sind Sie sicher, was die Zeit angeht?«
Nun antwortete der Herzog. Offenbar war Lachlan durch seinen letzten Hieb endgültig bewußtlos geschlagen.
»Der Mann sagte, daß er noch einmal auf die Uhr gesehen habe, bevor er seine Unterkunft im Stall verließ, um dem Lärm nachzugehen, der ihn geweckt hatte. Es war eine Stunde vor Morgengrauen. Sind Sie sicher, Lady Kimberly, daß Sie MacGregor gehört haben, oder hätte es auch einer seiner Lakaien sein können, die absichtlich soviel Lärm veranstalteten, damit Sie annehmen würden, es wäre dieser Lump hier?«
Kimberly stöhnte innerlich. Auch diese Frage konnte sie nicht wahrheitsgemäß beantworten. Sie war zornig, denn Lachlan lag dort am Boden, bewußtlos und schwer getroffen, obwohl ihn keine Schuld traf.
»Ich weiß nur eines genau, Euer Gnaden«, entgegnete sie vorwurfsvoll. »Sie selbst tragen nicht die geringsten Kampfspuren, so daß ich annehmen muß, daß der Highlander auf jede Gegenwehr verzichtet hat. Der Grund dafür liegt entweder darin, daß er Ihr Gast ist und Sie der Herzog von Wrothston sind, oder aber darin, daß er mehr Alkohol im Blut hatte als der stärkste Mann vertragen kann, und immer noch zu betrunken ist, um überhaupt zu begreifen, was er verbrochen haben soll. Und in dem Fall, der am wahrscheinlichsten ist, wäre er gar nicht in der Lage gewesen, den Diebstahl zu begehen.«

»Oder er war so betrunken, daß er törichterweise glaubte, damit durchzukommen.«
Devlin St. James war ganz offensichtlich nicht bereit, auf Vernunftgründe zu hören. Er hielt Lachlan für schuldig, weil er es sich in den Kopf gesetzt hatte.
Kimberly gab nicht so schnell auf. Die Alternative war natürlich die Wahrheit, die als letzte Rettung eingesetzt werden konnte, doch sie hoffte, daß dies nicht nötig sein würde.
»Ich würde sagen, daß es weiterer Nachforschungen bedarf«, bemerkte sie. »Ich glaube doch, daß ich berechtigte Zweifel geäußert habe, die nicht so leicht von der Hand zu weisen sind. Zumindest sollte die Angelegenheit aufgeschoben werden, bis Lord MacGregor wieder vollständig nüchtern ist und mit klarem Verstand auf Ihre Anschuldigungen antworten kann.«
»Vielleicht hat sie recht, Dev«, schaltete sich Megan ein. »Er schien wirklich nicht sehr ansprechbar, als du ihn geweckt hast.«
Er starrte beide Frauen düster an. Seine Stimmung war ganz und gar nicht danach, etwas aufzuschieben.
Schließlich nickte er knapp und brummte: »Nun gut, ich warte noch, bis ich die Sache vor Gericht bringe. Aber ich werde Posten vor seiner Tür aufstellen. Bei Gott, dieses Mal entkommt er mir nicht, ohne für seine Taten zu büßen, das verspreche ich euch.«
Kimberly seufzte erleichtert auf. Wenigstens hatte sie für Lachlan einen Aufschub erreicht. Nun würde er hoffentlich in der Lage sein, sich zur allgemeinen Zufriedenheit zu verteidigen, ohne sie in die Sache hineinzuziehen ... falls er noch sprechen konnte, wenn er wieder nüchtern und bei Bewußtsein war. Seine geschwollenen, unter Devlins üblen Hieben aufgeplatzten Lippen ließen einige Schwierigkeiten in dieser Hinsicht erwarten.
Verflixt, jetzt mußte sie schon wieder die Krankenschwester spielen.

26

Die Tür öffnete sich nach kurzem Klopfen. Nicht, daß Lachlan laut genug gesprochen hätte, um den Eindringling abzuhalten. Er wollte das Mädchen nicht stören, das in seinen Armen eingeschlafen war. Er fluchte nur verhalten, und dann noch einmal, als er sah, daß es sein Cousin Gilleonan war, der eben hereingeplatzt kam.
Lachlan versuchte ihn mit grimmigem Gesicht davon abzuhalten, etwas zu sagen, doch aus dem geplanten grimmigen Ausdruck wurde eine schmerzverzerrte Grimasse, bevor Gilleonan ihn wahrnehmen konnte – die Schläge hatten zu schlimme Folgen hinterlassen. Außerdem achtete sein Cousin nicht auf ihn, sondern war vor Verblüffung erstarrt und hatte nur noch Augen für Kimberly.
»Was tut denn sie hier drinnen und …« Gilleonan beugte sich tiefer, um besser in Kimberlys Gesicht zu sehen, das an Lachlans Brust geschmiegt war. »Schläft sie? Weißt du, daß sie auf dir schläft, Mann?«
Lachlan konnte diese Tatsache kaum entgangen sein, denn er saß seit mehr als einer Stunde völlig unbeweglich da, aus Angst, sie aufzuwecken. Sie hatten auf seiner Bettkante gesessen, nachdem es ihr gelungen war, ihn mit feuchten Tüchern wieder zu Bewußtsein zu bringen, und sie war damit beschäftigt gewesen, einen Riß auf seiner Lippe zu betupfen, als sie von einem Augenblick auf den nächsten fest eingeschlafen war.
Er hatte sie aufgefangen, bevor sie vornüber auf den Boden kippte. Sie war zur Seite geschwankt, hatte einen Arm auf seinen Schoß sinken lassen, den Kopf auf halber Höhe gegen seine Brust geschmiegt und nach einem kleinen Seufzer seitdem keinen Ton mehr von sich gegeben.
Doch all das würde Lachlan seinem Cousin nicht erklären. »Sei still«, formte er mit den Lippen.
»Was?«
»Psst!«
Gilleonan machte ein verständnisloses Gesicht und

nickte dann. »O ja, natürlich«, flüsterte er. »Aber was macht sie hier? Und was sollen die zwei tapferen Engländer draußen vor deiner Tür, die so tun, als hielten sie dort Wache?«

»Vielleicht die Tür bewachen?«

Gilleonan verdrehte die Augen über Lachlans trockenen Ton und blickte ihm schließlich ins Gesicht, wobei er scharf einatmete und schnell weiterfragte. »Verdammt, wer hat dich denn bearbeitet?«

Lachlan zuckte gequält zusammen, was er dieses Mal nicht zu verbergen suchte. »So schlimm sieht es aus?«

»Jedenfalls nicht gut, Mann. War sie ...«

Lachlan versuchte wieder eine mißbilligende Miene. »Sei nicht albern.« Er beschränkte sich auf ein Schnauben. »Es war unser heißblütiger Gastgeber ... wenigstens glaube ich das.«

»Du glaubst es? Wie kannst du daran zweifeln, wenn du die schlimmste Tracht Prügel deines Lebens erhalten hast? Und sei versichert, Lachlan, du hast noch nie so furchtbar ausgesehen.«

Lachlan zischte beinahe. »Weil ich nicht ganz wach war, als es anfing, oder noch nicht vollkommen nüchtern, wenn du es genau wissen willst. Ich habe alles doppelt und dreifach gesehen ...«

Gilleonans Augen weiteten sich. »Du bist also losgezogen und hast dich vollaufen lassen? Das dachte ich mir, so aufgebracht wie du gestern morgen warst. Diesen unschuldigen Lord zu schlagen, und völlig ohne Grund, wenn du mich fragst. Ich wußte, daß es dir noch leid tun würde ...«

»Laß uns nicht darüber sprechen, bitte. Ich habe keine Ahnung, welcher Teufel mich geritten hat. Und über den Zustand, in dem ich heute morgen war, kann ich dir keine Auskunft geben«, sagte Lachlan mit einem Ton der Selbstverachtung. »Ich erinnere mich nicht mal an einen Bruchteil dessen, was passiert ist, mußt du wissen.«

»Du erinnerst dich nicht?«

Gilleonan begann zu lachen, doch Lachlan gelang es schließlich doch, ihn grimmig anzusehen, trotz der Schmerzen, die ihm sein Mienenspiel verursachte. Sein Cousin wurde schnell wieder ernst und hüstelte, bevor er weiterfragte. »Warum hat er dich also geschlagen ... willst du mir etwa erzählen, daß du seine Herzogin doch rumgekriegt hast und er dahintergekommen ist?«
»Nein, habe ich nicht«, entgegnete Lachlan empört.
»Warum dann?«
»Ich erinnere mich vage, daß er glaubt, ich hätte einige seiner niedlichen Pferdchen gestohlen.«
»Oha, und warst du es?«
Es bereitete ihm leichte Schwierigkeiten, im Flüsterton zu drohen, doch Lachlan schaffte es. »Dafür bringe ich dich um, Gill.«
»Och, seit wann merkst du denn nicht mehr, daß ich nur Spaß mache?« fragte Gilleonan.
»Zu dir könnte ich das gleiche sagen.«
Gilleonan stutzte, dann kicherte er leise. »Och, das wußte ich.«
Das war einer von Ranalds Lieblingssätzen, und Lachlan hätte gegrinst, wenn es nicht so weh getan hätte. »Ich bin mir bei allem nicht so sicher, aber es stehen Wachen vor meiner Tür, und bald werde ich sicher mehr über die ganze Angelegenheit erfahren.«
»Und das Mädchen hier?«
Lachlan sah auf den goldenen Lockenkopf, der dicht gegen sein Kinn geschmiegt lag, und seine Miene wurde weich. »Lady Kimberly war wie ein Engel zu mir. Sie hat versucht, mich wieder auf die Beine zu bringen. Aber ich glaube, ich habe in der letzten Nacht wohl etwas ihren Schlaf gestört, da sie nicht lange genug wach bleiben konnte, bis sie mit mir fertig war.«
»Sie konnte dir also nicht sagen, was das alles zu bedeuten hat?«
»Ich bin nicht dazu gekommen, sie zu fragen, bevor sie auf mir eingeschlafen ist.«

Das stimmte ganz und gar nicht. Er hatte sie mehrmals gefragt, was sie über den Besuch des Herzogs wußte, doch jedesmal hatte sie ihn mit einem »Schsch!«, »Still!« oder »Wie kann ich mich um Sie kümmern, wenn Sie nicht den Mund halten?« getröstet. Also hatte er aufgehört zu fragen und gehofft, die Antworten noch früh genug zu bekommen. Doch dann war sie eingeschlafen. Und das Vergnügen, sie in den Armen zu halten, war deutlich größer als seine Neugier, deshalb wollte er sie nicht wecken, um Einzelheiten zu erfahren.
Gilleonan brauchte davon nichts zu wissen. »Da du anscheinend nicht unter Verdacht stehst – wenigstens bis jetzt nicht –, schlage ich vor, daß du zusiehst, was du herausfinden kannst«, sagte er statt dessen.
»Ja, ich nehme Ranald mit, und dann horchen wir bei den Ställen herum, bis wir alles aufgeklärt haben. Wahrscheinlich handelt es sich nur um einen Irrtum. Ein Gast hat im Dunklen das falsche Pferd erwischt, ist damit fortgeritten und hat es bis jetzt nicht gemerkt.«
»Ja, ohne Zweifel.«
Doch Lachlan glaubte eigentlich nicht daran. Wegen einer harmlosen Verwechslung würde St. James nicht wie ein Berserker toben. Er mußte irgendeine Art von Beweis haben, doch Lachlan konnte sich beim besten Willen nicht vorstellen, um was es sich dabei handelte.
Gilleonan wandte sich zur Tür zurück und blieb noch einmal stehen. »Du solltest das Mädchen in ihr Zimmer tragen, damit du selbst etwas Ruhe bekommst.«
»Ich bin nicht in der Verfassung, dies zu tun.«
»Ich könnte ...«
»Nein«, fuhr Lachlan hastig dazwischen. »Sie stört mich nicht.«
Gilleonan hob die Braue. Da jedoch keine weitere Erklärung folgte, zuckte er mit den Achseln und verließ den Raum. Lachlan seufzte, als sich die Tür hinter ihm schloß.
Kimberly störte ihn tatsächlich nicht, wie Gilleonan ge-

meint hatte, doch mit ihrem weichen Körper, der gegen seine Seite drückte, löste sie überdeutlich eine andere Reaktion aus. Bei dem elenden Zustand, in dem er sich befand, mit Schmerzen in beinahe jedem Körperteil, fand er es ziemlich verblüffend, daß er sie gerade jetzt begehrte, und zwar heftig. Vor allem, da er im Augenblick nichts dagegen tun konnte, selbst wenn sie wach und willig gewesen wäre.

Er hätte seinem Cousin erlauben sollen, sie hinauszutragen, oder zumindest hätte er sie vorsichtig aufwecken sollen, damit sie aus eigener Kraft in ihr Zimmer zurückkehrte. Doch es widerstrebte ihm, sie gehen zu lassen. Er mochte sich nicht einmal aus der gegenwärtigen Lage lösen. Was bedeutete diese kleine Unbequemlichkeit gegen die vielen anderen, die er zu ertragen hatte? Außerdem gefiel es ihm, wo sie war.

Also wandte er seine Gedanken etwas anderem zu, vor allem dem Herzog und den Prügeln, die er von ihm bezogen hatte.

Der Mann hatte sich wohl im Recht gefühlt, wenn er glaubte, ihn dermaßen vermöbeln zu dürfen, aus welchem falschen Grund auch immer. Daß Lachlan nicht nüchtern genug gewesen war, um sich zu schützen, spielte nun keine Rolle mehr.

Tatsächlich hatte ihn gleich am Anfang ein glücklicher Schlag, der auf sein Auge gezielt war, mitten auf der Stirn getroffen, als er versucht hatte, sich wegzuducken. Von da an war Lachlan zu benommen gewesen, um überhaupt noch zu merken, daß auf ihn eingehämmert wurde. Lachlan wäre jede Wette eingegangen, daß die Prügel weniger gewalttätig ausgefallen wären, wenn St. James nicht auch den Groll aus einer älteren Rechnung an ihm ausgelassen hätte.

Er mußte abwarten, was der Herzog selbst sagte. Einerseits konnte er verstehen, daß St. James ihm etwas heimzuzahlen hatte, und zwar nicht wegen dieser alten Sache oder der Geschichte von heute morgen, sondern wegen

Megan, ob er davon wußte oder nicht. Es war erlaubt, die Frau eines anderen zu lieben, solange dies aus der Ferne geschah, niemand davon wußte und keine Annäherungsversuche stattfanden. Aber er hatte ein wenig den Kopf verloren, als er der schönen Megan wiederbegegnet war. Er hatte versucht, einem Mann die Frau wegzunehmen; im Augenblick war er nicht allzu stolz auf sich.
Andererseits hatte St. James ihm seinen alten Groll schon durch Prügel vergolten, und Lachlan war nicht bereit, noch mehr dafür einzustecken. Genausowenig, wie er die Schuld und die Strafe für eine Tat auf sich nahm, die er nicht begangen hatte. Diebstahl im bekanntesten Gestüt Englands? Das war schon deshalb Wahnsinn, weil die teuren Pferde jedem sofort auffallen würden. Nein, er wäre vollkommen verrückt, wenn er so etwas auch nur versuchte.
Aber er würde nichts unternehmen, bevor er nicht alle Fakten kannte. Deshalb konnte er im Augenblick nur abwarten, was St. James dazu zu sagen hatte.

27

»Dann wollen wir mal sehen, was dieser Halunke selbst zu berichten hat«, sagte Devlin.
Megan stand neben ihm und runzelte die Stirn, nicht zum ersten Mal an diesem Tag. »Ich glaube immer noch nicht, daß du dich genügend beruhigt hast. Diese Sache könnte bis morgen warten, bis du darüber geschlafen hast.«
Devlin schüttelte energisch den Kopf. »Du hast mich den ganzen Tag lang zurückgehalten und mich sogar dazu gebracht, dieses Dinner durchzustehen, bei dem Lady Kimberly mich unentwegt böse angestarrt hat. Obwohl ich mir nicht vorstellen kann, was sie an mir auszusetzen findet.«

Megan unterdrückte nur knapp den Impuls aufzubrausen. »Vielleicht denkt sie, du warst ein wenig unfair, so wie du den Highlander behandelt hast. Er war wirklich nicht in der Verfassung, deinem Zorn heute morgen zu begegnen. Und ich wage zu bezweifeln, ob ihm vollkommene Gesundheit sehr viel weitergeholfen hätte, so wütend, wie du warst. Obwohl Lady Kimberly da anderer Ansicht sein könnte.«

Die Bemerkung brachte ihr noch einen weiteren finsteren Blick ein. »Diese Angelegenheit wird keine Minute länger aufgeschoben.«

Damit war für ihn alles gesagt. Megan bekam keine Gelegenheit mehr zu protestieren. Er öffnete die Tür und marschierte in das Zimmer des Schotten. Sie folgte ihm auf den Fersen, so wie die drei stämmigen Diener, die dazu abkommandiert waren, MacGregor ins Gefängnis zu begleiten, sobald Devlin mit ihm fertig war. Natürlich wären ohne die vorangegangenen Prügel drei Männer bei Lachlans Statur nicht ausreichend gewesen.

Im Zimmer war es dunkel und ziemlich kühl. Das Feuer, das während des Tages eine Zeitlang gebrannt hatte, war nun vollständig erloschen, und die Wachen an der Tür hatten die Zimmermädchen offenbar eingeschüchtert, so daß sie sich nicht mehr in die Nähe trauten. In dem gedämpften Licht, das durch den Korridor hereinfiel, war zu erkennen, daß MacGregor im Bett lag und anscheinend schlief.

Megan warnte die Männer mit einem leisen »Tts-s-s-s«. Der Zustand des Schotten bestätigte ihre Meinung, daß die Befragung bis zum Morgen aufgeschoben werden sollte. Doch Devlin gab den drei Dienern bereits Anweisungen, das Feuer wieder in Gang zu bringen und die Lampen anzuzünden, und angesichts seiner offenkundig üblen Laune gehorchten sie schnell. Also verzichtete sie darauf, ihren Vorschlag noch einmal zu wiederholen, daß sie warten sollten. Es würde dem Highlander nichts nützen, wenn sie Devlin noch weiter

drängte. Was nicht hieß, daß sie dem Schotten unbedingt helfen wollte.
Lady Kimberly mochte am Morgen einige Bedenken angemeldet haben, doch Megan neigte weiterhin der Meinung ihres Gemahls zu. Sie empfand nur ... ziemliches Mitgefühl mit Lachlan, wenn sie alles bedachte. Auch tat es ihr weh, Margaret mitteilen zu müssen, was er verbrochen hatte. Bis jetzt war die Angelegenheit diskret behandelt worden, bald aber würden alle davon wissen. Es war zu erwarten, daß Margaret sich furchtbar aufregte. Nicht nur das. Sie würde sich wahrscheinlich für den Ärger verantwortlich fühlen, da sie ihren Neffen eingeladen hatte.
»Das ist hell genug«, hörte sie Devlin sagen. »Bringt die Wasserschüssel hierher. Ich will sicher sein, daß er ganz wach ist ...«
»Um Gottes willen«, unterbrach ihn Megan und trat zum Bett. »Stehen Sie auf, MacGregor«, rief sie, »und schütten Sie sich selbst Wasser ins Gesicht ... bevor jemand ... anderes es für Sie ...«
Ihre Worte brachen ab, als sie den Mann im Bett deutlicher erkennen konnte. Er hatte die Augen geöffnet und versuchte sogar sich aufzurichten, obwohl ihm das offensichtlich Schwierigkeiten bereitete. Seine Wangen waren striemig, die linke Kopfseite zeigte eine dicke Schwellung, und die Lippen waren aufgedunsen und verschorft. An seiner Stirn ragte eine Beule hervor, die durch die herunterfallende Haarlocke kaum verdeckt wurde.
Der einzig unversehrte Bereich in seinem Gesicht schienen die Augen zu sein. Dort hatte Devlin vollständig danebengetroffen. Lachlan, oder jemand anders, hatte sein Hemd ausgezogen, bevor er sich ins Bett gelegt hatte, und die zur Taille heruntergezogene Decke enthüllte weitere Verletzungen an Oberkörper und Bauch. Bei den vielen blauen Flecken konnte er sich glücklich schätzen, ohne gebrochene Rippen davongekommen zu sein.
»Wenn du den Anblick nicht erträgst, brauchst du nur

das Zimmer zu verlassen, meine Liebe«, sagte Devlin hinter ihr. »Es gibt keinen Grund für dich, hierzusein ...«

»Schon gut«, unterbrach Megan und stählte sich, bevor sie schnell weitersprach. »Sind Sie wach genug, um zu den Taten Stellung zu nehmen, die Ihnen zur Last gelegt werden, MacGregor?«

»Nein, ich werde mich des kalten Wassers bedienen, wenn Sie einen Moment warten mögen ...«

»Sie haben ... noch nicht ... angefangen?« sagte Kimberly keuchend von der Tür aus.

Sie war völlig außer Atem. Sobald sie bemerkt hatte, daß der Herzog und die Herzogin sich nicht mehr unten bei den anderen Gästen aufhielten, war sie den ganzen Weg gerannt. Sie holte tief Luft, bevor sie weitersprach. »Ich nahm an, Sie würden mich benachrichtigen, wenn die Befragung stattfinden sollte, Euer Gnaden. Ich hatte Ihnen doch mitgeteilt, daß ich dabeisein wollte.«

Devlin seufzte. »Lady Kimberly, es gibt überhaupt keinen Grund für Ihre Anwesenheit ...«

»Das ist gleichgültig, aber ich muß darauf bestehen. Nach der Behandlung, deren Zeugin ich heute morgen wurde, sollte unbedingt ein unparteiischer Beobachter anwesend sein.«

»Ihre Verteidigung kann kaum unparteiisch genannt werden«, entgegnete Devlin.

Kimberly machte ein empörtes Gesicht. »Ich verteidige ihn nicht. Ich habe nur darauf hingewiesen ...«

»Genug!«

Lachlan fuhr so laut dazwischen, daß er beim Klang seiner eigenen Stimme zusammenzuckte. Er stand nun neben dem Bett und machte ein wütendes Gesicht, wobei sein Zorn sich gegen den Herzog von Wrothston richtete.

»O Gott«, sagte Kimberly.

»Sie haben mich nun zum zweiten Mal aus dem Schlaf gerissen«, fuhr er in gemäßigterem, aber immer noch drohendem Ton fort, »mich besinnungslos geschlagen und mich unversorgt den ganzen Tag in meinem Zimmer eingeschlossen gehalten. Deshalb werden jetzt Sie meine Fragen beantworten, St. James. Fangen wir damit an, was Sie mir verdammt noch mal vorwerfen.«

»Das ist bereits geschehen ...«, begann Devlin.

»Dann sagen Sie es noch einmal, Mann«, unterbrach Lachlan wieder. In seinen hellen grünen Augen lag ein eisiges Glitzern. »Ich würde nicht fragen, wenn ich mich daran erinnerte, oder?«

Devlin verzog grimmig das Gesicht, dann nickte er, wenn auch knapp. »Nun gut, ich vermisse drei wertvolle Pferde, und ein Knecht hat Ihre Stimme im Stall gehört, bevor er bewußtlos geschlagen wurde.«

»Meine Stimme?«

»Also, Moment mal«, schaltete sich Kimberly ein. »Die Herzogin sagte, daß der Mann nur jemanden mit schottischem Akzent gehört habe, und kaum ...«

»Lady Kimberly, auch wenn ich Ihren Gerechtigkeitssinn anerkenne«, sagte Lachlan, »würden Sie es bitte mir überlassen, die Fragen zu stellen?«

Sich einer solch höflichen Aufforderung zu widersetzen, wäre ungezogen. Kimberly nickte, ohne seinem Blick zu begegnen. Tatsächlich war sie noch immer über ihr eigenes Verhalten am Morgen entsetzt. Auf ihm eingeschlafen zu sein, buchstäblich ...

Lachlan bemerkte ihre geröteten Wangen und erriet den Grund. Als sie schließlich in seinen Armen erwacht war, war sie so verlegen gewesen, daß sie mit ein paar undeutlich gemurmelten Worten aus dem Zimmer geflohen war. Er hatte ernsthaft erwogen, ihr zu folgen, bis ihm die Wachen an der Tür einfielen. Dann war er wieder eingeschlafen und hatte, wie es schien, den ganzen Tag so verbracht.

Aber nun wollte er endlich zufriedenstellende Erklärungen zu diesem seltsamen Vorkommnis erhalten. Er wandte sich wieder an den Herzog. »Stimmt es, was die Lady gerade gesagt hat?«

»Das war der Bericht des jungen Mannes, als er heute morgen zu sich kam und noch unter den Nachwirkungen des Schlages litt, und mir reichte diese Aussage als Beweis«, entgegnete Devlin. »Später ist er eingehender befragt worden und hat zu der Stimme auch einen Namen genannt ... Ihren, MacGregor.«
»Na, so was, ich bin dem Mann nie begegnet«, sagte Lachlan, »und er will tatsächlich meine Stimme erkannt haben?«
»Er behauptet nicht, Ihnen schon früher begegnet zu sein, MacGregor, aber er kennt Sie vom Sehen. Sie sind verdammt schwer zu verwechseln. Und er hat Sie schon sprechen hören.«
»Na, das ist ja interessant«, bemerkte Lachlan. »Wo es überhaupt nicht zu meinen Angewohnheiten zählt, mit Stallknechten zu sprechen, wenigstens nicht mit Ihren englischen, die mit ihrem Dialekt kaum zu verstehen sind.«
Kimberly war offenbar die einzige, die diese Erklärung amüsant fand, wenn sie an Lachlans eigenen schottischen Akzent dachte. Es kostete sie einige Anstrengung, den ernsten Gesichtsausdruck beizubehalten, den die anderen zeigten.
Doch Lachlan war noch nicht fertig. »Dann lassen Sie mich mal sehen, ob ich alles richtig verstanden habe, St. James. Sie beschuldigen mich, Ihren Stallburschen niedergeschlagen und mich mit drei Ihrer Zuchtpferde davongemacht zu haben?«
»Genau.«
»Und ich nehme an, ich soll sie in der Nähe versteckt halten, da ich sie nicht bei mir habe? Oder ich habe sie in die Highlands geschickt, wo sie natürlich niemandem auf der Straße aufgefallen sind, weil es sich um ganz normale Tiere handelt?«
»Ihr Sarkasmus ist hier nicht gefragt«, sagte Devlin. »Es gibt viele Möglichkeiten, wie Sie den Transport organisiert haben konnten, einschließlich eines geschlosse-

nen Wagens, in dem die Tiere vor aller Augen verborgen bleiben.«

»Nun, dann war das wohl ein gut geplantes Verbrechen, wie? Und kein übler Streich, den ich mir in meinem betrunkenen Kopf habe einfallen lassen? Und ich habe beschlossen, alles genau durchzuführen, obwohl ich mich kaum auf den Beinen halten konnte?«

»Waren Sie wirklich betrunken, MacGregor, oder behaupten Sie das nur?«

»Nun, vermutlich gibt es ein Gasthaus in der Nähe, wo man Ihnen genauere Auskunft diesbezüglich geben kann. Ich erinnere mich vage, daß man mich irgendwann im Laufe des Tages hinausgeworfen hat, oder war es schon Abend? Ich bin mir über diesen Punkt nicht ganz im klaren. Ich mußte mir den Rausch etwas ausschlafen, bevor man mich dort wieder hineinließ, was ich in dem Stall des Gasthauses getan habe – vermute ich. Auch das ist mir nicht ganz klar. Fest steht, daß ich dorthin zurückgekehrt bin, worüber niemand sehr begeistert war.«

»Das wird natürlich überprüft, obwohl es kaum wichtig ist. Es steht immer noch fest, daß es Ihre Stimme war, die mein Stallknecht hörte, bevor er angegriffen wurde.«

»Und mit wem soll ich geredet haben, daß Ihr Knecht mich hören konnte? Mit einem meiner Clan-Brüder, die mit mir hier zu Gast sind? Wie es das Schicksal will, hat mich keiner von ihnen in meinem verrückten Zustand begleitet – zum Trinken, meine ich, und nicht zum Pferdestehlen. Wie ich meine Cousins kenne, waren sie beide – ich bitte um Entschuldigung, meine Damen – höchstwahrscheinlich heute nacht in Gesellschaft des schönen Geschlechts, was leicht nachgeprüft werden kann, indem man sie befragt. Und wann – wenn ich fragen darf – soll ich das Verbrechen begangen haben? Tagsüber, als jeder mich sehen konnte? Oder spät in der Nacht?«

Devlin schnaubte. »Eine Stunde vor dem Morgengrauen, als wenn Sie das nicht wüßten.«

Lachlans Augen verengten sich. »Zu dieser Zeit befand ich mich in meinem Bett.«
»Das sagen Sie. Oder waren Sie vielleicht – wie Ihre Cousins – nicht allein und können dies beweisen?«
Kimberlys Wangen begannen wieder zu brennen. Sie stellte sich vor, daß Lachlan sie ansah, doch wahrscheinlich verursachte nur ihr schlechtes Gewissen die Schamesröte. Sie brauchte jetzt nur den Mund aufmachen und zugeben, daß sie zu dieser frühen Morgenstunde bei ihm gewesen war – und würde damit endgültig ihren Ruf ruinieren.
»Nein, es hat niemand neben mir gelegen, soweit ich mich entsinne«, erklärte Lachlan schließlich. Kimberlys Wangen glühten immer noch. Seine Antwort entsprach der Wahrheit. Sie hatte die ganze Nacht neben ihm gesessen, nicht gelegen.
Als sie sich vorsichtig umsah, bemerkte sie, daß niemandem ihre rotleuchtenden Wangen auffielen. Alle Augen ruhten auf Lachlan. »Dachte ich mir's doch, daß Sie nicht beweisen können, daß Sie in Ihrem Bett gelegen haben«, bemerkte der Herzog in leicht triumphierendem Ton.
»Ich erinnere mich nicht sehr gut an die vergangene Nacht, aber daß ich kurz nach Mitternacht in mein Zimmer gekommen bin, weiß ich noch – neben ein paar anderen Dingen. Es war keine angenehme Nacht. Ich habe mich die meiste Zeit hundeelend gefühlt.«
»Wollen Sie damit sagen, daß Sie sich an den Diebstahl überhaupt nicht erinnern?«
»Sicher stimmt es, daß ich zu viel getrunken habe, aber selbst in diesem benebelten Zustand würde ich nichts tun, was auch nüchtern gegen meine Prinzipien verstoßen würde, St. James. Ich würde niemals Ihre verdammten Pferde stehlen.«
Devlin grinste höhnisch. »Wenn das Ihre ganze Verteidigung ist, MacGregor, vergeude ich hier meine Zeit.«
»Ich sage Ihnen, daß ich es nicht war, und Sie werden mir eine Chance geben, dies zu beweisen.«

»Sie meinen eine Chance zu entkommen?«
»Entkommen wohin, St. James? Sie wissen, wo Sie mich finden können. Oder glauben Sie, ich würde mein Zuhause für Ihre Pferde aufgeben und nie mehr in die Highlands zurückkehren?«
Selbst Devlin mußte erkannt haben, daß dies nicht sehr wahrscheinlich war, denn er ging nicht weiter auf diesen Punkt ein. »Und wie wollen Sie dann Ihre Unschuld beweisen?« fragte er statt dessen.
»Indem ich Ihre Pferde finde und den wahren Dieb«, entgegnete Lachlan schlicht.
»Ich werde meine Pferde selbst finden, und den Dieb habe ich schon. Sie.«
»Nein, den haben Sie eben nicht. Oder fürchten Sie etwa, sich bei mir entschuldigen zu müssen, weil Sie mir unrecht getan haben?«
Es folgte ein langes Schweigen, bevor Devlin brummte: »Nun gut, ich gebe Ihnen eine Woche. Dann werden Sie alle Ausflüchte zurücknehmen.«
Lachlan grinste, wenigstens verzog er das Gesicht zu einer Grimasse, die dies andeutete. »Oder Sie werden meine Fäuste zu spüren bekommen – denn das ist dann meine Art, Ihre Entschuldigung anzunehmen.«
Devlin kommentierte die Bemerkung mit einem verächtlichen Schnauben, bevor er aus dem Zimmer stolzierte. Kimberly, die noch in der Tür stand, trat schnell zur Seite, um ihm Platz zu machen. Sie hatte nicht erwartet, daß Megan ihm auf den Fuß folgte und die Diener mitnahm. Plötzlich fand sie sich von neuem mit Lachlan allein und wurde sich dessen überdeutlich bewußt.
»Danke«, sagte sie schließlich trotz ihrer Befangenheit.
Seine Braue fuhr hoch. Wenigstens dieser Bereich seines Gesichts gehorchte ihm ohne Schwierigkeiten, während die anderen Teile sich mehr oder weniger verweigerten.
»Wofür, Darling?«
»Daß Sie mich nicht gebeten haben, die Wahrheit Ihrer Aussage zu bestätigen.«

»Hätten Sie es denn getan?« fragte er leise.
Sie wünschte, er würde nicht in diesem Ton sprechen. Der Klang seiner Stimme verursachte ein mulmiges Gefühl tief in ihrem Bauch. Was seine Frage betraf, konnte sie kaum gestehen, daß sie nicht tatenlos zugesehen hätte, wie sie ihn ins Gefängnis schleppten, falls es soweit gekommen wäre. Er würde den Eindruck gewinnen, daß er ihr etwas bedeutete – was nicht stimmte.
Also stählte sie sich. »Natürlich nicht. Das würde meinem guten Ruf den Rest geben. Und dazu besitze ich zu viel Vernunft. Außerdem habe ich Ihnen schon mehr geholfen, als Sie verdient haben. Ich bin sogar so weit gegangen, der Herzogin zu erzählen, daß ich Sie heute nacht in Ihrem Zimmer gehört habe und mehrmals dadurch geweckt wurde.«
Sie bemerkte, daß ihre Antwort ihn enttäuschte, doch er fragte dennoch weiter. »Hat sie Ihnen geglaubt?«
»Ja, natürlich ... aber der Herzog wies darauf hin, daß ich auch einen Ihrer Clan-Brüder gehört haben könnte.«
»Ja, das denkt er, weil er sich meiner Schuld so sicher ist«, brummte Lachlan.
»Jedenfalls werde ich nicht zugeben, daß ich die Nacht in Ihrem Zimmer verbracht habe, nur damit Ihre Unschuld bewiesen wird«, wiederholte sie kalt. »Sie werden eine andere Möglichkeit finden müssen.«
»Das war meine Absicht. Ich verlange nicht, daß Sie Ihren Ruf für mich ruinieren.«
»Dann glauben Sie also, die Pferde tatsächlich finden zu können?« fragte sie vorsichtig und stöhnte innerlich, als sie den hoffnungsvollen Klang ihrer Stimme bemerkte.
Er schien nichts bemerkt zu haben. »Es ist keine Frage des Könnens, Darling, sondern ich muß einfach.«
Sie nickte in völligem Einverständnis und wollte gerade gehen, als er sich auf die Bettkante setzte und sie ihn dabei zusammenzucken sah. Sie mußte das aufsteigende

Mitgefühl zurückdrängen. Ja, er litt Schmerzen, ganz sicher, aber er war auch ein erwachsener Mann und konnte sie gut ohne ihre Unterstützung durchstehen.
Andererseits wirkte er tatsächlich bemitleidenswert, und sie überdachte ihre gespielte Gleichgültigkeit noch einmal. »Ich würde gerne helfen ... das heißt, wenn Sie Unterstützung bei Ihrer Suche brauchen. Mir gefällt es nicht, daß man Ihnen diesen Diebstahl anlastet, wo ich doch weiß, daß Sie es nicht waren.«
Er lachte leise. Diese letzten Worte hatten seine Stimmung wirklich aufgehellt. Auch sie fühlte ein wenig Erleichterung in der Brust, nachdem sie mehr von ihren wahren Gefühlen zugegeben hatte.
»Nicht weniger als mir, Darling«, sagte er. »Aber ich muß wohl damit leben, daß meine Vergangenheit mich verdächtig macht. Das kann ich St. James nicht verdenken. Aber am Ende wird er seine Worte bereuen, oder ich verdiene es nicht, der Laird der MacGregors zu sein.«
So wie er das sagte, glaubte sie ihm aufs Wort.

28

»Sein Name ist Will Ables«, sagte Gilleonan. »Und ich habe den starken Eindruck, daß er in dieser Angelegenheit nicht nur einfach durcheinander ist, sondern aus irgendeinem Grund lügt.«
»Warum?« fragte Lachlan.
Es war der nächste Morgen. Gilleonan erschien sehr früh an Lachlans Tür, um darüber zu berichten, was er und Ranald am Tag zuvor über die vermißten Pferde herausgefunden hatten.
St. James mochte Lachlan eine Woche gegeben haben, um seine Unschuld zu beweisen, doch allein seine Genesung würde länger dauern. Also mußte er sich ganz auf seine Cousins verlassen, die ihre Nachforschungen an-

stellten, wenigstens für den Anfang und in aller Hast. Er konnte ihnen nur Anweisungen geben.
»Er verteidigt sich zu sehr«, antwortete Gilleonan. »Und er beharrt hartnäckig darauf, daß er deine Stimme gehört hat. Nicht einfach einen Schotten, verstehst du, sondern dich persönlich. Und nun frage ich dich, woher er deine Stimme überhaupt kennen will, wenn er nicht im öffentlichen Stall, sondern bei den Zuchtpferden arbeitet.«
»Das habe ich mich auch schon gefragt, denn ich bin nie näher an die kostbaren Pferde herangekommen als bis zur Übungskoppel, wo er sich aufhielt, als wir vor kurzem morgens dorthin gegangen sind.«
»Ja, an dem Morgen, als du dem Viscount ohne Grund einen Kinnhaken verpaßt hast. Oder gibt es einen Grund, den du uns weniger scharfsinnigen Schotten nun mitteilen möchtest?«
Lachlan seufzte innerlich. Er wußte, daß sein Cousin sich ausgeschlossen fühlte, doch er konnte ihm schlecht erklären, warum er Howard Canston angegriffen hatte, wenn er es selbst nicht wußte. Eifersucht als Grund anzuführen, was eine logische Erklärung wäre, schien absurd, deshalb sprach er lieber gar nicht darüber.
»Ärgere dich nicht darüber, Gill«, sagte er statt dessen. »Ich habe es längst vergessen. Alles zusammen mit dem Alkohol aus mir herausgespült, wenn du so willst.«
Die Bemerkung brachte ihm das erhoffte Kichern ein. Der Rest konnte warten, bis Lachlan selbst Näheres erfuhr, falls er dies jemals schaffte. Jetzt aber kehrte er zum Nächstliegenden zurück.
»Was den Stallknecht angeht, behalte ihn wenn möglich im Auge, ohne daß er es merkt. Achte darauf, mit wem er spricht, wohin er geht, mit wem er arbeitet. Und finde heraus, ob irgendein Fremder oder sonstwie Auffälliger während der letzten Wochen in seiner Nähe gesehen wurde.«
»Woran denkst du dabei?«
»Ich bin nicht sicher, aber es gibt verschiedene Möglich-

keiten. Unser junger Will könnte selbst der Dieb sein. Die anderen Leute, die neben den Ställen wohnen, wüßten als erste, ob jemand von ihnen etwas vorhat.«
Gilleonan schüttelte langsam den Kopf. »Nein, er kommt mir nicht so vor, als besäße er genug Grips, geschweige denn Mumm, solch eine Sache auf eigene Faust zu versuchen. Er wirkt eher wie ein Mitläufer, der sich einer Gruppe anschließt und Befehle ausführt.«
»Ja, das vermute ich auch«, stimmte Lachlan zu. »Oder er könnte einfach dafür bezahlt worden sein, jemand anderen zu belasten, damit der wirkliche Dieb Zeit gewinnt, um alle Spuren zu verwischen. Obwohl ich keine Ahnung habe, warum er es ausgerechnet auf mich abgesehen hat.«
»Ich schon.« Als Lachlan seine dunkelblonde Braue hob, begann Gilleonan zu erklären. »Ich denke, es wird kaum jemanden hier geben, der nicht von deiner räuberischen Vergangenheit gehört hat, vor allem unter der Dienerschaft. Die Sache wurde unter den Herrschaften in aller Offenheit diskutiert, als du hier erschienst, und die Bediensteten standen nah genug dabei, um mehr mitzubekommen, als sie sollten. Die Geschichte hat für einigen Gesprächsstoff unten in der Küche gesorgt, wenigstens behauptet das Ranald. Und er sollte es wissen. Das Mädchen, mit dem er sich zusammengetan hat, ist eine der Küchenhilfen. Deshalb verbringt er den größten Teil seiner Zeit dort unten.«
»Nun, das hilft uns noch nicht weiter, oder?« fragte Lachlan müde.
Gilleonan verzog das Gesicht. »Nein, aber deine Geschichte hat aus dir den ersten Verdächtigen gemacht, dem man solch eine Tat zutraut. Deshalb sah sich der Herzog auch gar nicht veranlaßt, noch weiter nach dem Übeltäter zu suchen. Aber wir bringen schon Licht in diese Angelegenheit. Mach dir darum keine Sorgen.«
»Ja, das bezweifle ich nicht«, stimmte Lachlan zu, obwohl ihm anders zumute war.

Gilleonan nickte. »Ich habe Ranald losgeschickt, sich in der Gegend und den nächstgelegenen Dörfern umzusehen und nach möglichen Stellen Ausschau zu halten, wo die Tiere versteckt sein könnten. Ich habe vor, ihn weiter darauf anzusetzen. Bei der Tageszeit, zu der die Pferde gestohlen wurden, kann der Dieb nicht weit mit ihnen gekommen sein, ohne gesehen zu werden, denn kurz darauf standen die meisten Leute auf und liefen draußen herum.«

»Das stimmt, und deshalb wollte ich auch vorschlagen, während der nächsten Tage morgens die Straßen der Umgebung zu beobachten«, sagte Lachlan. »Es kann sein, daß jemand, der jeden Tag um die gleiche frühe Zeit dort vorbeikommt, die Pferde gesehen hat und etwas dazu sagen kann.«

»Ein guter Gedanke, und ich werde Ranald dabei helfen, da wir nur ein oder zwei Stunden täglich dafür brauchen. Später sind die Leute bei der Arbeit. Und ich habe den Rest des Tages Zeit, Will Ables zu beobachten.«

»Wahrscheinlich ist es leichter, die Pferde zu finden als den Dieb, obwohl wir vielleicht Glück haben, und beide zusammen erwischen. Die Pferde selbst beweisen noch nichts. Aber wenigstens hätten wir dann etwas, woran wir uns halten könnten, und der Dieb wird sicher an den Ort zurückkehren, wo sie sich befinden. Außerdem besteht die Möglichkeit, daß der Stallknecht uns zu ihnen führt.«

»Ja, ich werde meine Augen offenhalten, darauf kannst du dich verlassen«, versprach Gilleonan.

»Sehr gut. Ich statte ihm selbst noch einen Besuch ab, sobald ich wieder genügend in Form bin, um ihn einzuschüchtern. Im Augenblick erwecke ich wohl eher Mitleid, so wie ich aussehe. Vielleicht könnte ich mit meinem Gesicht im Dunkeln ein paar Mädchen erschrecken, aber mehr wohl nicht.«

»Nun ja ... es ist ...« Gilleonan hatte ihm Mut machen wollen, seufzte aber. »Ja, es sieht noch nicht viel besser aus.«

Lachlan lachte trotz der Schmerzen. »Ich habe selbst Augen, mit denen ich mich im Spiegel betrachten kann – und ich entsinne mich des entsetzten Blicks der Magd, die mir heute morgen das Frühstück gebracht hat.«
Gilleonan verzog das Gesicht. »Daran habe ich nicht gedacht. Aber wenigstens bekommst du auf diese Weise etwas Aufschub beim Liebeswerben.«
»In der Tat«, entgegnete Lachlan.
Er hatte ohnehin keine großen Anstrengungen unternommen, sich auf Freiersfüße zu begeben, da ihm Kimberly nicht aus dem Kopf ging und er keinen Gedanken darauf verschwendete, welche der anderen derzeit auf Sherring Cross anwesenden Damen er umwerben sollte. Um ehrlich zu sein, dachte er immer nur daran, daß sie diejenige war, die er wollte.
Aber er hatte sich kaum noch Chancen ausgerechnet. Ihr Verhalten ihm gegenüber wirkte eindeutig desinteressiert. Doch das war gewesen, bevor sie nachts in sein Zimmer gekommen war, ihn zärtlich gepflegt ... und ihn am nächsten Morgen dem Herzog gegenüber verteidigt hatte. Sie mochte sehr geschickt vorgehen, doch langsam glaubte er an eine List. Sie versuchte immer, korrekt und wohlerzogen zu sein – und oft mißlang es ihr.
Er lächelte. Ihm gefiel die Art, wie sie sich danebenbenahm, und meistens amüsierte es ihn, während sie offenbar nichts Komisches daran fand. Das Mädchen hatte wirklich alle Mühe, ihr Temperament im Zaum zu halten. Er nahm es ihr nicht übel, daß sie sich geweigert hatte, ihn auf die leichteste Weise aus seiner Zwangslage zu befreien. Es wäre übertrieben gewesen, von ihr zu erwarten, daß sie so weit gehen würde. Immerhin hatte sie ihre Hilfe angeboten. Das könnte bedeuten, daß sie ihre Meinung über ihn geändert hatte. Und darüber sollte er mehr herausfinden, denn Leugnen hatte keinen Sinn mehr. Ihm würde es nichts mehr ausmachen, Kimberly Richards zu heiraten.

Nein, wozu sollte er sich noch etwas vormachen? Mit jedem Tag wurde ihm deutlicher, daß es sein fester Wille war, sie zu heiraten.

29

Will Ables war ein schlaksiger junger Mann mit drahtigem schwarzem Haar und großen, eulenartigen blauen Augen, was ihm einen leicht verzweifelten Ausdruck verlieh. Sein Aussehen flößte auf den ersten Blick unwillkürlich Mitleid ein – bis er seine großspurige Art verriet.
Als Kimberly ihn sah, wirkte er wie eine Jammergestalt. Sie hatte sogar gezögert, sich ihm überhaupt zu nähern, und mußte sich selbst daran erinnern, daß der Mann, aus welchem Grund auch immer, gelogen hatte. Sie wußte schließlich genau, daß Lachlan nicht hiergewesen war, obwohl der Stallbursche dies beschwor.
Seit zwei Tagen war ihr klar, daß in Will Ables Bericht etwas nicht stimmte, und das störte sie. Sie konnte niemandem davon erzählen oder ihn der Lüge bezichtigen, ohne zu erklären, woher sie das wußte. Das erzwungene Schweigen störte sie. Es machte sie ärgerlich, daß ihr die Hände gebunden waren.
Nach drei Tagen der knappen Woche, die Lachlan eingeräumt worden war, hatte sich nichts Neues ergeben, und sie hatte beschlossen, mit dem Stallburschen selbst zu sprechen. Wenn sie auf einen Hinweis stieß, daß der Bursche log, konnte dies zu Lachlans Gunsten verwendet werden. Wenigstens war es den Versuch wert.
Außerdem konnte sie sich nur einen Grund denken, warum er log, und das war seine eigene Verwicklung in die Geschichte. Ihr kam der Gedanke, ob er am Ende überhaupt keinen Schlag auf den Kopf erhalten hatte und die Behauptung nur ein Trick gewesen war.
Hatte jemand die Verletzung angesehen? Gab es Beweise

dafür? Oder war dies in der Aufregung versäumt worden? Das würde sie herausfinden.
Auch wenn sie daran zweifelte, könnte Will Ables natürlich nur verwirrt gewesen sein und sich eingebildet haben, daß es Lachlans Stimme war. Doch seine Anschuldigung war zu schwerwiegend; man mußte schon vollkommen sicher sein, wenn man so etwas behauptete.
Sie mußte jeden Stallburschen, der ihr begegnete, danach fragen, ob er Will Ables sei, da sie den Mann nicht kannte. So fand sie ihn schließlich auf einem Ballen Heu sitzend, während er ein großes Stück Fleischpastete aß. In der Tat wirkte er erbärmlich mit seinen großen, gefühlvollen Augen. Doch das war nur eine Äußerlichkeit und gab keinen Hinweis darauf, was in seinem Kopf vor sich ging.
»Will Ables?«
Er sprang augenblicklich auf und riß seine Mütze ab, ein wenig zu schnell für einen Mann, der erst kürzlich einen Schlag auf den Schädel erhalten hatte. Die heftige Bewegung hätte ihm ganz sicher schwere Kopfschmerzen bereitet, doch er verzog keine Miene.
»Das bin ich, Madam«, sagte er.
»Bitte, bleiben Sie sitzen«, sagte sie ihm lächelnd. »Ich habe von Ihrem Mißgeschick gehört. Deshalb bin ich auch hier, weil ich sehen will, wie es Ihnen geht nach dieser schrecklichen Erfahrung.«
»Nach was bitte, Madam?«
»Nun, nach dieser schrecklichen Begegnung mit den Pferdedieben. Sie waren sehr tapfer, wenn ich das sagen darf.«
»Ach, das war gar nichts«, entgegnete er und wurde rot bei dem Kompliment. »Ich habe nur meine Arbeit getan.«
»Ja, natürlich. Aber hat der Arzt auch gesagt, ob alles mit Ihnen in Ordnung ist?«
»Ich habe keinen gebraucht. Mein Kopf hat schon Schlimmeres ausgehalten.«

»Aber es ist doch sicher ein Arzt gekommen, der Sie untersucht hat?« Sie brauchte den Namen des Mannes, um auch mit ihm zu sprechen.
»Für die kleine Beule?« schnaubte er. »Ich wollte keinen Arzt für so eine Bagatelle.«
Kimberly hob die Braue. Kein Arzt, der bestätigen könnte, daß der Stallbursche tatsächlich einen Schlag auf den Kopf erhalten hatte? Nun, sie hatte schon geahnt, daß es so war.
»War das vernünftig, Mr. Ables? Und wenn die Wunde hätte genäht werden müssen? Warum lassen Sie mich die Beule nicht kurz ansehen, nur um sicherzugehen ...«
Er sprang so schnell von ihr weg, daß er beinahe über den Heuballen stolperte. Als er das Gleichgewicht wiederfand, wirkte sein Blick vorwurfsvoll. Sie hatte ihn ganz offensichtlich in Bedrängnis gebracht. Doch er erholte sich schnell und setzte ein hochmütiges Lächeln auf.
»Kein Grund, daß Sie sich Sorgen machen, Madam. Ich sagte bereits, daß es nichts war. Keine offene Wunde, kein Blut. Und die Beule ist kaum noch zu sehen.«
Kimberly nickte. Sie würde einiges darum wetten, daß es nie eine Beule gegeben hatte. Es war wirklich zu dumm, wie nachlässig der Herzog gewesen war. Er hätte den Mann untersuchen lassen müssen, wenn dieser vorgab, verletzt worden zu sein. Er hätte an Ort und Stelle herausfinden können, daß der Bursche log. Denn so mußte es sein. Kimberly war sich nun fast sicher.
Doch mittlerweile waren zu viele Tage vergangen. Falls es eine Beule gegeben hatte, wäre diese inzwischen wieder fast verschwunden. Hier konnte sie nichts mehr beweisen und mußte folglich eine andere Möglichkeit finden.
Sie fragte sich, wie er reagiert hätte, wenn sie ihn ohne große Umschweife einen Lügner genannt hätte. Er hätte natürlich geleugnet. Sie seufzte. Das führte zu gar nichts.
»Es ist wirklich ein Jammer, daß die Pferde noch nicht

wiedergefunden wurden«, bemerkte Kimberly. »Wenigstens ist der Schotte nicht davongekommen, dank Ihnen. Wie stellt er sich das vor? Einfach seinen Gastgeber zu bestehlen? Ja, das ist genauso schlimm, als würde jemand seinen Dienstherrn bestehlen.«

Er errötete wieder, dieses Mal schuldbewußt, darauf hätte sie wetten mögen. Doch er ging auf ihr Lob ein.

»Ich kenne den Kerl nicht persönlich«, sagte Will. »Aber ich bin ihm ein paarmal begegnet. Seine Stimme ist kaum zu verwechseln.«

»Ich weiß, was Sie meinen. Er hat wirklich einen starken Akzent, nicht wahr? Kaum zu verstehen.«

»Ja, das stimmt.«

Er log schon wieder, indem er ihr zustimmte, wenn sie selbst die Unwahrheit sagte. Lachlan sprach mit sehr leichtem Akzent. Sie wurde so zornig, daß sie für einen Moment von dem Mann wegsehen mußte, um ihren Gesichtsausdruck unter Kontrolle zu bekommen.

Von dieser Information konnte sie wenigstens Gebrauch machen. Will Ables kannte Lachlans Stimme nicht. Wahrscheinlich hatte er sie noch nie gehört. Wenn drei Schotten miteinander sprachen, Lachlan eingeschlossen, hätte er verdammt große Schwierigkeiten, den richtigen zu bestimmen.

Der Herzog mußte davon erfahren ... nein, nicht Devlin. Er mochte Lachlan nicht und hatte ihn von Anfang an nicht im Schloß haben wollen. Er war damit zufrieden, in ihm den Schuldigen gefunden zu haben, und nahm den Diebstahl ohne Zweifel als willkommene Gelegenheit wahr, den Highlander mit gutem Gewissen vor die Tür zu setzen. Da der echte Dieb nicht greifbar war, würde er jeden Hinweis vom Tisch wischen, der auf Lachlans Unschuld deutete.

Nein, sie würde Megan von ihren Entdeckungen berichten. Die Herzogin mochte wegen Lachlan entnervt und verärgert sein, doch Kimberly glaubte nicht, daß sie ihn persönlich ablehnte. Sie würde fair sein. Vielleicht gelang es ja ihnen beiden, eine kleine Demonstration zu arrangieren, in der Will Ables gezwungen wurde, seine Behauptung zu beweisen.

»Nun, dann bin ich froh, daß Sie sich gesund und munter genug fühlen, um Ihre Arbeit wiederaufzunehmen«, sagte sie zu dem Mann und wandte sich zum Gehen. »Natürlich haben Sie nun weniger zu tun, doch das wird sich hoffentlich bald wieder ändern. Ich bin sicher, daß der Herzog nicht ruht, bis die Pferde an den Ort zurückgekehrt sind, wohin sie gehören, und der dreiste Dieb bald hinter Gittern sitzt.«

»Wollen Sie damit sagen, daß der Schotte noch hier ist? Er ist noch nicht eingesperrt worden?«

Sie merkte, daß er über den weiteren Gang der Dinge nicht informiert war. Natürlich, es bestand kein Grund, einen Bediensteten über die Entscheidungen der Herren in Kenntnis zu setzen. Daher wußte er wahrscheinlich auch nicht, daß Lachlan verprügelt worden war und sein Zimmer hütete, solange er sich davon erholte.

Der Bursche wirkte beunruhigt, doch nicht, weil sein schlechtes Gewissen sich regte. Lachlan war ein großer und starker Mann. Jeder, der ihn zu Recht oder Unrecht eines Verbrechens beschuldigte, würde sich nicht eher sicher fühlen, bis er verhaftet war und keine Rache mehr nehmen oder abrechnen konnte.

Sie fragte sich nun, ob der Stallbursche womöglich verschwinden würde, wenn er befürchtete, daß Lachlan nach ihm suchen könnte. Das allein würde ihn erheblich belasten ... oder auch nicht, da seine Angst vor der Vergeltung des Highlanders als ausreichendes Fluchtmotiv anerkannt würde.

Nein, auch das führte nicht weiter. »Er behauptet, unschuldig zu sein«, erklärte sie also. »Und da der Herzog ein Mann der Fairneß ist, hat er ihm Zeit gewährt, dies zu beweisen. Doch der Schotte kann nicht viel tun, in seinem verletzten Zustand.«

»Verletzt?«
»Ja, er hat sich eine kräftige Tracht Prügel zugezogen. Die er natürlich verdient hat.«
Der Mann entspannte sich sichtlich, als er das hörte. Kimberly hoffte, daß sie richtig handelte, indem sie ihn beruhigte, damit er nicht das Weite suchte. Der Bursche schien die einzige Spur zu sein, über die Lachlans Unschuld bewiesen werden konnte. Und sie brauchten ihn.
Kimberly lächelte ihm freundlich zu, verabschiedete sich und wollte eilig zum Haus zurückkehren. In dem Moment, als sie sich zum Gehen wandte, kam Howard Canston um die Ecke und blieb abrupt stehen.
»Lady Kimberly!« rief er aus. »Was machen Sie ... äh, ich habe Sie gesucht. Mir wurde gesagt, Sie wären in diese Richtung gegangen. Ich dachte, Sie hätten vielleicht Lust zu reiten, nachdem die Sonne heute endlich einmal hervorgekommen ist.«
Sie hatte keine Lust, sondern wollte mit der Herzogin über das sprechen, was sie soeben erfahren hatte. Andererseits war es auch ihre Absicht gewesen, die unmittelbare Umgebung von Sherring Cross zu erforschen, in der unwahrscheinlichen Hoffnung, die verschwundenen Pferde zu finden.
Der Herzog hatte ohne Zweifel seine eigenen Leute ausgesandt, um nach den Tieren zu suchen, doch es gab eine Menge Gelände abzusuchen, einschließlich der Wälder und ungenutzten Wiesen. Gern wäre sie diejenige, die die Tiere fand, um dadurch ihr Schweigen wiedergutzumachen.
Also stimmte sie dem Ausritt zu. Es war außerdem kein Fehler, ihre Bekanntschaft mit Howard Canstan zu vertiefen. Sie suchte noch immer einen Mann zum Heiraten, und er stand auf der Liste der wahrscheinlichsten Kandidaten.
Auf dem Weg von den Zuchtställen zum Haus, in dessen Nähe sich Stallungen der Reitpferde befanden, runzelte

sie nachdenklich die Stirn. Wenn Canston nach ihr gesucht hatte, wie er behauptete, warum hatte er dann so überrascht gewirkt, als er sie fand?

30

Ein kleiner Tisch mit verschiedenen Stühlen war in Lachlans Zimmer gebracht worden, damit er dort seine Mahlzeiten einnehmen konnte. Noch immer war es ihm nicht möglich, nach unten zu kommen, um sich den anderen Gästen anzuschließen. Gilleonan ließ sich auf einen Stuhl fallen und hob den Deckel von dem Essen, das unberührt dastand, seit er gekommen war.

»Wenigstens versorgen sie dich gut«, sagte er und schnupperte an dem gebackenen Lachs, den Sahnekartoffeln und dem riesigen Stück gebutterten Weißbrotes.

Lachlan wandte sich vom Fenster ab, wo er nachdenklich sein eigenes Spiegelbild betrachtet hatte. »Hast du geglaubt, sie würden mich aushungern?«

»Es wäre zumindest denkbar gewesen.«

»Dann kannst du dich beruhigen. Den ganzen Tag kommen Mädchen mit Torten und Kuchen und mehrgängigen Mahlzeiten. Sie scheinen ebenfalls zu glauben, daß ich am Verhungern bin. Das ist heute mein zweites warmes Essen. Bediene dich also ruhig.«

Gilleonan grinste. »Nur zu gern«, sagte er und zog das Tablett zu sich herüber. Nach einigen Bissen sah er zu Lachlan und erstattete Bericht. »Diese Lady Kimberly ist heute bei Ables aufgetaucht, um mit ihm zu reden. Sie haßt dich wirklich, nicht wahr?«

Lachlan erstarrte. »Warum sagst du das?«

»Sie hat dem Mann recht gegeben und erzählt, du wärst verprügelt worden und hättest es verdient. Und sie nannte dich einen dreisten Dieb.« Gilleonan runzelte die Stirn, als er sich an noch etwas erinnerte. »Und sie hat

ihn auch zu der Behauptung gebracht, du hättest einen starken Akzent, obwohl doch sie und ich wissen, daß das nicht stimmt.«
Lachlan wirkte einen Moment verwirrt. Dann lachte er. »Ich glaube, sie war dort, um zu helfen, Gill. Überleg doch mal: Wenn er glaubt, die Lady sei auf seiner Seite, und ihr vertraut, könnte er ihr vielleicht Dinge erzählen, die er dir nicht verrät.«
»Hmm, jetzt wo du es sagst, glaube ich fast, daß sie auf so etwas aus war. Sie hat sogar versucht, sich seine Beule anzusehen, doch er ließ es nicht zu. Er ist beinahe auf den Hintern gefallen, als er verhindern wollte, daß sie ihn berührte.«
»Keine Beule also«, sagte Lachlan.
»Das hatte ich schon vermutet«, stimmte Gilleonan zu. »Dann bin ich in meinem Versteck um die Ecke beinahe entdeckt worden, denn der Viscount tauchte auf und suchte die Lady. Ich hatte nur wenige Sekunden, um außer Sichtweite zu verschwinden.«
»Canston?«
»Ja, er wollte mit ihr ausreiten.«
»Und sind sie ausgeritten?«
Gilleonan zuckte mit den Achseln. »Ich bin ihnen nicht gefolgt, sondern in der Nähe von Ables geblieben. Obwohl niemand mehr aufgetaucht ist, der heute mit ihm reden wollte.«
Es war schwer, seine Gedanken von Kimberly und Canston abzulenken, doch schließlich schaffte Lachlan es. »Was ist mit Ranald? Hatte er Glück?«
»Nein, obwohl er sagte, daß er glaubt, die Suche wäre abgeblasen.«
»Warum?«
»Er nimmt an, die Pferde sind gefunden, aber niemand verrät etwas.«
»Verflucht, ich hatte gehofft, wir würden den Ort finden und Wache halten können, um den Dieb zu fangen, wenn er zum Füttern der Pferde auftaucht oder sie wegführen

will … Moment, laß mich nachdenken. Wenn alle den Mund halten, dann sind die Pferde noch nicht wieder zurückgebracht worden. St. James hat selbst eine Wache aufgestellt.«
»Meinst du?«
»Ja, das würde ich jedenfalls tun. Nun hofft er zweifellos, dich und Ranald zu fangen. Und ich hoffe, er verpfuscht die Sache nicht. Sag Ranald jedenfalls, er soll mit der Suche aufhören. Ich will nicht, daß er zufällig an diesem Ort aufkreuzt.«
»Das wäre wirklich Pech. Niemand würde glauben, daß er unschuldig ist.«
»Nicht mehr, als sie es bei mir getan haben«, sagte Lachlan bitter.
»Na ja«, sagte Gilleonan mit leisem Lachen und stopfte sich ein weiteres Stück von dem zarten Lachs in den Mund. »Ich würde sagen, wenigstens die Mädchen hier glauben dir, sonst würden sie dich nicht so gut füttern.«

Kimberly hatte auf eine einsame Lichtung reiten wollen, die sie an diesem Nachmittag entdeckt hatte und auf der eine alte, anscheinend verlassene Holzfällerhütte stand. Ihr war aufgefallen, daß die Hütte groß genug sein könnte, um drei Pferde darin unterzubringen, und sie fragte sich, ob schon jemand dort nachgesehen hatte.
Als sie Howard davon erzählte, hatte dieser darauf bestanden, auf der Stelle umzukehren, weil er eine dringende Verabredung hätte, die er sonst verpassen würde. An seiner Eile bestand kein Zweifel. Er wirkte sogar plötzlich sehr nervös und hatte seinem Pferd unnötig die Peitsche gegeben, damit es schneller lief, zumindest bis sie aus dem Wald heraus waren. Das arme Tier sah aus, als hätte es nicht zum ersten Mal eine solche Behandlung erfahren. Als sie vorschlug, daß er ohne sie zum Haus reiten solle, wollte er nichts davon hören.
Sie war folglich nicht in bester Stimmung gewesen, als sie nach Sherring Cross zurückkehrten. Es ärgerte sie, daß

sie die Hütte nicht gleich untersucht hatte, denn sie war nicht sicher, ob sie überhaupt dorthin zurückfinden würde. Dann hatte sie nach Megan gesucht und auch sie nicht finden können, was ihre Laune noch mehr verschlechterte.

Megan erschien erst wieder, als abends das Dinner serviert wurde, und sie war allein. Der Herzog würde auch den restlichen Abend nicht mit ihnen verbringen, kündigte sie an. Kimberly war es nur recht, da sie ihm noch immer wegen seiner vorschnellen Verurteilung Lachlans zürnte.

Doch sie mußte bis nach dem Essen warten, ehe sie eine Gelegenheit fand, unter vier Augen mit Megan zu sprechen. Als sie schließlich zusammen in die Bibliothek schlüpften, hatte Megan selbst etwas mitzuteilen.

»Die Pferde sind gefunden worden.«

Kimberly hob überrascht den Kopf. »Tatsächlich?«

»Ja, in einer alten Hütte auf der Westseite der Wälder«, sagte Megan.

»Wie seltsam«, entgegnete Kimberly und schüttelte den Kopf. »Ich glaube, genau dort bin ich heute vorbeigekommen. Ich wollte hineingehen und nachsehen, ob die Pferde sich darin befanden, doch ich war mit Viscount Canston unterwegs, und er hatte irgendeine Verabredung, die ihm plötzlich einfiel. Deshalb sind wir sofort umgekehrt. Aber ich wollte morgen wieder hinreiten.«

»Nein, nein, tun Sie das nicht. Devlin ist jetzt da, mit einem Dutzend Männer, und er wartet nur darauf, daß jemand auftaucht. Er ist sogar noch wütender als vorher, denn wer auch immer es war, hat die Pferde zusammen eingesperrt. Zwei Stuten und einen Hengst, ohne sie zu trennen ... es ist ein Wunder, daß die alte Hütte überhaupt noch steht.«

Kimberly wurde rot. Das war kein Thema für die Ohren einer Dame. »Ich nehme an, wenn Seine Gnaden dort sind, hat sich der Dieb noch nicht gezeigt. Gibt es keinen

Hinweis darauf, um wen es sich nun wirklich handelt?« wollte sie wissen.
»Meine Liebe, ich weiß, daß Sie an Lachlans Unschuld glauben …«, begann Megan sanft.
»Ich glaube nur nicht, daß …«
Kimberly zögerte. Jetzt war der Zeitpunkt für die Wahrheit, die ganze Wahrheit, gekommen. Und sie konnte guten Gewissens darauf vertrauen, daß diese bei Megan sicher aufgehoben war und nicht weitergetragen würde – nun, nur ein wenig, da der Herzog auch informiert werden mußte. Davor schreckte sie zurück.
St. James war ein der Konvention stark verbundener Herzog und würde sich verpflichtet fühlen, ihren Vater zu informieren. Aus Verantwortungsgefühl oder ähnlichen Gründen. Er würde es als seine Pflicht ansehen, sie zu fragen, ob etwas Unziemliches in der Nacht, die sie mit Lachlan verbracht hatte, geschehen war. Sie konnte ehrlich antworten, daß dem nicht so war – wenigstens nicht in dieser. Aber ihr schlechtes Gewissen wegen der anderen Nacht könnte durchscheinen und dann – nein, sie konnte es nicht tun, vor allem nicht nach dem, was sie heute über Will Ables herausgefunden hatte.
Sie setzte neu an. »Darf ich Sie etwas fragen, Megan? Würden Sie sagen, daß Lachlan mit starkem schottischem Akzent spricht?«
»Nein, er ist eher leicht, manchmal bemerkt man ihn überhaupt nicht, wenn ich genauer darüber nachdenke. Ich habe einen Lakaien, der mit dermaßen starkem Dialekt spricht, daß ich ihn kaum verstehe. Dagegen klingt MacGregors Schnarren eher lyrisch.«
Kimberly nickte und sprach vertraulich weiter. »So geht es mir auch, aber wußten Sie, daß Ihr Stallknecht Will Ables ganz anders denkt?«
»Ach ja?«
»Wundert Sie das?«
»Ja, in der Tat … aber woher wissen Sie davon?«
»Ich habe heute mit ihm gesprochen«, gab Kimberly zu.

»Und wußten Sie auch, daß Mr. Ables sich geweigert hat, einen Arzt nach seiner Kopfverletzung sehen zu lassen? Es hätte ihn nichts gekostet. Warum also sträubte er sich?«
»Das hört sich allerdings merkwürdig an«, stimmte die Herzogin stirnrunzelnd zu.
Während die Herzogin die Information noch verdaute, fuhr Kimberly fort: »Megan, er hat, was Lachlan angeht, gelogen. Das weiß ich genau. Und es wäre leicht zu beweisen.«
»Wie?«
»Sie erwähnten, daß Ihr Lakai Schotte ist, und es gibt noch andere hier, einschließlich Lachlans Clan-Brüdern. Wenn Sie sie alle mit Lachlan zusammenbringen und jeden das gleiche sagen lassen, während der Stallbursche sie hören, aber nicht sehen kann, wird er nicht in der Lage sein, Lachlan zu identifizieren. Und das würde beweisen, daß er lügt.«
Megan lächelte über das ganze Gesicht. »Das ist ziemlich schlau, aber was geschieht, wenn er einen von Lachlans Leuten herauspickt? Das würde immer noch auf Lachlan als Täter hindeuten, wenn auch nur indirekt.«
Kimberly seufzte. »Sie haben recht. Lachlans Clan-Brüder sollten überhaupt nicht dabeisein. Sie haben nicht zufällig noch mehr Schotten, die für Sie arbeiten?«
»Von einem weiß ich, und ein anderer kann herbeigeholt werden. Er arbeitet nicht für uns, sondern lebt nördlich von hier, und ich bin sicher, daß er mitmacht.«
»Wunderbar!«
»Ich würde sagen, daß wir es morgen probieren, spätestens übermorgen. Aber ich möchte Sie darauf hinweisen, Kimberly, daß Ables, auch wenn er tatsächlich lügt, immer noch raten und zufällig Lachlans Stimme richtig treffen kann.«
»Das läßt sich nicht vermeiden«, räumte Kimberly ein. »Aber wenn ich recht habe, wurde er nicht wirklich verletzt, sondern es war eine List, und das zieht ihn in die

Sache hinein. Deshalb hoffe ich, daß allein die Situation ihn so nervös macht, daß er etwas Dummes tut.«
»Beispielsweise ein Geständnis ablegt?«
Kimberly grinste. »Das wäre schön. Sie ... äh ... werden Ihrem Gemahl doch nichts erzählen, oder? Wenigstens nicht, bis wir es ausprobiert haben?«
Megan kicherte. »Ich vermute, daß Devlin die nächsten Tage im Wald verbringt, denn er ist wild entschlossen, den Burschen auf frischer Tat zu ertappen. Sorgen Sie sich nicht, meine Liebe, er erfährt die gute Nachricht ... oder die schlechte ... noch früh genug, wenn er zurückkehrt.«

31

Nach ihrem Gespräch mit Megan war Kimberly etwas optimistischer. Ihr Plan würde funktionieren. Er mußte es. Die Alternative war ... unannehmbar. Und wenn sie diese Angelegenheit endlich hinter sich hatte, konnte sie sich wieder ganz auf das konzentrieren, weshalb sie hier war ... einen Ehemann zu finden.
Tatsächlich hatte sich James Travers flüsternd zu ihr herabgebeugt, während er ihr den Stuhl für das Dinner zurechtschob, und gesagt, daß er irgendwann morgen mit ihr einige private Worte wechseln wolle. Sie zweifelte nicht daran, daß er sie bitten wollte, ihn zu heiraten. Allein der Gedanke hätte sie aufgeregt stimmen müssen. Statt dessen war sie im Geist noch immer bei dem Gespräch mit Ables und bei ihrem Versuch gewesen, Megan von ihrem Vorschlag zu überzeugen.
Erst danach hätte sie Zeit, über James nachzudenken. Seltsam, daß der Gedanke, ihn zu heiraten, sie auch jetzt nicht sonderlich berührte. Sie paßten hervorragend zueinander. Der Mann würde sie glücklich machen können ... wenigstens sprachen viele Vernunftgründe dafür.

Ihr Vater wäre überaus erfreut und hätte nichts an ihm auszusetzen.
Es gab natürlich auch Howard Canston, dessen frühere Flirts offensichtlich abgekühlt waren und der nun wieder mehr Interesse an ihr zeigte. Er war jünger als James, sah sogar noch besser aus, würde selbst Marquis werden, sobald sein Vater den Titel weitergab, und war mit Sicherheit genauso reich wie James.
Das letztere war eine wichtige Überlegung. Bei James und Howard mußte sie wenigstens nicht befürchten, daß sie nur an dem Geld interessiert waren, das sie durch Kimberlys Vater erhielten. Ihr Mann würde sogar erst nach der Heirat erfahren, wie wohlhabend sie tatsächlich war. Wenn er dann noch von der Erbschaft erfuhr, die sie durch ihre Mutter gemacht hatte, wäre das eine zusätzliche erfreuliche Überraschung.
Als sie am Abend nach dem Gespräch mit Megan in ihr Zimmer zurückkehrte, überlegte sie noch immer, was sie James sagen wollte, als …
»Sie sind spät dran, Kimber.«
»Guter Gott!« Sie rang nach Luft. »Sie erschrecken mich ja halb zu Tode!«
Aus dem Dunkeln klang ein leises Lachen. »Das wollte ich natürlich nicht.«
»Ist mir egal, was Sie wollten«, murmelte sie und ging zum Feuer, um einen Kienspan für die Lampen anzuzünden. »Und was, wenn ich fragen darf, treibt Sie dazu, mir in meinem Zimmer aufzulauern, Lachlan?«
Sie hatte wenigstens keine Schwierigkeiten, seine Stimme im Dunkeln zu erkennen. Jedem würde es so gehen, der ihn einmal hatte sprechen hören. Seine Stimme war unverwechselbar.
»Auflauern? Nein, ich habe nur gewartet«, erklärte er. »Ich wollte nicht versäumen, Sie zu sehen, bevor Sie in Ihr Bett schlüpfen und einschlafen. Deshalb bin ich hier.«
»Mich sehen?« fragte sie, als die erste Lampe angezündet

war. Sie sah sich im Raum um und fand ihn in dem bequemen Lesesessel am Fenster. »Nun, das können Sie jetzt. Also ...«
»Ja, und es ist ein großes Vergnügen, wie immer«, entgegnete er, während seine grünen Augen langsam an ihr entlangglitten.
Sie errötete bei dem unerwarteten Kompliment, und Wärme stieg in ihr auf.
Kimberly war plötzlich zu verwirrt, um ihm Vorwürfe zu machen. Außerdem mußte er über das kleine Experiment informiert werden, das sie mit Ables planten. Am Morgen hatte sie ohnehin vorgehabt, in seinem Zimmer vorbeizusehen, um es ihm zu erzählen. Also schadete es nicht, daß er hier war, wenn auch zu höchst unpassender Stunde, aber was wäre bei diesem Mann anderes zu erwarten gewesen.
Auf dem Weg zur nächsten Lampe begann sie: »Sie haben die Pferde gefunden.«
»Ich weiß.«
Bei seinem Ton hob sie eine Braue. »Sie klingen so, als wären Sie nicht allzu glücklich darüber.«
Er zuckte mit den Achseln und beugte sich in seinem Sessel vor, wobei er die Ellbogen auf den Knien abstützte. »Weil ich sie finden ... und bei ihnen warten wollte, bis der echte Dieb aufgekreuzt wäre.«
»Ich denke, das tut der Herzog jetzt.«
»Aber ich traue ihm nicht, daß er es richtig macht. Er hat zweifellos zu viele Leute dort und in den umgebenden Wäldern. Sie werden sich verraten, und unser Dieb macht sich über alle Berge davon.«
So betrachtet, schien die Lage nicht sehr ermutigend. Deshalb teilte sie ihm die nächste Nachricht mit. »Nun, mir ist noch ein anderer Weg eingefallen, wie wir diese Sache beenden können.«
Er hob fragend die Braue. Sie bemerkte, daß sein Gesicht besser aussah. Einige Prellungen verblaßten schon, und die Beule an der Stirn war verschwunden. Selbst die Lip-

pen hatten wieder ihre ursprüngliche Größe. Nur einige schorfige Stellen waren noch zu sehen. In dem von der einzigen Lampe nur spärlich beleuchteten Raum wirkte er jetzt schon wieder viel zu attraktiv.
Als ihr bewußt wurde, daß sie noch immer auf seine Lippen starrte, wurde Kimberly von neuem rot und sprudelte los. »Die Herzogin arrangiert es für morgen oder spätestens übermorgen. Es soll ein Experiment sein.«
Sie zündete schnell die zweite Lampe auf ihrem Toilettentisch an und ging dann zum Kamin, um den Kienspan zurückzuwerfen. Als sie sich nach ihm umwandte, stellte sie fest, daß das zusätzliche Licht nicht geholfen hatte. Mit seinem dunkelbraunen Haar, das auf das weiße Hemd herunterhing und in dem manchmal beim Flackern des offenen Feuers ein rötlicher Glanz aufleuchtete, während seine hellgrünen Augen sie intensiv ansahen, bannte er ihren Blick noch immer …
»Welches Experiment?« fragte er sofort.
Sie mußte tatsächlich einen Moment nachdenken, worüber sie sprachen. Dadurch schoß ihr schon wieder die Röte ins Gesicht, und sie konnte nur hoffen, daß er es nicht bemerkte.
»Ich habe Ables heute besucht«, sagte sie. »Und bewiesen, wenigstens zu meiner Zufriedenheit, daß er Ihre Stimme überhaupt nicht kennt. Deshalb werden wir ihn prüfen. Er bekommt Ihre Stimme und die einiger anderer Schotten zu hören und muß bestimmen, welche zu Ihnen gehört. Das wird er nicht können. Er muß raten.«
Lachlan schwieg für einen Moment und überlegte. Dann wies er auf den gleichen Punkt hin wie vorhin Megan. »Er könnte Glück haben.«
»Ja, und das wäre unser Pech.« Sie seufzte. »Wenn es nicht funktioniert und wenn … die Zeit abläuft, ohne daß wir den Dieb zu fassen bekommen, werde ich zugeben, wo ich in der Nacht war.«
Damit war es ihr gelungen, ihn zu überraschen. Er stand auf und war sofort bei ihr, was wiederum sie verblüffte

und wegen seiner plötzlichen Nähe in inneren Aufruhr versetzte.
Und das zu Recht, wie sie schnell herausfand, denn er faßte sanft nach ihrem Gesicht. »Tun Sie das für mich, Darling?«
Sein Ausdruck war zu innig, und sie mußte den Blick senken. Lieber Gott, was …
»Ich werde es wohl müssen«, gestand sie flüsternd. »Ich habe keine andere Wahl. Schließlich kann ich nicht zulassen, daß Sie ins Gefängnis müssen, wenn meine Anwesenheit in Ihrem Zimmer beweist …«
Sein Kuß verhinderte, daß sie weitersprechen konnte. Sie hatte geahnt, daß es geschehen würde. Und vielleicht hätte sie den Kuß verhindern können … wenn sie den Kopf zur Seite bewegt hätte. Doch nun war es zu spät, viel zu spät. Sie konnte ihn wieder schmecken, die schorfigen Stellen auf seinen Lippen spüren, die weiche Zunge und seinen Duft, der ihre Sinne betörte.
Seine Lippen bewegten sich sanft über ihre, beinahe zögernd. Doch mit den Händen hielt er sie fest gefangen, falls sie sich seinem Kuß entziehen sollte. Sie dachte überhaupt nicht daran, obwohl sie wußte, daß sie eigentlich … aber bei Lachlan MacGregor schienen alle Regeln ungültig zu werden.
Ihre Sinne erwachten zum Leben, wild und ungebärdig, und aufgeregte Vorfreude durchströmte sie. Die Hitze auf ihren Lippen, das Kribbeln im Bauch, das Prickeln der Brüste waren schon spürbar, als sein Körper sie noch gar nicht berührte, sondern er sie nur mit seinem Mund und den Händen liebkoste.
Sie atmete seufzend aus, preßte die Hände gegen seine Brust, nicht um ihn wegzuschieben, sondern weil sie ihn berühren wollte. Es schien, als wäre dies das Zeichen, auf das er gewartet hatte, denn nun umschlang er sie ganz mit seinen Armen und überwand jeglichen Abstand zwischen ihnen. Er bewegte seine Zunge tief und genießerisch in ihr, während er mit den Händen über ihren

Rücken und die Hüften fuhr und sie fester gegen seine Härte drückte. Schließlich hob er sie hoch und trug sie zum Bett, wo er sie vorsichtig niederlegte.
Sie wußte, was er tun würde. In den Tiefen ihres Verstandes begriff sie, daß wieder das gleiche geschah, was schon vorher nicht hätte sein dürfen. Doch sie war eingelullt durch das süße Vergnügen, das er ihr bereitete, durch die Hitze seines großen Körpers, der sie überall zu umgeben schien, durch die zärtliche Berührung seiner Hände auf jedem Stückchen Haut, das er entblößte, als er sie langsam auszog. Sie wußte Bescheid ... und nichts in ihr wollte ihn hindern. Wenn überhaupt, dann wollte sie, daß er sich beeilte.
Das allerdings würde er nicht tun, nachdem er jede Nacht davon geträumt hatte, sie wieder genauso zu halten wie das letzte Mal, als sie auf diese Weise zusammengekommen waren. Er hatte ein Feuer entzündet und wollte es ganz langsam immer weiter entfachen, und genau das tat er jetzt.
Sie zitterte, als er mit der Zunge ihr Ohr umkreiste und hineinfuhr. Und dann stöhnte sie, als er in schnellen Bewegungen ihre Brustwarzen liebkoste, die zu kleinen, harten Knospen geworden waren. Sie bäumte sie auf, als er sich einen Weg ihren Bauch hinunter suchte ... und dann ... o Gott, das konnte sie ihn nicht tun lassen! Aber sie war machtlos in ihrem Verlangen und versunken in Ekstase, und er war so verdammt entschlossen, jede Facette ihres Körpers kennenzulernen und ihr das größte Vergnügen zu bereiten.
Die Lust, die sie ergriff, schien beinahe zu überwältigend, als sie in pulsierenden Wellen durch ihren Körper rann. Selbst das Erbeben danach war heftig, so daß sie, als Lachlan schließlich in sie eindrang und sie mit seiner Wärme bis ins Innerste erfüllte, innerhalb von Sekunden explodierte und Minuten später noch einmal und wieder, als er schließlich stöhnend seiner eigenen Lust nachgab.
Sie war schon eingeschlafen, bevor ihr Atem sich beru-

higte, und so tief, daß sie nicht bemerkte, wie er sie eng umfaßte und zufrieden seufzte.

»Nun bist du mein, Darling. Ob es dir gefällt oder nicht. Und wenn der Morgen kommt, wirst du es wissen.«

Kimberly hörte auch das nicht, und das war gut für sie, denn sonst hätte sie am Ende kein Auge zugetan.

32

Lachlan hatte sich vorgenommen, wach zu bleiben, und er schaffte es auch. Vor allem, weil er sich wieder und wieder mit Kimberly vereinen wollte, die ganze, lange Nacht hindurch. Wenn dann der Morgen kam, würde sie kaum noch daran zweifeln, daß sie füreinander bestimmt waren. Er erlaubte keine Ausflüchte mehr. Dieses Mal würde sie sich mit Reden aus der Affäre ziehen, wenn er von ihrer Heirat sprach. Und er hätte nicht entzückter sein können.

Ironischerweise war er überhaupt nicht mit der Absicht in ihr Zimmer gekommen, sie zu verführen. Was nicht bedeutete, daß dieser Gedanke ihn nicht pausenlos beschäftigte. Doch gestern abend hatte er nur erfahren wollen, warum sie mit Will Ables gesprochen hatte.

Er mußte nicht einmal danach fragen, sie hatte ihm sofort alles offen erklärt. Allerdings hatte er nicht damit gerechnet, daß sie bereit war, seine Unschuld auf Kosten ihres Rufes zu beweisen. Sie würde tatsächlich diesen Schritt tun, sollte es nötig sein.

Er war so bewegt gewesen, daß sie sich wirklich etwas aus ihm machte, aus ihm machen mußte, trotz ihrer gegenteiligen Behauptungen, daß er nicht hatte widerstehen können, sie auf der Stelle zu besitzen. Sie hatte es zugelassen. Falls noch irgendwelche Zweifel bei ihm bestanden hatten, so hatte ihre leidenschaftlich verlangende Reaktion auch diese beseitigt.

Ja, er hatte wach bleiben und sie, wie schon einmal, vor Einbruch der Dämmerung verlassen wollen. Dann wäre er zu einer annehmbaren Zeit zurückgekehrt, um alles zwischen ihnen zu regeln. Als erstes Anzeichen, daß dieser Plan fehlgeschlagen war, hörte er ein leises Summen, das ihn aufweckte. Jemand sang ein fröhliches, kleines Lied, und vom Kamin drangen Geräusche, die anzeigten, daß das Feuer geschürt wurde.
In seinem eigenen Zimmer mußte er sich selbst um das Wiederanfachen des morgendlichen Feuers kümmern. Die Mädchen, die sich um diese Dinge kümmerten, betraten sein Zimmer nie vor Mittag, lange nachdem sie sicher sein konnten, daß er aufgestanden war.
Es bestand kein Zweifel, daß sich in diesem Raum jemand am Feuer zu schaffen machte, und es war nicht Kimberly, denn er spürte, wie sie noch immer warm neben ihm im Bett lag. Sie schmiegte sich so eng an ihn, mit einem Arm um seinen Nacken, daß er beinahe erstickt wurde, und mit einem Bein umschlang sie seine Hüfte. Ihre Gliedmaßen waren deutlich spürbar, dachte er lächelnd.
Die Situation nahm eine Wendung, die Lachlan nicht im Traum erwartet hatte. Und so hegte er keine Hoffnungen mehr, daß seine Anwesenheit unbemerkt blieb. Dafür war der Körper, mit dem er leben mußte, zu massig und schwer, und die Zofe hätte schon blind sein müssen. Diese Hoffnung würde ihm wohl versagt bleiben, vor allem, da ihm das Glück in letzter Zeit ohnehin nicht allzu hold gewesen war.
Was dann geschah, war eher komisch zu nennen. Jedenfalls dachte er später so.
Für den Augenblick war nichts Amüsantes dabei, als Kimberly sich genüßlich gegen ihn streckte, da sie offenbar ebenfalls durch die Geräusche der Zofe aufgewacht war. Was noch nicht das allerschlimmste gewesen wäre, sondern eher angenehm. Im selben Moment jedoch fuhr Kimberly hoch und begann aus voller Kehle

zu kreischen. Keine Sekunde später tat die verdammte Zofe das gleiche und schrie, daß das Dach hätte einstürzen können.
Lachlan setzte sich ebenfalls auf und murmelte einige unsägliche Flüche wegen seiner armen Ohren. Die Zofe starrte ihn mit weitaufgerissenen Augen an, während sie die rußgeschwärzten Hände gegen ihre schreckensbleichen Wangen gepreßt hielt. Ein funkelnder Blick von ihm reichte, und sie rannte aus dem Zimmer. Kimberly rief hinter ihr her: »Mary, komm sofort zurück!« Vergebens. Die Tür schlug mit einem Knall zu und wurde nicht wieder geöffnet. Dann folgte eine Mischung aus Stöhnen und einem Aufschrei, und Kimberly vergrub den Kopf unter ihrem Kissen.
Lachlan legte sich zurück, die Arme bequem im Nacken verschränkt, die Brauen halb hochgezogen. »Es hätte schlimmer kommen können, Darling. Stell dir vor, sie wäre geblieben«, bemerkte er in übertriebenen trockenem Ton.
»Ohhh!« klagte Kimberly. Sie kam unter dem Kopfkissen hervor und sah ihn vorwurfsvoll an. »Du hast ja keine Ahnung … sie ist die größte Klatschbase diesseits des Atlantiks! Weißt du, was das bedeutet?!«
»Es bedeutet, daß wir heiraten werden.«
Bei diesen Worten lächelte er ihr zu. Er konnte nicht anders. Sicher hatte er nicht beabsichtigt, ihr Schicksal auf diese dramatische Weise zu besiegeln, nicht um alles in der Welt, doch da es nun einmal geschehen war, wußte er beim besten Willen nicht, was ihm daran mißfallen sollte.
Kimberly dagegen fand nicht den geringsten Gefallen an ihrer Lage. Sie sah aus, als wollte sie jeden Moment mit den Fäusten auf ihn losgehen, oder zumindest auf das Kopfkissen.
»Du bist ein dummer Narr, Lachlan. Glaub nicht, daß die Sache so einfach ist.«
Nach dieser rätselhaften Bemerkung sprang sie aus dem Bett und suchte ihr Negligé. Er mußte seinen Körper

daran erinnern, daß jetzt nicht der Zeitpunkt war, darauf zu achten, wie sie nackt durchs Zimmer stürmte. Nach der vergangenen Nacht war sein Körper nicht sehr geneigt, auf diese Ermahnungen zu hören.
Kimberly war wütend, noch mehr auf sich selbst als auf den Mann in ihrem Bett. Dieses Mal konnte sie nicht den Champagner verantwortlich machen. Sie hatte beim Dinner kein einziges Glas davon getrunken, sondern war vollkommen nüchtern gewesen und hatte genau gewußt, was sie tat.
Sie hatte ihr Leben ruiniert. Und wofür? Vergnügen. Sie hatte die Lust genießen wollen, die mit Lachlan möglich war und die er ihr bereitet hatte. Dieses Mal würde sie dafür bezahlen müssen. Nicht nur mit einem, sondern mit zwei Skandalen, und mit einem Ehemann, der eine andere liebte. Und das alles nur, weil ihr Wille nicht stark genug gewesen war, Lachlan MacGregor zu ignorieren.
Sie kehrte zum Bett zurück und knotete den Gürtel um das Gewand aus rosafarbenem Samt, das kaum ihre Brüste bedeckte. Der Ausschnitt öffnete sich in einem tiefen V bis zum Bauchnabel, da das Kleidungsstück dafür gedacht war, über einem Nachthemd getragen zu werden und nicht völlig ohne.
Kimberly war zu ungehalten, um darauf zu achten. Sie suchte nur einen Weg, um ihrem Zorn Luft zu machen. Lachlan dagegen, in seiner sinnlichen Art, bemerkte den erregenden Anblick, trotz der Funken aus ihren tiefgrünen Augen, die sie ihm entgegensprühte.
»Warum bist du immer noch hier?« fragte sie und starrte finster zu ihm herunter. »Wartest du, daß jemand hereinstürmt, um nachzusehen, ob Marys schockierende Geschichte stimmt? Du kannst sicher sein, daß draußen auf dem Korridor mindestens zehn Zimmermädchen herumstehen, die nur darauf warten, daß du aus dem Zimmer kommst. Warum willst du sie enttäuschen?«
Er ignorierte ihren Sarkasmus. »Ich warte auf deine Antwort, daß du mich heiraten wirst.«

»Habe ich da etwas falsch verstanden, MacGregor? Bist du nicht soeben in meinem Bett gefunden worden, als gehörtest du hierher? Sobald der Herzog davon erfährt, werden wir kaum mehr eine andere Wahl haben.«

Es war nicht die Erwartung seines unausweichlichen Schicksals, die Lachlan dazu veranlaßte, nun ebenfalls entnervt aus dem Bett zu springen. Er wollte Kimberly nicht erschrecken, obwohl ihm genau das gelang.

Sie errötete tief. Die körperliche Liebe war noch zu neu für sie, und es fiel ihr schwer, ihn ohne weiteres anzusehen, wie er in seiner männlichen Glorie vor ihr stand.

»Es gab nie eine Wahl, Kimber, ganz gleich, wer von dieser Nacht erfährt. Aber ich habe noch immer nicht von dir gehört, daß du mich heiraten wirst, und vorher verlasse ich nicht das Zimmer.«

Das beendete ihren Schock. »Ja, ich werde dich heiraten! Und ich hoffe, daß du zufrieden bist, denn nach allem, was noch folgt, wirst du es ganz bestimmt nicht mehr sein. Wenn mein Vater erfährt …«

»Um deinen Vater kümmere ich mich. Mach dir keine Sorgen«, sagte er selbstgewiß.

Sie wollte den offensichtlichen Irrtum korrigieren, daß er es nur mit einem aufgebrachten Vater zu tun bekäme und nicht mit einem vorurteilsbehafteten. Doch sie war zu verärgert, um weiterzusprechen. Sie hatte ihn gewarnt. Wenn er nun mit seinem Spott anfing …

»Weißt du, Kimber«, fuhr er fort, während er seine Kleider suchte und sich anzuziehen begann. »Mir scheint, daß sie dir nicht mehr glauben, wenn du ihnen sagst, du seist in der Nacht, als die Pferde gestohlen wurden, bei mir gewesen. Sie werden denken, daß du mich nur zu schützen versuchst. Es sieht so aus, als hätten wir nun keine andere Wahl mehr, als den echten Dieb tatsächlich zu finden.«

Im Augenblick empfand sie nicht die geringste Lust, ihm zuzustimmen, und verzichtete auf eine Antwort. Er sollte nur so schnell wie möglich aus ihrem Zimmer ver-

schwinden, damit sie endlich allein und in Ruhe ihr Schicksal betrauern konnte. Und ihr Blick zeigte deutlich, daß sie nichts von einem ›wir‹ hören wollte.
Zu ihrem Verdruß sagte sein Blick das genaue Gegenteil.
Als Lachlan schließlich zur Tür herauskam, lagen auf dem Korridor nur acht Zimmermädchen auf der Lauer.

33

Die Aufforderung der Herzogin, zu einem Gespräch in ihrem Salon zu erscheinen, kam gegen Mittag. Kimberly stöhnte. Es hatte wahrlich nicht lange gedauert, bis ihre Schande Megans Ohren erreichte.
Allerdings hätte sie darüber nicht sonderlich überrascht sein müssen, denn nur Minuten, nachdem Lachlan ihr Zimmer verlassen hatte, klopfte er an die Wand. »Du hast dich um zwei geirrt, Darling. Ich habe nur acht Zimmermädchen gezählt«, rief er.
Sie hatte ein Buch zurückgeworfen und gewünscht, statt der Wand seinen Kopf zu treffen. Als nächstes beschloß sie, ihre Zofe zu entlassen, sobald die sich wieder zu zeigen wagte. Das würde nichts an ihrer mißlichen Lage ändern, aber das Mädchen lernte so vielleicht etwas über Loyalität, obwohl sie daran zweifelte.
Kimberly betrat Punkt zwölf die herzoglichen Räume. Sie war auf das unangenehmste und peinlichste Gespräch ihres Lebens vorbereitet. Entsprechend dieser Befürchtung ging sie in dunkle Farben gekleidet und wäre auch nicht nervöser gewesen, wenn ihr Vater hinter diesen Türen auf sie gewartet hätte. Sie war davon ausgegangen, daß Devlin St. James seine Wache im Wald verlassen hatte, um die Schwere ihres Vergehens durch seine formelle Mißbilligung zu unterstreichen.
Wie es nun aussah, war nur Megans persönlicher Sekretär anwesend, der sie in den Salon führte. Die Verbin-

dungstüren an beiden Enden des Raumes waren geschlossen, doch der Sekretär verlor keine Zeit, an eine der Türen zu klopfen, und einen Moment später trat Megan ein.

»Ah, gut«, sagte die Herzogin und lächelte Kimberly zu. »Will Ables wird in Kürze hergebracht, und ich habe vier Schotten, die drüben in Devlins Zimmer warten.« Sie wies mit dem Kopf zur anderen Verbindungstür. »Ich hatte Glück in dieser Angelegenheit, muß ich sagen. Mein Nachbar nördlich von hier, Mr. Kennedy, hat seinen Onkel zu Besuch, und dieser Gentleman hat uns ebenfalls seine Hilfe angeboten ... Sie wirken überrascht, meine Liebe. Haben Sie nicht damit gerechnet, daß ich unser kleines Experiment so schnell arrangieren könnte?«

Kimberlys Mund blieb offenstehen. Sie zwang sich nun, ihn zu schließen. Überrascht? Sie hätte beinahe gelacht. Ihre Erleichterung war unglaublich. Megan sah sie nur fragend an, und in ihrem Blick lag nicht die geringste Verurteilung. Sie hatte offenbar noch gar nichts von Kimberlys Schande gehört.

Was nicht bedeutete, daß sie nicht mehr mit dem befürchteten Gespräch rechnen mußte, doch für den Augenblick war ihr ein Aufschub gewährt. Ihr gegenwärtiges Dilemma hatte Lachlans Problem in den Hintergrund treten lassen, und bei den selbstanklagenden Gedanken war ihr die Gegenüberstellung mit Will Ables vollkommen entfallen.

»Ich dachte tatsächlich, es würde etwas länger dauern«, sagte sie schließlich.

»Nein, nein, ich habe alles heute morgen arrangiert. Nur wenn Mr. Kennedy nicht zu Hause gewesen wäre, hätte uns dies aufhalten können. Und ich muß zugeben, daß ich ziemlich neugierig bin. Ich hatte von Anfang an meine Zweifel bezüglich MacGregor, wissen Sie, doch mein Gemahl war sich seiner Sache so sicher und ... nun, manchmal gefällt es mir, ihm zu beweisen, daß er sich geirrt hat.« Megan grinste. »Dadurch bleibt er mit den Füßen auf dem Boden. Und ich habe ein gutes Gefühl bei dieser Sache. Vor allem, weil es für Mr. Ables nun schwierig sein wird, sich durch Raten aus der Affäre zu ziehen.«

Kimberly nickte. Es wäre mehr als nur Pech. Aber Megan hatte recht. Bei vier Schotten würden die Chancen geringer für ihn sein, als wenn er nur zwischen dreien zu entscheiden hätte.

Es mußte gelingen.

Auch Lachlan hatte zweifellos recht, daß der Dieb sich nicht wieder in der Nähe der Hütte zeigen würde. Bei so vielen Leuten, die dort Wachposten bezogen hatten, würde er wissen, daß er in eine Falle gelockt werden sollte, und wegbleiben. Doch sie war nun persönlich betroffen, weil sie den Mann heiraten würde, dem das Verbrechen angelastet wurde. Wenn seine Unschuld nicht klar bewiesen war, gab es einen weiteren Skandal neben den beiden anderen. Die ersten zwei konnte sie verkraften, doch ein Mann im Gefängnis? In dem Fall könnte sie genausogut ihre Koffer packen und das Land verlassen.

Es mußte gelingen.

Darauf zählen durfte sie allerdings nicht. Ables könnte in der Tat Glück haben. Und was dann? Ja, diese Gegenüberstellung schien ihre letzte Hoffnung zu sein. Trotzdem mußte sie für den Notfall einen Ersatzplan zur Verfügung haben. Verdammt, sie hätte sich früher etwas ausdenken sollen.

Während sie warteten, fügte sie schnell alle bekannten Details aneinander. Hatte sie etwas vergessen? Sie ging jede Einzelheit noch einmal durch, von dem Tag an, als der Diebstahl geschah, und davor. Auch die Tatsache, daß der Dieb es in seiner Nachlässigkeit nicht für nötig erachtet hatte, die Pferde voneinander zu trennen, dann die Beule am Kopf, die keine war, die Stunde, zu der der Diebstahl stattfand, Lachlans volltrunkener Zustand in der Nacht und der Grund dafür, Ables offenkundige,

wenn auch nur für Lachlan und sie offensichtliche Lüge ...
Eine Sache fiel ihr schließlich ein, auf die sie vorher nicht geachtet hatte. Ables hatte einen Lord beschuldigt, wenn auch einen schottischen. Das schien ungewöhnlich und würde kaum vorkommen bei jemandem von Ables sozialem Stand, es sei denn, der Stallbursche sprach die Wahrheit. Doch da erwiesen war, daß er log, schien es wahrscheinlicher, daß jemand ihm gesagt hatte, was er tun sollte, und dieser Jemand besaß keine Skrupel, einen Lord zu beschuldigen ... weil er womöglich selbst einer war.
»He, was soll das Ganze überhaupt?«
Zwei Diener eskortierten Will Ables in den Raum. Offensichtlich hatten sie ihm nicht gesagt, warum die Herzogin seine Anwesenheit wünschte. Er wirkte mißtrauisch und nervös, was eine logische Reaktion war, außer wenn er nichts zu verbergen hatte. Dann wäre wohl Neugier angebrachter.
Megan lächelte, um ihn zu beruhigen. »Danke, daß Sie gekommen sind, Mr. Ables. Es wird nicht lange dauern. Nur einige Fragen und eine kurze Demonstration. Dann können Sie an Ihre Arbeit zurückgehen.«
»Fragen?«
»Zu dem Diebstahl.«
Seine Miene wurde ausweichend. »Habe ich nicht bereits Seiner Lordschaft alle Fragen beantwortet?«
»Ja, sicher haben Sie das, aber mein Gemahl war recht aufgeregt zu dem Zeitpunkt. Schließlich hat noch nie jemand Pferde auf Sherring Cross gestohlen. Daher könnte es sein, daß ihm einige Punkte entgangen sind. Zum Beispiel, was genau haben Sie MacGregor sagen hören, als Sie seine Stimme erkannten?«
»Oh, daran erinnere ich mich nicht mehr, Euer Gnaden.«
»Versuchen Sie es, Mr. Ables. Hat er mit jemandem oder zu sich selbst gesprochen, oder mit den Pferden, die er stahl? Hat er gemurmelt oder etwas gerufen oder ...«
»Er hat ganz normal gesprochen, deshalb war es auch so

leicht, seine Stimme zu erkennen«, antwortete Will schon wieder etwas selbstsicherer.
»Sehr gut. Und was hat er gesagt? Lassen Sie sich so viel Zeit, wie Sie brauchen, Mr. Ables. Wir brauchen den genauen Wortlaut.«
»Warum soll es so wichtig sein, was er gesagt hat? Ich habe ein Geräusch gehört, bin rausgegangen und habe nachgesehen. Da habe ich den Schotten reden hören und als nächstes einen Hieb auf den Schädel bekommen.«
»Ja, sehr einfach, aber vielleicht hat er mit einem Komplizen gesprochen und dabei einen Namen erwähnt? Oder Sie waren verwirrt und haben etwas durcheinandergebracht? Schließlich wurden Sie aus dem Schlaf gerissen. Es könnte doch sein, daß Sie noch gar nicht ganz wach waren, als Sie die Stimme hörten.«
»Ich bitte um Verzeihung, Euer Gnaden, aber ich weiß, was ich gehört habe. Es war die Stimme von diesem Schotten MacGregor. Da gibt es keinen Zweifel.«
»Dann würden Sie seine Stimme wiedererkennen?« fragte Megan unverfänglich.
»Sicher.«
»Also gut, nur um Klarheit zu bekommen, würden Sie mir dann bitte sagen, welche der Stimmen, die Sie nun zu hören bekommen, Lachlan MacGregor gehört?«
Will runzelte die Stirn. »Welche Stimmen?«
Megan nickte einem der Diener zu, der den Raum durchquerte, um die Tür zur anderen angrenzenden Suite zu öffnen. Durch die Tür war niemand zu sehen, nur die übliche Einrichtung, die zu einem eleganten Schlafzimmer gehörte.
Kimberly schenkte dem Raum kaum einen Blick, sondern beobachtete Will, dessen Stirnrunzeln tiefer wurde. Er verstand noch immer nicht ganz, was von ihm erwartet wurde. Als die erste Stimme aus dem anderen Zimmer klang, rundeten sich seine Augen, und er wurde blaß.
»Haben Sie mich gehört, mein Junge? Wenn das der Fall ist, dann sagen Sie es.«

»Oder haben Sie mich in der Nacht gehört, Mann? Nur zu, keine falsche Scheu. Mir ist schon Schlimmeres vorgeworfen worden, und mehr sage ich dazu nicht.«

»Vielleicht war ich es ja, den Sie gehört haben, Bursche? Rein zufällig bin ich ganz vernarrt in Pferde und Fausthiebe auf den Schädel.«

»Ach was, er muß wohl mich gehört haben, nicht wahr, Kleiner? Ja, meine Stimme ist sehr gut zu erkennen, wie man mir sagt. Da gibt es kein Vertun.«

Kimberly war selbst verblüfft über den großen Unterschied zwischen den verschiedenen Männerstimmen, was den Klang und auch die Stärke des Akzents anging. Keine besaß die geringste Ähnlichkeit mit der anderen. Es hätte für Will Ables leicht sein müssen, die dritte Stimme als die von Lachlan zu identifizieren – es sei denn, er hatte sie noch nie gehört.

Er jedoch stand da, mit seinen weitaufgerissenen, eulenartigen Augen, und die Angst war ihm ins Gesicht geschrieben. Schon sein Schweigen verriet ihn, wenigstens in Kimberlys Augen. Denn er wußte, daß er verloren war, wenn er die falsche Wahl traf.

Megan schien es ebenso zu sehen. Mit beinahe triumphierendem Lächeln wandte sie sich an den Stallburschen. »Nun, Mr. Ables, wer ist es? Welche Stimme haben Sie im Stall gehört, bevor Sie angegriffen wurden?«

Er reagierte panisch. »Ist MacGregor dabei?«

Megan hob die Braue. »Das fragen Sie mich?«

Er verlor noch mehr Farbe. »Nein, nein, ich habe seine Stimme gehört, bestimmt. Es ist die Reihenfolge, die Anordnung ... ich habe Schwierigkeiten mit Zahlen, müssen Sie wissen. Wenn ich einen Blick auf die Gentlemen werfen dürfte, könnte ich Ihnen zeigen, wer es ist ...«

»Aber, aber, Mr. Ables. Das würde den Zweck unserer kleinen Demonstration vereiteln, nicht wahr?« sagte Megan streng. »Lord MacGregor ist uns allen wegen seiner besonderen Körpergröße wohlbekannt. Sie müssen ihn

vorher nicht nur gesehen, sondern auch gehört haben. Wie sollten Sie sonst wissen, daß es seine Stimme war?«
Er hakte sofort ein. »Genau, ich wußte, daß es seine Stimme war«, sagte er hochmütig. »Was soll das Ganze also?«
Megan seufzte. »Habe ich nicht bereits erwähnt, daß es uns um Klarheit geht? Ihnen ist hoffentlich die Tragweite Ihrer Aussage bewußt. Die Folgen wären äußerst unglücklich, wenn ohne bösen Willen Ihrerseits – da Sie in der Angelegenheit etwas verwirrt waren – ein Verwandter, denn Lord MacGregor ist mit meinem Gemahl verschwägert ...«
»Er ist *was?*«
»Verschwägert mit meinem Gemahl ... wußten Sie das nicht? Sie haben durch Anverwandtschaft die gleiche Tante.«
Megan mußte wie auch Kimberly bemerkt haben, daß diese Information Ables dazu bewegen konnte, seine Geschichte zu ändern. Doch darauf waren sie nicht aus, und deshalb fügte sie schnell eine Versicherung hinzu. »Natürlich hat das nichts mit Ihnen zu tun, Mr. Ables. Wenn MacGregor schuldig ist, wird er entsprechend behandelt werden. Ich erwähne diese Angelegenheit nur, damit Sie verstehen, warum wir jeden Zweifel ausschließen wollen.«
»Ich habe keine Zweifel«, brummte Will.
»Natürlich nicht, aber Lord MacGregor leugnet die Tat, und da es keine weiteren Zeugen gibt, steht sein Wort gegen Ihres, nicht wahr? Deshalb sind wir hier. Damit niemand sagen kann, wir hätten nicht alles genau nachgeprüft. Identifizieren Sie ihn noch einmal, und das wird beweisen, daß er ein Dieb und Lügner ist.«
Wieder trat Schweigen ein, und die Panik des Mannes war beinahe zu riechen. Er hatte versucht, sich aus der Affäre zu ziehen, und war gescheitert. Dabei besaß er nicht genug Verstand, um nach der Ausrede zu greifen, die Megan ihm unabsichtlich geboten hatte, nämlich, daß

er es nicht mehr genau wüßte. Klar war auch, daß die meisten Menschen nicht die Hand beißen würden, die sie fütterte. Ein Mitglied der Familie zu belasten, in der er Dienst tat, konnte ganz sicher als ein solcher Akt betrachtet werden.

Das war nicht das Ergebnis, auf das sie gehofft hatten. Sicher könnte es helfen, Lachlan einen Aufschub zu gewähren, doch es genügte nicht, um Devlin St. James davon zu überzeugen, daß der Schotte unschuldig war. Kimberly war sicher, daß Lachlan eine vollständige Entlastung vorzog. Vor allem, da er für eine Tat verprügelt worden war, die er nicht begangen hatte.

Megan seufzte wieder, als das Schweigen sich fortsetzte, und brach es dann. »Nun gut, meine Herren. Mr. Ables soll die Stimmen noch einmal hören. Und dieses Mal mit Namen dazu. Ich schlage vor, wenn es Euch beliebt, daß Ihr Euch Matthew, Mark, Luke und John nennt, damit er dieses Mal keine Schwierigkeiten … beim Numerieren hat.«

Die Schotten taten wie geheißen, mit einer nur kleinen Spur Ungeduld in ihrem Tonfall. Jeder gab sich einen der Namen, die Megan genannt hatte, und in der gleichen Reihenfolge, so daß Ables in seinen Zählfähigkeiten nicht gefordert war, wenn er die entsprechende Stimme benennen sollte. Als der letzte Schotte gesprochen hatte, zögerte der Knecht noch immer. Sein unentschlossenes Schweigen zog sich quälend lange hin. Es war mehr als offensichtlich, daß er nicht wußte, welche Stimme zu Lachlan gehörte. Er konnte sich nicht einmal entscheiden, wie er raten sollte.

Megan verlor schließlich die Geduld. »Mr. Ables, das hier ist kein Ratespiel«, sagte sie brüsk. »Entweder wissen Sie es, oder Sie wissen es nicht …«

»Luke«, platzte er heraus und zog den Nacken ein, als erwartete er, daß die Decke auf ihn niederfiel.

Aber Kimberly war diejenige, die das Gefühl hatte, als würde das Zimmer über ihr zusammenstürzen. Nein!

Solch ein verflixtes Pech! Und das wahrscheinlich nur, weil er Luke mit Lachlan verband, die nächstmögliche Ähnlichkeit, an die er sich halten konnte. Warum hatte Lachlan auch keinen anderen Namen gewählt, statt sich an die vorgegebene Reihenfolge zu halten …
»So«, sagte Megan. Die Enttäuschung in ihrer Stimme war deutlich zu hören. »Sie wissen es.«
Will Ables beruhigte sich erst jetzt. Die Spannung glitt förmlich von seinen Schultern. Er lächelte. Es war beinahe ein Wunder, daß er nicht laut loslachte.
»Ja, habe ich es nicht gleich gesagt?« rühmte er sich.
Diese Prahlerei brachte Kimberly am meisten auf. Sie war so wütend, daß sie sich an Ables ein Beispiel nahm und selbst eine durch nichts begründete Behauptung aufstellte. Dazu sah sie ihm in die Augen und sprach mit fester Stimme. »Es spielt keine Rolle mehr. Howard Canston hat mir bereits alles gestanden.«
»Ach, du meine Güte«, sagte Megan und war genauso überrascht wie Kimberly, als Ables erneut jede Farbe aus dem Gesicht wich. Dann lief er rot an, und sein Entsetzen wurde durch den jählings aufflammenden Zorn verdrängt.
»Dieser verdammte Bastard!« brach es halb jammernd, halb schreiend aus ihm heraus, bevor er sich zu verteidigen begann. »Er hat mir fünfhundert Pfund geboten, mehr Geld, als ich in meinem ganzen Leben jemals gesehen habe. Das konnte ich doch nicht ablehnen, oder?«
»Offenbar nicht«, entgegnete Megan trocken. »Aber Sie hatten keine Skrupel, einen unschuldigen Mann ins Gefängnis zu bringen.«
»Ich schwöre, Euer Gnaden, so war es nicht. Er sagte, er wolle nur eine kleine Rache, weil der Kerl ihn beleidigt habe. Er hat gesagt, der Schotte solle eine Zeitlang leiden, dann wolle er die Pferde losbinden, so daß sie gefunden würden. Anschließend werde er dem Herzog erzählen, er habe ein paar Burschen aus Corn-

wall in einer Taverne damit prahlen hören, wie sie die Tiere gestohlen hätten, was den Schotten entlasten werde.«

»Und wie hätte es Sie entlastet, Mr. Ables? Da Sie doch MacGregor als Dieb angegeben haben? Sieht aus, als kämen Sie nicht so leicht aus der Sache heraus.«

Wieder stieg dem Mann die Röte ins Gesicht. »Dieser gottverdammte Bastard!« schrie er nun. »Davon hat er nie geredet, und ich dachte ...«

Er stürmte in wilder Panik zur Tür, bevor er fertig gesprochen hatte. Die zwei Diener folgten ihm augenblicklich. Kimberly sank auf den nächsten Stuhl. Ihre Knie gaben vor Erleichterung nach. Das blinde Raten des Mannes hatte ihn gerettet, und ihr Versuch, der genauso ins Blaue gegangen war, hatte ihn überführt. Manchmal geschahen seltsame Dinge.

Aus dem Durchgang zur herzoglichen Suite hörte sie Lachlan. »Ich würde ihn laufen lassen, wenn ich nicht noch immer dieses Zwicken spürte, das mir seine verlogenen Worte eingebracht haben. Aber diesen Canston schnappe ich mir.«

»Das kann ich Ihnen nicht verdenken, Lachlan«, entgegnete Megan etwas betreten. »Aber ich glaube wirklich, Sie sollten diese Angelegenheit meinem Gemahl überlassen.«

»Ihr Gemahl hat sich bis jetzt nicht sonderlich dabei hervorgetan«, erinnerte er sie.

Megan wurde rot. »Es wird ihm alles furchtbar leid tun, das versichere ich Ihnen.«

»Ja, davon bin ich überzeugt«, stimmte Lachlan zu. Dann heftete er seine hellgrünen Augen auf Kimberly. »Und warum hast du so lange mit diesem verdammten Geständnis gewartet?«

Sie erstarrte, da ihr der vorwurfsvolle Ton nicht gefiel. »Vielleicht, weil es überhaupt kein Geständnis gab. Ich habe, was den Viscount angeht, nur geraten, genau wie Ables bei dir. Aber du hättest mehr Geistesgegenwart zeigen sollen, als du den Namen Luke auswähltest. Du hast ihn praktisch aufgefordert, auf dich zu setzen.«

Er sah sie verständnislos an. Dann lachte er und durchquerte den Raum, um sie vom Stuhl zu heben und zu küssen.

Hinter ihnen räusperte sich Megan. »Nachdem dies erledigt ist ... werde ich also Duchy und Margaret bitten, sich als nächstes um die Hochzeitsvorbereitungen zu kümmern ... so wie es aussieht.«

34

So wie es aussah.

Kimberlys Wangen brannten noch immer, als sie den Korridor entlanghastete. Welch höfliche Art von Megan, ihr zu sagen, daß sie wußte, wo Lachlan die Nacht verbracht hatte. Doch das machte die Situation nicht weniger peinlich. Allein der Gedanke, wie die Herzogin die Befragung von Ables durchgeführt hatte, ohne sich anmerken zu lassen, daß sie längst von dem Klatsch gehört hatte.

»Und wohin rennst du so schnell?« hörte sie eine leise, schnarrende Stimme hinter sich.

Kimberly fuhr überrascht zusammen. Sie hatte nicht gehört, daß Lachlan ihr folgte. Doch sie ging zur Treppe weiter, ohne anzuhalten.

»Rennen?« warf sie ihm über die Schulter zurück. »Kaum. Ich möchte etwas essen. Ich sterbe fast vor Hunger. Beantwortet das deine Frage, wohin ich gehe?«

»Ja, aber ich weiß noch immer nicht, warum du so rennst.«

»Nein, ich ...« Sie wandte sich um und unterbrach sich, als sie sein Grinsen sah.

Er zog sie schon wieder auf. Der Mann suchte sich immer den falschen Zeitpunkt aus. Ganz offensichtlich hatte auch er nicht vor, sie ruhig ihrer Wege gehen zu lassen. Dabei sollte er genauso verlegen sein wie sie. Oder sich zumindest ärgern, daß die Liebe seines Lebens nun wußte, daß er die Nacht mit einer anderen Frau verbracht hatte. Aber nein, er stand da und grinste sie an.

»Willst du etwas Bestimmtes?« fragte sie mit angespannter Stimme.

»Ja, ich hätte gern gewußt, wie du darauf kommst, daß Canston den Pferdediebstahl ausgeheckt hat, nur um mir die Tat anzuhängen? Ich wäre nie auf ihn gekommen.«

Das war es also. Ihm ging noch immer der Diebstahl durch den Kopf. Sie hatte keine Zeit gehabt, ihre Erleichterung zu genießen, da Megan durch die Erwähnung der Heiratspläne ihr sofort wieder die eigenen Probleme ins Bewußtsein gebracht hatte. Doch sie gestand ihm zu, daß er etwas mehr zu verlieren gehabt hätte, wenn die Wahrheit über den Diebstahl nicht ans Licht gekommen wäre. Also zuckte sie mit den Achseln. »Ich weiß wirklich nicht genau, warum ich schließlich auf seinen Namen gekommen bin. Vielleicht, weil ich am Schluß an den ganzen vorangegangenen Tag gedacht habe, und nicht erst an die Zeit nach dem Diebstahl. Und zu diesen Ereignissen gehörte auch, daß du ihn am Morgen geschlagen hattest.«

»Ein verdammter Fausthieb, und er will mich ins Gefängnis bringen?« rief er aus.

»Nun, du mußt verstehen, daß er wegen der Tat gerichtlich gegen dich vorgehen wollte. Ich wußte auch, daß der Herzog ihn überredet hat, es nicht zu tun.«

»Das hat St. James getan?« sagte er überrascht, dann nahm seine Stimme einen belustigten Klang an. »Sicher nicht um meinetwillen, darum wette ich.«

Sie mußte ihm zustimmen. »Nein, er wollte wahrscheinlich einen Skandal unter den Gästen vermeiden«, entgegnete sie betont, da sie jeden Skandal, an dem sie beteiligt war oder es noch sein würde, ihm zuzuschreiben hatte. »Wenigstens behauptete Megan, daß Howard ... nun, sie nannte es so ... anschließend schmollte. Doch bis heute hatte ich nicht mehr daran gedacht.«

»Und das ist alles? Du hast mich vor dem Gefängnis bewahrt, weil die Herzogin behauptete, er würde schmollen?«

»Nun ... da gab es noch einige andere Dinge, die sich zusammenfügten, nachdem ich das Ganze sah. Gestern beispielsweise, als ich mit Will Ables im Zuchtstall sprach, tauchte plötzlich Howard auf. Er sagte, er habe erfahren, daß er mich dort finden würde, und er suche nach mir, um mit mir auszureiten ... doch er wirkte im ersten Moment ziemlich überrascht, als er mich sah. Es schien eher im Gegenteil so, als hätte er mich dort nicht vermutet. Und die einzige sonst noch anwesende Person war der Stallbursche.«

»Er war also gekommen, um mit Ables zu sprechen, doch deine Gegenwart hielt ihn davon ab?«

»Vermutlich. Und als wir dann ausritten, fiel mir auf, wie übel zugerichtet sein Pferd wirkte. Es war förmlich übersät mit den Spuren von Peitschenhieben und Tritten mit den Sporen.«

In diesem Moment hob er die Brauen. »Aber was hat das mit dem Pferdediebstahl zu tun?«

»Nichts. Bis mir einfiel, was Megan mir über die Pferde in der Hütte erzählte. Jemand hatte sie eingesperrt, ohne den Hengst von den Stuten zu trennen ...«

»Verdammt, der Gute muß eine verdammt lustige Zeit gehabt haben.«

Sie funkelte ihn an. »Der Herzog war ziemlich erbost über den Zustand, in dem die Tiere sich danach befanden.«

»Dieser Mann ist dauernd wütend, Kimber, oder hast du das noch nicht bemerkt?«

»Nein, nicht immer, sondern nur, wenn du in der Nähe bist. Aber ich schweife ab. Die Tatsache, daß nicht richtig für die Pferde gesorgt worden war, erinnerte mich plötzlich an Howard, dem Pferde auch ziemlich gleichgültig sind. Und gestern, als wir in den Wäldern ritten und ich die Hütte untersuchen wollte, fiel ihm plötzlich eine dringende Verabredung ein, und er trieb eilends zur Rückkehr.«

Lachlan schüttelte knurrend den Kopf. »Kein Wunder, daß ich keinen Gedanken an den Viscount verschwendet habe, wenn ich von all dem keine Ahnung hatte.« Und dann grinste er. »Wie gut für mich, daß du auf meiner Seite warst, statt auf Canstons, und alle Einzelheiten zu einem Bild zusammenfügen konntest, bevor meine Zeit ablief.«

»Es reichte aber noch immer nicht, um auf Howard zu deuten. Ich habe einfach geraten, und glücklicherweise war Ables einfältig genug zu glauben, daß der Viscount ein Geständnis abgelegt hatte. Und ich war nicht auf deiner Seite«, betonte sie. »Ich wollte nur, daß die Wahrheit ans Licht kam.«

»Nun, und dafür danke ich dir, Darling.« Er nahm ihre Hand und drückte sie sehr sanft. »Ganz gleich, wie und warum, aber du hast mich vor dem Gefängnis bewahrt – damit ich nun dein Gefangener sein kann.«

Sie errötete. Es gab keinen ersichtlichen Grund dafür, außer dem, daß er sie immer zum Erröten brachte. Und in seinen hellen grünen Augen glomm eine Wärme …

»Kimberly, dürfte ich jetzt einige private Worte mit Ihnen wechseln?« fragte Lord Travers vom unteren Ende der Treppe.

»James«, entfuhr es ihr, und sie erinnerte sich … Guter Gott, er wollte ihr einen Heiratsantrag machen … zumindest vermutete sie es. Und wenn es so war, würde sie ihm von Lachlan erzählen müssen. Der Schlag käme unerwartet für ihn, vor allem, wenn er wirklich um ihre Hand anhalten wollte.

Sie stöhnte innerlich. Wer hätte gedacht, daß sie in diese Situation kommen würde, während sie zu Beginn daran gezweifelt hatte, auch nur einen einzigen Antrag zu bekommen?

Sie wandte sich zu James und schenkte ihm ein Lächeln, das eher kläglich wirkte.
»Sicher ...«, begann sie.
»Nein«, sagte Lachlan hinter ihr und unterbrach sie. Dabei legte er besitzergreifend seine Hände auf ihre Schultern. »Kimber und ich haben jetzt Heiratspläne zu besprechen.«
»Wer heiratet denn?« fragte James stirnrunzelnd.
»Wir«, entgegnete Lachlan, und Kimberly konnte sein breites Grinsen beinahe spüren. »Sie sind unter den ersten, die erfahren, daß die Lady eingewilligt hat, mich zu heiraten. Deshalb denke ich, daß alles, was Sie der Dame zu sagen haben, in meiner Gegenwart geschehen kann ... wenn es nicht zu lange dauert. Wir haben viel zu bereden.«
»Nein ... es war nicht wichtig ... und meine Glückwünsche natürlich. Das ist eine ... ziemlich unerwartete Nachricht.«
»Nun ja, ich wollte sie schon seit einiger Zeit fragen. Sie herumzukriegen war nicht leicht, verstehen Sie, aber schließlich hat sich alles zum Guten gefügt.«
Hätte Lachlan nicht so glücklich geklungen, wäre sie versucht gewesen, ihn auf der Stelle zu ermorden. Sie war noch immer wütend. Der arme James schien ehrlich schockiert zu sein. Er versuchte es zu verbergen, was ihm aber nicht gelang. So abrupt hätte er die Neuigkeit nicht erfahren sollen.
Wäre es nach ihr gegangen, hätte sie ihn vorsichtig darauf vorbereitet, doch sie bekam nicht einmal die Chance, ein Wort zu sagen. Lachlan hatte nicht das Recht, so selbstverständlich über sie zu verfügen – noch nicht. Und selbst wenn er es besaß, würde sie nicht hinnehmen, daß er für sie sprach. Er kannte sie gut genug, um das mittlerweile zu wissen.
Sie versuchte, den Schlag zu mildern. »Es tut mir leid, James«, begann sie, doch er hatte sich bereits abgewandt und entfernte sich eilig.

»So, es tut dir leid?«
Sie fuhr herum, und ihre grünen Augen glühten drohend.
»Es tut mir leid, daß du ihn erschreckt hast! Das hättest du nicht tun dürfen. Er sollte es langsam und in Ruhe erfahren.«
»Nein«, widersprach er. »Diese Dinge erledigt man am besten schnell.«
»Woher willst du das wissen?« fragte sie. »Verdammt, der Mann wollte mich ebenfalls heiraten. Er hatte keine Ahnung, daß du und ich ... daß wir ...«
»Das ist mir bewußt, Kimber.« Lachlan faßte nach ihrem Gesicht. »Aber du gehörst jetzt mir.« Er küßte sie hart, während er sie festhielt. »Und ich sorge dafür, daß jeder, der noch Anspruch auf dich erhebt, davon erfährt.«
Einen Moment war sie wie betäubt, doch der dauerte nicht lange. »Ist dir klar, daß du klingst, als wärst du eifersüchtig?«
»Ist dir klar, daß du für immer mein sein wirst?« fragte er zurück und streichelte ihre Wange, bevor er sie losließ. »Daß du mich ewig lieben wirst? Und ich ...«
»Sag nichts, von dem wir beide wissen, daß es nicht stimmt«, unterbrach sie mit Widerwillen in der Stimme. »Wir werden beide zu dieser Heirat gezwungen ...«
»Sprich für dich selbst, Darling«, unterbrach er ebenfalls. »Ich jedenfalls bin sehr erfreut, daß ich dich heiraten werde. Und jetzt geh und iß etwas, damit dein Bauch Ruhe gibt. Verdammt, du bist eine rechte Nervensäge, wenn du Hunger hast«, beklagte er sich, obwohl seine Stimme vor Lachen bebte.
Er drehte sie um und gab ihr einen sanften Klaps auf den Po, um sie auf den Weg zu schicken. Kimberly rührte sich nicht vom Fleck. Sie war gekränkt und fürchtete, jemand könnte seine Unverfrorenheit beobachtet haben. Doch es gab keine Zeugen, und als die Röte wieder aus ihrem Gesicht gewichen war und sie sich umsah, war er verschwunden.

35

»Teufel noch mal!«

»Ich wußte, daß du das sagen würdest«, bemerkte Megan an ihrem Platz in der Tür, von wo aus sie ihrem Gemahl zusah, der in seinem Arbeitszimmer umherschritt.

Einige Stunden zuvor hatte er von Will Ables' Zusammenbruch und Geständnis erfahren. Beide Männer waren bereits dem Gericht übergeben, wobei Howard natürlich seine Unschuld beteuerte.

Er versuchte sich sogar mit einer schamlosen Bemerkung herauszureden. »Sie werden doch nicht das Wort eines Bediensteten über meines stellen?« hatte er gefragt.

Als ob er nicht genau darauf gesetzt hätte, als er Lachlan belasten ließ. Und so war es letztlich auch geschehen.

Immerhin hatte Devlin seine Gefühle bewundernswert unter Kontrolle gehalten, wenn auch um den Preis, daß er auf seine Rolle als steifer, unbeugsamer Herzog zurückgriff, der nie die Fassung verlor, während Megan doch wußte, daß er Canston am liebsten genauso verprügelt hätte wie Lachlan, wenn nicht noch schlimmer.

Der Viscount hatte immerhin eine Situation geschaffen, die es Devlin erlaubte, seinem Zorn auf den Highlander Luft zu machen, was ihm vorher – ohne triftigen Grund – nicht möglich gewesen war. Nun mußte er einem Mann Abbitte leisten, den er kaum ertragen konnte, und den Brocken schluckte er nicht so leicht.

Aber jetzt war er endlich allein in seinem Arbeitszimmer, oder wenigstens beinahe – und er sah keinen Grund mehr, seine Emotionen auch nur einen Moment länger im Zaum zu halten. Megan wußte nur zu gut, daß er sich in einen brüllenden Zorn steigern würde, wenn es nicht gelang, ihn schnell abzulenken. Was unbedingt geschehen mußte, denn man hatte nach Lachlan geschickt, der in Kürze erscheinen würde, um Genugtuung zu erhalten.

Sie räusperte sich, um seine Aufmerksamkeit auf ihre Person zu lenken. »War es dir ernst damit, als du eben

meintest, du seist mit der Sache fertig und Canston und Ables könnten ihre Meinungsverschiedenheit allein vor Gericht ausfechten?«
Er blieb nicht stehen, sondern nickte nur kurz. »Ich habe die Tiere zurück und beabsichtige nicht, meine Zeit noch länger mit dieser Sache zu vergeuden. Außerdem hat Canston mächtige Verwandte. Sein Onkel wird ohne Zweifel einiges in Bewegung setzen, um die Angelegenheit unter den Teppich zu kehren. Aber seine Familie weiß, daß sie nun einen Feind in mir hat, was sie noch bedauern wird. Deshalb lassen sie ihn sicher nicht ganz ohne Strafe davonkommen.«
»Und das genügt dir?«
»Ich habe mich verdammt lächerlich gemacht, Megan. Am liebsten möchte ich gar nicht mehr daran erinnert werden.«
»Nun, vielleicht wird dies dir helfen, den Brocken etwas leichter herunterzuschlucken.«
»Was meinst du damit?«
»Die Nachricht, das MacGregor Kimberly verführt hat.«
Devlin blieb abrupt stehen und stolperte beinahe. »Er hat was getan?«
Sie nickte und erklärte schnell: »Er hat unsere Lady Kimberly verführt, die Nacht mit ihr verbracht und wurde heute morgen in ihrem Bett gefunden.«
»Teufel auch!«
»Ach, komm schon, ich dachte, du würdest dich dadurch etwas weniger betreten fühlen.«
»Weißt du, was das heißt? Ich werde ihrem Vater erklären müssen, wie es dazu kommen konnte!«
»Unsinn«, schnaubte sie. »Wie hättest du das verhindern sollen? Solche Dinge passieren einfach. Du hättest nichts dagegen tun können.«
Natürlich wäre es möglich gewesen. Er hätte die beiden Liebenden trennen können, indem er Lachlan aus dem Haus warf, wie er es am Anfang vorgehabt hatte. Aber das sagte er nicht. Es war sinnlos. Seine charmante Frau

würde auf jeden seiner Einwände mit einer passenden romantischen Lebensweisheit kontern.
Er kniff die Augen zusammen und sah sie fragend an. »Ich nehme an, die Nachricht freut dich?«
»Nun ... ich finde sie nicht unerfreulich. Sicher wäre es schicklicher gewesen, wenn sie zuerst in aller Form geheiratet hätten, aber ... ich bin kein Moralapostel, Dev. Wir ... haben es so ähnlich gemacht, wenn ich mich recht entsinne.«
Die leichte Röte auf seinen Wangen zeigte an, daß sie den Punkt getroffen hatte. »Er wird sie also heiraten?«
»Natürlich«, entgegnete sie. »Er scheint recht glücklich darüber zu sein, wenn du mich fragst. Sie allerdings nicht, das arme Mädchen. Im Augenblick ist sie ziemlich beschämt.«
»Was sie auch sein sollte.«
Megan holte empört Luft. »Willst du wohl ...« Sie setzte eben an, ihn zu schelten, als sie das leichte Zucken in seinen Mundwinkeln bemerkte. »Schuft«, beendete sie den Satz. »Wir sind die letzten, die mit Steinen werfen dürfen. Und was ihren Vater betrifft ...«
»Ja, ihr Vater wird einen schönen Wutanfall bekommen, und das zu Recht«, seufzte Devlin.
»Oh, ich fürchte, daß sein Zorn eher von der häßlichen Sorte sein wird«, bekannte Megan mit Unbehagen.
Er hob die Braue und sah sie an. »Weshalb? Was weißt du, worüber ich nicht im Bilde bin?«
»Nur, daß der Earl keine Schotten mag, überhaupt keine.«
»Er hat Vorurteile?«
Sie zog angewidert das Gesicht. »Ja, sehr starke. Er haßt die Schotten so sehr, daß er seine Tochter wahrscheinlich enterben wird, wenn sie einen heiratet.«
»Teufel auch!« Devlin explodierte erneut. »Du hast die ganze Zeit davon gewußt und immer noch versucht, die zwei zusammenzubringen?«
»Ich habe erst an dem Abend davon erfahren, als die

Pferde gestohlen wurden. Seitdem habe ich mich mit meinen Vermittlungsversuchen herausgehalten«, fügte sie entrüstet hinzu.
»Dann bitte ich um Vergebung.«
»Solltest du auch«, entgegnete sie. »Außerdem geht es hier nicht mehr um einen Heiratswunsch und einen Vater, der seine Zustimmung vorenthält. Die beiden haben keine andere Wahl, als zu heiraten. Der Mann wird Vernunft annehmen müssen, und ich bin sicher, daß du ihm dabei hilfst.«
»Ich?«
»Sicher. Du erwartest doch nicht etwa, daß ich alles allein tue, oder?« fragte sie verstimmt und drehte sich auf dem Absatz um, um das Zimmer zu verlassen.
Dabei stieß sie beinahe mit Lachlan zusammen, der hinter ihr in den Raum getreten war. Sie sah ihn mißtrauisch an. »Wie lange stehen Sie schon hier, MacGregor?«
Er sah sie erstaunt an. »Seit eben erst.«
»Nun, dann gehen Sie jetzt hinein. Aber halten Sie meinen Gemahl nicht zu lange auf. Ich möchte nicht, daß er zu spät zum Dinner kommt. Es gibt eine große Portion zu ...«
»Das reicht, Megan«, knurrte Devlin.
Sie drehte sich um und warf ihm ein gepreßtes, kleines Lächeln zu. »Sicher, mein Herzallerliebster.«
Lachlan schloß hinter ihr die Tür. »Ich wünschte, meine Kimber wäre so folgsam«, bemerkte er.
»O nein, das tun Sie nicht, MacGregor. Das können Sie mir glauben«, murmelte Devlin.
Nach diesen Worten fiel beiden gleichzeitig der Grund ihres Zusammentreffens ein. Lachlan verschränkte die Arme vor der Brust und lächelte. Es war ein teuflisches Lächeln, voll Vorfreude und mit keiner geringen Portion Häme. Devlin lehnte sich seufzend gegen seinen Schreibtisch, und in seinem Gesicht stand Selbstverachtung.
»Lord Canston und mein Stallbursche sind beide verhaftet und stehen unter Anklage.«

Lachlan reckte sich. »Bevor ich sie in die Hände bekommen habe? Halten Sie das für fair, Mann? In Anbetracht ...«
»In Anbetracht der Tatsache, daß Sie der Urheber der ganzen schlimmen Angelegenheit sind, weil Sie ihn an diesem Morgen angegriffen haben?« unterbrach Devlin. »Ja, ich würde sagen, daß Sie ihn sich nicht noch einmal vorzunehmen brauchen, zumal Sie nicht in der richtigen Verfassung dazu sind, während er sich bester Gesundheit erfreut und einen Ruf als Faustkämpfer genießt.«
Lachlan wollte wieder protestieren, räumte aber vor sich selbst ein, daß der Herzog recht haben könnte. Es wäre kaum befriedigend für ihn, wenn er erneut als Verlierer dastände, nachdem die Wunden der letzten Kampfesrunde noch nicht ganz verheilt waren.
Devlin schlug einen anderen Ton an. »Die Pferde sind gefunden worden.«
»Ja, das hörte ich schon gestern.«
»Es gab genug Beißspuren, um festzustellen, daß der Hengst seinen Aufenthalt in den Wäldern wahrhaft genossen hat«, sagte Devlin, wobei sein Zorn wieder erwachte. »Natürlich sind nun die Zuchtpläne für beide Stuten verdorben. Keine von ihnen sollte mit diesem bestimmten Hengst gepaart werden.«
»Soll das nun mein Herz brechen?«
»Nein, aber es könnte Sie interessieren, denn ich werde die Tiere Ihnen geben. Der Hengst ist ein unsicherer Kandidat. Seine Nachkommenschaft zeigt entweder mittelmäßige oder außergewöhnliche Eigenschaften, so daß niemand sagen kann, was die Stuten werfen werden. Aber er ist ein erprobtes Rennpferd und hat schon einige Wettbewerbe in England gewonnen. Darin ähnelt er meinem Caesar. Ich garantiere Ihnen, daß er jedes Pferd schlagen wird, daß Ihre Highlands aufbieten können.«
»Sie wollen mich also auszahlen?«
»Ich würde es lieber als einen kleinen Vorschuß auf meine Wiedergutmachung ansehen. Selbst wenn Sie

keine Pferdezucht eröffnen wollen, wird Ihnen der Hengst manchen Preis gewinnen.«
»Wenn ich ihn nehme«, entgegnete Lachlan. »Aber ich will Ihre Pferde nicht, Mann. So einfach werden Sie Ihr Gewissen nicht erleichtern.«
Devlin reckte sich steif in die Höhe. »Dann gebe ich sie vielleicht Lady Kimberly ... als Hochzeitsgeschenk.«
Diese gezielte Erinnerung an Lachlans neue Zwangslage sollte ihm einen Dämpfer versetzen. Statt dessen lachte der Laird. »Glauben Sie nur nicht, daß ich bedaure, was ich getan habe, oder mich sogar schuldig fühle. Es ist mein freier Wille, die Dame zu heiraten, St. James. Und seit ich ihr Einverständnis besitze, werde ich sie um nichts in der Welt wieder loslassen.«
»Ihr Vater hätte dazu möglicherweise etwas zu sagen«, bemerkte Devlin.
»Regen Sie sich darüber bloß nicht auf. Ich kümmere mich darum. Sie geht das nichts an. Und nun will ich Ihre Entschuldigung, oder glaubten Sie, ohne sie davonzukommen?«
Devlins Lippen kräuselten sich zu einem spöttischen, humorlosen Lächeln. »Nein, wohl kaum. Sie sollen sie haben. Ich entschuldige mich für den ganzen verdammten Mist und dafür, daß ich meine Fäuste gegen Sie erhoben habe, ohne ... direkt von Ihnen provoziert worden zu sein. Man hat Sie nicht fair angehört, und Sie müssen mir glauben, daß ich dies bedaure.«
»Sehr gut gemacht, aber ich kann die Entschuldigung nicht annehmen.«
Devlin stieß sich stöhnend vom Schreibtisch ab. »Einen Teufel können Sie.«
Lachlan hob eine Braue. »Sie müssen wirklich etwas gegen Ihre Hitzigkeit tun. Wären Sie nicht so reizbar, müßten Sie sich jetzt nicht entschuldigen. Und ich bin noch nicht zufrieden ... noch nicht.«
Lachlan riß blitzschnell die Faust nach hinten und stieß sie dann unter Devlins Nase. Der Herzog fiel gegen den

Schreibtisch zurück und landete quer darüber. Als er den Kopf hob, sah er Lachlans Grinsen.
»Jetzt kann ich sie akzeptieren. Und Sie haben Glück, St. James, daß ich mich in guter Stimmung befinde – dank des Mädchens, sonst würden wir noch immer über Ihre Entschuldigung diskutieren.«
Nach dieser abschließenden Bemerkung schloß er die Tür hinter sich. Devlin rollte langsam vom Tisch, zurück auf die Füße. Er fuhr sich über die Lippen. Sie waren empfindungslos, und er schmeckte Blut. Plötzlich mußte er lachen. Dieser Mann hatte Nerven. Wenn der Highlander nicht aufpaßte, würde Devlin ihn am Ende sogar mögen.

36

»Kommen Sie mit, Sie werden es genießen«, sagte Megan und zog Kimberly praktisch über den Rasen mit sich. »Widersprechen Sie mir, wenn ich mich irre, aber ich erinnere mich, daß Sie es für eine gute Idee hielten.«
»Das war vor ... bevor mir mein Gemahl in einem Augenblick des Wahnsinns bestimmt wurde.«
Megan stutzte, bevor sie in Lachen ausbrach. »Wahnsinn? Wirklich, das ist ein netter Name dafür. Ich hoffe, ich denke daran, wenn Devlin mich das nächste Mal ... wahnsinnig macht. Oh, nun werden Sie nicht gleich rot. Es ist doch sehr spaßig, wenn Sie einen Moment länger darüber nachdenken.«
Kimberly war anderer Meinung. »Außer wenn es wirklich Wahnsinn war, und ich kann noch immer nicht glauben ...«
Megan blieb abrupt stehen und schlang die Arme um Kimberly. »Sie müssen damit aufhören, sich dafür selbst zu kasteien. Es war nicht Wahnsinn, sondern Leidenschaft, und der erliegen wir alle zuweilen ... oder öfter,

wenn wir Glück haben. Ich erinnere mich an etwas, das Devlin mir gesagt hat, bevor wir verheiratet waren ... wie waren noch seine genauen Worte? Ja, er sagte, das Verlangen fragt nicht nach Ort, Zeit und Person.«

»Er hat vor der Eheschließung mit Ihnen über so etwas gesprochen?« flüsterte Kimberly beinahe, weil das Thema nicht gerade alltäglich war.

»Nun, Sie müssen verstehen, wir hatten eine sehr ... wie soll ich sagen ... eine sehr heftige verliebte Zeit.« Megan kicherte. »Ehrlich gesagt war es mehr ein Krieg. Und an diesem bestimmten Tag beklagte er sich darüber, daß ich ihn erregte. ›Wenn es schließlich mit dir geschieht, und das wird es‹, sagte er, ›hast du nicht mehr Kontrolle darüber als ich. Du schläfst entweder mit mir, oder du leidest.‹ Ich muß sagen, daß er recht hatte. Und Sie haben wahrscheinlich das gleiche herausgefunden.«

»Aber es ist etwas, das ich nie vor der Ehe hätte erfahren sollen. Bei Ihnen war es anders ...«

»Meine Liebe, ich werde Ihnen ein kleines Geheimnis verraten, weil ich hoffe, daß es die Qualen mildert, die Sie sich selbst auferlegen. Ich habe in der Tat alle diese Erfahrungen gemacht, bevor ich mit ihm nach Gretna Green durchgebrannt bin.«

»Wirklich?« Kimberly sah sie mit großen Augen an. »Sie und der Herzog?«

»Es gibt keinen Grund, so verwundert darüber zu sein. Meine Ehe begann auf die gleiche Weise, wie Ihre beginnen wird. Und ich war wie Sie überhaupt nicht erfreut ... damals. Aber dann ... ich kann nur hoffen, daß Ihre Ehe sich genauso glücklich entwickeln wird wie meine, oder daß Sie es wenigstens so empfinden. Am Ende zählt nur, was Sie denken, nicht, was die anderen denken ... Vielleicht müssen Sie noch in Betracht ziehen, was Ihr Highlander denkt. Das erhält den Frieden in der Familie, wissen Sie.«

Kimberly lächelte die Herzogin über das ganze Gesicht an. Und sie fühlte sich besser ... wenigstens etwas. Was jedoch nichts daran änderte, daß sie noch immer nicht zu dem Picknick gehen wollte, das die Herzogin im Gewächshaus veranstaltete. Vor allem, da viele der Hausgäste ebenfalls anwesend sein würden und sie ihnen zum ersten Mal gegenübertreten mußte, nachdem sie nach dem Vorkommnis die meiste Zeit auf ihrem Zimmer geblieben war.

»Ich glaube trotzdem nicht, daß ich bereit dazu bin«, sagte sie. »Sie wissen sicher alle ...«

»Ja, sie wissen alle, daß Sie ihn heiraten werden. Devlin hat gestern abend für diese Ankündigung gesorgt. Sie werden erstaunt sein festzustellen, wie leicht die Menschen vergeben, solange die Fehler, die man begeht, im Guten enden. Sie tun ja das Richtige und bringen die Sache in Ordnung, indem Sie den Schotten heiraten. Wenn Sie sich geweigert hätten, ihn zu nehmen, müßten Sie in der Tat für den Rest Ihrer Tage den Kopf unter Ihrem Kissen verstecken.«

Kimberly lächelte. »Wie schaffen Sie es nur, daß aus Ihrem Mund immer alles so einfach klingt ... und lustig?«

Megan schmunzelte. »Weil ich daran arbeite, meine Liebe. Wenn ich mich nicht dauernd bemühe, etwas Spaß in Devlins Leben zu bringen, verwandelt er sich sehr schnell wieder in den steifen, herablassenden Mann, der er war, bevor ich ihm begegnete. Und das würde, wie Sie mir glauben können, sofort wieder zu Krieg zwischen uns führen. Aber nun kommen Sie – oder die Körbe sind leer, bevor wir eingetroffen sind.«

»Wird ... James dort sein?«

»Nein«, sagte Megan sanft. »Er ist gestern nachmittag nach Hause zurückgekehrt.«

Kimberly seufzte. »Ich fühle mich so schlecht wegen James. Ich glaube, er wollte mich heiraten.«

»Aber es gibt keinen Grund, daß Sie sich so fühlen. Solche Dinge passieren ständig während der Ballsaison. Und er ist ein erwachsener Mann. Er wird sich erholen und weiter Ausschau nach einer Frau halten, nachdem die Idee nun einmal in ihm erwacht ist. Außerdem müssen Sie Ihrem eigenen Herzen folgen und die Gefühle akzeptieren, die Sie empfinden.«

»Aber mein Herz ist nicht ...«

»Psst, sagen Sie mir nichts davon«, unterbrach Megan sie. »Ich weiß sehr gut, wieviel leichter es ist, seine Gefühle zu leugnen. Ich war eine Expertin darin. Aber ich weiß auch, daß jeder Mann, der eine Frau ... zum Wahnsinn bringt ... Macht über ihr Herz besitzt. Deshalb glaube ich, daß Sie die richtige Wahl getroffen haben.«

Die richtige Wahl? Kimberly hatte überhaupt nicht gewählt, nur ihr Körper. Doch darüber würde sie nicht mit der Herzogin streiten. Megan hatte offenbar andere Ansichten über die Liebe. Lachlan besaß keinen Zutritt zu ihrem Herzen. Den würde er auch nicht bekommen ... solange er eine andere liebte.

Sie erreichten schließlich das Gewächshaus. Die Luft war angenehm warm, beinahe feucht mit den vielen Menschen darin. Einige Tische standen bereit, damit die älteren Leute, einschließlich Lucinda und Margaret, nicht am Boden sitzen mußten. Doch die meisten Gäste lagerten auf Decken, die zwischen dem Grün ausgebreitet waren.

Megan wurde herzlich begrüßt, als sie an den einzelnen Gruppen vorbeiging – mit Kimberly an ihrer Seite. Kein Naserümpfen, keine mißbilligenden Blicke oder Grinsen. Es war, als hätte es nie einen Skandal gegeben.

Natürlich wurde dadurch nichts ungeschehen gemacht. Kimberly hatte erwartet, zutiefst beschämt zu werden. Megan bewahrte sie offenbar nun davor, indem sie Arm in Arm mit ihr die Reihe der Gäste entlangschritt. Die Herzogin von Wrothston genoß offenbar großen Einfluß, was die Meinung der Leute anging. Oder hatte Megan doch recht, als sie sagte, daß Menschen beinahe alles verziehen, wenn am Ende das Richtige siegte? Wie auch immer, Kimberly war zutiefst überrascht – und erleichtert.

»Ah, da ist er«, sagte Megan, als sie ihren Gemahl entdeckte. »Und es scheint, als hätte er noch nicht zu tief in den Korb neben sich gegriffen.«
Kimberly lächelte. »Vielleicht war er zu sehr mit diesem süßen, pausbäckigen Engel auf seinem Schoß beschäftigt.«
»Ja, da haben Sie vermutlich recht.«
Kimberly war bereits kurz nach ihrer Ankunft auf Sherring Cross die besondere Ehre zuteil geworden, den Erben von Wrothston in seinem Kinderzimmer zu besuchen. Innerhalb weniger Augenblicke hatte sie sich in das hübsche Kind verliebt und war danach häufig zurückgekommen, um es zu sehen.
Sie schloß sich Megan auf der großen Decke an und streckte die Arme aus. »Darf ich?«
»Sicher, liebend gern!« entgegnete der Herzog erleichtert und reichte ihr schnell seinen Sohn. »Es ist schon schlimm genug, daß ich mitten im Winter an einem Picknick teilnehmen muß.« Er warf seiner Frau einen düsteren Blick zu. »Aber jetzt habe ich Hunger. Der Kleine mit seinen Patschhändchen läßt mich keine Sekunde in Ruhe.«
Megan kicherte. »Lassen Sie mich für Sie übersetzen, Kimberly. Er meint, daß er die ganze Zeit Justin gefüttert hat und vor lauter Vergnügen daran selbst nicht zum Essen gekommen ist.«
»Na, so was, vielleicht ist dann wenigstens genug Essen für uns übriggeblieben.«
Kimberly erstarrte, doch Lachlan ließ sich ungerührt neben ihr auf der Decke nieder. Kein Wunder, daß sie ihn nicht gesehen hatte, als sie das Gewächshaus betrat – obwohl sie nach ihm Ausschau hielt. Er war ihr und Megan gefolgt.
»Setzen Sie sich zu uns, Lachlan«, sagte Megan trocken, obwohl er es bereits getan hatte.
Er grinste ungerührt wie immer. »Das ist ein schöner Nachmittag für ein Picknick, Mädchen«, bemerkte er zu Megan, doch dann gingen seine warmen, grünen Augen

sofort zu Kimberly und blieben bei ihr. »Meinst du nicht, Kimber?«
»Ja, schon«, antwortete sie zögernd.
Sie konnte sich nicht mehr entspannen, seit er da war. Das war seine Wirkung auf sie. Dem Herzog schien es aus anderen Gründen ebenso zu gehen. Dennoch nickte er Lachlan zu. Kurz, aber deutlich. Kimberly war überrascht. Wie es aussah, hatten sie wieder ein zivilisiertes, wenn auch eher zurückhaltendes Verhältnis zueinander gefunden.
Und die geschwollene Lippe des Herzogs? Nun, darüber würde Kimberly sicher keine Fragen stellen. Obwohl sie den Grund gern genauer gewußt hätte.
»Du siehst gut aus, mit dem Kind im Arm, Darling«, flüsterte Lachlan ihr ins Ohr, als er sich zu ihr beugte. »Aber ich glaube, du wirst noch bezaubernder sein, wenn es mein Kind ist, das du hältst.«
Kimberly wurde zornrot bei dieser Anspielung, obwohl Megan und Devlin wahrscheinlich nichts gehört hatten. Sie steckten die Köpfe über dem Korb zusammen und waren damit beschäftigt, das Picknick für sie alle auf der Decke auszubreiten. Was nicht bedeutete, daß er mit seinem unpassenden Gerede aufhören würde, wenn andere in der Nähe waren.
Sie zischte ihn an. »Wenigstens könntest du dich auf passendere Themen beschränken, wenn wir nicht allein sind. Oder ist das zu viel verlangt?«
»Ja, das befürchte ich«, sagte er mit einem Seufzen. Als ob er es tatsächlich bedauerte ... und ihr zutraute, daß sie ihm glaubte. »Aber du hast etwas an dir, das mich immer wieder reizt, dich zu provozieren.«
Sie schnappte nach Luft und sah weg. Darauf würde sie überhaupt nicht antworten. Hinter sich hörte sie ein leises Lachen.
»Sei vorsichtig mit dem Erröten, Darling. Du weißt, wie reizvoll ich dich dabei finde. Ich könnte dich küssen wollen, um es dir zu beweisen.«

Sie wandte abrupt den Kopf und funkelte ihn an. »Wenn du das tust, werde ich ...«
»Ja, mich zurückküssen, ich weiß«, unterbrach er mit einem Nicken. »Dann wirst du mit Sicherheit noch röter, und ich muß mir überlegen, wohin ich dich bringen kann, um die Sache anständig zu Ende zu bringen.«
Es war ein seltsames Gefühl, so empört zu sein und gleichzeitig die erwartungsvolle Erregung zu spüren, wie er seine Worte wahr machen könnte. Anständig, oder eher unanständig ...
Ja, sie mußte wahnsinnig sein, wenn sie ihm erlaubte, sie so zu behandeln. Er machte sie zornig mit seiner Dreistigkeit, setzte ihre Sinne in Flammen durch seine anzüglichen Provokationen, und das in aller Öffentlichkeit, wo sie eine Szene verursachen würde, wenn sie mit ihm umginge, wie er es verdiente. Doch wenn sie ihm keinen Anlaß bot, würde er sie in Ruhe lassen. Sie mußte daran arbeiten, ihm ihre Reaktion zu verheimlichen.
Um damit anzufangen, wandte sie sich an Megan. »Wenn es in dem Korb Obst gibt, dann hätte ich gern ein Stück.«
Hinter ihr flüsterte Lachlan. »Feigling.« Und sein leises Lachen hatte einen teuflischen Klang.
Kimberly reagierte nicht. Zumindest nicht mit Worten. Aber sie wurde rot.

37

Während der nächsten Tagen leerte sich das Schloß zusehends. Einige Gäste kehrten nach Hause zurück, da die Weihnachtstage bevorstanden. Andere mußten ein wenig gedrängt werden, wobei Duchy keine Skrupel besaß und ankündigte, daß die Hausparty nun vorüber sei.
Kimberly und Lachlan waren von dem Exodus ausgenommen. Sie würden in der Kapelle von Sherring Cross heiraten. Es sollte eine bescheidene Zeremonie sein, an

der nur Familienmitglieder und Ihre Gnaden teilnahmen. Der Herzog hatte bereits eine besondere Erlaubnis eingeholt, so daß kein Aufgebot für die üblichen drei Wochen zu veröffentlichen war. Sie warteten nur noch auf die Ankunft von Kimberlys Vater.

Devlin hatte dem Earl von Amborough bereits geschrieben, wie Kimberly mitgeteilt wurde. Sie fragte nicht danach, ob in dem Brief Genaueres über ihr peinliches Verhalten stand. Wohl kaum, denn Äußerungen über solche Dinge schickten sich nicht in einem Briefwechsel. Außerdem würde der einfache Satz »Ihre Tochter heiratet, sobald Sie eintreffen« genügen, um Cecil Richards in Bewegung zu setzen. Wenn der Herzog noch genauer formuliert hätte: »Ihre Tochter wird den Laird der MacGregors heiraten«, würde er noch schneller herbeieilen.

Wahrscheinlich war Lachlans Name erwähnt worden, so daß ihr Vater unter Garantie nicht einfach erschien, um die Braut zu übergeben. Im Gegenteil. Die Hölle würde losbrechen. Sie kannte ihren Vater, den Earl von Amborough, als jemanden, der sich nicht darum scherte, wer Zeuge seines Zornanfalls wurde.

Es traf sich, daß er zu später Stunde ankam, als alle versammelt waren. Sie hatten soeben das Dinner beendet und waren in den Salon gewechselt, um sich dort einen ruhigen Abend zu gönnen. Da keine große Gästeschar mehr zu betreuen war, konnte auf ein aufwendiges Unterhaltungsprogramm verzichtet werden.

Lachlan und Margaret saßen in einer Ecke des Raumes und beendeten ein Schachspiel. Megan dirigierte mehrere Diener, die Kerzen auf den am Morgen hereingebrachten Weihnachtsbaum steckten.

Kimberly half Duchy, einige geschnitzte Engel aus den kleinen Samthüllen zu nehmen, um sie ebenfalls zur Dekoration für den Baum zu verwenden. Devlin beschränkte sich darauf, von seinem Lieblingsplatz vor dem Kamin alles zu beobachten, und erlaubte sich hin

und wieder eine Bemerkung über den besten Platz für die Kerzen. Dazu nippte er an seinem Brandy.
Plötzlich erklang von der Tür die übelgelaunte Stimme, die Kimberly so gut kannte. »Was zum Teufel hat ein Schotte auf Sherring Cross zu suchen, und dazu noch einer, der meine Tochter für sich beansprucht?«
»Schön, Sie wiederzusehen, Cecil«, bemerkte Devlin trocken. »Ich nehme an, Sie haben meinen Brief bekommen.«
»Welchen Brief? Ich bin hergekommen, weil Kimberlys Name zusammen mit einem Schotten genannt wird. Ich muß Ihnen wohl nicht sagen, wie entsetzt ich war. Wer ist dieser verdammte Schotte, und was macht er eigentlich hier?«
»Der verdammte Schotte ist mit mir verwandt«, entgegnete Devlin und zeigte Gleichgültigkeit gegenüber Cecils Empörung.
»Guter Gott, verwandt?« rief Cecil aus, als könnte er sich nichts Entsetzlicheres vorstellen. »Warum habe ich nie etwas davon gehört?«
»Vielleicht, weil meine Verwandtschaftsverhältnisse niemanden außer mir etwas angehen«, antwortete Devlin. »Und ich schlage vor, daß wir diese Unterhaltung in meinem Arbeitszimmer fortsetzen, bevor meine Gemahlin, die verschiedene Schotten zu ihren Vorfahren zählt, Sie für Ihre beleidigende Grobheit aus dem Haus werfen läßt.«
In diesem Moment zeigte das Gesicht des Earls eine leichte Rötung. Es war noch nie vorgekommen, daß jemand ihm so deutlich zu verstehen gab, wie lächerlich er sich machte. Kimberly schämte sich nicht im geringsten für ihn. Sie war viel zu sehr an seinen heftigen, scharfen Ton gewöhnt. Ihr tat es nur leid, daß diese freundlichen Menschen unter seiner üblen Laune leiden mußten.
Cecil sah sich nach der Herzogin um und nahm an, daß er sie gefunden hatte – sie sah ihn tatsächlich stirnrun-

zelnd an. »Ich bitte um Verzeihung, Euer Gnaden. Wenn ich mich aufrege, vergesse ich mich manchmal, und diese Angelegenheit hat mich mächtig aufgebracht.«
»Das ist verständlich«, lenkte Megan großzügig ein. »Obwohl es nur ein kleiner Skandal war, den wir längst vergessen haben ... dank anderer Dinge.«
»Dann kommen Sie, Cecil«, sagte Devlin und eilte durch den Raum auf ihn zu, damit er ihn in sein Arbeitszimmer führen konnte, bevor der Earl sich erkundigen konnte, was sie mit dem Nachsatz meinte.
Cecil nickte und wandte sich um, wobei er Kimberly erblickte und mit finsterem Blick herbefahl. »Du kommst mit uns, Mädchen, da du mir einiges zu erklären hast.«
Seine Stimme klang bestimmt. Er rechnete offenbar nicht damit, daß sie den Gehorsam verweigern könnte. Sie dachte daran. Ernsthaft. Seine Schimpftiraden waren nur schwer zu ertragen, selbst wenn sie nur dasaß und unbeteiligt zuhörte. Und der Ausbruch, der nun zu erwarten war, würde der schlimmste sein, den sie jemals bei ihm erlebt hatte. Doch es gab keine Möglichkeit, ihm zu entgehen. Ihr Vater war hier. Er wußte noch nicht, daß sie den Schotten heiraten würde, doch das würde sich bald ändern. Deshalb brachte sie die Sache am besten schnell hinter sich.
Sie stand auf und warf einen kurzen Blick zu Lachlan hinüber. Seine Miene war seltsam unergründlich. »Wenn du mitkommen willst«, schlug sie vor. »Ich habe dich gewarnt, daß er nicht glücklich über ...« Sie zögerte. Das war kein Thema für die Ohren der anderen. Sie hoffte, daß er sich erinnerte, was sie vorher dazu gesagt hatte. »Den Grund wirst du bald herausfinden.«
Kimberly achtete nicht darauf, ob er nachkam. Seine Anwesenheit war nicht erforderlich, wenn es um die »Aufdeckung der sündhaften Umstände« ging. Und ihr konnte es gleich sein. Sie würde sich lediglich die Mühe sparen, ihm hinterher die Geschichte zu erzählen. Der

Earl war immerhin sehr zuverlässig, was seine Ausbrüche anging.
Devlin saß hinter seinem Schreibtisch, als sie eintrat. In dem Raum standen verschiedene Stühle. Sie nahm einen an der Wand, der weit genug entfernt war, obwohl sie nicht zu hoffen wagte, lange unbemerkt zu bleiben. Ihr Vater beabsichtigte offenbar stehenzubleiben. Sie wußte, daß er diese Position bevorzugte, da er normalerweise selbst den Autorität gebietenden Platz hinter dem Schreibtisch einnahm und dies hier nicht sein Arbeitszimmer war.
»Sie haben Ihre Tochter seit über einem Monat nicht gesehen«, begann Devlin. »Wünschen Sie einige Minuten mit ihr allein …«
»Wozu?«
Das war treffend ausgedrückt und sehr bezeichnend für Cecils Empfindungen seiner einzigen Tochter gegenüber. Kimberly lächelte beinahe bei Devlins überraschtem Blick. Sie vermutete, daß einige Leute die Gefühle des Earls unnatürlich fanden. Sie fand sie vollkommen normal – für ihn. Wenigstens war sie daran gewöhnt. Falls er jemals anders als kurz angebunden und grob zu ihr gewesen war, so konnte sie sich nicht daran erinnern. Deshalb hätte sie bei ihm ein wärmeres Verhalten eher merkwürdig gefunden.
»Nun, gut dann«, sagte Devlin. »Da Sie abgereist sind, bevor mein Brief Sie erreichte, werde ich Ihnen kurz den Inhalt berichten, damit wir weiterreden können …«
»Geben Sie sich keine Mühe, Euer Gnaden. Ich sagte bereits, daß ich die ganze Geschichte kenne. Deshalb bin ich hier. Ich will herausfinden, warum diese bedauernswerte Sache überhaupt geschehen konnte.«
»Ich nehme an, Sie sprechen von dem Morgen, als der Highlander wegen Ihrer Tochter Viscount Canston angegriffen hat?« fragte der Herzog.
»Ja.«

»Und das ist das einzige, was Ihnen zu Ohren gekommen ist?«
»Ja.« Cecil runzelte nun die Stirn. »Warum?«
»Weil wir über zwei verschiedene Dinge reden. Diesen Vorfall habe ich in meinem Brief überhaupt nicht erwähnt. Es war ein unbedeutendes Ereignis, das uns nicht mehr als ein oder zwei Tage beschäftigt hat.«
»Was haben Sie mir dann geschrieben?«
»Ich teile Ihnen in meinem Brief mit, daß Kimberly einen Heiratsantrag angenommen hat ...«
»Von Viscount Canston?« unterbrach Cecil. Bei diesem Gedanken veränderte sich sein gesamtes Auftreten. »Ausgezeichnet! Ich habe seinen Vater recht gut gekannt, als dieser ...«
»Der Viscount hat sich als Dieb und Lügner herausgestellt«, unterbrach Devlin seinerseits kalt. »Und wir werden den Namen dieses Schurken nicht wieder erwähnen, wenn Sie so freundlich sein wollen.«
»Ich muß schon sagen, St. James, das ist eine recht harte Anschuldigung gegen ein Mitglied der Canston-Familie«, sagte Cecil in seiner Enttäuschung.
»Doch nicht weniger wahr. Und bewiesen, wenn ich das hinzufügen darf.«
»Wer will das Mädchen dann?«
Cecils Ton ließ erkennen, daß er nicht erwartet hatte, daß überhaupt jemand Kimberly gewollt haben könnte, was Devlin möglicherweise zu der nachfolgenden galanten Bemerkung veranlaßte. »Sie war sehr beliebt unter unseren Gästen, und es wären noch weitere Anträge gefolgt. Da hege ich keinen Zweifel. Aber sie hat zugestimmt, MacGregor, den Laird der MacGregors, zu heiraten. Und in meinem Brief teile ich Ihnen mit, daß dieser Entschluß meine volle Unterstützung findet.«
»Zum Teufel auch!« rief Cecil, zu schockiert, um noch mehr zu sagen.
Devlin hob ironisch eine Braue. »Habe ich mich nicht klar genug ausgedrückt?«

»Klar genug?« Cecil kochte vor Wut und konnte kaum denken. »Den Teufel wird sie tun! Oder ist das Ganze ein Witz?«
»Würden Sie diese Reaktion für einen Witz riskieren, Cecil? Das glaube ich kaum.«
Cecil kam so weit zur Vernunft, daß er zusammenhängend sprechen konnte. »Sie wird nicht so dumm sein, sich auf einen Schotten einzulassen, geschweige denn, einen heiraten zu wollen. Das muß ein Witz sein, und ein verdammt schlechter dazu.«
An dieser Stelle seufzte Devlin und sah zu Kimberly. »Es tut mir leid. Ich hatte gehofft, die Erläuterung der Gründe vermeiden zu können, doch Ihr Vater verweigert die Zusammenarbeit.«
»Das ist schon in Ordnung, Euer Gnaden«, sagte sie und rang sich sogar ein schwaches Lächeln ab. »Danke, daß Sie uns schonen wollten, doch die unseligen Einzelheiten werden ans Licht kommen müssen, damit er einsieht, daß es keine Wahl mehr gibt.«
»Die unseligen Einzelheiten?« Cecil sah sie düster an. »Was hast du gemacht, Mädchen?«
»Nichts Ungewöhnliches, aber etwas höchst Skandalträchtiges«, sagte Kimberly zu ihrem Vater. »Lachlan MacGregor wurde in meinem Bett gefunden, müssen Sie wissen. Unglücklicherweise befand ich mich ebenfalls darin, zur gleichen Zeit.«
Cecils Gesicht wurde so rot, daß seine Blutgefäße zu zerspringen drohten. »Schlampe!« brüllte er.
Er machte die paar Schritte, die ihn von ihr trennten, und baute sich vor ihr auf. Sie fuhr zusammen und schloß die Augen, weil er die Hand schon erhoben hatte. Er schäumte vor Wut, und es war zu erwarten, daß er sie mitten ins Gesicht schlagen würde, wenn nicht schlimmer.
In dem Moment war eine andere Stimme zu hören, in einem leisen, aber drohenden Ton. »Krümmen Sie ihr nur ein Haar, und Sie werden es ewig bereuen.«
Kimberly sah zur Tür. Lachlan war ihr also doch gefolgt

– zu ihrem Glück. Devlin war aufgestanden, um ihr zu Hilfe zu eilen, doch bis er bei ihr gewesen wäre, hätte sie einige Schläge einstecken müssen.
Ihr Vater hatte sich ebenfalls zur Tür gewandt. Die Tatsache, daß Lachlan mit seiner enormen Körpergröße beinahe die ganze Öffnung ausfüllte, mochte den viel kleineren Earl für einen Moment aus der Fassung gebracht haben. Doch mehr noch war es die offene Wut, die in Lachlans Gesicht stand.
Cecil war erschrocken, was ihn aber nur kurz zum Schweigen brachte. Der Zorn tobte weiter in ihm. Sein Ton dagegen klang deutlich weniger feindselig, was zeigte, wie sehr er sich hatte einschüchtern lassen. Kimberly war zutiefst verblüfft.
»Sie sind also der MacGregor?« höhnte er.
»Der bin ich, aber mehr noch bin ich der Mann, der dieses Mädchen hier heiraten wird. Deshalb beschütze ich sie, ganz gleich, was sie für Sie ist.«
»Sie ist meine Tochter ...«
»Was um so mehr zu bedauern ist.«
»Und sie wird keinen schottischen Bastard heiraten, ob er nun Clan-Oberhaupt ist oder nicht.«
»Die Beleidigungen lassen wir wohl besser sein«, versuchte Devlin sich einzuschalten, doch keiner der Männer achtete auf ihn.
»Haben Sie nicht zugehört, Mann?« fragte Lachlan Cecil. »Es ist kein Geheimnis, daß ich mit ihr im Bett war. Alle Welt weiß mittlerweile davon. Deshalb gibt es keine Wahl. Sie muß mich heiraten oder die Konsequenzen tragen ...«
»Genau«, schoß Cecil zurück. »Sie hat sich in diese Lage gebracht, also muß sie verdammt noch mal auch damit leben. Und sie kann sich glücklich schätzen, wenn ich einen armen Lord finde, der ihren ramponierten Ruf gnädig übersieht und sie wegen der Mitgift nimmt, die sie in die Ehe mitbringt.«
»Das würden Sie tun, obwohl die Heirat mit mir dem

Skandal ein Ende bereiten würde?« fragte Lachlan ungläubig.
Cecil schnaubte. »Das Mädchen hat es selbst getan. Sie wußte, daß sie niemals meine Erlaubnis bekommt, einen verdammten Schotten zu heiraten. Wenn sie nun für den Rest ihrer Tage den Kopf gesenkt tragen muß, ist das einzig und allein ihre Schuld.«
»Was sagst du dazu, Kimber?«
»Ich ...«, begann sie.
Ihr Vater schnitt ihr das Wort ab. »Sie hat nichts zu sagen. Und sie wird mir gehorchen«, fügte er zuversichtlich hinzu. »Sie weiß, daß ich sie enterbe, wenn sie es nicht tut. Den Skandal kann sie nicht wiedergutmachen.«
»Sie auch nicht, denke ich«, sagte Lachlan angewidert. »Sind Sie ein solcher Narr, Mann?«
Cecils Gesicht lief wieder rot an. »Der einzige Narr sind Sie, Highlander. Und Sie haben hier nichts mehr zu schaffen. Leben Sie also wohl.«
»Sie werfen keine Leute aus meinem Arbeitszimmer, Richards«, sagte Devlin kalt. »Dieses Recht behalte ich mir vor.«
Lachlan hatte sich schon mit einem leise gemurmelten Fluch umgewandt und schritt davon. Als sie durch die leere Türöffnung starrte, fühlte Kimberly eine tiefe Enttäuschung.
Das hatte sie nicht erwartet. Ganz und gar nicht. Sie hatte ihn gewarnt, daß ihr Vater nicht erfreut darüber sein würde, doch sie war sicher gewesen, daß Lachlan dennoch das Richtige tun und sie heiraten würde.
Natürlich hatte er eine gute Figur gemacht. Und ganz offensichtlich fand er ihren Vater und seine Hartherzigkeit verabscheuungswürdig. Doch am Ende lief es darauf hinaus, daß Lachlan sich keine mittellose Frau leisten konnte. Seine eigenen betrüblichen Verhältnisse verlangten nach einer reichen Frau. Enterbt zu werden bedeutete, mitgiftlos zu sein, und ihm war klar, daß er diese Mitgift brauchte.

38

Kimberly war noch immer erschöpft, als sie am nächsten Morgen zum Frühstück die Treppe herunterkam. Komisch, bevor sie Lachlan MacGregor kennengelernt hatte, waren Schlafprobleme ihr unbekannt gewesen, doch jetzt – nein, es war überhaupt nicht komisch. In der letzten Nacht hatten keine Geräusche sie wach gehalten. Statt dessen war sie mit einem Kloß im Hals zu Bett gegangen, der nicht schwinden wollte und ihr die Ruhe raubte.
Natürlich könnte sie ihre Bedenken beiseite schieben und Lachlan sagen, daß das Geld ihres Vaters nicht zählte. Sie war selbst reich, wenn nicht sogar reicher und besaß mehr Geld, als er jemals brauchte. Dann würde er sie heiraten, und es bestünde kein Zweifel, daß er es wegen des Geldes tun würde und nicht, weil er sie wollte. Natürlich hatte sie schon vorher gewußt, daß er eine reiche Erbin suchte. Doch der unumstößliche Beweis tat weh. Andererseits litt sie auch schon jetzt genug.
Was sie innerlich zerriß, war die Aussicht, daß ihr Vater einen Ehemann für sie kaufen mußte, einen Mann, den sie nie vorher gesehen hatte. Dabei war es nicht so, daß Lachlan sie nicht wollte. Wo lag also der Unterschied? Wenn sie statt dessen Lachlan kaufte, indem sie ihm von ihrem eigenen Geld erzählte, wußte sie wenigstens, was sie bekam. Vor allem, was die körperliche Liebe betraf. Mit ihm war sie schön, vielleicht sogar zu schön. Aber mit jemand anderem – schon bei dem Gedanken daran – erschauderte sie.
Sie konnte ihm die Wahrheit sagen und es ihm überlassen. Wenn er nur auf eine Ausrede gewartet hatte, sich aus dem Versprechen herauszustehlen, spielte es keine Rolle. Er würde den neuen Skandal – die Enterbung durch ihren Vater – benutzen. Oder er heiratete sie doch …
Sie beschloß, es ihm zu sagen. Die Gelegenheit kam

schneller als erwartet. Lachlan war in der Halle vor dem Frühstücksraum, als sie die Treppe herunterkam. Er trat auf sie zu, nahm ihren Arm und führte sie in den Salon, der zu dieser Zeit am Morgen leer war.

Sie wartete, um zuerst seine Absicht zu erkunden. Er teilte sie ihr mit, als er die Türen hinter ihr schloß.

»Mir ist der Gedanke gekommen, Kimber, daß du in einem Alter bist, in dem du keine Heiratserlaubnis brauchst.«

»Das stimmt wohl«, begann sie vorsichtig. »Aber was er gestern abend gesagt hat, war kein Spaß, Lachlan. Er wird mich wirklich enterben, wenn ich ohne seine Zustimmung heirate.«

»Daran zweifle ich nicht. Ich fand es unglaublich und abscheulich, daß ein Vater so grausam zu seinem eigenen Fleisch und Blut sein kann.«

Sie zuckte mit den Achseln. Diese Reaktion war üblich bei Leuten, die mit ihrem Vater zu tun bekamen, ohne ihn vorher zu kennen. »Vielleicht hilft es dir, wenn du erfährst, warum er alle Schotten haßt«, bemerkte sie und gab ihm einen kurzen Bericht. »Nun, vielleicht auch nicht«, räumte sie ein, als sie fertig war. »Wenn ich jetzt darüber nachdenke, sind und bleiben seine Vorurteile ohne vernünftige Grundlage.«

»Es spielt keine Rolle, warum er so ist«, entgegnete er. »Es sei denn, er könnte sich ändern. Mir kam er allerdings nicht wie ein Mann vor, der dazu fähig wäre. Aber ich kenne ihn nicht wie du.«

Sie seufzte. »Ich weiß, daß man schlechte Angewohnheiten ablegen kann, aber bei ihm ist es mehr, fürchte ich. Selbst die Tatsache, daß er nach dem Tod meiner Mutter eine Frau gefunden hat, die er sobald wie möglich heiraten will, hat nichts an seiner Haltung geändert. Es sind nicht nur seine Vorurteile, verstehst du. Die haben allein mit den Schotten zu tun. Es ist sein harter und herrischer Charakter, und ich glaube, daß er schon immer so war. Deshalb wird er sich auch nicht ändern.«

»Ja, das habe ich mir gedacht. Dann möchte ich dich jetzt fragen: Bist du bereit, ihm zu trotzen und mich ohne seinen Segen zu heiraten? Das hätte ich schon gestern abend tun sollen, aber ich war zu wütend und schockiert und habe nur daran gedacht, ihm sein verdammtes Genick zu brechen.«

Kimberly war still geworden, bevor er zu Ende gesprochen hatte. »Ist dir klar, was das bedeutet?«

»Ja, es bedeutet, daß du dich von deinem Vater ein für allemal lossagst und ihn nie wiedersiehst. Kannst du damit leben, Darling, oder würdest du es immer bedauern ...«

»Lachlan, nichts könnte mir weniger ausmachen, als den Earl von Amborough zum letzten Mal zu sehen. Er war nie ein Vater für mich, so wie Väter sein sollten. Er ist nur ein Tyrann gewesen, der im gleichen Haus wie ich gelebt hat. Aber ist dir klar, was meine Enterbung für dich bedeutet? Neben dem Skandal ...«

Er grinste. »Den MacGregors sind Skandale nicht fremd.«

»Es wird keine Mitgift geben.«

»Das habe ich nicht anders erwartet.«

Sie stutzte. »Du willst mich auch so heiraten?«

»Verdammt richtig, das will ich.«

Er wollte nur ritterlich sein. Einen anderen Grund konnte sie sich nicht vorstellen. Was könnte er sonst sagen, ohne als ausgemachter Schurke dazustehen?

»Aber wie ich verstanden habe, brauchst du das Geld«, erinnerte sie ihn. »Hast du das vergessen? Oder hat sich deine Situation plötzlich geändert?«

»Nein, wir sind immer noch bettelarm, das kannst du mir glauben, und völlig verschuldet«, sagte er. »Aber auch du hast ein Recht, alles zu erfahren. Als mein Vater vor einigen Jahren starb, verschwand meine Stiefmutter mit einem Koffer voller Geld – er traute den Banken nicht, verstehst du – und mit dem Schmuck der MacGregors. Auf beides hatte sie kein Anrecht, und wir haben sie nie gefunden. Deshalb besitzen die MacGregors zwar Land in Fülle, aber so gut wie keine Barmittel.«

Um so mehr hatte er einen Grund, reich zu heiraten, und er sollte sich nicht opfern, weil es ihr an Willen gefehlt hatte, ihn davon abzuhalten, mit ihr zu schlafen. Sicher war auch er zu tadeln, doch sie hätte ihn aufhalten können und müssen, was sie nicht getan hatte. Er wußte nicht einmal, daß eine Heirat mit ihr seine Probleme lösen würde. Soviel hatte sie ihm noch nicht gesagt, und wie es aussah, war es auch überflüssig.
Dennoch sollte sie es tun. Soweit sie erkennen konnte, war er ehrlich ihr gegenüber. Ihre Neugier aber war geweckt.
»Es scheint, als brauchtest du noch immer die Mitgift. Wie willst du ohne das Geld zurechtkommen?«
»Das lasse ruhig meine Sorge sein, Darling. Ich werde schon Mittel und Wege finden. Eine reiche Frau wäre die einfache Lösung gewesen. Aber es gibt andere.«
Er klang so zuversichtlich, daß sie sich entschied, ihren eigenen Reichtum zu verschweigen. Es war ein zu verlockendes Gefühl, daß er sie heiraten wollte, ohne am Geld interessiert zu sein – auch wenn er nicht den Grund nannte, den sie bei seinem Antrag gern gehört hätte. Wenigstens war sie diese eine Sorge los. Sie würde nicht einfach ihres Geldes wegen geheiratet werden.
»Nun, gut dann«, sagte sie schließlich. »Wenn du wirklich dazu bereit bist, heirate ich dich.«
Er lächelte strahlend. Sie hielt den Atem an und spürte, wie ihr Magen nach unten sackte. Dann setzte aufgeregtes Herzklopfen ein, als Lachlan den Abstand zwischen ihnen überwand und die Arme um sie schlang.
»Ich werde es noch heute deinem Vater sagen.«
Sein Körper war dem ihren so nah, daß sie sich kaum auf seine letzten Worte konzentrieren konnte, und es dauerte einige Zeit, bis sie wieder sprechen konnte. »Vielleicht überläßt du es mir, mit ihm zu sprechen. Du könntest in seiner Gegenwart wieder die Ruhe verlieren. Er hat diese Wirkung bei Leuten, die ihn nicht sehr gut kennen.«

»Aber ... hmm, vielleicht hast du recht. Aber ich bleibe in der Nähe, falls du mich brauchst.«
Seine Neigung, sie zu beschützen, auch wenn sie noch nicht verheiratet waren, erwärmte sie. Dann flößten seine Lippen ihr noch mehr Hitze ein, und obwohl sie die Absicht ahnte und bereit war, durchfuhr sie ein freudiger Schreck. Es war wunderbar, wie sie jedesmal von neuem ein freudiger Schreck durchfuhr, wenn sein Mund auf ihren traf ...
Sie hörte nicht, wie die Tür aufging, nahm aber die leise Stimme der Witwe Marston wahr. »Cecil, bist du hier drinnen?« In dem Moment bemerkte sie das sich küssende Paar. »Oh! Es tut mir furchtbar leid. Ich hätte anklopfen sollen ...«
Kimberly spürte, wie Lachlan erstarrte, bevor er von ihr wegtrat und sich zur Tür wandte. Sie nahm an, daß er es tat, weil sie unterbrochen wurden. Dabei ahnte sie nicht, daß er die Stimme ebenfalls erkannte.
Was sich schnell änderte, als er sie in beinahe dem gleichen drohenden Ton ansprach, den er am Abend zuvor ihrem Vater gegenüber verwendet hatte. »Hallo, Stiefmutter.«
Winnifred Marston schnappte nach Luft, machte einen Schritt nach hinten und hielt sich die Hand an die Kehle. Sie sah entsetzt und verängstigt aus, und so klang sie auch. »Lachlan, mein Junge. Ich kann alles erklären.«
»So, kannst du das?«

39

Kimberly starrte ungläubig auf ihre zukünftige Stiefmutter, deren Augen sich verdrehten, bevor sie ohnmächtig zu Boden sank. Auch das noch, nachdem sie gerade erfahren hatte, daß Winnifred Marston ebenso Lachlans Stiefmutter war – oder hatte sie da etwas mißverstanden?

Ja, das mußte sie wohl. Es wäre einfach zuviel der Ironie gewesen, wenn diese Frau bei ihnen beiden die gleiche Rolle spielte.
Lachlan, der neben ihr stand, schnaubte angewidert, während beide auf die ausgestreckt am Boden liegende Frau sahen. Das Geräusch weckte Kimberly aus ihrer Betäubung.
»Heb sie doch auf, Lachlan, und leg sie auf das Sofa«, drängte sie.
»Nein, wenn ich sie anfasse, dann nur mit den Händen an ihrer Kehle.«
Kimberly war so verblüfft über seine Antwort, daß sie schlucken mußte. »Leg sie verdammt noch mal auf das Sofa. Du kannst dir das Halsumdrehen für später aufsparen, wenn sie bei Bewußtsein ist und es zu würdigen weiß.«
Sie wartete nicht ab, ob er ihrem Befehl Folge leistete, sondern trat um Winnifred herum zur Tür, um einen Lakaien nach etwas Riechsalz zu schicken. Als sie in das Zimmer zurückkehrte, war Lachlan dabei, die Frau von seiner Schulter auf das rosagoldene Sofa abzuladen, und das nicht allzu sanft.
»Hoffentlich falle ich nie in Ohnmacht, wenn du in der Nähe bist«, sagte sie trocken.
Lachlan klopfte sich die Hände, als wären sie von der eben vollbrachten Tat schmutzig geworden. Dann sah er sie an. »Nein, Darling, dich werde ich tragen wie ein zartes, kleines Kind. Aber sie verdient keine Rücksicht.«
Sie trat neben ihn. »Verstehe ich dich richtig, daß es sich um die gleiche Frau handelt, von der du mir erst gerade erzählt hast? Diejenige, die dein Erbe gestohlen hat?«
»Ja. Ich begreife zwar nicht, warum sie hier ist, aber dieses Mal wird sie mir nicht entkommen.«
Kimberly runzelte die Stirn. Sie konnte sich denken, warum Winnifred Marston plötzlich auf Sherring Cross aufgetaucht war. Offensichtlich war sie mit Cecil gekommen und hatte sich wegen der späten Stunde sofort

auf das ihr zugewiesene Zimmer zurückgezogen, während sich ihr Vater noch mit Kimberly im Arbeitszimmer des Herzogs befand. Das würde erklären, warum sie der Frau nicht eher begegnet waren.
Die Sache war dennoch höchst … erstaunlich, und sie mußte noch einmal fragen: »Und sie ist tatsächlich deine Stiefmutter?«
»Ja.«
»Die Witwe Marston?«
Er sah sie düster an. »Ja, das sagte ich bereits, und ich möchte es nicht dauernd wiederholen. Mir ist es gleich, wie sie sich jetzt nennt, aber es ist dieselbe Frau, die vor zwölf Jahren meinen Vater heiratete und sich mitten in der Nacht, keine Woche nach seinem Tod, mit dem MacGregor-Vermögen davonmachte.«
Er wurde ärgerlich, weil sie so hartnäckig war, doch sie fand die Geschichte noch immer zu ironisch. »Und du irrst dich nicht? Vielleicht sieht sie deiner Stiefmutter nur sehr ähnlich?«
Er schnaubte. »Sie ist doch bei meinem Anblick in Ohnmacht gefallen. Wenn überhaupt ein Zweifel an ihrer Schuld bestand, dann ist der damit ausgelöscht. Doch es gab von Anfang an keinen.«
Es war unglaublich. Kimberly war Winnifred Marston Dutzende von Malen in Gesellschaft begegnet, schon bevor ihre Mutter gestorben war und ihr Vater sich für die Witwe zu interessieren begann. Sie hatte die Frau immer für eine recht nette Person mit einigen selbstsüchtigen Zügen gehalten.
Die Witwe war in den späten Vierzigern, hatte dunkelblondes Haar, das noch keine Spur von Grau zeigte, helle, braune Augen und eine leicht vollschlanke, untersetzte Figur. Sie war nicht sehr groß, sicher um einiges kleiner als Cecil. Für ihr Alter sah sie noch sehr gut aus.
Kimberly hatte nie viel über die Frau nachgedacht. Sie wußte nur, daß Winnifred einer Heirat mit Cecil nicht

zustimmen wollte, bevor Kimberly aus dem Haus und verheiratet war. Was sie verständlich fand.
Sie kannte viele Frauen, die nicht miteinander blutsverwandt waren und unter großen Spannungen im gleichen Haushalt lebten. Selbst unter Angehörigen derselben Familie gab es manchmal diese Schwierigkeiten. Es ging um die Frage, wer im Haushalt das Sagen hatte, und diese Rolle konnte nur eine Person innehaben. Kimberly hatte keine Probleme mit Winnifreds Wunsch, da sie selbst das Haus ihres Vaters verlassen wollte.
Sie wußte auch, daß die Witwe recht wohlhabend war. Sie hatte das alte Henry-Haus gekauft, einen größeren Herrensitz, als sie vor einigen Jahren nach Northumberland gezogen war. Die Frau beschäftige Dutzende von Bediensteten und lud häufig und in großem Stil zu Gesellschaften. Mit gestohlenem Geld?
Es war unglaublich. Und ihr Vater, was würde er tun, wenn er davon erfuhr … Guter Gott, sie ahnte seine Reaktion. Er würde nichts davon glauben, nicht, wenn ein Schotte die Anschuldigung aussprach.
Sie schüttelte noch immer verwundert den Kopf. »Es bereitet mir einige Schwierigkeiten, Winnie als Diebin zu sehen, das muß ich schon sagen.«
»Winnie?« sagte Lachlan überrascht. »Du kennst diese Frau, Kimber?«
War das irgendwie untergegangen? Sie setzte noch einmal zu einer Erklärung an. »Also, du wirst es vielleicht seltsam finden …«
»Wer ist ohnmächtig geworden?« fragte Megan und eilte in das Zimmer. Der Lakai hatte sie offensichtlich gleich zusammen mit dem Riechsalz hergeholt. Dann sah sie Winnifred auf dem Sofa. »Ah, unser Neuzugang, Lady … Marston, nicht wahr? Ist sie krank? Sollten wir vielleicht nach einem Arzt schicken?«
»Ich zweifle, ob ein Arzt hier helfen könnte«, entgegnete Kimberly und zeigte Megan den Anflug eines Lächelns. »Sie hat nur Lachlans Anblick nicht verkraftet.«

Megan hob eine Braue in Lachlans Richtung. »Fallen sie Ihnen nun schon zu Füßen, MacGregor? Vielleicht sollten Sie sich angewöhnen, das Riechsalz immer gleich dabeizuhaben.«
Er schnaubte. »Sie wurde vor Angst ohnmächtig, und das völlig zu Recht.«
Megan hob die Braue noch höher. »Tatsächlich? Nun, kein Wunder. Bei Ihrem furchteinflößenden Gesicht.«
Lachlan preßte verärgert die Lippen zusammen. Megan saß mittlerweile auf der Sofakante, so daß sie Winnifred das Riechsalz unter die Nase halten konnte. Es wirkte, und die Witwe hob die Hand, um den unangenehmen Geruch wegzuwischen. Dann blinzelte sie vorsichtig und schlug langsam die Augen auf.
Zuerst war sie verwirrt und sah nur Megan. »Was ... ist passiert?« fragte sie zögernd. »Warum liege ich hier?«
Sie hielt inne, und ihre Augen weiteteten sich bei der plötzlich wiederkehrenden Erinnerung – mit deutlich sichtbarem Schrecken. Sie umklammerte sogar Megans Arm, und die nächste Frage folgte in einem hektischen Flüsterton:
»Ist er noch hier?«
»Wer?«
»Der MacGregor.«
»Nun ... ja, allerdings ...«
Die Witwe setzte sich ruckartig auf und stieß dabei Megan beinahe zu Boden. Bei dem scharfen Schmerz in ihrem Kopf stöhnte Winnifred auf, doch noch wichtiger war, daß sie Lachlan entdeckte. Nun stöhnte sie noch einmal, nur viel lauter, und streckte flehentlich die Hand in seine Richtung.
»Lachlan, laß mich zuerst erklären ... bevor du etwas tust, das wir beide später bereuen.«
»Wir beide?« entgegnete er kalt. »Ich versichere Ihnen, Lady, was immer ich tue, wird mir großes Vergnügen bereiten – darum sorgen Sie sich nicht.«
»Bitte, können wir wenigstens ungestört sprechen?«

flehte Winnifred und sah peinlich berührt zu Kimberly und Megan. »Es gibt keinen Grund, diese Damen mit Familienangelegenheiten zu belästigen.«
»So, Familienangelegenheiten?«
Wenigstens Kimberly spürte, daß Lachlan zu zornig war, um der Witwe den Gefallen zu tun. Ihm schien es völlig gleichgültig zu sein, wie sehr sie unter der Situation litt. Kimberly konnte es ihm nicht verdenken. Die Frau tat ihr trotzdem leid.
Sie räusperte sich und sah Megan vielsagend an. »Ich habe noch nicht gefrühstückt. Mögen Sie mir vielleicht Gesellschaft leisten?«
Megan seufzte und nickte dann. Als sie die Tür hinter sich zuzogen hatte, sah sie Kimberly an. »Ich weiß, daß Sie recht haben, meine Liebe. Aber aus eigenen Stücken wäre ich um keinen Preis der Welt aus dem Zimmer gegangen«, gestand sie. »Ich bin einfach zu neugierig. Wissen Sie denn, worum es bei alledem geht?«
»Unglücklicherweise ja«, entgegnete Kimberly. »Und ich glaube nicht, daß Lachlan beabsichtigt, die Angelegenheit geheimzuhalten. Ganz im Gegenteil. Bei einer Verhaftung ist es kaum möglich, Stillschweigen zu bewahren ...«
Im Salon redete Winnifred hastig drauflos. »Ich habe deinen Vater geliebt, Lachlan. Das mußt du wissen. Sein Tod war ein Schock. Er kam so unerwartet. Ich war verzweifelt vor Schmerz und konnte nicht klar denken ...«
»Wir waren alle verzweifelt. Wenn das die einzige Entschuldigung ist, die Sie anbieten können ...«
»Ich hatte auch Angst.«
»Wovor?« fragte er.
»Allein zu sein.«
»Das meinen Sie doch nicht ernst?« fragte er verdutzt. »Allein in einem Schloß, mit allen Leuten um Sie herum?«
»Alles MacGregors«, erinnerte sie ihn.
»Ja, wer sonst außer den MacGregors sollte dort sein? Sie

waren auch eine MacGregor, oder haben Sie das schon vergessen?«
»Es ist etwas anderes, wenn man als MacGregor geboren wurde«, beharrte Winnifred.
»Wieso ist das etwas anderes? Glaubten Sie etwa, wir hätten Sie aus dem Haus geworfen? Nein, das wissen Sie ganz genau. Sie hätten auf Kregora immer ein Zuhause gehabt.«
»Ohne deinen Vater?« fragte sie und schüttelte den Kopf. »Ich habe mich nie mit den anderen angefreundet ...«
»Wessen Fehler war das, bitte schön?«
»Meiner, ich weiß. Aber es bleibt eine Tatsache. Dein Vater war mein Leben und mein Schutz. Ohne ihn ... besaß ich nichts.«
»Wenn Sie glauben, das gab Ihnen das Recht, mein Erbe zu stehlen ...«, knurrte er.
»Nein, nein, ich weiß, daß ich falsch gehandelt habe. Und ich tat es, ohne nachzudenken, weil ich solche Angst vor dem Alleinsein hatte. Glaub mir, ich habe es oft bereut.«
»Und jetzt?« fragte er grob. »Sie hatten viele Jahre Zeit, Ihre Tat rückgängig zu machen, doch der Schmuck der MacGregors ist bis heute nicht wieder aufgetaucht. Genausowenig wie das Geld.«
Sie begann zu jammern. »Ich weiß, aber ich habe mir eingeredet, daß ich das Geld mehr brauchte als du. Du warst schließlich jung. Und du warst ein Mann, der sein Geld besser als eine Frau verdienen konnte.«
»Ja, das wäre vielleicht kein Problem gewesen, wenn ich nur für mich selbst hätte sorgen müssen. Doch mittlerweile trage ich die Verantwortung für den ganzen Clan und die Instandhaltung von Kregora. Und wie sollte ich das tun, wenn das College, das ich besucht habe, nur zur Abrundung meiner Studien diente? Ich war nicht dort, um einen Beruf zu erlernen. Außerdem hätte ich gar nicht soviel arbeiten können, um die vielen Münder zu stopfen, die ich füttern muß. An die notwendigen Repa-

raturen in dem alten Schloß wage ich erst gar nicht zu denken.«
Als sie das hörte, geriet sie in Panik. »Lachlan, du mußt mich verstehen! Ich bin in großer Armut aufgewachsen. Mein Vater war ein Verschwender und Spieler. Meine Mutter starb, als ich noch ein Baby war. Es gab Zeiten, da wußte ich nicht, ob genug Essen für den nächsten Tag dasein würde. Ich konnte unmöglich in diese Verhältnisse zurückkehren. Dein Vater hat mich damals gerettet. Als er starb, war ich wieder verzweifelt. Verstehst du das nicht?«
»Nein, Winnifred, ganz gleich, wie Sie die Dinge sehen und welche Gründe Sie hatten. Sie haben mich und meinen Clan bestohlen. Und ich fordere alles zurück, bis auf den letzten Penny, jeden Ring und jede Halskette ...«
»Das Geld ist weg.«
Lachlan wurde sehr still. Seine Augen loderten. Wenn er an das viele Geld dachte, das sie mitgenommen hatte, und den kurzen Zeitraum, der verstrichen war ... nein, er konnte es nicht glauben. Niemand war in der Lage, innerhalb von drei Jahren diese Summe auszugeben – es sei denn, er führte das Leben einer Königin.
»Weg?« Das war alles, was ihm zu dieser irrsinnigen Behauptung einfiel. Er schrie das Wort förmlich heraus.
Die Witwe fuhr zusammen. »Ich wollte es nicht alles ausgeben, ganz ehrlich. Ich habe mich sogar ein ganzes Jahr lang in einem kleinen Cottage bei Bath versteckt und bin nie ausgegangen. Aber am Schluß habe ich mich unendlich gelangweilt. Ich mußte wieder unter Leute. Deshalb beschloß ich, für eine Weile die freigebige Witwe zu spielen – unter einem anderen Namen natürlich –, und zog nach Northumberland, wo ich ein Haus kaufte, in dem ich stilvolle Gesellschaften geben konnte. Ich habe auch ein wenig gespielt, nicht viel, aber – nun, ich bin nicht sehr gut darin, genausowenig wie dein Vater ...«
»Genug!« donnerte er. »Verdammt, Sie reden über mehr

als hunderttausend Pfund, Frau! Die können Sie doch nicht alle ausgegeben haben ...«

»Ich besitze noch immer den Schmuck«, warf sie schnell ein. »Wenigstens das meiste davon. Es ist noch nicht lange her, als ich zum ersten Mal einige wenige Stücke verkaufen mußte. Und dann habe ich das Haus. Ich überlasse es dir gern, sobald ich verheiratet bin, und das wird in Kürze geschehen.«

»Du überläßt mir das Haus, das du von meinem Geld gekauft hast?« fragte er ungläubig.

Er hätte beinahe gelacht. Sie schien das Absurde an ihrem Angebot nicht zu erkennen. Sowenig wie die Tatsache, daß alles, was sie besaß, ohnehin ihm gehörte. Diese Frau war ein dummes Huhn, eine leichtfertige, selbstsüchtige Person, und er hatte sich auf Kregora nie lange genug in ihrer Nähe aufgehalten, um das zu erkennen.

»Ich bin sicher, meinem Verlobten wird der Verlust des Hauses nichts ausmachen«, fuhr sie fort. »Er könnte sich sogar dazu überreden lassen, dir das verlorene Geld zurückzuerstatten. Er ist solch ein guter Mann und ziemlich reich. Ich bin sicher, daß ihm ein paar hundert Pfund nicht weh tun ...«

»Ein paar hunderttausend Pfund, wenn ich bitten darf!«

»Nun gut, auch das.«

Die Tür öffnete sich wieder, und Kimberly steckte den Kopf herein. »Ist dir klar, daß man dich durch die ganze Halle hören kann?«

»Meinetwegen kann man mich im ganzen verfluchten Land hören«, entgegnete Lachlan hitzig. »Hast du gewußt, daß diese Frau hier mehr als die Hälfte meines Erbes verschleudert hat, Kimber? Und sie besitzt die Dreistigkeit, mir vorzuschlagen, daß ihr Verlobter vielleicht hunderttausend Pfund davon ersetzt!«

»Oh, darauf würde ich nicht zählen«, entgegnete Kimberly ruhig. »Sie ist nämlich mit meinem Vater verlobt, mußt du wissen.«

40

»Ich finde es eher komisch«, bemerkte Megan, als sie von ihrer Stute Sir Ambrose glitt und das Pferd dem wartenden Stallknecht übergab.
Der Name des Reittieres, das nach ihrem Gemahl benannt war – und zwar lange bevor sie sich kennengelernt hatten –, gehörte in eine andere Geschichte. Und es machte Devlin nichts mehr aus, daß die Stute nach ihm benannt war, obwohl es Zeiten gegeben hatte, da dies anders gewesen war.
Sie waren eben von einem Ausritt zurückgekehrt, bei dem Megan ihn über den letzten Stand der Dinge in der Angelegenheit MacGregor-Richards unterrichtete. Normalerweise ritt sie frühmorgens, doch wenn sie mit ihrem Gemahl ausreiten wollte, mußte sie sich nach seinem Terminkalender richten, und er war den ganzen Vormittag beschäftigt gewesen. Deshalb hatte er auch den jüngsten sich anbahnenden Skandal verpaßt.
»Was findest du denn so komisch?« fragte er und nahm ihren Arm, als sie zum Haus zurückgingen. »Daß ich dem Highlander noch eine Entschuldigung liefern muß?«
»Nein, das …« Sie unterbrach sich überrascht. »Tust du das? Wofür denn?«
»Weil ich seine Geschichte mit dem gestohlenen Erbe nicht geglaubt habe«, sagte Devlin mißmutig. »Ich hielt sie für einen guten Trick, um sich Mitgefühl zu verschaffen.«
»Nun, wenn er nicht weiß, daß du so etwas gedacht hast, gibt es keinen Grund, dich bei ihm zu entschuldigen.«
»Ich glaube, doch. Mein Verdacht hat sich stark auf das Bild ausgewirkt, das ich mir von ihm gemacht habe, verstehst du. Wenn ich seine Geschichte von Anfang an geglaubt hätte, wäre ich vielleicht anders mit ihm umgegangen. Und ich wäre ihm sicher nicht gleich an die Kehle gesprungen, als die Pferde verschwunden waren …«

»Oje, du fühlst dich also wirklich ein wenig schuldig?«
Er nickte knapp. »Ein wenig.«
»Nun, dann ... aber du solltest wissen, daß er sich dadurch bestimmt nicht in seinem Handeln beeinflussen läßt.«
»Und was willst du tun?«
»Ich habe nicht die geringste Ahnung. Ich bin nicht einmal sicher, ob MacGregor selbst weiß, was er jetzt vorhat. Diese Witwe Marston ist wirklich eine dumme Gans. Es wäre, als würde man ein Kind bestrafen. Aber er hat seine Leute angesetzt, sie zu bewachen. Sie wird nirgendwo hingehen, bevor die Angelegenheit geklärt ist.«
»Und was hatte der Earl dazu zu sagen?« wollte Devlin wissen, als er zum Haus weiterging.
»Ich glaube nicht, daß er schon davon weiß – wenigstens hat ihm niemand etwas gesagt, bevor wir gingen. Das könnte sich nun geändert haben. Ich hoffe es. Denn es könnte ziemlich ... laut dabei zugehen, stelle ich mir vor.«
»Nun, ich habe gestern abend meine Pflicht erfüllt, so unerfreulich sie war. Aus allem weiteren halte ich mich heraus.«
»Das kann ich dir nicht verdenken«, entgegnete Megan. »Lord Richards ist der unangenehmste Mann, dem ich seit langem begegnet bin. Es ist schon ein kleines Wunder, daß Kimberly bei diesem Vater ein solch netter Mensch geworden ist. Und ich bin glücklich, daß sie diesen Highlander heiratet. Mit seiner naiven Unverschämtheit und seinem Charme wird er Lachen in ihr Leben bringen, und das wurde meiner Meinung nach auch langsam Zeit.«
Devlin hob eine Braue. »Oh, ist mir da etwas entgangen, meine Liebe? Ich hätte schwören können, daß ich dir gestern abend sagte, der Earl würde sich strikt weigern, dieser Ehe zuzustimmen.«
Megan machte eine wegwerfende Geste. »Ja, ja, ich weiß.

Aber du kannst dich darauf verlassen, daß die beiden trotzdem heiraten werden.«
»Du glaubst fest daran, nicht wahr?«
»Absolut.«

Als Kimberly die Tür zu ihrem Zimmer öffnete, hatte sie erwartet, Lachlan dort zu finden und von ihm zu erfahren, was er beschlossen hatte. Er war durch sein Gespräch mit der Witwe so verärgert gewesen, daß er Winnifred ohne ein weiteres Wort zu ihrem Zimmer geführt hatte. Dann hatte er einen Lakaien losgeschickt, der seine Clan-Brüder suchen sollte, und gewartet, bis sie eintrafen, um die Bewachung der Frau aufzunehmen. Anschließend war er verschwunden, um alles zu »überdenken«. Kimberly ging auf ihr Zimmer, wo sie sich ebenfalls ihre Gedanken machen wollte – als Vorbereitung auf das Gespräch mit ihrem Vater.
Sie hatte beschlossen, ihm ihre Entscheidung ohne große Umschweife mitzuteilen. Es gab nichts mehr zu bereden oder zu verhandeln, und deshalb bestand kein Grund, das Thema vorsichtig anzugehen. Der Earl mochte ein wenig toben und rasen – sie erwartete es nicht anders. Schließlich war sie an seine lauten Tiraden gewöhnt und hörte nur noch halb hin. Sonst hätte sie niemals diese langen Jahre mit ihm überlebt.
Die Sache mit Lachlans verwitweter und Kimberlys zukünftiger Stiefmutter war eine völlig andere Geschichte. Sie hatte nicht die geringste Absicht, ihren Vater zu verletzen. Wenn sie sich von ihm lossagte, würde ihm das überhaupt nicht weh tun, daran bestand kein Zweifel. Aber das hier ...
Ob er die Witwe liebte?
Es war möglich, wenn auch nicht sehr wahrscheinlich. Kimberly bezweifelte, daß er zu diesem Gefühl überhaupt fähig war. Vielleicht glaubte er, es wäre Liebe, was er für jene andere Frau all die Jahre empfunden hatte, doch sie vermutete, daß es sich eher um eine fixe Idee handelte.

Nein, es war wohl wahrscheinlicher, daß er sich wiederverheiraten wollte, weil er eine Frau im Haus brauchte. Auf Kimberly konnte er dabei nicht bauen, da sie seinen Bedürfnissen gleichgültig gegenüberstand und nicht bereit war, die Rolle noch lange auszufüllen. Die Witwe Marston hatte er womöglich nur deshalb gewählt, weil sie gesellschaftsfähig und in ihrem kleinen Kreis recht beliebt war.

Ob es ihm nahegehen würde, wenn man Winnifred verhaftete und unter Anklage stellte? Oder sähe er den Skandal nur als Rückschlag an und würde sich umgehend eine andere Frau suchen, die ihren Platz einnehmen konnte? Kimberly hätte es nicht sagen können.

Andererseits hatte er der Witwe lange Zeit den Hof gemacht. Er war häufig zu ihr ins Haus gegangen, auf Dinnerpartys und andere Geselligkeiten. In seinem Haus war sie ebenfalls eingeladen gewesen.

Zudem wußte alle Welt, daß sie verlobt waren. Wenn sie jetzt nicht heirateten, würde der Earl die Gründe erklären müssen, und da sie ihn kannte, konnte sie sich gut vorstellen, wie peinlich ihm dies wäre. Statt dessen würde er wahrscheinlich mit einer guten Entschuldigung aufwarten, die weit entfernt von der Wahrheit lag – wenn der Skandal dadurch eingedämmt werden konnte.

Fragen über Fragen. Kimberly war nicht sicher, ob sie das Thema überhaupt ansprechen sollte. Als seine Tochter kam ihr dieses Recht zu. Lachlan hätte sicher nichts dagegen. Was Winnifred betraf, nun, es bestand kein Zweifel, was sie dazu sagen würde.

Kimberly erhielt die Möglichkeit dazu unmittelbar, denn nicht Lachlan, sondern der Earl stand vor ihrer Tür und sah sie drohend an. Ganz offensichtlich hatte er sich in einen neuen Wutanfall gesteigert.

»Ich komme nun zum vierten Mal hier vorbei, um dich zu sprechen«, beschwerte er sich sofort. »Ich hätte dich wohl besser in deinem verdammten Zimmer einsperren sollen ...«

»Wollten Sie etwas von mir, Vater?«
»Ja, ich bin gekommen, um dir zu sagen, daß du deine Siebensachen packen sollst. Wir reisen heute ab.«
»Das glaube ich nicht.«
»Wie bitte?«
»Sie können natürlich fahren, aber ich bleibe, zumindest bis ich geheiratet habe.«
»Du hast so schnell einen anderen gefunden, der dich nimmt? Das glaube ich nicht. Wer ist es denn?«
»Niemand anderen. Ich heirate den Highlander, so wie es beschlossen war.«
»Ich verbiete es dir!«
»Ja, das weiß ich. Aber ich heirate ihn trotzdem«, entgegnete sie ruhig.
»Das ist eine völlige Mißachtung meiner Wünsche! Keine Tochter von mir ...«
»Ich bin Ihre einzige Tochter ...«
»Nicht mehr, bei Gott! Du bist enterbt. Enterbt, hast du gehört!«
»Ja, das weiß ich ebenfalls. Und nachdem auch diese Sache geklärt ist ...«
Kimberly unterbrach sich, da er sich mit wutentstelltem rotem Gesicht abwandte. Für ihn war sie bereits gestorben. Sie existierte nicht länger und verdiente deshalb nicht einmal ein Lebewohl. Er würde einfach gehen ...
Sie gab nun völlig die Zurückhaltung auf. »Bleiben Sie auf der Stelle stehen! Ich weiß nicht, warum ich mich überhaupt darum kümmere. Mir ist es gleich, ob Sie Winnifred heiraten oder ...«
Das ließ ihn abrupt herumfahren. »Du hast verdammt recht. Es geht dich nichts an – nicht mehr.«
»Es ging mich nie etwas an, oder bemerken Sie gar nicht, daß ich kein Interesse an Ihrem Leben habe? Was ich mit Ihnen besprechen wollte, betrifft die ernstlichen Schwierigkeiten, in denen sich die Witwe befindet. Sie läuft Gefahr ...«
»Wovon zum Teufel redest du?«

»Wenn Sie mich nicht unterbrechen würden, könnte ich alles erklären. Sie müssen wissen, daß sie vor ein paar Jahren eine Menge Geld von ihrem Stiefsohn gestohlen hat, mehr als hunderttausend Pfund, sowie ein Vermögen an Schmuck. Sie hatte auf beides kein Anrecht. Dennoch ist sie damit durchgebrannt. Da Sie sie hierhergebracht haben, konnte er sie schließlich finden. Er wird Ihnen vielleicht dafür danken wollen, obwohl ich das bezweifle, denn ich spreche von Lachlan MacGregor.«
Sein Blick zeigte, daß sie ihn verblüfft hatte, doch nur für eine kurze Sekunde. Er verbarg seine Überraschung sofort wieder. »Was für einen Trick versuchst du bei mir, Mädchen? Denkst du wirklich, daß ich dir diesen Unsinn glaube?«
»Ehrlich gesagt, ist es mir egal«, bemerkte sie kühl. »Ich dachte nur, da Sie die Absicht hatten, die Witwe zu heiraten, hätten Sie auch ein Recht zu erfahren, daß sie für dieses Verbrechen im Gefängnis landen könnte.«
»Es gibt kein Verbrechen! Und ich weigere mich, dir weiter zuzuhören ...«
»Sie hat ein volles Geständnis abgelegt, Vater. Sie hat auch zugegeben, daß das Geld fort ist, vergeudet. Den Schmuck besitzt sie zum größten Teil noch und wird ihn an Lachlan zurückgeben, ebenso wie das Haus. Aber ich bezweifle, daß er sich damit zufriedengibt. Es ist zuviel Geld im Spiel, um den Verlust mit einem Achselzucken abzutun. Es war das gesamte frei verfügbare Vermögen, das er besaß. Doch er ist noch unentschlossen, und deshalb besteht die Möglichkeit, daß Sie mit ihm sprechen, so wie Sie vielleicht auch mit der Witwe sprechen wollen. Da ich nicht annehme, daß Sie mir aufs Wort glauben.«
Er stand wie betäubt da und starrte zu Boden. Sie verstand seine Gefühle nur zu gut.
Nach einer Minute völligen Schweigens war er noch immer verwirrt. »Wie konnte sie nur etwas so Dummes tun?« fragte er.
Es war die natürlichste Reaktion, die sie jemals an ihm

erlebt hatte. Sie fühlte sich ehrlich berührt, und er tat ihr sogar leid. Deshalb verzichtete sie auf die Antwort, die am ehrlichsten gewesen wäre: »Weil Sie es mit einer dummen Gans zu tun haben.«
Statt dessen wich sie diplomatisch aus. »Sie hatte ihre Gründe, auch wenn diese keine Entschuldigung für ihre Taten darstellen. Ich denke, sie braucht jetzt eine starke Schulter, an der sie sich ausweinen kann.«
Er fing sich wieder, und die verdrießliche Miene kehrte zurück. Doch er wurde rot, da Kimberly seine momentane Verletzlichkeit bemerkt hatte.
Er räusperte sich, bevor er sie in brummigem Ton fragte: »Wie entschlossen ist dieser Schotte, Winnie verhaften zu lassen?«
Kimberly zwang sich, ernst zu bleiben. Beinahe mußte sie lachen. Sie wäre nicht im Traum auf die Idee gekommen, sich einmal in einer überlegenen Verhandlungsposition gegenüber ihrem Vater zu befinden. Er wollte die Witwe tatsächlich immer noch heiraten. Wer hätte das gedacht?

41

Kimberly brauchte über eine Stunde, um Lachlan zu finden, der in seiner Unruhe nie lange an einem Ort blieb, sondern ziellos auf dem Anwesen umherwanderte. Sie entdeckte ihn schließlich auf dem Pfad, der zum See mit den Booten führte. Bei ihren Erkundigungen nach ihm war sie hierhergeschickt worden.
Er konnte sich nicht lange dort aufgehalten haben. Der kalte Wind, der vom eisfrei gehaltenen Wasser herüberwehte, hatte ihn wahrscheinlich vertrieben, denn für einen ausgedehnten Aufenthalt im Freien war er nicht warm genug angezogen. Er hatte die Hände in die Taschen gesteckt, seine Wangen waren vom Wind gerötet,

und er klapperte mit den Zähnen. Doch er hatte noch immer ein warmes Lächeln für sie übrig, als er sie auf sich zukommen sah.
»O Darling, hast du Mitleid mit mir?« fragte er ohne Umschweife.
Sie trat näher zu ihm heran. »Weshalb?«
»Ich brauche jemanden zum Aufwärmen.«
In dem Moment glitt er schon mit den Händen in ihren Mantel, umschlang sie und preßte sie an seine Brust. Sie erschauerte, als die kalten Hände sich auf ihren Rücken legten, so daß er lachte, als er die Reaktion bemerkte.
»Schlimm, wie alles andere, wie?«
»Nein«, gab sie zu und errötete leicht. »Nur für einen Moment. Aber so wirst du nicht richtig warm. Du brauchst ein Feuer und ...«
»Du würdest überrascht sein, wie schnell du mich aufwärmen kannst«, murmelte er gegen ihr Ohr.
Sie erschauerte erneut. Sie beide wußten, daß es dieses Mal nicht am kalten Wetter lag. Dann berührte er mit seiner eisigen Nase ihre Wange, so daß sie zusammenfuhr und mit einem leisen Aufschrei zurücksprang. Er lachte. Sie ebenfalls, denn der Klang wirkte ansteckend.
Als das Lachen verebbte, seufzte er laut. »Nun gut, ich werde mich wohl mit einem Feuer zufriedengeben müssen – fürs erste wenigstens.«
»Du hättest dich wärmer anziehen sollen«, schalt sie ihn, als er ihren Arm nahm, um zum Haus zurückzukehren.
»Nein, hier herrscht mildes Wetter, verglichen mit den Highlands.«
»Das stimmt. In Northumberland ist es auch viel kälter. Wie lange bist du denn schon draußen?«
»Seit ich von dir weggegangen bin.«
Sie schüttelte vorwurfsvoll den Kopf. »Du kannst von Glück sagen, wenn du heute abend keinen Schnupfen hast.«
»Nun ja, ich schulde dir ohnehin noch einen Schnupfen, wenn ich mich recht entsinne.«

Sein Grinsen war bei weitem zu ungehörig, und sie wurde wieder rot. Ihr war noch sehr bewußt, daß er sich an ihrem Schnupfen angesteckt hatte, als er sie zum ersten Mal küßte. Um diesen erregenden Gedanken zu vertreiben, rief sie sich in Erinnerung, warum sie ihn gesucht hatte.

»Ich habe mit meinem Vater gesprochen«, sagte sie plötzlich.

Er blieb stehen, um sie in seine Arme zurückzuziehen. Sein Mitgefühl überraschte sie. »Es tut mir so leid, Darling. War es sehr schmerzhaft, ihn aus deinem Leben zu streichen?«

»Nein, aber …«

Er unterbrach sie mit sanfter Stimme. »Sag es nur, du mußt mich nicht schonen.«

»Lachlan, mein Vater und ich hatten nie eine enge Beziehung.« Sie lehnte sich zurück, um ihn zu beruhigen. »Es macht mir nicht das geringste aus, ihn niemals wiederzusehen, und ich bin sicher, daß er das gleiche sagen würde. Aber er hat mich mehr oder weniger enterbt. Ja, und dann kam eine Art Sinneswandel.«

»Weil auch er wußte, daß der damit verbundene Skandal auf ihn zurückfallen würde, stimmt's? Darauf habe ich gehofft … um deinetwillen.«

Sie lächelte schwach. »Vielleicht, aber wahrscheinlich erst, wenn der Schaden bereits entstanden wäre und nicht mehr gutgemacht werden könnte. Eines habe ich mit den Jahren begriffen. Wenn er wütend ist, und das ist er meistens, denkt er Dinge nicht zu Ende. Deshalb sind die Konsequenzen seine geringste Sorge.«

Er ließ sie in offensichtlicher Verwirrung los. »Dann hast du es geschafft, ihm die Enterbung tatsächlich auszureden?«

»Ich habe mit ihm darum gefeilscht, das trifft es besser.«

»Und was konntest du bieten?«

»Dich.«

Lachlan stutzte. Kimberly lachte über sein verblüfftes

Gesicht und beschloß, ihn ein wenig aufzuziehen. Sie hakte sich wieder bei ihm ein und zog ihn weiter den Weg entlang. Das funktionierte nur drei Schritte. Dann stemmte er die Füße gegen den Boden, und sie konnte ihn nicht mehr von der Stelle bewegen.

»Kimber, du glaubst doch nicht, daß du ohne Erklärung davonkommst, oder?«

»Nun – vielleicht – na ja, jetzt, wo du es sagst ...«

Er wartete gespannt. Als nichts von ihr kam und sie ihn nur mit großen Augen anstarrte, wurde er noch neugieriger. Ihr breites Lächeln verriet sie schließlich, und nach einem Moment schüttelte er den Kopf und grinste ebenfalls ... zur Vergeltung. Als er nach ihr griff, wußte sie, daß sie in Bedrängnis geriet. Sie schrie auf, hob die Röcke und rannte den Weg weiter.

Natürlich war es absurd, wenn sie glaubte, vor seinen langen Beinen davonlaufen zu können, und sie versuchte es nur wenige Augenblicke. Allerdings hatte sie nicht erwartet, am Boden zu landen, in einer höchst ungehörigen Position über ihm, während das Lachen seinen Oberkörper erschütterte und sie gleichfalls durchrüttelte.

»Du bist verrückt«, schimpfte sie und versuchte aufzustehen, doch er ließ sie nicht. »Wir sind doch keine Kinder.«

»Wenn ich zu alt zum Spielen bin, Darling, werde ich am Stock gehen und die Haare zählen, die mir noch geblieben sind. Also, vielleicht höre ich selbst dann nicht auf, mit dir zu spielen.«

Sie sah ihn streng an, wenn auch nur wenige Sekunden. Er wirkte einfach zu jungenhaft, wild und selbstzufrieden. Außerdem klang, was er gesagt hatte, ziemlich aufregend und sinnlich, was sicher Absicht war, da er sich kaum eine Gelegenheit für sexuelle Anspielungen entgehen ließ.

Kimberly wurde wieder einmal rot, und als er es bemerkte, küßte er sie natürlich. Eine Sache führte zur nächsten, und bevor sie es begriff, glitt seine Hand unter ihren Rock, wo die Finger auf ihren Schenkeln einen eisi-

gen Gegensatz zur Hitze seiner Lippen auf ihrem Mund bildeten und sie gleichzeitig vor Vergnügen und Kälte erschauerte.
Dann sah er sie tief verärgert an. »Ich muß zugeben ... für dieses Spiel ist das hier im Winter nicht der richtige Platz.«
»Ganz zu schweigen von der Möglichkeit, daß jemand vorbeikommen könnte«, fuhr sie im gleichen Ton fort.
»Also ... das würde mich nicht stören ...«
»Mich aber ...«
»Nicht sehr lange, Darling. Ich verspreche dir, daß du dich sehr schnell daran gewöhnst, wenn du erst bei mir zu Hause bist.«
Natürlich wurde sie wieder rot. Hoffentlich gewöhnte sie sich auch bald an seine sexuellen Anzüglichkeiten, damit sie nicht jedesmal aussah, als hätte sie einen Sonnenbrand, wenn er sich länger als ein paar Minuten in ihrer Nähe aufhielt.
»Und nun, bevor ich dich aufstehen lasse«, sagte er plötzlich sehr ernst, »sagst du mir, was mit deinem Vater geschehen ist, oder hast du vergessen, warum du hier auf dem Boden gelandet bist?«
Sie hatte es vergessen. Aber Lachlan besaß die Begabung, sie alles vergessen zu lassen, wenn er sie in seinen Armen hielt und ...
»Nun?«
»Nun, ich habe ihm von Winnifreds kleinem Problem erzählt«, sagte sie.
»Von ihrem kleinen Problem?«
Sie seufzte. »Gut, von dem großen Problem. Und ich gab ihm zu verstehen, daß er, falls er die Frau immer noch heiraten will, ja für einen Großteil dessen aufkommen könnte, was sie dir schuldet. Dann wärst du – vielleicht – dazu bereit, die Sache nicht weiterzuverfolgen.«
Er rollte zur Seite, setzte sie neben sich auf den Boden und richtete sich auf. »Und wie laut hat er gelacht?« fragte er mit einem Schnauben.

»Überhaupt nicht. Mein Vater wird dir die Hälfte des Geldes geben. Und ich ersetze den Rest.«
»Ach, das will er also tun? Wirklich? Und damit soll alles wiedergutgemacht sein, die Sorgen und die Not, die diese Frau ... was hast du gesagt? Du wirst den Rest ersetzen? Du besitzt eigenes Geld?«
»Ja.«
Er lächelte plötzlich. »Wie?«
Er war so wunderbar überrascht, daß sie lachen mußte. »Ja, ich habe eigenes Geld.«
»Verdammt, und wann wolltest du mir davon erzählen?«
»Oh, irgendwann nach unserer Hochzeit, nehme ich an. Doch wie ich sagte, er gibt die andere Hälfte des Geldes. Er will sie noch immer heiraten, mußt du verstehen. Als zusätzliches Angebot hat er außerdem zugestimmt, mich nicht zu enterben – offiziell –, falls ich dich immer noch heirate. Dazu mußt du einwilligen, die Angelegenheit fallenzulassen. Nur bei der Mitgift wird er nicht mit sich reden lassen. Er weigert sich weiterhin, diese einem Schotten zu geben.« Sie lachte plötzlich.
»Was ist los?«
»Ich habe es ihm nicht gesagt, aber es kommt auf dasselbe heraus, wenn du verstehst, was ich meine. Was er dir gibt, entspricht ungefähr meiner Mitgift. Er wird einen neuen Anfall bekommen, wenn er dahinterkommt. Was glaubst du? Klingt das annehmbar für dich?«
Lachlan rieb sich das Kinn und blickte sehr nachdenklich drein. »Ach, ich weiß nicht, Darling. Ich muß wohl noch etwas darüber nachdenken.«
Ihre Augen verengten sich. »Da gibt es nichts ... du willst ihn absichtlich warten lassen, stimmt's?«
Seine Augen weiteten sich in gespielter Unschuld. »Glaubst du wirklich, das würde ich tun, nur weil der Mann mich haßt und nicht will, daß ich seine einzige Tochter heirate? Nur weil er ein gemeiner, hitzköpfiger Kerl ist, der es verdient, noch eine Weile zu schmoren?«

Sie hatte es Megan so oft sagen hören, daß das Wort von allein herauskam: »Absolut.«
Lachlan grinste. »Also, es gefällt mir wirklich, daß du mich so gut zu kennen glaubst. Aber in diesem Fall ... nun, in diesem Fall stimmt es.«

42

Kimberly glaubte nicht unbedingt, daß es eine gute Idee war, ihren Vater warten zu lassen, doch was Winnifred anging, stimmte sie zu. Wenn Lachlan schließlich in ihrem Sinne entschied, das Geld und den zurückgegebenen Schmuck anzunehmen und die Sache anschließend auf sich beruhen zu lassen, woran Kimberly keinen Augenblick zweifelte, käme die Witwe ungestraft mit dem Diebstahl davon.
Sie warten und während dieser Zeit auf ihrem Zimmer bewachen zu lassen, war die einzige Strafe, die sie für ihre Tat erhalten würde. Das schien wenig genug für all die Sorgen und Probleme, die sie den MacGregors bereitet hatte, doch es war besser als gar nichts.
Ihr Vater dagegen nahm das Warten nicht sehr geduldig hin. Seine Laune hätte kaum noch schlimmer sein können, was ihn unerträglich machte. Zum Glück blieb auch er die meiste Zeit auf seinem Zimmer oder bei der Witwe, so daß die anderen Hausbewohner nicht zu sehr unter seinem Mißmut leiden mußten.
Kimberly hatte Lachlan nicht gefragt, doch sie vermutete, daß er seine Entscheidung erst verkünden würde, wenn sie verheiratet waren. Das wäre eine weitere Demütigung für ihren Vater, auf die dieser sicher gern verzichten würde. Bestimmt zog er es vor, wieder abzureisen, bevor sie sich in aller Offenheit seinen Wünschen widersetzte.
Natürlich würde er nicht zur Trauung erscheinen. Hätte

Kimberly seine Anwesenheit gewünscht, wäre ihr das peinlich gewesen. Doch nun war es ihr gleichgültig, ob er kam oder darauf verzichtete. Solange Lachlan da war …

Da Weihnachten bevorstand, hatte Megan vorgeschlagen, daß sie die Feiertage zusammen verbrachten – von einer vorherigen Abreise wollte sie nichts hören –, und einige Tage später sollte dann die Hochzeit stattfinden. Und den Vorschlägen der Herzogin wurde meistens Folge geleistet.

Kimberly fand nichts an dieser Planung auszusetzen. Sie hatte viel mit Einkäufen zu tun und mußte schwierige Briefe an ihre wenigen Freunde in Northumberland schreiben, in denen sie erklärte, warum sie nicht zurückkehrte. Dann folgte ein langer, ausführlicher Brief an die Haushälterin der Richards, in dem sie Anweisungen gab, ihre gesamte Habe einzupacken und in die Highlands zu schicken, und ebenso alle anderen Gegenstände im Haus, die sie als ihr Eigentum betrachtete.

Am wichtigsten waren die Möbel, die ihrer Mutter gehört hatten. Manche Teile waren nach so vielen Jahren zu Bestandteilen des Hauses geworden, wie das große Gemälde über dem Kamin im Salon, das antike Porzellan im Eßzimmer und die Großvateruhr aus Walnußholz im Queen-Anne-Stil, die seit der Mitte des siebzehnten Jahrhunderts in der Familie ihrer Mutter weitervererbt worden war.

Diese Dinge besaßen für ihren Vater keine Bedeutung, doch für sie waren es Kostbarkeiten, und sie würde mit Zähnen und Krallen darum kämpfen, daß sie sie mitnehmen konnte. Was aber nicht nötig war.

Als sie ihrem Vater die Liste der Gegenstände gab, die sie verlangte, nickte er nur und wandte sich wieder seiner gegenwärtigen Beschäftigung zu, ohne seine Tochter weiter zu beachten. Wie vertraut ihr dieses Verhalten war. So hatte er sie die meiste Zeit ihres Lebens behandelt.

Weihnachten kam viel zu schnell, und es wurde ein wirkliches Fest. Es waren die schönsten Feiertage, die Kimberly jemals erlebt hatte. Sie hatte für jeden der St. James' eine Kleinigkeit gekauft, sogar ihrem Vater schenkte sie eine Kiste seiner Lieblingszigarren. Er selbst hatte ihr noch nie ein Geschenk gemacht, zu keiner Gelegenheit. Ihre Mutter pflegte zu sagen, daß die Geschenke von beiden stammten, doch als Kimberly älter wurde und Bescheid wußte, hörte sie mit solchen Behauptungen auf.
Daß Kimberly dieses Mal wieder nichts von ihm erhielt, störte sie folglich nicht weiter. Sie hatte gar nichts anderes erwartet. Nichts konnte ihr diesen Tag verderben, dank Lachlan, der sie ungeniert aufzog und so oft unter dem Mistelzweig abfing, daß die anderen darüber ihre Scherze machten. Am meisten freute sie ihre gemeinsame Idee, sich etwas Lustiges zu schenken.
Lachlan brach in Lachen aus, als sie ihm einen Gehstock überreichte und ihn an den Tag erinnerte, als er davon gesprochen hatte. Er warnte sie. »Ich werde das Ding auf deinem Hinterteil ausprobieren, wenn du damit anfängst, die restlichen Haare auf meinem Kopf zu zählen – bevor ich dreißig bin.«
Sie betrachtete seine dichte dunkelbraune Mähne. »Wird dein Haar so früh ausfallen?« fragte sie ernst. »Nun, es gibt natürlich Perücken, und ich werde deine bestimmt jedesmal wieder befestigen, wenn sie herunterzufallen droht. Es ist eine ziemliche Schweinerei, wenn sie in die Suppe fällt ... ihr eßt doch Suppe in den Highlands?«
»Nein, aber wir servieren freche Engländerinnen zum Dinner, wenn diese nicht aufpassen.«
Es gelang ihr nicht länger, ein unbewegtes Gesicht zu machen, und sie begann zu lachen. »Ich werde nicht gut schmecken, das verspreche ich dir.«
»Aber, Darling, das ist wirklich gelogen. Ich weiß bereits, wie gut du schmeckst.«
Er bewies es, indem er sie unter den Mistelzweig

zurückzog und laut auf ihre Lippen schmatzte. Anschließend gab er ihr ein halbes Dutzend schnelle Küsse, die sie zum Kichern bracht, bevor er damit fertig war. Duchy hatte von ihrem neuen Briefpapier aufgesehen. »Guter Gott, es müßte ein Gesetz gegen diesen Lärm geben. Dev, mein Junge, zeigst du ihm nicht, wie man das richtig macht?«
Der Herzog ließ sich nicht lange bitten und zog die protestierende, aber kichernde Megan ebenfalls unter den Mistelzweig, und es dauerte nicht lange, bis alle lachten, weil die beiden natürlich keinen Ton von sich gaben und auch nicht so aussahen, als ob sie so bald wieder aufhören würden.
Wenig später übertraf Lachlan Kimberlys Scherzgeschenk, indem er einen Sonnenschirm aus dem Jackett zog und ihr mit schwungvoller Geste überreichte.
Kimberly erkannte den spaßhaften Hinweis und verzog den Mund zu einem leichten Grinsen. »Tapfer von dir.«
»Ja, für dich nehme ich es mit jedem auf, Darling«, sagte er, und sie hätte schwören können, daß er sie dieses Mal nicht aufzog.
Sie lächelte ihn an. Er konnte so charmant sein und wußte genau, was er sagen mußte, um eine Frau zu umwerben. Dann wieder kamen nur die falschen Dinge aus seinem Mund, sinnliche und sexuelle Anspielungen, die nicht für ihre Ohren geeignet waren – und mit denen er sie zum Erröten brachte.
Sie hatte ihm auch ein Paar sehr teure, mit Diamanten besetzte Manschettenknöpfe gekauft, die ihr einen weiteren Kuß einbrachten, ganz ohne Mistelzweig und voller Wärme und Verlangen. Am Ende des Tages überraschte er sie mit einem weiteren Geschenk, das sie wirklich nicht erwartet hatte.
Es war eine kleine Schachtel. »Ich habe es gekauft, bevor dein Vater auftauchte«, erklärte er.
Sie hob den Deckel und sah etwas, das ein Verlobungsring sein könnte. Jetzt verstand sie seine vorangehende

Erklärung. Es war seine Art, sich dafür zu entschuldigen, daß es sich um einen eher schlichten Ring handelte. Immerhin war es ein kleiner Smaragd guter Qualität, und sie wußte, daß er kaum das Geld besaß, überhaupt Schmuck zu kaufen. »Wie hast du das gemacht?« fragte sie ungläubig.

Er zuckte mit den Achseln, um die geringe Wichtigkeit zu betonen. »Ich habe mein Pferd verkauft. Ich bin ohnehin kein großer Reiter, deshalb werde ich den Gaul kaum vermissen. Vielleicht nehme ich doch die drei, die der Herzog mir überlassen wollte, natürlich nur, damit wir nach Hause kommen.«

Aus irgendeinem albernen Grund fühlte Kimberly sich beinahe zu Tränen gerührt. Er war zu nichts verpflichtet gewesen. Er hätte warten können, bis er genug Geld besaß, um ein solches Geschenk zu machen. Sie hätte es verstanden. Seine Verhältnisse waren ihr bekannt. Daß er dennoch diesen Ring gekauft hatte, weil er ihn vor der Hochzeit übergeben wollte, wie es Tradition war, machte das Geschenk um so wertvoller für sie. Dieser Ring würde ihr weit mehr bedeuten als ihr eigener Schmuck.

Um sich mit ihren Tränen nicht lächerlich zu machen, knüpfte sie an seine Bemerkung an, daß er möglicherweise doch die drei Zuchtpferde von Devlin annehmen würde. »Ich habe es schon getan.«

»Was getan?«

»Sie angenommen«, antwortete sie so beiläufig wie möglich. »Sie sind eine gute Investition. Zufällig kenne ich mich in solchen Dingen aus.«

»Ach ja?« fragte er und blickte skeptisch, bis er ihr selbstzufriedenes Lächeln bemerkte. »Mag schon sein«, räumte er ein. »Ja, verdammt, ich bin froh, das zu hören, Darling. Die MacGregors haben nicht viel Glück auf diesem Gebiet. Und ich glaube, es wird Zeit, daß sich das endlich ändert.«

43

Einen Tag später war Kimberly am späten Nachmittag bei Mrs. Canterby, nur wenige Stunden vor der Hochzeit – sie zählte bereits die Minuten –, als eines der Hausmädchen zu ihr kam.
Unter ihren neuen Kleidern befand sich ein Modell, das sich als ideales Hochzeitskleid herausstellte, so daß sie beinahe annahm, die Näherin hätte es bereits mit diesem Hintergedanken angefertigt. Es waren nur wenige Änderungen und zusätzliche Ausschmückungen notwendig, an denen die Frau während der vergangenen Woche gearbeitet hatte. Kimberly war zur letzten Anprobe erschienen und um ihr Einverständnis zu geben. Natürlich fand sie nichts an Mrs. Canterbys Arbeit auszusetzen, dazu besaß die Dame einen viel zu sicheren und eleganten Geschmack.
Das Mädchen, das zu ihr kam, war noch jung. Es gehörte zum Personal, das im herrschaftlichen Wohnbereich Dienst tat. Sie wollte allein mit Kimberly sprechen. Draußen auf dem Korridor begann sie zu flüstern. »Ich bin für die Reinigung des Zimmers zuständig, in dem Ihr Vater wohnt, und ich fühle mich jedesmal erleichtert, wenn er nicht – nun, heute ist er da, aber er will mich nicht hereinlassen. Er antwortet nicht einmal auf mein Klopfen. Aber ich weiß, daß er im Zimmer ist, denn ich höre durch die Tür sein Weinen.«
»Weinen?«
»Ja, Madam«, bestätigte das Mädchen und nickte hoffnungsvoll, als würde sie dadurch Kimberlys Zweifel leichter beseitigen.
Es half nicht. Kimberly mochte nicht glauben, was sie da hörte, bevor sie sich nicht selbst davon überzeugt hatte. Welch ein Unsinn! Wahrscheinlich handelte es sich nur um eine gefangene Katze, die zufällig in den Raum geschlüpft war und nun wieder hinaus wollte. Ihr Vater befand sich wahrscheinlich gar nicht im Zimmer. Das

Mädchen konnte das Miauen einer Katze nicht von menschlichem Weinen unterscheiden.
Sie seufzte. »Gut, ich werde nachsehen, was los ist, sobald ich mich wieder umgezogen habe«, sagte sie dem Mädchen. »Und danke, daß Sie mich benachrichtigt haben.«
Kimberly beeilte sich nicht. Die Sache war einfach zu absurd. Als sie Mrs. Canterbys Räume verließ, hatte sie beinahe schon entschieden, sich nicht weiter darum zu kümmern. Das Zimmer ihres Vaters befand sich in einem anderen Flügel, und es war ein ziemlich langer Weg dorthin. Es wäre die reine Zeitverschwendung – aber dann war da noch immer die Katze. Sie konnte das Tier nicht einfach dort lassen, wenn es offenbar verzweifelt schrie, weil es eingesperrt war.
Also machte sie sich auf den Weg, und als sie vor der Tür ihres Vaters ankam, hörte sie nicht das kleinste Geräusch. Sie klopfte leise, aber noch immer regte sich nichts. Dann öffnete sie die Tür einen Spaltbreit und erwartete, daß die Katze an ihr vorbeistürmen würde. Nichts geschah. Sie öffnete die Tür etwas mehr. Und dort saß er, in einem Sessel, die Hände vor den Augen. Er trug einen Hausmantel, als hätte er sich den ganzen Tag noch nicht angezogen.
Sie war überrascht. Und dann stieg Mitgefühl in ihr auf. Wenn er wirklich geweint hatte – was sie noch immer kaum zu glauben wagte –, aber …
»Ist alles in Ordnung mit Ihnen?« fragte sie vorsichtig.
Ihre Stimme ließ ihn aufschrecken. Die Hand sank herunter und gab seine blutunterlaufenen Augen frei. Aber es waren weder Tränen noch Spuren davon zu sehen, was allerdings nichts zu sagen hatte. Er konnte sie weggewischt haben.
»In Ordnung?« brauste er auf. »Sicher. Warum sollte nicht alles mit mir in Ordnung sein?«
Kimberly stutzte. Seine Stimme klang eindeutig schleppend. Dann bemerkte sie die beinahe leere Flasche Brandy auf dem Tisch neben ihm.

Er war betrunken. Unglaublich. Cecil Richards trank niemals über den Durst, eher im Gegenteil. Ein Glas Wein zum Dinner, mehr erlaubte er sich nicht. Oder einen Cocktail auf einer Party. Das war alles.
So hatte sie ihn noch nie gesehen. Wahrscheinlich gab es auch sonst niemanden, der ihn in diesem Zustand kannte. Es war ein einmaliges Erlebnis, seltsam und verblüffend.
Sie konnte nicht anders, als ihn zu fragen. »Warum trinken Sie am hellen Nachmittag?«
»Tue ich das?«
Sie hob eine Braue. »Das denke ich doch.«
»Ich auch«, schnaubte er. »Und warum sollte ich nicht, wenn dieser Mistkerl, den du heiraten willst, seine verdammte Meinung nicht ändern will.«
Das war es also! Das Warten hatte ihm tatsächlich schlimmer zugesetzt, als sie geglaubt hatte. Dennoch wäre es für ihren Vater typischer gewesen, sich in einen gehörigen Wutausbruch zu steigern, statt zu trinken. Es sei denn, er fürchtete sich davor, Lachlan in dieser Angelegenheit die Stirn zu bieten.
»Erinnert mich an Ian«, murmelte er weiter.
»Was denn?« fragte sie und glaubte, er meinte Lachlans Unentschlossenheit.
»Das Trinken. Er konnte beim Alkohol nie maßhalten, dieser Säufer.«
»Wer ist Ian?«
Er griff nach der Flasche, verfehlte sie und vergaß sofort wieder seine Absicht. »Mein bester Freund, wenigstens war er das, dieser Bastard. Du kennst ihn nicht, Mädchen. Er ist es auch nicht wert, daß man ihn kennt, deshalb sei dankbar dafür.«
Bester Freund? Sie hatte nie etwas von engeren Freunden ihres Vaters gewußt. Thomas, der Vater von Maurice, war eine Ausnahme gewesen. Doch handelte es sich dabei eher um eine Geschäftsverbindung. Seine schroffe Art entfremdete ihm die Leute schnell und hielt sie auf

Distanz. Die Freundschaft mit diesem Ian mußte also schon lange zurückliegen. Vielleicht hatte ihr Vater früher einen angenehmeren Charakter besessen, so daß die Menschen ihm näher sein konnten. Ganz offensichtlich hatte der Tod seiner wahren Liebe ihn verdrießlich und bitter werden lassen. Das war vor Kimberlys Geburt geschehen.

Nun wußte sie, warum er betrunken war. Seine Vergangenheit interessierte sie nicht weiter. Sie überlegte vielmehr, wie sie ihn geschickt dazu bringen konnte, sich ins Bett zu legen, um seinen Rausch auszuschlafen. Denn ihr war nicht wohl, wenn sie ihn in diesem Zustand verließ.

»Was machte Ian, wenn er zuviel getrunken hatte? Seinen Rausch ausschlafen?« fragte sie und versuchte, ihn indirekt zu lenken.

Er verstand den Hinweis nicht. Im Gegenteil, etwas Schlimmeres hätte sie nicht sagen können. Sein Gesicht lief rot an, und alle Anzeichen deuteten darauf hin, daß er wieder einen seiner Anfälle bekam. In dem gegenwärtigen Zustand könnte dies wirklich unangenehm werden, stellte sie sich vor.

Sie machte bereits einen Schritt rückwärts zur Tür, als er explodierte. »Was er getan hat? Ja, was denn? Er hat mir Ellie gestohlen, das hat er gemacht! Und er hat sie umgebracht! Möge er in der Hölle verfaulen, wenn er jemals dorthin gelangt!«

Guter Gott, das hatte sie noch nie gehört. Sie wußte nur, daß die Frau nach Cecils Meinung von einem Schotten getötet worden war, und deshalb haßte er nun alle Schotten. In den Augen aller anderen war es ein Unfall gewesen.

»Ian war Schotte? Ihr bester Freund?«

Er stierte sie dumpf an. »Das ist verdammt lange her, aber es stimmt. Ich war dumm genug, diesen Fehler in meiner Jugend zu begehen. Es gibt nichts, was ich mehr bereue, und ganz sicher werde ich nie wieder ein solcher Narr sein, einem Schotten zu trauen.«

»Ich verstehe nicht ganz. Warum sollte er sie stehlen, wenn er Ihr bester Freund war?«

»Weil er sie auch liebte, woraus er ein verdammtes Geheimnis machte. Er hat es mir erst nach ihrem Tod gesagt. Ich wollte ihn umbringen, das wäre das einzig Richtige gewesen. Ich habe mein Leben lang bereut, daß ich es nicht getan habe.«

Kimberly hatte nie erfahren, was wirklich vorgefallen war, sondern immer nur Bemerkungen über kleine Einzelheiten gehört, die im Laufe der Jahre immer wieder gefallen waren, besonders dann, wenn ihr Vater auf ihre Mutter zornig gewesen war und ihr vorgehalten hatte, daß sie nur zweite Wahl war. Ob er ihr nun mehr erzählen würde?

»Wie ist sie gestorben?« fragte sie vorsichtig.

»Weil Ian MacFearson betrunken war, deshalb! Er hätte nie die Unverfrorenheit besessen, mit ihr durchzubrennen, wenn er nüchtern gewesen wäre. Er hat sie in den frühen Morgenstunden geraubt und ist mit ihr über die Grenze geflohen. Sie fiel bei dem schnellen Ritt von ihrem Pferd und war sofort tot. Bis auf den heutigen Tag glaube ich, daß sie freiwillig abgesprungen ist, weil sie es nicht ertragen hätte, von diesem Schurken entehrt zu werden. Er behauptete, es sei ein Unfall gewesen, daß ihr Pferd gestolpert sei, sich ein Bein gebrochen und sie dabei abgeworfen habe.« Cecil schnaubte. »Verdammter Lügner! Er hat nur versucht, die Schuld von sich abzuwälzen.«

»Wenn er sie ... auch geliebt hat, wie hat er dann ihren Tod aufgenommen? Er mußte doch genauso verzweifelt gewesen sein wie Sie.«

»Er hat mich verantwortlich gemacht, ohne Zweifel. Warum sonst hätte er sich rächen wollen?«

»Sich rächen?«

»Ja. Ich brauchte noch immer eine Frau. Und ich sah keinen Grund, warum ich länger warten sollte, denn ich war sicher, nie wieder lieben zu können. Deshalb habe ich deine Mutter genommen. Ian hat auf seine Chance

gewartet, bis wir verlobt waren. Dann hat er sich darangemacht, Melissa zu verführen, damit sie sich in ihn verliebte. Ich sollte am eigenen Leib erfahren, was es bedeutete, eine Frau zu wollen, die jemand anderen liebte. Das war seine Rache dafür, daß Ellie mich liebte und nicht ihn. Es hat geklappt. Ich bezweifle nicht, daß Melissa ihn bis an ihr Lebensende geliebt hat.«
Könnte das die Wahrheit sein? Kimberly hatte immer geahnt, daß es zwischen ihren Eltern keine Liebe gab, auch keine Nähe. Wenigstens hatte sie nie etwas davon bemerkt. Sie lebten einfach im gleichen Haus, traten gemeinsam bei gesellschaftlichen Anlässen auf, sprachen jedoch selten miteinander. Ob ihre Mutter während all dieser Jahre einen anderen Mann geliebt haben könnte?
Dann lachte Cecil. Es war ein häßliches Lachen, mit einer Spur Selbstgefälligkeit. »Doch ich habe ihm den Spaß verdorben, denn ich liebte sie nicht. Ich habe sie nur geheiratet, weil ich eine Frau brauchte. Mir war gleich, welche. Er ging allerdings nach Schottland zurück, bevor ich ihm mitteilen konnte, daß seine Mühe vergeblich war. Ich habe als letzter gelacht. Denn er erfuhr nicht einmal, daß er dich zurückgelassen hatte, dieser Narr.«
Kimberly wurde sehr still. Ihr stockte der Atem. »Was meinen Sie damit, daß er mich zurückgelassen hat?«
Cecil stutzte und schien überrascht von ihrer Frage. Dann zuckte er mit den Achseln. »Du gehst deinen eigenen Weg und bist dumm genug, diesen Highlander zu heiraten. Deshalb gibt es keinen Grund mehr, dir die Wahrheit vorzuenthalten.«
»Welche Wahrheit?«
»Du bist nicht mein, Mädchen. Du bist ganz er, die gleichen Augen, das gleiche Haar, der gleiche Mund – das gleiche Lächeln. Ich hasse dieses Lächeln an dir, verstehst du. Es erinnert mich an ihn. Deine Mutter sah auch die Ähnlichkeit und war stolz darauf, bei Gott. Aber ich habe dich als mein Kind anerkannt. Etwas anderes wäre mir auch nicht übriggeblieben. Mir war es außerdem

gleichgültig. Ich hatte nicht erwartet, einen Erben von ihr zu bekommen, da ich sie ohnehin nicht anrühren wollte, wenn ich wußte, daß sie Ian liebte. Von ihr scheiden lassen konnte ich mich nicht, auch wenn ich es später gern getan hätte. Der Skandal, verstehst du? Ich saß mit ihr in der Falle – und mit dir.«

Kimberly schüttelte langsam den Kopf und war so schockiert, daß sie kaum weitersprechen konnte. »Das kann nicht die Wahrheit sein. Mutter hätte mir davon erzählt.«

Cecil schnaubte. »Auch nachdem sie mir schwören mußte, es nicht zu tun? Sei nicht dumm, Mädchen. Ihr Versprechen war ihre einzige Garantie, daß ich euch beide nicht hinausgeworfen habe und alle Welt von ihrer Schande erfuhr.«

Er war nicht ihr Vater. Nein, er war es nicht ... Sie mußte es sich immer wieder sagen, bis sie langsam begriff und der Gedanke Wirklichkeit wurde, daß dieser kaltherzige Tyrann nicht mit ihr verwandt war. Plötzlich löste sich dieses kleine, nagende Gefühl der Schuld auf, daß sie ihn nicht richtig hatte lieben können, das sie so lange mit sich herumgetragen hatte. Oft hatte sie sogar Haß auf ihn empfunden. Ihr wurde mit einem Mal leicht. Sie lächelte beinahe. Dann stieg in ihr der Impuls auf, in Lachen auszubrechen.

Er war nicht ihr Vater, und sie war so ... beglückt.

Er hatte es nie jemandem gesagt – bis heute. Aber wie sie ihn kannte, bezweifelte sie sehr, ob er tatsächlich wegen des Versprechens ihrer Mutter geschwiegen hatte. Viel wahrscheinlicher war, daß er nicht öffentlich Hörner hatte tragen wollen, dachte sie bitter.

»Lebt er noch?«

»Wer?«

Er hatte den Kopf nach vorn sinken lassen und hielt die Augen geschlossen. Der Alkohol tat seine Wirkung. Doch sie wollte eine Antwort.

»Ian MacFearson. Lebt er noch?«

Er kämpfte mit sich, um die Augen wieder zu öffnen. Dann blinzelte er sie an. »Das hoffe ich nicht. Ich wünsche nichts mehr, als daß er schon in der Hölle verfault.«
»Aber sicher wissen Sie das nicht?«
»Willst du nach ihm suchen?« Er grinste. »Er wird es dir nicht danken, wenn er erfährt, daß er eine erwachsene uneheliche Tochter hat. Er hat deine Mutter nicht geliebt, du Närrin. Er hat sie nur verführt, weil er mich damit treffen wollte. Weshalb sollte er sich also für dich interessieren?«
Damit hatte er zweifellos recht. Doch wenn der Mann noch am Leben war, könnte sie seinen Aufenthaltsort ausfindig machen und zumindest mit ihm sprechen. Es war nicht nötig, ihm zu sagen, daß er ihr Vater war. Dieses Geheimnis würde sie bewahren. Doch wenigstens wüßte sie dann, wie er aussah und was für ein Mensch er war. Und würde sie sich ewig grämen, wenn er sich als nett und anständig herausstellte? Als jemand, der in allem anders war als Cecil Richards? Würde ihr klarwerden, was ihr in all den Jahren entgangen war und daß sie einen richtigen Vater besaß, der sie mit Liebe hätte umgeben können?
Sie seufzte. Nein, vielleicht war es besser, nichts darüber zu wissen. Es genügte ihr, daß Cecil Richards nicht ihr Vater war.
Kimberly wandte sich zur Tür, blieb noch einmal stehen und sah kopfschüttelnd zu ihm zurück. »Sie sollten zu Bett gehen und Ihren Rausch ausschlafen. Wahrscheinlich werden Sie die Entscheidung morgen erfahren und ...« Sie schwieg und erinnerte sich, warum sie überhaupt hergekommen war. »Warum haben Sie geweint?«
»Geweint?« Er fuhr jäh auf. Sein Gesicht lief dunkel an, und er brummte: »Nein, ich habe vielmehr gelacht bei der Vorstellung, wie ich diesem Lumpen nach der Hochzeit mitteilen werde, daß er einen Bastard geheiratet hat.«
Er log. Wahrscheinlich mochte er etwas so Normales wie Weinen nicht zugeben. Sie nahm an, daß der Alkohol ihn melancholisch gestimmt und die Erinnerung

an seine alte Liebe zurückgebracht hatte. Aber sicher würde sie das nie wissen – und es interessierte sie auch nicht sonderlich.
Was seine Drohung anging, lächelte sie nur. »Wie wäre es, wenn ich Ihnen die Mühe erspare? Wahrscheinlich wird Lachlan sogar glücklich sein, wenn er erfährt, daß schottisches Blut in meinen Adern rinnt.«

44

»Sie hat schon wieder geschrieben«, sagte Ranald und ließ den Umschlag auf Lachlans Schreibtisch fallen.
»Dasselbe wie immer?« fragte Lachlan.
»Ja.«
Lachlan seufzte. Nessa war von seinen Heiratsplänen wirklich hart getroffen. Sie hatte geweint und geschrien und ihn angebettelt, nicht nach England zu gehen, um eine Braut zu finden. Und sie hatte sich geweigert, ihm zuzuhören, als er ihr zum wiederholten Mal erklärte, daß er sie ohnehin nicht heiraten würde, da sie wie eine Schwester für ihn war, auch wenn sie nicht die gleichen Eltern hatten. Sie beschwor ihn und versprach, das nötige Geld aufzutreiben, ganz gleich wie, und hoffte, das würde seine Meinung ändern.
Zwei Wochen nach seiner Ankunft auf Sherring Cross hatte sie ihm geschrieben, und anschließend noch ein halbes Dutzend Male. Ihre Worte waren immer die gleichen. Sie bettelte ihn an, nach Hause zu kommen, sie besitze Geld, soviel sie bräuchten, ohne daß sie verriet, woher sie es hatte.
Es war natürlich gelogen, nur eine verzweifelte Maßnahme, weil sie immer noch glaubte, ihn zu lieben, und ihn nicht an eine andere Frau verlieren wollte. Es gab keine Möglichkeit für sie, jemals an genug Geld zu kommen, um das Schloß auf Dauer zu unterhalten. Und

selbst wenn es stimmte, hätte das seine Pläne nicht geändert. Er hatte die Frau gefunden, die er wollte, und war sogar bereit gewesen, sie zu heiraten, als er noch gedacht hatte, sie würde ihm kein Geld bringen. Sein Verlangen nach ihr war stärker.

Er hatte nur den ersten Brief von Nessa gelesen und war so bekümmert über ihre Besessenheit nach ihm, daß er seine Cousins beauftragte, die anderen Briefe für ihn zu lesen, falls sie noch einmal schreiben sollte. Das hatten sie getan, auch wenn die Aufgabe sie peinlich berührte.

»Du wirst diesen auch nicht beantworten?« fragte Ranald neugierig, als Lachlan den letzten Brief keines Blickes würdigte.

»Welchen Sinn sollte das haben, wenn wir morgen ohnehin nach Hause zurückfahren? Vielleicht wird der Anblick meiner frischangetrauten Ehefrau sie davon überzeugen, daß ich meine, was ich sage.« Dann fügte er brummig hinzu: »Verdammt, bisher hat nichts geholfen.«

»Es wird ihr nicht gefallen«, warnte Ranald.

»Das erwarte ich überhaupt nicht, aber sie wird es akzeptieren müssen. Ich will keinen Unfrieden in meinem Haus.«

»Du bekommst mehr als genug davon, wie ich Nessa kenne«, versprach Ranald mit einem Grinsen.«

»Nein, sie wird Kimber akzeptieren und mir Glück wünschen – oder sie kann zu ihrem Onkel auf die Hebriden ziehen.«

An diesem Abend begann Lachlan sich zu fragen, ob Kimberly, die plötzlich sehr nervös wirkte, von Nessa und dem Ärger gehört hatte, den sie möglicherweise machen würde. Ihre Unruhe könnte natürlich mit der Heirat am nächsten Tag zusammenhängen. Angst, Lampenfieber, wie immer er es nennen wollte. Er selbst empfand nichts dergleichen. Aber Frauen erlebten solche Dinge anders. Sie sorgten sich, wenn es gar nicht nötig war, und ... schließlich fragte er sie.

»Was ist los, Darling? Stimmt etwas nicht? Und wenn du mir sagst, daß du deine Meinung geändert hast, schleppe ich dich noch in diesem Moment aus dem Haus und entführe dich nach Kregora, wo wir in Sünde leben werden, bis du dich eines Besseren besinnst.«
Sie lächelte ihn an. »Nicht nötig. Ich habe nur nachgedacht, das ist alles.«
»Und worüber?«
Statt zu antworten, stellte sie eine Gegenfrage. »Kennst du jemanden, der Ian MacFearson heißt?«
Seine Augen flammten überrascht auf. »Verdammt, wo hast du ausgerechnet diesen Namen gehört?«
»Du kennst ihn also?«
»Nein ... doch, schon.«
»Wer ist dieser Mann?«
»Ich kenne ihn nicht, Kimber, aber ich habe von ihm gehört. Ich glaube nicht, daß es in den Highlands einen einzigen Menschen gibt, dem der Name Ian MacFearson nichts sagen würde. Manche fragen sich sogar, ob er überhaupt in Wirklichkeit existiert, so ungewöhnlich sind die Geschichten über ihn.«
»Welche Geschichten?«
»Er steht in dem Ruf, einer der gemeinsten, skrupellosesten Gauner auf unserer Seite der Grenze zu sein, der so schnell einen Dolch gegen dich richtet, wie er dich ansieht. Manche sagen, er hätte sein Haus nicht verlassen, seit er vor zwanzig Jahren dorthin zurückkehrte, und er sei nichts weiter als ein alter Einsiedler, der den Lebenden den Rücken gekehrt hat. Andere sagen, er habe niemals geheiratet, aber so viele Bastarde gezeugt, daß man mehr als zwei Hände brauche, um sie aufzuzählen. Und jeder Abkömmling sei so lasterhaft und bösartig wie er. Es heißt sogar, sie würden sich die Zeit vertreiben, indem sie sich gegenseitig umbringen, und er sitze dabei und ermuntere sie noch dazu.«
»Du machst Spaß, oder?« fragte Kimberly mit ungläubigem Gesicht.

»Nein, aber das sind nur Geschichten. Ich glaube, niemand weiß, wieviel davon wahr ist und was nur zur Ausschmückung erzählt wird. Aber Mütter erwähnen seinen Namen, um ihre Kinder zu ermahnen. Sie sagen, Ian MacFearson werde kommen, um sie seinen blutrünstigen Söhnen zum Fraß vorzuwerfen, wenn sie nicht brav seien. Ich weiß noch, wie ich mit fünfzehn Jahren zusammen mit meinen Cousins losgezogen bin, um herausfinden, wo er wohnt und was an der Geschichte dran ist.«

»Und?«

»Wir haben ihn nicht gesehen. Wir waren bei einem Haus, von dem wir dachten, es könnte ihm gehören. Es war ein altes, düsteres Gemäuer auf einem vorspringenden Hügel, hoch im Norden, umgeben von kahlen Bäumen und mit schwarzen, tiefhängenden Wolken darüber. Wir sind nicht näher herangegangen. Ein Ort wie dieser, der so böse wirkte, machte die Geschichten für uns noch glaubwürdiger.«

»Oder ließen sie erst entstehen?« fragte sie hoffnungsvoll.

»Ja, vielleicht, aber das herauszufinden interessierte mich nicht mehr. Aber nun sag schon, woher du den Namen hast.«

»Von meinem ... von Cecil. Offenbar kann Ian MacFearson sich noch einen Bastard zuschreiben«, sagte sie und lächelte schwach. »Mich.«

Er begann zu lachen, aber sie wirkte mit einem Mal so ernst, daß seine Stimme erstarb. »Du machst doch nur Spaß, oder?« fragte er vorsichtig.

»Nein, und du bist nicht glücklich darüber, nicht wahr?« entgegnete sie angespannt. »Es stört dich, daß ich unehelich bin?«

Er griff nach ihrer Hand und führte sie an seine Lippen. »Nein, warum sollte mich das stören? Aber Ian MacFearsons Tochter – daran muß ich mich erst gewöhnen.«

Das beruhigte sie etwas. »Ich muß mich selbst auch daran gewöhnen«, gab sie zu.

»Du willst damit sagen, daß er es dir erst heute gesagt hat? Am Tag vor deiner Hochzeit? Dieser lausige ...«

»Er war ziemlich betrunken. Ich glaube nicht, daß er jemals die Absicht hatte, mir davon zu erzählen. Es ist ihm herausgeschlüpft, und ... ich wenigstens war froh darüber. Er hat sich mir gegenüber nie wie ein Vater verhalten, und diese Geschichte erklärt zumindest einiges. Ich dachte, es würde dir sogar gefallen, daß ich eine halbe Schottin bin.«

»Welches Blut in deinen Adern rinnt, Darling, ist nicht wichtig für mich – obwohl mir schottisches Blut angenehm ist«, fügte er lächelnd hinzu. »Aber ich bin wirklich froh, daß der Earl nicht dein Vater ist. Ich muß schon sagen, daß ich gewisse Befürchtungen hegte, du könntest ihm am Ende ähnlicher sein, als mir lieb ist.«

Sie lächelte. »Ach was, die hattest du nicht.«

»Doch, die hatte ich. Aber bist du sicher, daß du tatsächlich MacFearsons einzige Tochter bist?«

»Die einzige? Du sagtest, er hätte jede Menge Bastarde.«

»Ja, so heißt es. Aber es sind alles Söhne, einige von derselben Mutter.«

Sie errötete bei diesem Hinweis. »Nun, um deine Frage zu beantworten – ja, ich bin mir ziemlich sicher. Gerade weil Cecil mir eigentlich nichts davon erzählen wollte. Er sagte auch, daß ich dem Schotten ähnlich sehe. Sogar mein Lächeln soll das gleiche sein.«

»Ein gemeiner Schurke wie er mit dem Lächeln eines Engels?« fragte er skeptisch.

»Ich glaube nicht, daß er immer solch ein Bösewicht war. Aber ich nehme an, nur Ian MacFearson selbst kann bestätigen, ob ich wirklich seine Tochter bin. Wenn er meine Mutter oder Cecil nicht kannte – sie sollen vor langer Zeit gute Freunde gewesen sein –, wäre alles eine Lüge, nicht wahr?«

»Sicher.«

»Außerdem gehört diese Sache nicht zu den Dingen, die Cecil gern an die Öffentlichkeit bringen möchte. Sonst

hätte er mich nicht die ganzen Jahre als seine Tochter anerkannt. Es wäre ein Schlag für seinen Stolz, verstehst du. Sicher hätte er nicht gesprochen, wäre er heute nicht betrunken gewesen. Und doch ...« Sie zuckte mit den Achseln. »Vielleicht hat er auch alles geplant und war gar nicht wirklich betrunken, sondern glaubte, dich auf diese Weise von der Heirat abzubringen.«
Lachlan schnaubte. »Menschen mit seinem aufbrausenden Charakter bringen normalerweise nicht die Geduld für solch ein Täuschungsmanöver auf.«
»Also, wie gesagt, ich habe ihm geglaubt. Nicht sofort, weil es unerwartet kam. Aber die Geschichte ist eine Erklärung dafür, wie er mich und meine Mutter all die Jahre behandelt hat. Um ehrlich zu sein, will ich sogar, daß sie wahr ist. Es kümmert mich auch nicht, daß dieser Ian MacFearson ebenfalls kein netter Mann ist. Solange nur der Earl nicht mein Vater ist.«
»Ja, dem könnte ich beinahe zustimmen.«
»Beinahe?«
»Wenn dein wirklicher Vater nicht nur eine furchterregende Legende wäre«, begann er, »würdest ... äh, wolltest du dann MacFearson trotzdem kennenlernen?«
Er wirkte so argwöhnisch, daß sie kichern mußte. »Nach dem, was du mir erzählt hast? Nein, ich glaube nicht.«
Er seufzte erleichtert auf, beruhigte sie aber sofort. »Nicht, daß du jetzt glaubst, ich wollte dich nicht begleiten, wenn du den Mann sehen willst. Wenn es dein Wunsch ist, soll er dir erfüllt werden. Aber ich glaube, am besten findest du erst gar nicht heraus, ob die Geschichten wahr sind. In manchen Dingen bleibt man besser unwissend.«
»In diesem Fall hast du wahrscheinlich recht«, stimmte sie ihm zu. »Da wir gerade von Unwissen sprechen, oder von etwas, das du noch nicht weißt ... ich bezweifle, daß mein Vater an der Trauungszeremonie morgen früh teilnimmt, aber der Herzog war so freundlich und hat zugestimmt, mich als Braut zu übergeben.«

Lachlan hob die Braue. »Er hat tatsächlich zugestimmt?« Dann lachte er. »Na ja, ich habe sein letztes Angebot abgelehnt, aber dich aus seiner Hand entgegenzunehmen, Darling, bereitet mir keine Schwierigkeiten.«

45

Kimberly schwebte auf einer Wolke des Glücks. Sie konnte sich dieses Gefühl nicht recht erklären. Natürlich, sie würde heiraten, und das sollte ein freudiges Ereignis sein ... abgesehen davon, daß der Mann sie nicht liebte. Sie hatte also keinen wirklichen Grund, so unverschämt glücklich zu sein.

Sie stand vor dem Altar, neben ihr Lachlan, dem sie in wenigen Minuten angetraut werden sollte, und ihre Schultern berührten sich. Er hatte so überaus gut ausgesehen, als sie zu ihm trat, in feierlichem Schwarz und mit diesem atemberaubenden Lächeln.

Es war beinahe leicht, ihm zu glauben, daß er sie wirklich begehrte und mit der Heirat nicht nur eine Ehrenpflicht erfüllte. Wenn sie in dieser Ehe ihren Frieden finden wollte, würde sie ihre Zweifel wohl zurückstellen und das Spiel mitmachen müssen. Am besten akzeptierte sie ihn als den charmanten, sinnlichen Mann, der er war.

Sie fand sich selbst wunderschön. Ihr cremefarbenes Kleid mit dem neuen weißen Spitzenoberteil und der Schleppe paßte perfekt. Jean, ihre neue Zofe, war offenbar von Megans Kammermädchen ausgebildet worden, denn sie besaß die gleiche Fertigkeit, schmeichelnd weiche Frisuren zu zaubern.

Megan hatte das Mädchen persönlich ausgewählt und zu Kimberly geschickt, als sie von Marys Entlassung erfuhr. Es war jung, besaß ein sanftes Gemüt und war eifrig darauf bedacht, alles richtig zu machen. Das schönste war Jeans Bereitschaft, mit Kimberly in die Highlands zu gehen. »Wenn Sie an einen neuen Ort ziehen, wo Ihnen nichts vertraut ist, müssen Sie einfach Ihre eigene Zofe haben«, hatte Megan zu ihr gesagt. »Jean wird loyal zu Ihnen stehen, meine Liebe. Darum brauchen Sie sich nicht zu sorgen.«

Kimberly mußte sich wieder auf die Zeremonie konzentrieren, als die Antworten von ihr verlangt wurden. Zu ehren und zu lieben ... in guten wie in bösen Tagen ... bis daß der Tod euch scheidet. Die Stimmung war so feierlich und entsprach gar nicht ihrer sprudelnden Glückseligkeit. Sie fand es schwer, ein Lächeln von den Lippen zu vertreiben.

Dann griff Lachlan nach ihrer Hand. Als sie hinuntersah, erkannte sie, daß er nicht nur einen Ehering auf ihren Finger zu streifen hatte, sondern dazu einen wunderbaren Diamanten als Verlobungsring. Es war der wohl größte Stein, den sie jemals gesehen hatte, und er war umgeben von einem Kreis vollkommen regelmäßiger rosa Perlen. Es handelte sich um ein Stück aus dem Vermögen der MacGregors. Der Schmuck war gestern eingetroffen und ihm übergeben worden. Sie stand in Ehrfurcht gebannt da und konnte ihn gerade noch daran hindern, ihr den Smaragd vom Finger zu ziehen, damit er den Diamanten an die Stelle stecken konnte.

Er blickte sie fragend an und runzelte leicht die Stirn. Sie flüsterte ihm schnell zu: »Mir gefällt der erste, den du mir gegeben hast. Das heißt, ich würde lieber ihn tragen ... wenn es dir nichts ausmacht.«

Sein Lächeln kam langsam, dann strahlte er. Es war nicht vorgesehen, daß er sie an dieser Stelle schon küßte, doch er tat es. Der Pfarrer mußte sich mehrmals räuspern, bevor Lachlan aufhörte, damit der verwirrte Herr die Zeremonie fortsetzen konnte. Schließlich durfte er sie küssen. Sie waren wirklich verheiratet, echt und wahrhaftig. Der Gedanke überwältigte Kimberly. Sie hörte kaum die Glückwünsche, die nun folgten. Wenig später dann fuhren sie von Sherring Cross ab.

Devlin hatte ihnen für die Reise eine der herzoglichen Kutschen angeboten – er besaß mehrere. Er sorgte sogar für einen Kutscher und berittene Begleitung. Und er überraschte alle, einschließlich seiner Gemahlin, als er Lachlan mitteilte, er sei auf Sherring Cross jederzeit willkommen. Er hatte es tatsächlich ernst gemeint. »Nur nicht so verdammt oft«, fügte er allerdings mit kaum verhohlenem Lächeln hinzu.
Durch Devlins Einladung wurde der Abschied viel leichter, denn Kimberly war den Tränen nahe, als sie Megan Lebewohl sagen mußte. Die Herzogin war zu einer wirklichen Freundin geworden. Eine engere hatte sie nie besessen. Sie würde sie schmerzlich vermissen. Aber Megan versprach, Lachlan und Kimberly in den Highlands zu besuchen.
Es war geplant gewesen, direkt nach der kirchlichen Trauung abzureisen. Daher hatte Kimberly ihren letzten Besuch bei ... dem Earl früh am Morgen hinter sich gebracht. Er war nüchtern gewesen und kaum wach und hatte sie in seiner üblichen mürrischen Art empfangen. Sie verschwendete keine Hoffnung daran, er könnte einige freundliche Worte für sie finden. Im nachhinein erstaunte es sie, daß ihr dieser Besuch nicht den restlichen Tag verdorben hatte. Im Gegenteil. Da sie wußte, daß sie den Earl nie wiedersehen würde, trug dieser Abschied eher noch zu ihrem Glücksgefühl bei.
»Ich erwarte nicht, daß Sie zu meiner Hochzeit kommen«, hatte sie ihm gesagt. »Es wäre scheinheilig von Ihnen, und das sind Sie nicht.«
Er schnaubte. »Nein, das bin ich nicht. Und ich ertrage Narren nur schlecht. Denn eine Närrin bist du, wenn du ihn immer noch heiraten ...«
»Über dieses Thema sprechen wir besser nicht mehr. Ich werde ihn heiraten, und es geht Sie nichts an. Deshalb behalten Sie Ihre Meinung ... ich bitte um Entschuldigung. Ich bin nicht hergekommen, um mit Ihnen zu streiten.«
»Undankbares Gör«, murmelte er.

»Nein, ich bin nicht undankbar. Ich wollte Ihnen vielmehr dafür danken, daß Sie mich all die Jahre in Ihrem Haus haben leben lassen, daß Sie mich ernährt und gekleidet haben. Es wäre schön gewesen, wenn Sie etwas von sich selbst gegeben hätten, nachdem Sie zugestimmt hatten, mich großzuziehen, aber da Sie mich verachten, ist es verständlich, daß Sie es nicht konnten.«

Sie hatte tatsächlich einen Nerv bei ihm getroffen. Er wurde rot, als er antwortete. »Ich habe dich nie verachtet, Mädchen. Es war dein Vater, und du erinnertest mich zu sehr an ihn.«

»Nun, das braucht Sie nun nicht weiter zu kümmern. Ich sehe keinen Grund, warum wir uns nach dem heutigen Tag jemals wiedersehen sollten. Deshalb ist es ein Abschied für immer. Ich hoffe, daß Sie mit Winnifred etwas Glück finden.«

»Er wird also keine Anklage gegen sie erheben? Er läßt die Angelegenheit fallen?«

»Er hat den MacGregor-Schmuck zurück und besitzt den Titel auf Winnifreds Haus. Wenn Sie eine Bankvollmacht unterzeichnen und das Geld anweisen, bevor wir heute morgen abreisen, wird die Sache vergessen sein.«

»Danke.«

Sie war verdutzt zusammengezuckt, als sie dieses Wort von ihm hörte, und hatte nur nicken und sich abwenden können. Doch eine letzte Frage brannte noch in ihr, und nur er kannte die Antwort.

Sie blieb an der Tür noch einmal stehen und starrte zu ihm zurück, auf diesen Mann, den sie einundzwanzig Jahre lang für ihren Vater gehalten hatte. Aber er war nie ein Vater für sie gewesen oder ein wirklicher Ehemann für ihre Mutter. Nun wollte sie wissen, warum ihre Mutter dies akzeptiert hatte.

»Warum hat sie Sie nie verlassen?« fragte sie. »Sie hatte die Mittel, dies zu tun. Warum ist ist geblieben, wenn sie so unglücklich mit Ihnen war?«

Er sah sie grimmig an, antwortete jedoch. »Weil sie dazu

erzogen war, das zu tun, was sich schickte. Im Gegensatz zu dir hätte sie niemals einem Elternteil den Gehorsam verweigert, ganz gleich, um was es gegangen wäre. Ihr wurde befohlen, mich zu heiraten, und das hat sie getan. Und sie hat das Beste daraus gemacht, so wie es sich gehörte.«

»Sie hat das Beste daraus gemacht?« fragte Kimberly ungläubig. »Ihr ging es elend in all diesen Jahren, und Sie sagen, es wäre schicklich so gewesen?«

Er war wieder rot geworden und schwieg ... dann sprach er weiter. »Und sie blieb auch deinetwegen. Sie wollte nicht, daß du das Stigma eines Bastards trugst. Denn sie wußte, daß ich das Geheimnis nicht länger bewahren würde, wenn sie ging.«

Kimberly schüttelte den Kopf. »Sie hatten sie wirklich in der Falle, wie?«

»Was zum Teufel redest du da?«

»Ihnen ging es schlecht, also mußte sie ebenfalls leiden. So war es doch, oder?«

»Ich hätte ...«

»Nein, das hätten Sie nicht. Genausowenig wie Sie nun herumerzählen, daß ich nicht Ihre Tochter bin. Denn über wen lachen die Leute am meisten, über die Ehefrau, die einen Fehltritt begeht, oder über den gehörnten Ehemann, der dumm genug war, die Sache nicht zu verhindern? Sie würden niemals freiwillig zugeben, ein Dummkopf zu sein. Das wissen wir beide. Wie wünschte ich mir, meine Mutter hätte es auch gewußt. Ja, hätten Sie sie nur gleich fortgejagt, als Sie von der Sache erfuhren. Sie wäre sehr viel glücklicher geworden. Und ich auch.«

»Du bist der Dummkopf, wenn du so etwas denkst, Mädchen«, entgegnete er. »Als alleinstehende Frau mit einem unehelichen Kind wäre sie von allen gemieden worden. Deine Mutter besaß zuviel Stolz, um damit fertig zu werden. Der Skandal hätte sie vernichtet. Bei mir konnte sie wenigstens den Kopf oben tragen und ihren Platz in der Gesellschaft behalten, und sie war dankbar dafür, das kannst du mir glauben. Und es ging ihr bei Gott nicht so elend. Sie hatte dich. Sie war völlig in dich vernarrt. Jetzt frage mich, was ich besaß? Gar nichts.«

»Sie hätten mich auch haben können. Wenn Sie Ihr Herz geöffnet und mich geliebt hätten. Aber ich vergaß. Ich erinnerte Sie ja an ihn.«

»Glaubst du, ich würde nicht manches bedauern, Mädchen?« fragte er schroff. »Das tue ich.«

»Dann tut es mir leid. Um uns alle drei, aber am meisten um Mutter. Sie wird keine zweite Chance auf Glück erhalten, aber Sie und ich haben sie.«

»Nicht, wenn du den Schotten heiratest«, prophezeite er.

»Da irren Sie sich. Und ich werde beweisen, daß Sie sich hierin irren.«

46

Sie würde beweisen, daß er sich darin irrte.

Dies hatte Kimberly den ganzen Tag über wahr gemacht. Sie war so glücklich gewesen – nachdem sie den Earl zum letzten Mal gesehen und den Besuch dann vergessen hatte. Heute abend kehrten seltsamerweise die Zweifel zurück.

Sie hatten für die Nacht ihre Reise unterbrochen und waren nicht in einer Herberge eingekehrt, wie Kimberly erwartet hätte, sondern befanden sich auf einem Besitz der St. James', wo alles für ihre Hochzeitsnacht vorbereitet war – mit den besten Empfehlungen des Herzogs und der Herzogin. Lachlan war genauso überrascht wie sie. Aber der Kutscher und die Berittenen hatten ihre Anweisungen. Und die Dienerschaft des großen Landhauses war im voraus benachrichtigt worden.

Kimberly wurde direkt nach oben in das herrschaftliche Schlafzimmer geführt, wo im angrenzenden Badezimmer ein heißes Bad für sie vorbereitet war. Zwei Zimmermädchen gingen Jean zur Hand, um sie schnell in die Wanne zu bekommen. Als sie in den Hauptraum zurückkehrte, entdeckte sie den Tisch, der gedeckt worden war, während sie gebadet hatte. Die brennenden Kerzen darauf tauchten den Raum in ein weiches Licht, und dem Servierwagen daneben entströmte ein köstlicher Duft.

Dann folgte noch eine Überraschung. Auf dem Bett, dessen blaue Satinvorhänge bereits aufgebunden waren, lag liebevoll drapiert ein neues Negligé mit dem dazupassenden Nachtkleid, eine Empfehlung von Mrs. Canterby – auf Megans Geheiß ohne Zweifel. Das Ensemble bestand aus hauchdünner blaugrüner Seide, die zu leuchten begann, wenn das Kerzenlicht sich darin fing. Schmale Träger hielten ein tiefausgeschnittenes Dekolleté in Form, und eine hautnahe Taille ließ ihre Körperformen deutlich sichtbar werden, während sich der Stoff nach unten hin leicht weitete. Kimberly hätte sich nie für etwas Derartiges entschieden.

Als sie das Kleidungsstück angezogen hatte, war sie erschrocken, wieviel Haut der großzügige Ausschnitt freigab, und griff sofort nach dem Negligé – um gleich darauf festzustellen, daß es nicht nach der üblichen Art geschneidert war. Das Kleidungsstück besaß großzügige, lange Ärmel und viel Weite am Rücken, so daß der Stoff hinter ihr zu wehen begann, wenn sie sich bewegte. Nur vorn war das Material zu knapp bemessen, so daß sie sich nicht damit bedecken konnte. Nun, ganz stimmte es nicht. Um die Ränder lief eine breite Spitzenbordüre, die ihren Nacken und die dünnen Träger zierte und vorn von den Seiten ihrer Brüste bis zu den Füßen reichte.

Das Kleidungsstück war halb Mantel, halb eine Art Umhang mit angesetzten Ärmeln, und es sollte das Nachtkleid besser zur Geltung bringen, statt etwas zu verstecken. Kimberly war entsetzt, daß von ihr erwartet wurde, in diesem Aufzug mit Lachlan zu Abend zu essen. Sie schüttelte den Kopf und schreckte vor diesem Gedanken zurück, als eine Zofe sich meldete. »Ich hoffe, es

gefällt Ihnen, Lady Kimberly. Ihre Gnaden, die Herzogin, wird sehr enttäuscht sein, wenn Sie es nicht tragen.«
Kimberly hätte das Mädchen ermorden können. Natürlich, nun mußte sie das Ensemble tragen, ob sie wollte oder nicht. Sie konnte nicht einmal behaupten, es sei zu kalt dazu, denn durch das prasselnde Feuer wurde der Raum angenehm beheizt.
Jean hatte den gesegneten Einfall, daß sie ihr Halsband mit der Kameebrosche dazu tragen könnte. Ihr war alles recht, wenn nur mehr Haut bedeckt wurde. Aber es reichte nicht. Ihre Brüste ragten noch immer aus dem tiefen Ausschnitt hervor, und sie fühlte sich nackter, als wenn sie überhaupt nichts getragen hätte. Sie war fest entschlossen, etwas anderes zum Anziehen herauszusuchen, sobald Megans Zofen sie alleinließen – wäre nicht Lachlan vorher hereingekommen.
Die Brosche verfehlte ihren Zweck als zusätzliche Bedeckung. Im Gegenteil, Lachlans Blick wurde sofort auf den tiefen Ausschnitt gelenkt, und sie ging vor Verlegenheit beinahe in Flammen auf, weil er ebenfalls erschrocken wirkte, oder zumindest so überrascht, daß er seine Bemerkung über den verlockenden Essensduft unvermittelt abbrach. Er sah auch nicht diskret zur Seite. Er starrte unentwegt auf ihre Brüste, bis eine der Zofen sich räusperte. In dem Augenblick wurde auch er rot.
Doch sein Charme gewann die Oberhand, und er bemühte sich, die Situation zu entkrampfen, indem er über die Reise sprach, mit ihr die Route für den nächsten Tag diskutierte, eine Bemerkung über das Landhaus und die Großzügigkeit des Herzogs machte, die ihn nicht länger verblüffte. Er gestand sogar, daß Devlin ihn mit einer Entschuldigung in Erstaunen versetzt hatte, weil er Lachlans Geschichte von der gestohlenen Erbschaft nicht sofort geglaubt hatte.
Bevor Kimberly bemerkte, daß sie bei dieser Ablenkung ihr enthüllendes Dekolleté vollkommen vergessen hatte, waren sie mit dem Dinner schon zur Hälfte fertig, und

die Zofen hatten sich diskret zurückgezogen. Das war der Moment, als die Zweifel sie wieder befielen.
War es vermessen, wenn sie erwartete, daß sie eine Hochzeitsnacht miteinander verbringen würden? Eine gemeinsame Mahlzeit im Schlafzimmer bedeutete noch längst nicht, daß sie auch das Bett miteinander teilten. Lachlan hatte mit der Heirat seine Pflicht getan. Wenn er nun keine Absichten hegte, wirklich den Ehemann zu spielen? Am Ende erwartete er, mit ihr eine Ehe zu führen, die der bedrückenden Verbindung zwischen ihren Eltern glich? In diesem Fall würde sie hart arbeiten müssen, um die Illusion des vollkommenen Glücks aufrechtzuerhalten.
Sie wurde aus ihren Gedanken gerissen, als Lachlan plötzlich aufstand, seine Serviette beiseite warf, um den Tisch herumtrat und ihre Hand nahm.
»Was ...« Mehr brachte sie nicht heraus, denn er hatte sie schon zum Bett gezogen. Dort blieb er stehen, hob die Hände an ihre Wangen und gab ihr einen sengenden Kuß, der ihre Knie weich werden ließ, so daß sie gegen ihn sank.
Er stöhnte gegen ihre Lippen. »Ich verstehe nicht, wie es mir gelungen ist, mich so lange zurückzuhalten. Ich wollte diese verdammten Zofen schon aus dem Zimmer werfen. Am liebsten wäre ich über den Tisch zu dir gekrochen und hätte dich mit Haut und Haaren verspeist, und nicht das Essen. Wenn du jemals wieder ein Nachtgewand wie dieses trägst, übernehme ich keine Verantwortung mehr für meine Taten. Weißt du das denn nicht, Kimber? Du brauchst mich nicht zu reizen, wenn ich dich bereits die ganze Zeit will.«
Er klang ärgerlich, doch seine Hände waren äußerst zärtlich, als er sich liebkosend den Weg ihren Nacken herunter suchte, ihr Negligé faßte und es von den Schultern und Armen streifte. In seinen Augen stand feurige Glut, als er seinen Blick auf das freizügige Gewand ohne die Spitzenumhüllung heftete.

»Ich hatte Pläne für heute nacht, Darling. Ich wollte dich so langsam lieben, bis du genauso nach mir verlangst, wie ich dich während dieser vielen Wochen begehrt habe. Ich wollte, daß du darum bettelst, daß ich zu dir komme – und nun bin ich derjenige, der bettelt.

Er sank vor ihr auf die Knie, schlang die Arme um ihre Knie und preßte die Lippen an ihren Bauch. Sie hielt den Atem an und konnte kaum stehen.

»Betteln ... um was?« hauchte sie mit letzter Kraft.

»Um deine Vergebung, weil ich dich jetzt haben muß ... in diesem Moment. Ich schwöre, es fühlt sich an, als müßte ich sterben, wenn ich noch eine Minute warten muß.«

Ihre Hände glitten auf seinen Kopf, als sie leise flüsternd antwortete. »So schnell möchte ich nicht Witwe werden, Lachlan MacGregor.«

Er sah zu ihr hoch, und dann lächelte er. Sein Lächeln war so zärtlich und sanft. Aber er scherzte nicht mit seinem Bedürfnis, sich zu beeilen, sondern stand auf, hob sie hoch und lag beinahe in der gleichen Bewegung über ihr auf dem Bett. Sie hatte kaum die Zeit, sich zu wundern, als seine Zunge in ihren Mund drang und er mit seiner Männlichkeit in ihre empfangende, warme Tiefe glitt. Er stöhnte erneut, weil sie so überaus bereit für ihn war. Wie sollte sie auch nicht? Seine begehrenden Worte hatten einen heißen Schauer in ihrem Körper ausgelöst. In dem Augenblick wußte sie, wie er sie nach ihm verrückt machen konnte. Sie brauchte nur Sekunden, um das gleiche, ziehende Verlangen in sich zu spüren, das sie schon kannte, während er immer wieder in sie drang und sie jeden Stoß aufnahm. Ihre Lust verband sich mit seiner, als er auf einer pulsierenden Welle der Glückseligkeit die ekstatische Höhe der Entladung erreichte.

Es dauerte eine Weile, bis ihr Herz wieder normal schlug und ihr Atem sich beruhigte. Sie hielt Lachlan nah bei sich und streichelte ihn sanft, während sie sich erholte. Dabei sann sie über die Einzigartigkeit der körperlichen

Liebe nach und die Mächtigkeit ihres Verlangens, wenn die richtigen Reize auf ihre Sinne trafen. Nun, Lachlan MacGregor war der einzige Reiz, den sie jemals brauchen würde.

Sein Gesicht lag noch immer in der Vertiefung ihres Nackens vergraben, und er atmete schwer, als sie ihn flüstern hörte: »Habe ich etwas über langsames Vorgehen gesagt?«

»Ich glaube schon.«

Er richtete sich auf, um sie anzulächeln. »Und über Betteln?«

»Nein ... das mußt du dir eingebildet haben.«

Er lachte, und sie verdrehte die Augen. Die Nacht war noch lang.

47

Kimberly hatte schon mehr als einmal von Schloß Kregora reden hören, doch in ihrer Vorstellung war immer ein weniger mächtiges und sicher nicht so altes Gemäuer aufgetaucht. Die meisten Schlösser besaßen ihre historischen Gebäudeteile, den hoch aufragenden Rundturm, die aus alten Zeiten stammende große Halle, die kleine, aber massiv gebaute Kapelle, aber alle hatten ihre modernen Ergänzungen, die sich nahtlos einfügten, so daß die älteren Schloßteile zwischen den Kaminen, Schmuckgiebeln und Veränderungen in neueren architektonischen Stilrichtungen kaum noch auffielen.

Kregora dagegen war das genaue Gegenteil. Wenn es hinter den hohen Steinmauern etwas Modernes gab, war davon aus der Entfernung nichts zu bemerken. Sie erkannte Türmchen und Zinnen auf zwei riesigen, rechteckigen Bergfrieden und ... guter Gott, es gab sogar eine Zugbrücke mit Fallgitter. Ob das Ding nach Hunderten von Jahren noch funktionsfähig war?

Nach ihrer anfänglichen Überraschung mußte Kimberly zugeben, daß es sich um ein beeindruckendes Bauwerk handelte, wie es auf dem schroffen Felsen oberhalb eines Sees aufragte, der sich wie ein breiter Fluß in großen Windungen durch die Landschaft schlängelte. Am gegenüberliegenden Ufer erhoben sich Hügel und Berge mit verstreut liegenden, kleinen Steinhäusern und bildeten den angemessenen Hintergrund für das Schloß und ein weiteres in einiger Entfernung, das allerdings nicht an die Größe Kregoras heranreichte.
Zu dieser Jahreszeit war kein nennenswertes Grün zu sehen, doch die schneebedeckten Berge und Hügel boten ihren eigenen, großartigen Anblick. Die Schönheit der gesamten Szenerie raubte Kimberly fast den Atem.
Lachlan war auf ihre Reaktion gespannt gewesen und bemerkte ihren faszinierten Gesichtsausdruck. Er lächelte erfreut. »Willkommen daheim, Darling.«
»Trotz der öden Einsamkeit deiner Highlands ist es ein schönes Land, finde ich.«
»Es geht dir auch so, nicht wahr?« entgegnete er mit nicht unbeträchtlichem Stolz.
»Und dein Kregora ist wunderschön.«
»Ja, das ist es.«
»Aber gibt es auch Kamine dort? Und warme Betten? Heiße Wärmsteine?«
Das letzte Stück der Reise war extrem kalt gewesen, je weiter sie nach Norden kamen. Daher war es verständlich, daß sie an diese Dinge dachte – auch wenn sie ihn damit neckte.
Lachlan lachte. »Mach dir keine Sorgen, Kimber, ich halte dich warm und geborgen und verscheuche die Ratten.«
»Das ist gut zu … Ratten?«
»Na ja, vielleicht auch nur ein paar niedliche Mäuse.«
Sie sah ihn mit zusammengekniffenen Augen an und fürchtete, daß er sie dieses Mal nicht aufzog. Es war bekannt, daß Schlösser derartige Kreaturen beherbergten.

Aber sie kamen auch in jedem anderen Haus vor, das nicht genügend sauber gehalten wurde.
»Nun, wenn bei euch die Mäuse herumrennen, verspreche ich dir, daß sie sich bald nach einem neuen Zuhause umsehen müssen«, sagte sie mit einem entschlossenen Glimmen in den Augen.
Lachlan lächelte bei dem Gedanken. Winnifred war eine ausgezeichnete Hausfrau gewesen, das mußte er ihr lassen. Sie hatte auf Kregora den Haushalt so reibungslos geführt, daß sie kaum dabei in Erscheinung getreten war. Nessa, die nach ihr die Aufgabe übernommen hatte, hielt sich lieber draußen bei den Zwingern auf, wo sie mit ihren Lieblingshunden spielte, oder sie ging Moorhühner jagen. Unter ihrer Leitung war das Schloß verkommen, obwohl sie zuviel Stolz besaß, um dies jemals zuzugeben.
Der Gedanke an seine jungenhafte Cousine brachte Lachlan dazu, Kimberly zu fragen: »Habe ich dir schon von Nessa erzählt?«
»Deiner Cousine, die sich einbildet, dich zu lieben, und die glaubt, du hättest sie an meiner Stelle heiraten sollen?« entgegnete sie. »Meinst du diese Nessa?«
Lachlan wurde zornrot. »Welcher dieser plattfüßigen Teufel hat dir davon erzählt?«
Sie lächelte ihn an. »Nun, es waren beide, nur unabhängig voneinander. Sie wußten nicht, daß sie die gleiche Idee hatten. Ich fand es ziemlich spaßig, als Gilleonan mir genau dasselbe erzählte wie vorher Ranald.«
»Ich hätte es dir auch gesagt«, versicherte er mit einem tiefen Brummen.
»Ja, wie ich höre. Aber die beiden dachten, sie würden dir einen Gefallen tun. Deshalb hast du keinen Grund, auf sie zornig zu sein. Sie wollten mir versichern, daß du nur brüderliche Gefühle für das Mädchen hegst. Sie schienen sich Sorgen zu machen, daß ich eifersüchtig werden könnte, wenn ich die Sache falsch verstünde. Was natürlich Unsinn ist.«
Lachlan grinste und erinnerte sich an den Tag am Eislauf-

teich, als ihre nicht vorhandene eifersüchtige Natur zum Vorschein kam – genau wie seine. »Nun, ich hoffe, Nessa überwindet ihren Starrsinn und kommt zur Vernunft, wenn sie dich erst kennengelernt hat«, sagte er ernst. »Es gibt keinen Grund, warum ihr zwei nicht Freundinnen werden könnt.«

Zwei Frauen, die denselben Mann liebten? Das war nicht sehr wahrscheinlich ...

Kimberly wurde sehr still. Sie schloß die Augen. Nein, diesen Gedanken wollte sie nicht haben. Es war besser, wenn sie sich nicht zu sehr auf ihn einließ. Spaß mit ihm zu haben, ihm eine gute Frau zu sein, ja, das konnte sie akzeptieren. Aber ihr Herz behielt sie für sich. Wenn sie ihn liebte, wollte sie auch wiedergeliebt werden, und zwar auf ewig, doch das würde sie nicht bekommen.

Es war zu schade, daß ihre Stimmung ausgerechnet in dem Moment verdorben war, als sie auf Schloß Kregora eintrafen und über die Zugbrücke rollten. Aber sie würde daran arbeiten, die Angelegenheit aus einer angemessenen Perspektive zu betrachten, so daß sie hier in friedlicher Übereinkunft mit ihrem Ehemann leben konnte – und dann würde sie wieder so tun, als sei alles, wie sie es sich wünschte.

Die Rückkehr des Lords wurde seit Tagen erwartet, und an diesem Morgen war eine Botschaft mit ihrer ungefähren Ankunftszeit vorausgeschickt worden. Der innere Schloßhof war folglich mit MacGregors überfüllt, die meilenweit aus der Umgebung angereist waren, um Lachlan bei seiner Heimkehr willkommen zu heißen – und um einen Blick auf seine englische Braut zu werfen. Sie waren ein verwegener Haufen. Viele Männer trugen trotz des frostigen Wetters ihren Kilt, und das Blau, Grün und Schwarz des MacGregor-Tartans leuchtete vielfältig an Männern, Frauen und Kindern.

Bei dieser warmherzigen Begrüßung und all den guten Wünschen dauerte es eine Weile, bis sie den Weg durch die Türen zur großen Halle fanden, oder dorthin, wo

Kimberly die Halle vermutete. Als sie durch die riesige Doppeltür schritten, stellte Kimberly erfreut fest, daß Schloß Kregora, auch wenn es außen unverändert geblieben war, im Innern eine völlige Umgestaltung erfahren hatte.

Die frühere große Halle war in verschiedene Räume unterteilt worden, wie sie in den meisten Häusern üblich waren. Es gab einen Salon, einen normal großen Speiseraum, ein Billardzimmer und einige andere Räume, die sie später besichtigen würde. Und überall bestanden die Wände aus massivem Holz. Später stellte sie fest, daß jede kleine Steinmauer im Schloß mit Holz verschalt war, um eine bessere Isolierung zu erreichen. Einige Wände waren zusätzlich vertäfelt oder tapeziert.

In der Eingangshalle hatte sie bereits den perfekten Platz für die Großvateruhr ihrer Mutter entdeckt. Ein schneller Blick, den sie im Vorübergehen in das Speisezimmer warf, zeigte ihr, daß nicht einmal ein Porzellanschrank darin stand. Das Tafelgeschirr, das bereits zusammen mit ihrer restlichen Habe angeliefert worden war, wurde also tatsächlich benötigt.

»Das ist sie also?«

Kimberly hatte die junge Frau nicht hervortreten sehen, doch sie vermutete, daß die höhnische Stimme hinter ihnen Nessa MacGregor gehörte, und als Lachlan sie vorstellte, wurde ihre Annahme bestätigt.

Sie war klein. Kimberly überragte sie um wenigstens fünfzehn Zentimeter. Und sie war eine wirkliche Schönheit, mit ihrem langen, schwarzen Haar, das zu einem schmucklosen Zopf geflochten war, und den stürmischen grauen Augen. Mit ihrer gertenschlanken Figur reckte sie sich zu einer herrischen Pose, trotz ihrer geringen Körpergröße.

Nach der Begrüßung, die sie nicht erwiderte, und einem kurzen, verächtlichen Blick auf Kimberly wandte sich das Mädchen an Lachlan. »Nun, sie muß Geld wie eine Königin haben, weil sie überhaupt nicht hübsch ist. Und

sie ist eine verdammte Riesin! Was hast du dir bloß dabei gedacht, Lachlan, ein reizloses Mädchen wie dieses zu heiraten?«
Sie sprach laut, damit jeder es hören konnte, denn Dutzende von Menschen waren ihnen in die Eingangshalle gefolgt und schwiegen plötzlich. Kimberly war der Atem gestockt, und ihre Wangen glühten. Sie hatte noch nie eine Frau erlebt, die ihre Bosheit so offen zeigte. Nessa lächelte selbstzufrieden.
Wenigstens so lange, bis Lachlan knurrte: »Du kleine Hexe. Sie besitzt eine eigene, einzigartige Schönheit, und du bist blind, wenn du das nicht sehen kannst. Und sie ist keine Riesin. Für mich kann ihre Größe nicht passend genug sein. Wenn du anders denkst, dann deshalb, weil du nicht größer als ein Kind bist.«
Das traf offenbar einen Nerv bei ihr, denn Nessa schrie ihn an: »Ja, und dieses Kind hat das Geld aufgebracht, das du brauchst! Dafür hättest du keine verdammte Engländerin heiraten müssen!«
»Nun, Nessa, zufällig habe ich die Lady gebeten, mich zu heiraten, als ich dachte, sie wäre arm wie eine Kirchenmaus. Ist dir schon einmal in den Sinn gekommen, daß ich sie lieben könnte? Und nenne sie nie wieder eine verdammte Engländerin, denn sie hat einen schottischen Vater wie du und ich.«
»Wen?«
»Es ist doch egal ...«
»Ja, wie ich mir dachte«, unterbrach ihn das Mädchen hochmütig. »Es ist eine Lüge, damit sie hier akzeptiert wird. Worauf sie lange warten kann.«
Bei dieser Anschuldigung wurde Lachlans drohender Gesichtsausdruck eindeutig böse. Er zischte sie durch die zusammengepreßten Zähne an: »Ich soll also ein Lügner sein, wie? Nun gut, ihr Vater heißt Ian MacFearson, wenn du es unbedingt wissen willst ...« Bei dem allgemeinen Luftholen, das auf seine Worte folgte, sah er sich in der Halle um und wandte sich an alle. »Und ich will

nicht, daß es über Kregora hinaus bekannt wird, damit diese Legende erst gar nicht auf die Idee kommt, uns einen Besuch abzustatten.«

Viele nickten zustimmend, und die letzten Worte hatten offensichtlich auch Nessa zum Schweigen gebracht. Lachlan war noch immer wütend, daß es ihr gelungen war, seine Heimkehr zu verderben und Kimberly zu brüskieren, die mit zusammengepreßten Lippen und heißen Wangen dastand.

Kimberly fühlte sich nicht nur verspottet, sondern war schockiert. Eifersucht war keine Entschuldigung für dieses häßliche und gemeine Benehmen. Ob sie sich damit abfinden mußte, diesen verbalen Attacken von Nessa ausgesetzt zu sein, sobald sie sich begegneten? Wohl kaum.

Lachlan hatte sie verteidigt. Nicht zum ersten Mal, und es lag offenbar in seiner Natur. Doch in diesem Fall ging es um seine Frau. Er war vor seiner Familie dazu verpflichtet. Und er hatte sogar gelogen, als er sagte, daß er sie liebte. Nun, nicht unbedingt. So wie er die Frage gestellt hatte, lag darin viel, ohne daß er sich etwas vergab.

Wie auch immer, Nessa lebte hier. Es würde vorkommen, daß Lachlan nicht in der Nähe war, um einzugreifen. Und Kimberly hatte keine Ahnung, mit wieviel Bosheit sie leben konnte, ohne zurückzuschlagen. Mit der Zeit würde sie es herausbekommen.

48

Kimberly hätte es vorgezogen, sich auf ihrem Zimmer zu verkriechen, bis sie sich vollständig von der schrecklichen Begegnung mit Nessa erholt hatte. Aber der Laird war zurückgekehrt, und deshalb fand am ersten Abend ein Gala-Dinner auf Kregora statt, zu dem alle Mitglieder des Clans und die näheren Nachbarn eingeladen waren.

Lachlan hatte sich zutiefst für Nessas Benehmen entschuldigt, als er Kimberly nach oben führte, um ihr die Privaträume zu zeigen. Er versuchte, sie mit Neckereien aufzumuntern, und erklärte, daß sie einen der vier ineinander übergehenden Räume – darunter ein riesiges Badezimmer, das modernisiert und mit fließendem warmem und kaltem Wasser ausgestattet war – für sich allein haben könnte, als zusätzliches Ankleidezimmer, oder wonach ihr sonst der Sinn stand, solange sie nicht darin schlief. Es gebe nur ein Bett, und das würden sie miteinander teilen.

Er hatte ihr nicht einmal ein Erröten entlockt und keine Antwort. Schließlich ließ er sie allein, damit sie sich ausruhen und eingewöhnen sollte.

Nein, sie brauchte keine Ruhe. Aktivität war vonnöten. Das war die beste Kur gegen schlechte Laune. Kimberly half Jean, ihre Sachen einzuräumen, wobei die Zofe beinahe unaufhörlich plapperte, um Kimberly abzulenken, zwischen halblaut gemurmelten Bemerkungen über das barbarische Frauenzimmer.

Kimberly schickte sie dann los, um herauszufinden, wo die restlichen Sachen gelagert waren, die sie von Northumberland hatte herschicken lassen. Sie würde sich auf Schloß Kregora erst zu Hause fühlen, wenn ihre Schätze angemessen in den einzelnen Räumen verteilt waren und sie dem Ort so ihren Stempel aufgedrückt hatte.

Lachlans Zimmer waren angenehm, wie sie herausfand, als sie noch einmal umherging und sie richtig wahrnahm. Durch die großen Fenster in jedem Raum fiel helles Licht herein, und sie boten einen herrlichen Blick auf den See und die dahinterliegenden Berge. Das Schlafzimmer, der größte Raum, besaß sogar einen kleinen Balkon mit Terrassentüren, von denen man einen Bootsanleger tief unten sehen konnte. Sie stellte sich vor, wie hübsch es sein würde, dort im Sommer zu frühstücken.

Dunkle, türkisfarbene Vorhänge aus weichem Samt umrahmten jedes Fenster und wurden von Gardinenkordeln

mit Quasten gehalten. Die Tapete zeigte verschiedene pastellblaue Schattierungen und war mit zahllosen Gemälden von Ladies und Gentlemen, aus der französischen Epoche bedeckt, als weiß gepuderte Perücken für Männer und Frauen üblich waren. Dicke Teppiche bedeckten üppig den Holzboden und schienen speziell für die MacGregors angefertigt zu sein, denn die schwungvollen Blattmuster waren in Blau und Schwarz auf grünem Hintergrund gewirkt, den Farben des Clans.
Eines der Zimmer benutzte Lachlan offensichtlich als Ankleideraum, denn der Schrank hing voll mit seinen Kleidern. Gleichzeitig schien er sich dort auszuruhen, denn es standen außerdem eine Chaiselongue, ein großer Tisch, mehrere Lesesessel und Tischchen darin. Der Raum war groß genug, um für beide Zwecke zu dienen. So wie das andere Zimmer, das Kimberly als Ankleideraum und Wohnzimmer benutzen würde, zumindest so lange, bis es an der Zeit war, ein Kinderzimmer einzurichten, falls es nicht schon eines in der Nähe gab.
Der Gedanke an ihre eigenen Kinder, die eines Tages durch die Räume rennen würden, hellte Kimberlys Stimmung auf. Sie freute sich sogar darauf, den Rest des Schlosses zu erforschen. Als Jean zurückkehrte und ihr mitteilte, der Rest ihrer Besitztümer aus Northumberland, einschließlich der Kleider, befinde sich im Keller, fragte sie nicht weiter, warum sie ausgerechnet an diesen Ort gebracht worden waren. Sie nahm die Zofe mit, um herauszufinden, um was für einen Keller es sich handelte. Möglicherweise war etwas anderes gemeint, als sie erwartete, so wie bei der großen Halle.
Sie irrte sich. Es war dort unten dunkel und muffig, und der Keller schien der einzige Ort des Schlosses zu sein, wo die alten Steinmauern noch zu sehen waren. Außerdem gab es zahllose Spinnen. Es war auch sehr schmutzig, da hier die Kohlen gelagert wurden, der Hauptbrennstoff, da Schottland nicht viel Wald für die Versorgung mit Holz besaß.

Sie mußten noch einmal zurückgehen, um eine Lampe zu holen und einige kräftige Diener, die die Truhen und Möbel nach oben tragen sollten. Doch zuerst mußten die Sachen gefunden werden. Es gab viele Räume dort unten, kleine Kämmerchen, die früher einmal Zellen gewesen sein mochten, größere Räume und eine Menge enger Korridore, die in alle möglichen Richtungen führten. Generationen altes Zeug lagerte dort unten, vor allem alte, über und über mit Spinnweben bedeckte Möbel.

Schließlich fanden sie den Raum, in dem Kimberlys Eigentum lagerte, und ihr erleichtertes Lächeln erstarb, als sie die Laterne hob und die völlige Zerstörung ihres Familienerbes erkannte.

Die Großvateruhr lag auf die Seite gekippt, und die Zeiger fehlten. Das Gehäuse war zerbrochen, mit ausgefransten, spitzen Schlagspuren, als wäre jemand mit einer Axt darauf losgegangen. Die Beine der Porzellanvitrine waren abgebrochen, die Türen hingen in den ausgerissenen Angeln, und an der kostbaren Schnitzarbeit waren ebenfalls grobe Axtspuren zu sehen.

Das große Gemälde sah aus, als hätte jemand sich an ein Ende gestellt und an der anderen Seite gedrückt, bis Rahmen und Leinwand in der Mitte durchbrachen. Die kleinen Tische, die dreihundert Jahre alte Sitzbank für die Halle, die antiken Vasen, die reichgeschnitzte chinesische Wäschetruhe, alles war zerbrochen, zerhackt und zerschmettert. Selbst ihre Kleidertruhen waren aufgeschlitzt, und die Kleider lagen auf dem schmutzigen Boden verstreut.

Kimberly starrte fasssungslos auf die Katastrophe. Sie war so entsetzt, daß sie nicht atmen konnte. Sie machte einen Schritt nach vorn, dann noch einen, sank in die Knie, streckte die Hand aus, ohne nach etwas greifen zu können. Dann kamen ihr die Tränen. Diese Dinge hier waren alles, was ihr von ihrer Mutter geblieben war, und nun war es zerstört, wertloses Zeug, nur noch als Feuerholz zu gebrauchen. Die absichtliche Zerstörung, denn soviel erkannte sie auch in ihrem Schock, war unglaublich. Und es gab nur eine Person, der sie diese Tat zutraute.

Kimberly kehrte langsam auf die Füße zurück, und der Name lag auf ihrer Zunge. »Nessa …«

»Mylady, dieses zerbrochene Zeug … das sind doch nicht die Sachen, nach denen wir suchen, oder?« fragte Jean neben ihr, mit dem gleichen Entsetzen in der Stimme.

Kimberly antwortete nicht. Sie sah einen der verwirrten Schloßdiener an und fragte leise und kalt: »Wo könnte Nessa nun sein?«

Einer zuckte mit den Achseln, der andere antwortete. »Da, wo auch der Laird ist. Das Mädchen hält sich immer in seinem Schatten auf.«

»Und wo könnte er jetzt sein?«

Nun zuckten beide mit den Achseln. Kimberly fragte nicht mehr weiter. Sie würde ihn finden – und sie, ganz gleich, ob sie dazu das gesamte Schloß absuchen mußte, innen und außen. Und dann würde der Teufel los sein. Sie erstickte beinahe vor Schmerz, und wilder Zorn kochte in ihr hoch, so daß sie nicht sagen konnte, was sie als nächstes tun würde. Mord war nicht ausgeschlossen.

Lachlan fand sie zuerst. Es hatte nicht lange gedauert. Er saß in einer Art Büro. Nachdem der Begrüßungstrubel vorüber war, beanspruchten Dutzende von MacGregors noch immer seine Zeit für Berichte, Beschwerden, gute Nachrichten und ähnliches. Auf Kregora ging es wenig förmlich zu, wie sie schnell herausfand, und viel Privatleben gab es auch nicht. Statt draußen in der Halle zu warten, bis sie einzeln zu ihm vorgelassen wurden, drängten sich alle Leute in dem zum Glück recht großen Raum, wo Lachlan saß.

Er lächelte, als er sie hereintreten sah – bis er ihre Tränen bemerkte. Ihr selbst war nicht einmal bewußt gewesen, daß sie ihr noch immer über die Wangen liefen. Sie erübrigte kaum einen Blick für ihn, sondern suchte den

Raum nach seiner jüngeren Cousine ab. Als sie Nessa nicht fand, wandte sie sich wieder zum Gehen. In dem Augenblick entdeckte sie das Mädchen doch noch, aber nur, weil Nessa den Kopf hob, um nachzusehen, was Lachlans Aufmerksamkeit geweckt hatte.
Sie saß auf einem Schemel, gegen die Wand gelehnt, und verfolgte unauffällig das Geschehen im Raum. Es war zu bezweifeln, ob Lachlan überhaupt von ihrer Anwesenheit wußte.
»Kimber, was ist geschehen?« fragte Lachlan besorgt, als er auf sie zutrat.
Sie hörte ihn nicht, sondern hatte Nessa im Blick. Ihr einziger Gedanke war, wie sie das Mädchen zu fassen bekam. Nessa sah sie herankommen, sprang auf und rannte um den Schreibtisch, so daß ein halbes Dutzend Leute zwischen ihr und Kimberly standen.
»Halt mir diese Riesin vom Leib, Lach!« schrie sie. »Sie ist verrückt!«
»So, verrückt bin ich?« fragte Kimberly und bahnte sich ihren Weg durch die Menge. »Wissen Sie überhaupt, was Sie getan haben? Das waren kostbare Erbstücke, und Sie haben alles zerstört! Alles, was mir von meiner verstorbenen Mutter geblieben ist!«
»Ich habe gar nichts zerstört! Die Sachen sind so angeliefert worden, wie Sie sie vorgefunden haben!«
Kimberly dachte einen Moment nach. Dann fielen ihr die Axtspuren ein. »Ich glaube nicht ...«
»Es ist wahr«, beharrte Nessa, bevor sie schnell hinzufügte: »Der Wagenführer sagte, er habe unterwegs ein Rad verloren, und die ganze Ladung sei auf die Straße gefallen, weil sie nicht richtig festgebunden war.«
»Ein Sturz aus wenigen Fuß Höhe würde nicht erklären, warum jedes einzelne Stück zerbrochen ist.«
»Es war mehr als nur ein kleiner Sturz. Der Wagen stürzte neben eine Abzugsrinne, und die Ladung prallte auf die groben Felssteine.«
Es war möglich. Sehr unwahrscheinlich, aber nicht völlig

abwegig. Nur weil Nessa schon einmal ihr wahres Gesicht gezeigt hatte, bedeutete dies nicht, daß sie auch hierfür verantwortlich war.

Kimberly gab enttäuscht die Verfolgung auf. Für den Augenblick konnte sie nicht mehr erreichen. »Nun gut, ich werde den Kutscher in dieser Sache persönlich befragen.«

»Er ist nicht hier. Warum sollte er auch? Er ist dorthin zurückgekehrt, wo er herkam.«

Kimberlys Haltung versteifte sich. In Nessas Gesicht stand plötzlich zu viel Selbstzufriedenheit. Sie wußte, daß das Mädchen log. Und dann kam die Bestätigung.

»Es ist überhaupt nicht nötig, den Kutscher zu befragen«, sagte einer der Männer und warf Nessa einen mißbilligenden Blick zu. »Du bist eine Lügnerin, Nessa MacGregor, und ich schäme mich, daß wir zur selben Familie gehören. Ich habe geholfen, den Wagen zu entladen. Mit den Sachen war alles in Ordnung, und ich habe dich sogar gefragt, warum du diese Kostbarkeiten unbedingt in den Keller geschafft haben wolltest.«

Nessas Gesicht lief rot an. Genau wie bei Kimberly, die einen noch größeren Zorn als vorhin in sich hochsteigen fühlte. Während Nessa ihre Anklägerin weiter haßerfüllt anstarrte, überwand Kimberly den Abstand zwischen ihnen und landete mit der Handfläche einen scharfen Schlag auf Nessas Wange.

Das viel kleinere Mädchen geriet ins Stolpern, und ihre Augen rundeten sich ungläubig, als sie über die brennende Stelle in ihrem Gesicht strich. »Wie können Sie es wagen ...!«

»Sie haben Glück, daß ich nicht mit der Axt auf Sie losgehe, wie Sie es bei meinen wertvollen Sachen gemacht haben. Was Sie in Ihrer unsäglichen Bosheit getan haben, ist nicht wiedergutzumachen. Und ich weigere mich, im selben Haus mit jemandem zu leben, der so gehässig ist.«

Sie erkannte sofort ihren Fehler, als sie ein derartiges Ultimatum stellte, denn ihr Stolz würde nicht erlauben,

davon zurückzutreten. Doch es war zu spät. Sie hatte es gesagt. Zu ihrer gewaltigen Erleichterung war ihr Gemahl der gleichen Ansicht.
»Das mußt du auch nicht, Kimber«, sagte Lachlan hinter ihr, während er die Arme um sie schlang. »Sie wird noch heute abend ihre Sachen packen und morgen früh das Haus verlassen, weil ich auch mit keinem derartig gehässigen Menschen zusammenleben will. Und ich schwöre dir, daß ich die besten Handwerker beauftrage, die Sachen deiner Mutter zu reparieren, und Nessa wird alles bezahlen, von dem Geld, das sie angeblich aufgetrieben hat.«
Nessa war bleich geworden, während sie ihm zuhörte, und noch bleicher, als er fertig war. »Das hier ist mein Zuhause«, sagte sie mit stockender Stimme.
»Nicht mehr. Durch dein Benehmen hast du dir dieses Recht selbst verscherzt.«
»Das ist nicht fair! Sie sollte diejenige sein, die geht, nicht ich! Sie gehört nicht hierher, ich schon!«
»Nessa, Mädchen, siehst du denn nicht einmal ein, was du falsch gemacht hast?« fragte Lachlan traurig.
Sein mißbilligender Ton hatte offenbar ihren Zorn wieder geweckt. »Das ist also der Dank, nach allem, was ich für dich getan habe? Und du hast mich nicht einmal gefragt, wie ich zu dem Geld für dich gekommen bin. Ich habe mich an Gavin Kern verkauft, daher habe ich es!«
Sie schrie ihm die Worte entgegen, als würde sie erwarten, ihn damit zu verletzen. Er wurde tatsächlich ärgerlich, aber nicht aus dem erhofften Grund.
»Dann wird es noch eine Hochzeit geben«, sagte Lachlan mit kalter Entschiedenheit.
»Ich heirate ihn nicht!« schrie Nessa.
»Du warst mit ihm im Bett, dann kannst du ihn auch heiraten, und das sagt dir der MacGregor, Nessa.«
Sie wurde wieder bleich. Kimberly verstand. Wenn er so sprach, duldeten seine Worte keinen Widerspruch. Dann rannte Nessa aus dem Zimmer.

In die unangenehme Stille, die folgte, klang eine Stimme. »Sie versteckt sich wohl, vermute ich. Denn sie wird Gavin Kern bestimmt nicht heiraten. Dazu haßt sie ihn zu sehr.«
»Er hat sie Dutzende von Malen gefragt, ob sie seine Frau werden will«, erklärte ein anderer. »Zumindest er wird froh sein, daß sie sich in diese Klemme gebracht hat. Jetzt kann sie ihn nicht mehr ablehnen.«
»Wenn er sie findet.«
»Geht sie suchen und packt sie«, befahl Lachlan knapp und nickte zwei Männern zu, die an der Tür standen. »Und jemand anders hole Gavin für die Hochzeit. Wir werden sie noch heute abend feiern, so wahr ich der Laird bin.«
Seltsamerweise tat Nessa Kimberly plötzlich leid. Sie fand es nicht richtig, wenn eine Frau gezwungen wurde, einen Mann zu heiraten, den sie verabscheute. Aber sie behielt ihre Meinung für sich. So leid tat ihr das Mädchen wiederum auch nicht.

49

Die meisten Teilnehmer genossen das Bankett an diesem Abend, mit einigen erwähnenswerten Ausnahmen, die jedoch nicht die ausgelassene Stimmung des Heimkehrfestes trüben konnten. Lachlans Erklärung, daß Winnifred schließlich gefunden worden war und er sein Erbe zurückerhalten hatte, hob die gute Laune der Feiernden noch um einiges mehr.
Die Modernisierung des Schlosses hatte allerdings auch ihre Schattenseiten. Da die große Halle nicht mehr bestand, gab es keinen Raum, der genügend Platz für ein Bankett der üblichen Art geboten hätte, geschweige denn für so viele Leute, wie an diesem Abend anwesend waren. Daher wurden die Schüsseln und Terrinen im Spei-

sezimmer aufgebaut, und auf dem Korridor und im Salon standen an den Wänden entlang Tische und Bänke aufgereiht, um Platz für möglichst viele Leute zu schaffen.
Was die Stimmung anging, gehörte Nessa natürlich zu den Ausnahmen. Sie saß mit verschränkten Armen zusammengesunken auf einem der Sofas und zog ein aufsässiges und gelegentlich haßerfülltes Gesicht, wenn jemand sie anzusprechen versuchte. Viele waren es nicht.
Kimberly bemühte sich, gute Miene zum bösen Spiel zu machen, weil es sich so schickte. Eine Dame trug ihren Kummer nicht in die Öffentlichkeit. Doch der Schmerz ging so tief, daß sie nicht in der Lage war, viel zu lachen. Lachlans Versicherung, nachdem er den Schaden in Augenschein genommen hatte, daß alles wieder hergerichtet werden konnte und wie neu aussehen würde, hatte nicht geholfen. Zum einen zweifelte sie daran, da die Axthiebe überall ihre Spuren hinterlassen hatten. Zum anderen wollte sie nicht, daß die Sachen wieder wie neu aussahen. Sie waren Antiquitäten und sollten auch wie solche wirken – alt, aber gut erhalten.
Doch sie würde abwarten. Ihr Gemahl war entschlossen, das Unrecht wiedergutzumachen. Wenn es überhaupt möglich war, würde er darauf achten, daß es recht geschah. Das allein erleichterte ihren Schmerz ein wenig – und erwärmte ihr Herz für ihn noch etwas mehr, was nicht bedeutete, daß sie in dieser Hinsicht weitere Ermunterung benötigte.
Gavin Kern dagegen war heute abend ein glücklicher Mann. Er hatte Nessa offenbar schon seit Jahren darum gebeten, ihn zu heiraten. Kimberly war noch immer beunruhigt, daß das Mädchen in eine Ehe gezwungen wurde, bis sie die Gelegenheit fand, einige Minuten mit Gavin allein zu sprechen.
Lachlan, der den ganzen Abend dicht an ihrer Seite blieb, war zu zwei hitzköpfigen Brüdern gerufen worden, um ein Mißverständnis zwischen ihnen zu schlichten, bevor sie sich zu Tätlichkeiten steigerten. Er hatte vorher mit

Gavin gesprochen und das Gespräch abrupt beenden müssen, so daß Kimberly mit ihm zurückblieb und ihre Neugier befriedigen konnte.
Gavin, das hatte sie herausgefunden, gehörte zu dem Schloß auf der gegenüberliegenden Seeseite, oder besser gesagt, er war dessen Besitzer. Er war dort geboren und folglich ein alter Nachbar. Mit Anfang Dreißig gehörte er jedoch nicht zu Lachlans und Nessas Generation, so daß sie auch keine Spielkamaraden aus der Kindheit waren. Dennoch war er einer der ersten gewesen, die bemerkten, wie Nessa sich zu einer kleinen Schönheit entwickelte. Sie war noch immer ein Wildfang gewesen und hatte kein Interesse an Männern gezeigt, doch das hinderte ihn nicht, ihr seitdem den Hof zu machen, wenn auch vergebens.
Kimberly erfuhr dies alles von ihm. »Es stört Sie nicht, eine Frau zu heiraten, die Sie ... äh ...?«
»... verabscheut?« beendete er hilfreich den Satz für sie. »Aber das tut sie nicht. Sie behauptet es zwar immer, und ich habe es die ganze Zeit geglaubt, aber jetzt weiß ich es besser. Sie kommt immer zu mir, wenn sie Hilfe braucht. Und weint an meiner Schulter, wenn sie das Bedürfnis dazu hat. Sie erzählt mir ihre Träume und ihre Wünsche. Und ich war krank bis tief in die Seele, immer wieder mitanhören zu müssen, wie sie MacGregor liebt, bis mir klar wurde, daß es sich nur um eine Gewohnheit handelt, die sie sich zugelegt hatte, als sie noch ein Kind war.«
Gavin schien ein wirklich netter Mann zu sein, viel zu gut für die rachsüchtige Nessa. Sein Haar war blond, etwas dunkler als ihr eigenes, und seine Augen blickten warm und herzlich. Er war nicht größer als Kimberly und besaß angenehme Gesichtszüge, nicht so auffallende wie Lachlan, aber sie wirkten fest und freundlich.
»Für eine Gewohnheit hat sie sich ziemlich viel einfallen lassen«, bemerkte Kimberly. »Sie kam sogar zu Ihnen ...« Wieder konnte sie den Satz nicht beenden, da das Thema ihr peinlich war.

Er verstand sie auch jetzt. »Wie ich schon sagte, sie kam immer um Hilfe zu mir. Sie hätte nur um das Geld bitten müssen und es sofort bekommen. Das wußte sie auch. Aber sie ist stolz, verstehen Sie, und sie wußte, daß sie es nie würde zurückzahlen können, also bot sie sich selbst an. Ich hätte ablehnen sollen, aber ...« An dieser Stelle wurde er rot. »Ich begehre sie schon so lange, und ich habe gehofft, gebetet, daß geschehen würde, was nun eingetreten ist, wenn MacGregor dahinterkäme.«

»Daß er sie zwingen würde, Sie zu heiraten?«

»Ja«, antwortete er und lächelte dann. »Und ich bezweifle nicht, daß sie seine Reaktion ebenfalls vorhersah. Sie hat mir so oft einen Korb gegeben, müssen Sie wissen. Nun stand ihr Stolz ihr im Weg, mich schließlich doch zu nehmen.«

Kimberly staunte. »Sie wollen damit sagen, daß sie ihre Meinung geändert hatte, aber nicht über ihren Schatten springen konnte?«

Er nickte. »Ich habe ... eine Nacht mit ihr verbracht, wissen Sie. Dabei zeigte sie mir Gefühle, die sie selbst an sich nicht kennt. Sie wehrt sich noch, aber das ist alles nur zum Schein, um ihren Stolz zu wahren. Sie ist ein schwieriges Mädchen, meine Nessa.«

Wie auch boshaft und zerstörerisch und – nun, nach diesem Abend würde Kimberly sich keine Gedanken mehr über das Mädchen machen müssen. Nessa konnte so schwierig sein, wie sie wollte, so lange sie es auf der anderen Seeseite und nicht auf Kregora war.

Sie hatten noch etwas mehr geredet, bis Lachlan zurückkehrte. Nicht lange danach fand die Trauung stand, mitten im Salon.

Nessa blickte noch immer haßerfüllt. Sie hatte sich auch nicht umgezogen, um etwas dem Anlaß Entsprechendes zu tragen. Auch ihre Haare waren wie immer frisiert. Sie hatte nichts von dem gegessen, was man ihr anbot. Und sie verweigerte während der Zeremonie die Antworten.

Aber ein MacGregor führte die Trauung durch, und jedesmal, wenn er keine Reaktion von Nessa erhielt, sah er kurz auf und blickte in die Menge, wobei er sprach: »MacGregor sagt, daß sie zustimmt, und sein Wort ist mir gut genug.«
Eine etwas mittelalterliche Vorgehensweise, fand Kimberly, doch Nessa wirkte keinesfalls überrascht, ohne ihre Erlaubnis verheiratet zu werden, genausowenig wie die anderen Anwesenden. Als die Trauung vorüber war, ließ der sanfte, bescheidene Gavin Kern einen Freudenschrei los, hob Nessa über seine Schulter und trug sie wie ein siegreicher Held hinaus.
Die MacGregors jubelten bei dieser kühnen Tat. Und Nessa fand schließlich die Stimme wieder. »Ich habe Füße zum Laufen, du Trottel. Laß mich herunter!«
Gavin antwortete mit einem herzhaften Lachen. »Nicht, bis ich dich sicher auf der anderen Seeseite habe, Nessa, mein Schatz.«
»Wenn du glaubst, als Ehemann hättest du die Oberhand ...« Nessa hielt inne, um noch einmal nachzudenken, denn das war in der Tat das Ergebnis der Eheschließung. Doch sie blieb störrisch. »Nun, das werden wir dann sehen.«
Lachlan lachte neben Kimberly. »Ja, ich habe sie in fähige Hände gegeben.«
Kimberly warf ihm einen Seitenblick zu. »Es klingt, als wäre sie nicht dieser Meinung.«
Lachlan grinste sie an. »Nein, sie würde schwören, daß sie ihm das Herz aus der Brust schneiden würde, wenn sie ihm wirklich übelwollte. Ich gebe ihr einen Monat, dann wird sie mir danken.«
»Oder schwören, daß sie dir das Herz aus der Brust schneidet.«
Er lachte und gab ihr vor der ganzen Gesellschaft einen geräuschvollen Kuß. Die Hochrufe ertönten von neuem. Und obwohl ihr die öffentliche Zurschaustellung peinlich war, tat der Jubel ihrem Herzen gut. Der Rest der

MacGregors akzeptierte sie zumindest. Und Nessa ... nun, sie war jetzt eine Kern.
Der Tag war ereignisreich und gefühlsbeladen gewesen. Daher zog Kimberly sich früh zurück. Lachlan entschuldigte sich bei den Gästen, um sie begleiten zu können, doch er versuchte nicht, mit ihr zu schlafen, wie sie es erwartet hatte. Er hielt sie nur in seinen Armen und flüsterte tröstende Unsinnsworte, als sie wieder zu weinen begann. Die meisten dieser Tränen flossen nicht wegen der Sachen ihrer Mutter. Sie galten ihr selbst, weil sie wußte, daß es ihr nie wieder gleichgültig sein würde, ob Lachlan sie liebte oder nicht. Sie wußte, daß sie ihr Herz an ihn verloren hatte. Es gehörte ihm und niemandem sonst.

50

Es war ungefähr eine Woche später, als plötzlich Reiter auftauchten, dreißig oder vierzig – sie waren schlecht zu zählen, da sie alle gleich aussahen mit ihren rot-grün gemusterten, schräg über die schweren Mäntel gegürteten Wehrgehängen. Die Männer überquerten unter energischem Hufgetrappel die Zugbrücke, als gehörte das Schloß ihnen. Im Innenhof reihten sie sich vor dem großen Turm auf und verlangten lautstark, daß MacGregor herauskommen solle.
Lachlan beobachtete die Ankunft vom Salon aus und empfand eine Mischung aus Unbehagen und Verärgerung. Er vermutete, daß er diesen Auftritt Nessa verdankte. In einem Anfall von Groll sandte sie offenbar eine Drohbotschaft, die ihr später vielleicht leid tun würde, doch dann wäre es geschehen. Die Männer standen da, und es gab nichts weiter zu tun, als hinauszugehen und sich ihnen zu stellen, wenn nötig mit aller Entschlossenheit.

Als er die Flügeltüren aufstieß, bemerkte er, daß Kimberly gerade zu ihnen trat. Sie war auf dem Weg von den Ställen zur Halle gewesen, als die Reiter eintrafen, und konnte sich nur knapp an ihnen vorbeiretten. Da sie nicht wußte, wer sie waren, hoffte sie, daß Lachlan sich um die Männer kümmerte.

Er faßte sie um die Taille und schob sie in die Halle. »Bleib im Haus«, ermahnte er sie, während er die Türen hinter ihr schloß.

Natürlich war es kein Wunder, daß sie den Gehorsam verweigerte. Sie ließ sich nichts befehlen, dazu noch ohne jede Erklärung. Außerdem war sie neugierig. Als sie die Türen wieder öffnete, hörte sie seine Stimme. »Ich bin Lachlan MacGregor. Was wollt ihr?« rief er laut.

Ein dunkelhaariger junger Mann in der Mitte der aufgereiht stehenden Reiter war offenbar ihr gewählter Sprecher. »Man hat uns gesagt, Sie hätten unsere Schwester hier. Wir sind gekommen, um einen Blick auf sie zu werfen.«

»Ihr seid alle ihre Brüder?« fragte Lachlan ungläubig.

»Nein«, sagte der Sprecher und hob den Arm.

Bei diesem Zeichen schob sich ein Pferd in der Reihe vor, dann ein weiteres und noch eines. Am Ende stand beinahe die Hälfte der Männer vorn, was immer noch genug waren.

Kimberly flüsterte hinter Lachlans Rücken: »Wovon reden sie?«

»Von dir, Darling«, sagte Lachlan seufzend. »Es sind MacFearsons, der ganze Haufen.« Dann wandte er sich wieder an den Sprecher. »Ihr könnt sie sehen, aber glaubt nur nicht, daß ihr sie mitnehmen dürft. Sie gehört nach Kregora und zu mir.«

Der junge Mann nickte knapp und stieg vom Pferd. Kimberly war mittlerweile hinter Lachlan hervorgetreten und starrte mit großen Augen auf die Männer. Diejenigen, die nach vorn gekommen waren und nun ebenfalls vom Pferd stiegen, waren alle jung, die Hälfte ungefähr

in ihrem Alter, der Rest um einiges jünger, wobei der Kleinste um die sieben Jahre zählen mußte.
Ihre Brüder? Sie blickte die Reihe entlang und konnte vor Ergriffenheit nicht sprechen. Es waren sechzehn, sechzehn Gesichter, die eine verblüffende Ähnlichkeit besaßen. Die meisten hatten das gleiche dunkle, goldblonde Haar wie sie und die gleichen tiefgrünen Augen.
Nun erkannte Kimberly auch, woher sie ihre Körpergröße geerbt hatte. Bestimmt nicht von der Familie ihrer Mutter, wie sie immer vermutet hatte. Der Sprecher schien der älteste der Brüder zu sein, und er reichte in der Größe beinahe an Lachlan heran. Vier weitere waren ebenfalls so hochgewachsen wie er, fünf reichten nah an ihn heran, und die jüngeren – nun, sie befanden sich noch in der Entwicklung.
Diese Geschichte schien einfach unglaublich. Sie war ganz ohne Geschwister aufgewachsen, und nun hatte sie ... zu viele, um sie an zwei Händen aufzählen zu können. Wenn dieser Teil stimmte, was mochte dann noch von der Legende Ian MacFearson wahr sein?
»Wir sind nicht für unsere Geduld bekannt, MacGregor«, sagte einer der jüngeren Brüder, als sie sich am Eingang versammelten. »Wollen Sie sie also herholen?«
Ein anderer Junge stieß seinem Bruder den Ellbogen in die Seite und wies mit dem Kopf zu Kimberly, wobei er ihr schelmisch zuzwinkerte. Es folgte ein Schmunzeln hier und dort, und dann lächelten sie ihr alle zu und redeten durcheinander.
»Verdammt, sie ist älter als du, Ian Eins. Jetzt kannst du uns nicht mehr herumkommandieren.«
»Du wirst mir weiterhin die Stiefel lecken, Johnny, wenn ich sie geputzt haben will«, entgegnete Ian Eins und warf dem jüngeren Johnny einen Blick zu, der deutlich machte, wie sehr seine Stiefel eine baldige Reinigung benötigten.
Johnny funkelte böse zurück, doch bevor er sich revan-

chieren konnte, sprach ein weiterer Bruder. »Glaubst du nicht, daß sie zu klein für eine MacFearson ist?«
»Sie ist ein Mädchen, du Blödmann«, entgegnete wieder ein anderer. »Mädchen sind nun mal kleiner.«
»Ich wollte schon immer eine Schwester«, sagte schüchtern ein rothaariger Bruder.
»Donald hat eine Schwester«, bemerkte einer der Kleineren etwas verwirrt.
»Aber Donalds Schwester ist keine MacFearson, Charles, und nicht deine und meine Schwester. Diese hier ist eine MacFearson und gehört zu uns allen, wenn du verstehst, was ich meine.«
»Sie sieht aus wie Ian Sechs. Findet ihr nicht auch?«
Ian Sechs war offenbar der jüngste unter ihnen, weil er rot anlief. »Tut sie nicht«, murmelte er.
Kimberly lächelte Ian Sechs zu. Die Zahlen hinter den Namen wirkten komisch und erinnerten sie daran, daß diese Brüder verschiedene Mütter hatten, wenigstens die meisten. Sie stellte sich vor, daß diese Mütter ihre Söhne stolz nach dem Vater benannt hatten, trotz des Durcheinanders, das dabei entstand. Die Zahlen dienten dazu, sie besser auseinanderzuhalten.
Sie fragte sich, wie sie sich jemals alle diese Namen merken sollte und ob ihre Brüder lange genug blieben, damit sie herausfinden konnte, wer jeder einzelne war. Im Augenblick verspürte sie den Drang, den jüngsten von ihnen zu umarmen. Eigentlich wollte sie alle Brüder in die Arme schließen. Doch sie waren ein furchteinflößender Haufen, mit ihren wirren Mähnen und den Dolchen an ihren Seiten. Die hochgewachsene Statur und ihre große Zahl schüchterten sie ein, auch wenn alle jünger als sie waren und es sich um ihre Brüder handelte. Sie waren noch immer Fremde für sie.
»Seht doch, sie ist wirklich ganz wie er, mit diesem Lächeln«, sagte ein schwarzhaariger Kerl überrascht. »Er wird keinen Moment daran zweifeln, daß sie sein Kind ist.«

»Ja, und vielleicht erleben wir dann endlich das Ende seiner bösen Laune.«
»Zuerst fordert er den Kopf von Ian Eins, weil er so lange warten mußte.«
Ians Eins wurde rot, weil er seine Befehle vergessen hatte, und wandte sich abrupt zu einem Mann, der noch im Sattel saß, und nickte ihm zu. Kimberly durchlief ein angstvolles Frösteln. Plötzlich wurde ihr wieder bewußt, daß noch andere MacFearsons anwesend waren – Cousins bis zum dritten Grad, wie sie später erfuhr. Sie warf einen schnellen, prüfenden Blick an den noch aufsitzenden Reitern entlang, entdeckte aber niemanden, der alt genug war, um ihr Vater zu sein.
Sie entspannte sich wieder, bis einer dieser Männer sein Pferd herumriß und unter dem Fallgitter hindurch nach draußen ritt. Wenn Ian MacFearson sich hinter der Schloßmauer befand ... doch was hatte sie zu befürchten? Daß er sie nicht mochte? Oder sie ihn nicht? Wenn Cecil die Wahrheit sprach, hatte dieser Mann ihre Mutter verführt – aus Rache. Wie sollte sie ihn da mögen? Aber Melissa hatte ihn geliebt. Soviel hatte auch Cecil zugegeben. Also mußte zumindest etwas Anständiges an ihm gewesen sein, wenn ihre sanfte Mutter ihn lieben konnte.
Dann kehrte der Mann, der fortgeritten war, zurück. Hinter ihm erschien ein Hüne, der in dem zotteligen Mantel aus Schaffell noch riesiger wirkte. Der wilde Ausdruck wurde durch den mächtigen Pelz und das goldblonde, lang herunterhängende und von Silbersträhnen durchzogene Haar noch verstärkt. Seine tief zerfurchten, herb geschnittenen Züge ließen noch immer ahnen, wie gut er einmal ausgesehen hatte, und sie verstand, wie er das Herz jeder jungen Frau gewinnen konnte.
Er sah direkt zu Kimberly, als er unter dem Fallgitter erschien, und hielt seinen durchdringenden, beunruhigenden Blick auf sie gerichtet, während er langsam näher

ritt. In seinen Augen, die von dem gleichen dunklen Grün wie ihre eigenen waren, stand ein kalter, lebloser Ausdruck, als ob der Mann keine Freude kannte.
Es wurde schnell eine Gasse gebildet, damit er absitzen konnte. Kimberly war unwillkürlich näher zu Lachlan gerückt, der beschützend den Arm um ihre Schultern legte. Nein, auf diese Begegnung war sie nicht vorbereitet. Ganz und gar nicht.
Dann stand er vor ihr, Ian MacFearson, die Legende, und der Alptraum aller kleinen Kinder: ihr Vater. Als sie bemerkte, daß auch er sich fürchtete, obwohl er es sorgfältig zu verbergen versuchte, stieß sie den angehaltenen Atem aus. Er war so nervös und unsicher wie sie selbst, und diese Erkenntnis siegte.
Sie lächelte ihm zu. »Hallo, Vater.«

51

Kimberly reichte Ian ein Glas heißen Würzwein, bevor sie sich neben ihn auf das Sofa in ihrem Wohnzimmer setzte. Wahrscheinlich würde sie an den Seiten überall blaue Flecken bekommen, so heftig hatte er sie mit seinen Bärenkräften umarmt, bevor es ihr gelang, alle MacFearsons aus der Kälte ins Schloß zu bitten.
Ian hatte geweint. Darüber war sie noch immer verwundert, und sie hätte es kaum bemerkt, so fest wie er sie umarmte, wenn nicht einer ihrer Brüder eine Anspielung gemacht hätte.
Lachlan kümmerte sich darum, Schlafgelegenheiten für die vielen Gäste zu organisieren, damit sie einige Zeit mit ihrem Vater allein verbringen konnte. Sie wußte nicht, ob es eine gute Idee war, wo sie sich doch erst kurz kannten und noch nicht miteinander warm geworden waren. Doch sie hatte so viele Fragen an ihn, und die Neugier ließ ihr keine Ruhe.

»Woher wußten Sie, daß ich hier bin?« begann sie vorsichtig.
»Ich bekam diese Woche einen Brief von Cecil Richards. Zuerst dachte ich an einen bösen Scherz. Er teilte mir mit, daß seine Frau gestorben sei.« Ian schloß die Augen, da ihn dieser Gedanke noch immer schmerzte, doch er sprach weiter. »Daher sehe er keinen Grund mehr, Melissas Bastard als sein Kind zu beanspruchen.«
»Das ist nicht ganz richtig; und es war auch nicht wirklich seine Entscheidung. Meine Mutter starb vor mehr als einem Jahr, aber er hat mir erst vor wenigen Wochen gesagt, daß Sie mein Vater sind, und nicht er. Und es ist ihm eher gegen seine Absicht herausgerutscht. Da es nun einmal geschehen war, dachte er wohl, ich könnte versuchen, meinen richtigen Vater zu finden. Da wollte er mir zuvorkommen und es Ihnen als erster sagen.«
»Ich ertrage den Gedanken noch immer nicht, daß sie tot ist«, sagte er leise. »Ich habe schon vor Jahren alle Hoffnung aufgegeben, sie für mich zu bekommen oder sie jemals wiederzusehen, aber ich habe nie aufgehört, sie zu lieben. Das war für die Ewigkeit. Und ich hätte mir nie vorgestellt, daß sie sterben...« Er schluchzte auf, und es dauerte einen Augenblick, ehe er weitersprach. »Es tut mir leid, Mädchen. Aber für mich ist es, als wäre sie eben erst von mir gegangen, und ich habe es noch nicht ganz akzeptiert.«
»Das verstehe ich, aber ich bin auch verwirrt. Cecil sagte, daß Sie Ellie geliebt und meine Mutter nur verführt hätten, um sich an ihm zu rächen.«
Bei diesen Worten wurde er rot vor Zorn. »Dieser Bastard. Ist er wirklich zu einem solchen Lügner geworden, um seine eigenen Fehler zu verbergen? Wenn jemand Rache wollte, dann er.«
»Was ist denn wirklich geschehen?«
»Er liebte Eleanor, aus ganzem Herzen. Doch er konnte nicht erkennen, welch eine gierige Opportunistin sie war. Er entschuldigte alles, was sie tat. Für ihn war sie

unfehlbar. Und sie willigte ein, ihn zu heiraten. Sie wollte seinen Reichtum und die gesellschaftliche Stellung als Gemahlin eines Earls – wenigstens dachte sie das. In Wahrheit konnte sie ihn nicht ausstehen, und kurz vor der Hochzeit wurde ihr klar, daß das Geld die Sache nicht wert war, weil sie es nicht ertragen hätte, mit ihm zu leben.«

»Hat sie es ihm gesagt und ihre Zustimmung zurückgezogen?«

»Nein, er hatte ihr zu viele wertvolle Verlobungsgeschenke gemacht, die sie behalten wollte. Und sie wußte, daß er die – völlig zu Recht – zurückfordern würde, wenn sie ihn nicht heiratete. Damals weinte und jammerte sie und hat mich angebettelt, sie mitzunehmen und in Schottland zu verstecken. Sie erzählte mir von einem furchtbaren Streit mit ihm und daß er sie schlagen würde, wenn er sie fände. Ich kannte Cecils unberechenbares Temperament. Es war möglich, daß sie die Wahrheit sagte, wenigstens dachte ich das damals. Aber ich war ein verdammter Narr, daß ich ihr auch nur einen Moment geglaubt habe.«

»Es hatte überhaupt keinen Streit gegeben?«

»Nein, das war ihr Vorwand, um meine Hilfe zu bekommen. Sie gab die Lüge sogar zu, nachdem wir uns auf der anderen Seite der Grenze befanden – und hat mich ausgelacht, weil ich so einfältig war. Ich hätte sie einfach laufen lassen und Cecil die Wahrheit sagen sollen, damit er sie suchen konnte, wenn er sie in seiner Verblendung immer noch wollte. Aber ich habe in meinem Zorn mit ihr umkehren wollen, damit sie ihm alles sagte. Und das war mein zweiter Fehler.«

»Warum?«

»Weil sie sich weigerte zurückzureiten; und als ich darauf bestand, lachte sie und sprengte in die Nacht hinaus. Ich hatte nicht einmal die Zeit zu überlegen, ob ich ihr nachjagen sollte, da hörte ich ihren Schrei. Als ich bei ihr ankam, war sie schon tot, und ihr Pferd lag mit gebrochenen Beinen am Boden. Zu meiner Schande muß ich gestehen, daß es mir mehr um das arme Tier leid tat, das ich aus seiner Not erlösen mußte, als um den Tod dieser berechnenden Person.«

»Aber Cecil glaubt, Sie hätten sie auch geliebt und versucht, sie ihm zu rauben? Wenigstens hat er es mir gegenüber so dargestellt. Wie kommt er darauf?«

»Weil ich nicht das Herz besaß, ihm zu sagen, daß sie vor ihm weggelaufen ist. Das hätte ihm den Rest gegeben, und ich wollte ihm den Schmerz ersparen. Deshalb habe ich behauptet, ich hätte sie ebenfalls geliebt und in meinem betrunkenen Kopf geglaubt, mit ihr fliehen zu können, und daß sie tatsächlich bei mir geblieben wäre. Ich dachte, es wäre besser für ihn, mich zu hassen, falls er mir nicht vergeben konnte, statt zu erfahren, was sie wirklich für ihn empfand.«

»Ich glaube, das war Ihr dritter Fehler. Seitdem hat er alle Schotten gehaßt und ist zu einem bitteren, kalten Mann geworden. Anders kenne ich ihn nicht.«

»Das freut mich zu hören.«

Sie war überrascht. »Sie haben ihn genauso gehaßt wie er Sie? Warum haben Sie ihn dann vor Eleanors Heimtücke bewahren wollen?«

»Das war, bevor er sich an mir gerächt hat. Damals war ich noch sein Freund und fühlte mich entsetzlich schuldig wegen dem ganzen verdammten Mist.«

Kimberly runzelte die Stirn. »Jetzt verstehe ich die Geschichte nicht mehr. Cecil behauptet, Sie hätten sich an ihm gerächt. Haben Sie meine Mutter tatsächlich verführt?«

»Nein, Unsinn. Ich habe deine Mutter geliebt. Mellie war immer meine große Liebe. Aber ich habe nie geglaubt, jemals eine Chance bei ihr zu besitzen. Sie war reich, mußt du wissen, und ihre Eltern wollten, daß sie einen Titel heiratet. Meine Familie war ebenfalls nicht arm, aber wir gehörten bei weitem nicht zur gleichen sozialen Klasse. Doch dann entdeckte ich, daß sie das gleiche für mich empfand, und ich war der glücklichste Mann auf der Welt.«

»Das war, bevor sie Cecil heiratete?«

»Ja, und bevor er ihr einen Antrag machte. Wir wollten zusammen durchbrennen und hielten unsere Gefühle füreinander geheim, da ihre Eltern einer Ehe niemals zugestimmt hätten. Doch Cecil dachte sich seinen Teil. Ich wirkte einfach zu glücklich.«

»Und dann hat er versucht, sie Ihnen wegzunehmen?«

»Nicht nur versucht. Es ist ihm gelungen. Und ich war zu blind, um zu erkennen, was er vorhatte«, antwortete Ian bitter.

»Was hat er getan?«

»Er kam eines Tages zu mir und sagte, er verstehe, was zwischen Eleanor und mir vorgefallen sei. Kein Mann hätte anders gekonnt, als sie zu lieben. Und er werde mir verzeihen.«

Kimberlys Augen weiteten sich ungläubig. »Cecil hat gesagt, er werde Ihnen verzeihen?«

»Es war eine Lüge, und was für eine, aber damals wußte ich es nicht. Er sagte, meine Anwesenheit erinnere ihn zu sehr an das, was geschehen war, und er fragte mich, ob ich für eine Weile fortgehen wolle, damit er leichter über die Angelegenheit wegkomme. Ich konnte ihm diesen Wunsch kaum abschlagen. Immer noch fühlte ich mich schuldig, da ich ihn wegen meiner angeblichen Liebe zu Eleanor angelogen hatte, wenn auch nur, um ihm den Schmerz zu ersparen. An diesem Tag hätte ich die Wahrheit gestehen sollen, und indem ich es nicht tat, beging ich einen weiteren Fehler. Wobei ich bezweifle, ob er mir geglaubt hätte. Aber zumindest hätte er seine anschließenden Pläne vielleicht geändert.«

»Sie sind also gegangen?«

»Ja, ich stimmte zu, für einen kurzen Zeitraum.«

»Warum haben Sie meine Mutter nicht einfach mitgenommen? Sie hatten doch ohnehin vor, mit ihr zu fliehen.«

»Sie war zu der Zeit in London. Ihre Mutter gab eine große Geburtstagsparty. Ich bin auch nach London gekommen, um sie dort zu treffen. Doch jedesmal, wenn ich vorsprach, war sie ausgegangen oder unpäßlich, und sogar dann schöpfte ich noch keinen Verdacht. Ich kam einfach jeden Tag wieder zu ihrem Stadthaus und wurde abgewiesen.«
»Wollen Sie damit sagen, daß sie Sie nicht zu sehen wünschte?«
»Nein, sie wußte überhaupt nicht, daß ich da war. Niemand hat es ihr mitgeteilt. Ihr wurde nur gesagt, daß ihr Vater alles über uns herausgefunden habe und mich auszahlen werde. Sie mußte glauben, daß ich sie für Geld im Stich ließ. Was sie am Boden zerstörte. Ich weiß nicht, was Cecil ihrem Vater gesagt hat, aber er brachte ihn zu einer Lüge über mich und erwirkte seine Zustimmung, Mellie unverzüglich zu heiraten. Und sie litt zu sehr an gebrochenem Herzen, um sich dagegen zu wehren.«
»Guter Gott, ihr eigener Vater ...«
»Tadele ihn nicht, Mädchen. Der Mann hat wahrscheinlich nur geglaubt, seine Tochter vor mir zu beschützen. Gott allein weiß, was Cecil dem Mann erzählt hat, aber er zog uns alle in sein Netz aus Lügen und Verleumdungen, damit er die Frau bekam, von der er wußte, daß ich sie liebte. Er begehrte sie nicht für sich selbst, sondern wollte nur sicherstellen, daß sie mir für immer entzogen war.«
Kimberly schüttelte traurig den Kopf. »Die beiden haben also in London geheiratet, bevor Sie überhaupt mit ihr sprechen konnten, um ihr die Wahrheit zu sagen?«
»Nein, die Hochzeit fand statt, sobald sie auf das Land zurückkehrte, aber es dauerte noch eine weitere Woche, bis ich begriff, daß sie überhaupt nicht mehr in London war. Zu dem Zeitpunkt war ich völlig verzweifelt und wollte mein Versprechen gegenüber Cecil nicht länger einhalten. Deshalb kehrte ich ebenfalls nach Northumberland zurück. Dort erfuhr ich von einem Nachbarn, daß die beiden nur wenige Tage vorher geheiratet hatten.«

»Warum haben Sie sie danach nicht einfach weggebracht?« fragte Kimberly beinahe zornig. »Warum haben Sie sie dem Unglück mit ihm überlassen?«
»Du denkst, ich hätte es nicht versucht? Es hat sie beinahe umgebracht, daß sie mir den Wunsch abschlagen mußte. Sie konnte nicht mit mir gehen, weil sie verheiratet war.«
»Auch wenn sie wußte, daß Sie beide einer Intrige zum Opfer gefallen waren?«
»Ja, ihre Moralvorstellungen erlaubten es nicht anders. Die Ehe war geschlossen, und sie hatte gelobt, in guten wie in schlechten Tagen ihrem Gemahl in Treue verbunden zu bleiben. Obwohl sie mich noch immer liebte, wollte sie diesen Eid nicht brechen.«
Kimberly ließ sich gegen die Sofalehne zurückfallen. Sie erinnerte sich vage an einige Begebenheiten aus ihrer Kindheit, die sie lange vergessen hatte. Ihre Mutter blieb nie im gleichen Raum, wenn ihre Großeltern zu Besuch kamen. Sie sprach nicht einmal mit ihnen und ging auch nicht zu ihrem Begräbnis, als sie gemeinsam in einer verunglückten Kutsche ums Leben kamen.
»Vielleicht hilft es Ihnen zu erfahren, daß sie ihren Eltern wahrscheinlich nie verziehen hat. Ich war damals noch zu klein, um mir Gedanken zu machen, warum sie kein Wort mit ihnen sprach, wenn sie uns besuchten.«
Er griff nach ihrer Hand und drückte sie. »Nichts kann die Tragödie von drei vergeudeten Leben wiedergutmachen, leider.«
»Da haben Sie wohl recht.« Sie seufzte. »Und von mir hat sie nichts gesagt?«
»Es war zu früh nach … ich glaube nicht, daß sie es selbst schon wußte, als wir zum letzten Mal miteinander sprachen.«
Sie errötete schwach. Es fiel ihr schwer, sich ihre Mutter vorzustellen, wie sie mit diesem Mann schlief, ohne mit ihm verheiratet zu sein. Und doch hatten die beiden eine Ehe geplant und wollten zusammenleben. Das war mehr,

als man von Lachlan und ihr sagen konnte. Lachlan und sie dagegen hatten schließlich geheiratet, während diesen beiden das glückliche Ende versagt geblieben war – durch die Heimtücke anderer.
»Ich weiß, daß Sie in Ihre Heimat in den Highlands zurückgegangen sind, aber haben Sie sie nie wiedergesehen?«
»Nein, nicht ein einziges Mal. Ich wußte, daß ich sie dann gegen ihren Wunsch entführt hätte, und sie hätte mich dafür gehaßt. Und wenn ich Cecil je wieder begegnet wäre ... nun, ich habe viele Jahre an Mord gedacht. Deshalb habe ich meinen Kummer im Whiskey ertränkt, mit Frauen und ...« An dieser Stelle zuckte er mit den Achseln. »Du hast das Ergebnis meines lasterhaften Lebens gesehen.«
Er sprach leichthin, ohne die geringste Verlegenheit. Dabei besaß er sechzehn Bastarde, nein, siebzehn mit ihr. Aber anscheinend ging es ihnen gut bei ihm, denn sie lebten alle mit ihm zusammen. Wenn sie nun noch die Wahrheit über das Gerücht erfuhr, daß sie sich zum Vergnügen gegenseitig umbrachten ...
Sie lächelte. »Sie haben eine Reihe wohlgeratener Söhne.«
»Und bis jetzt kein einziges Enkelkind«, murmelte er.
Sie verschluckte sich beinahe. »Nun, keiner von ihnen ist verheiratet, oder?«
Er hob eine buschige Braue, als wollte er fragen, was das damit zu tun habe. In seinem Fall hatte er natürlich recht. Sie überlegte, ob alle Mütter seiner Söhne mit ihm zusammenlebten, ohne das Thema allerdings anzusprechen.
»Ich nehme an, Sie hätten gern einige Enkel?« fragte sie statt dessen.
»Ja, Kinder sind eine große Freude für einen Mann in meinem Alter, aber das Mädchen, das heute meine Favoritin ist, kann keine bekommen. Du bist nicht gerade schwanger, oder?«
Die Hitze strömte in Kimberlys Wangen. »Nein, ich

habe gerade erst geheiratet«, sagte sie, was in ihrer ungewöhnlichen Familie natürlich nicht viel zu bedeuten hatte. Zu ihrer Erleichterung beharrte er nicht auf diesem Punkt.

»Du bist glücklich mit dem MacGregor, nicht wahr?«

»Er liebt mich nicht, aber wir kommen gut miteinander aus.«

Warum nur hatte sie das ihm gegenüber zugegeben? Jetzt sah er sie stirnrunzelnd an und wollte mehr wissen. »Warum hast du ihn dann geheiratet, Mädchen?«

Eine logische Frage, und ihr errötendes Gesicht mußte die Antwort gegeben haben, denn er schnaubte. In diesem Augenblick rettete Lachlan sie, der lächelnd ins Zimmer trat ...

»So, du liebst also meine Tochter nicht, Lachlan MacGregor?« wandte Ian sich brüsk an ihn.

Kimberlys Gesicht loderte vor Hitze. Sie konnte nicht glauben, daß Ian tatsächlich diese Frage stellte, auch wenn sie eben darüber gesprochen hatten.

Lachlans Lächeln verschwand. »Natürlich liebe ich sie. Wer sagt, daß ich es nicht tue?«

»Sie sagt es.«

Er sah sie mit seinen hellen grünen Augen an. Der überraschte Ausdruck ging in Enttäuschung über. Dann seufzte er, beugte sich über sie und hob sie auf seine Schulter.

Zwischen ihrem Luftschnappen und dem Kichern ihres Vaters wandte er sich an Ian. »Sie werden uns entschuldigen, MacFearson, aber ich habe Ihrer Tochter einige wichtige Dinge zu erklären. Sie kennt offenbar den Unterschied nicht zwischen einem Mann, der mit einem Mädchen ins Bett geht, und einem, der Liebe mit ihr macht.«

»Das hast du gerade nicht zu meinem Vater gesagt«, jammerte Kimberly. »Das konntest du einfach nicht tun.«

Lachlan hatte sie nur einen Raum weiter in ihr Schlafzimmer getragen und dort auf das Bett geworfen. Er beugte sich über sie und sah sie sehr ernst an, während Kimberly noch immer zu peinlich berührt war, um darauf zu achten.
»Was nun, ich habe die Worte selbst gehört. So wie er. Vielleicht warst du die einzige, die nichts mitbekommen hat?«
»Wie konntest du nur?«
»Dein Vater ist ein lebenslustiger Mann. Als Beweis reicht wohl die Zeit, die ich aufwenden mußte, um genug Schlafplätze für seine Nachkommen aufzutreiben. Du allein warst verlegen durch das, was ich gesagt habe, und das zu Recht. Denn wenn du behauptest, ich hätte nie gesagt, daß ich dich liebe, ziehe ich dir das Fell ...«
»Du hast es nie gesagt. Nenne mir ein einziges Mal.«
»An dem Tag, als wir ankamen, sagte ich es zu Nessa, und ich weiß, daß du mich gehört hast. Doch welche Rolle spielt das überhaupt? Wie konntest du jemals daran zweifeln, daß ich dich liebe? Ich zeige dir meine Liebe mit allem, was ich tue, wenn ich dich berühre, und vor allem, wenn ich mit dir schlafe.«
Sie öffnete den Mund, um zu widersprechen, und schloß ihn langsam wieder, als der Sinn seiner Worte in sie einsank. In diesem Augenblick wurde die Vergangenheit plötzlich unwichtig, denn er sagte es nun.
»Du liebst mich?«
Er sah sie entrüstet an. »Du möchtest wohl immer noch, daß ich meine Drohung wahr mache?«
Sie lächelte und umschlang seinen Nacken. »Nein, aber ich nehme statt dessen etwas von der Liebe, von der du gesprochen hast. Die, die mir alles zeigt, was ich wissen muß. Ich war offenbar zu begriffsstutzig, um selbst darauf zu kommen.«
Er lachte. »Das ist wohl das englische Blut in dir. Zum Glück bin ich weniger begriffsstutzig, denn ich wußte schon längst, daß du mich auf ewig liebst.«

»Das klingt schrecklich lang, Lachlan. Könntest du dich auch auf einen Zeitraum von, sagen wir, fünfzig Jahren einlassen?«
»Nein, Darling. Mit dir will ich die Ewigkeit.«

52

»Guter Gott, das ist wirklich mittelalterlich. Sieh dir das an, Megan.«
Megan spähte aus dem Kutschenfenster und lehnte sich gegen ihren Gemahl zurück. »Scheint ein richtiges Schloß zu sein. Wie der Name sagt, Schloß Kregora. Oder was hast du erwartet?«
»Nur weil Schloß davorsteht, muß es noch lange nicht ...«
»Aber normalerweise schon.«
Er funkelte sie trotzig an. »Wenn ich in einem Holzzuber baden muß, reise ich wieder ab.«
Sie kicherte. »Hörst du jetzt auf mit dem Gejammer, bitte. Ich habe mich schon so lange auf diesen Besuch bei Kimberly gefreut. Und du wirst ihn mir nicht verderben, indem du die ganze Zeit ein mißmutiges Gesicht aufsetzt, nicht wahr?«
»Ich könnte schon.«
Sie hob eine Braue. »Nun gut, dann sei trotzig, wenn du mußt. Und ich könnte Lachlan rein zufällig erzählen, daß der Hengst und die Stute, die wir als Taufgeschenk für Melissa mitbringen, deine Idee gewesen sind.«
»Hexe.«
Sie schenkte ihm ein zuckersüßes Lächeln. Einen Moment später lachte er und neigte sich für einen schnellen Kuß zu ihr ... wenigstens war das seine Absicht gewesen. Doch dann ergab es sich, daß sie sich immer noch küßten, als die Kutsche vor den Schloßtoren zum Stehen

kam. Und Devlin hatte Glück, daß Lachlan als erster herantrat, um ihnen zu öffnen.

»Wir haben einen schönen Weg am See entlang zu bieten, wenn Sie noch nicht bereit sind, die Reise zu beenden«, bot er leise lachend an.

Der Herzog und die Herzogin von Wrothston lösten sich voneinander. Megan errötete leicht, während Devlin Lachlan finster anblickte. »Vielleicht ein anderes Mal, MacGregor. Im Augenblick ist uns eher danach, dieses Altertum zu besichtigen, das Sie Ihr Zuhause nennen.«

»Klar doch, ich führe Sie mit Freuden herum, nachdem Sie es sich bequem gemacht haben. Die alte Dame wurde in diesem Jahr gründlich überholt und freut sich, vorgezeigt zu werden.«

Auf Megans fragendes Stirnrunzeln sprang Devlin hilfreich ein. »Ich glaube, er spricht von seinem Schloß, Liebling.«

»Natürlich, das wußte ich doch. Und du kannst dich so viel umsehen, wie du willst. Ich möchte vor allem Kimberly und ihre Tochter sehen. Zeigen Sie mir einfach die Richtung, Lachlan.«

»Mylady hält derzeit Hof im Salon und unterhält die Gäste. Ihre Familie weilt zu einem weiteren Besuch hier, um an der Taufe teilzunehmen.«

»Cecil ist da?« rief Devlin. »Guter Gott, jetzt weiß ich, daß ich nicht lange bleibe.«

Megan stieß ihm den Ellbogen in die Seite. »Ich glaube, er meint die MacFearsons«, erklärte sie entnervt. »Ich hätte schwören können, daß ich dir davon erzählt habe.«

»Ah, ganz richtig. Muß mir entfallen sein.«

Worauf Lachlan lachte. »Wenn Sie sie einmal kennengelernt haben, wird Ihnen das nicht wieder passieren.«

Er übertrieb nicht, wie sie schnell herausfanden. Die MacFearsons waren ein beeindruckender Haufen. Wenn alle in einem Raum versammelt waren, vergingen keine fünf Minuten, in denen nicht einige von ihnen in Streit gerieten und sich fast in eine Schlägerei hineinsteigerten.

Aber Kimberly besaß eine erstaunliche Wirkung auf ihre Brüder. Sie brauchte sie nur anzusehen, und schon erröteten sie und beruhigten sich.
Alle waren in das Baby vernarrt, das nach Kimberlys Mutter benannt war. Kimberly hatte Megan geschrieben und ihr von der tragischen Geschichte berichtet. Sie wollte, daß die kleine Melissa alles Glück erleben sollte, das ihrer Großmutter versagt geblieben war. Das kleine Schätzchen besaß sechzehn Onkel, die sie ohne Zweifel rettungslos verwöhnen würden.
»Auch wenn es mir leid tut, dir das sagen zu müssen, aber ich habe recht behalten«, flüsterte Megan in Devlins Richtung und nickte Kimberly zu, die Lachlan anlächelte. »Hast du jemals eine glücklichere Frau gesehen?«
»Hmmm, vielleicht dich?«
Megan schien nachzudenken. »Ja, ich nehme an, daß ich die Ausnahme darstelle«, entgegnete sie schließlich.
»Du nimmst es an?«
»Nun, ich kann nicht zulassen, daß du aufhörst, daran zu arbeiten. Es erfordert viel, um mich glücklich zu erhalten, weißt du.«
»Ach ja?« brummte er gegen ihr Ohr.
Sie lächelte. »Aber du machst deine Sache gut, das versichere ich dir.«

»Ich sagte dir, es würde nicht so schlimm werden«, bemerkte Kimberly, als sie sich an diesem Abend neben Lachlan ins Bett legte. »Gib es zu. Du hast dich mit Devlin heute richtig gut verstanden.«
Er zog sie an seine Seite, wie er es jeden Abend tat, und wartete, daß sie den Kopf auf seine Schulter bettete. Gewöhnlich unterhielten sie sich noch eine Zeitlang, bevor sie einschliefen – oder andere Dinge taten. Es war ein allabendliches Ritual geworden, das sie beide genossen.
»Vermutlich ist er ganz in Ordnung, wenn er etwas auftaut«, räumte Lachlan brummend ein.

»Nun, es muß schon etwas Sympathisches an ihm sein, sonst würde Megan ihn nicht so sehr lieben.«
Kimberly erstarrte und wünschte, sie hätte den Namen nicht erwähnt – aber sie hatte dieses Thema ohnehin schon längst anschneiden wollen, war aber nie soweit gekommen.
»Was meinst du?« fragte Lachlan.
Sie lächelte. Er schien so empfindsam für ihre Stimmungen zu sein, was ihr sehr gefiel.
»Ich habe mich nur gerade gefragt ... ich weiß, du liebst mich ...«
Er zog sie für eine Umarmung auf seinen Oberkörper. »Von ganzem Herzen, Darling.«
»... aber hast noch irgendwelche Gefühle für die Herzogin?«
Er schwieg schon allzu lange, so daß sie sich schließlich aufsetzte, um in sein Gesicht zu sehen. Sie fand ihn still vor sich hin lachend. »Manchmal bist du ein dummes Mädchen, Kimber. Du hast dir doch darüber nicht wirklich Sorgen gemacht, oder?«
»Nein, nicht jetzt, aber früher schon.«
Er schüttelte den Kopf. »Darling, sogar als ich der schönen Megan schwor, ich würde sie lieben, dachte ich immer nur an dich und daran, daß du bereits mein Herz gestohlen hattest. Sie hat es selbst am besten ausgedrückt, als sie sagte, es sei nicht echt, was ich für sie empfände, da ich sie nicht einmal richtig kennte. Und sie hatte recht. Es war nicht echt. Ich war nur in ihre Schönheit vernarrt. Du dagegen bist alles für mich, so sehr liebe ich dich. Und nun kannst du es zugeben, oder?«
»Was denn?«
»Daß du mich bis in alle Ewigkeit lieben wirst? Ich möchte mehr als ein Leben mit dir verbringen, Darling. Selbst auf ewig reicht vielleicht nicht.«
Sie lächelte über sein verrücktes Gerede. »Unter einer Bedingung ...«
»Nein, keine Bedingungen.«

Sie blickte ihn lange an, bevor sie einlenkte. »Oh, schon gut, aber ...«
»Auch kein Aber, Darling.«
»Aber ... du mußt versprechen, daß ich dich in dieser Ewigkeit immer finden kann. Wenn ich nur ein einziges Leben ohne dich verbringen müßte ...«
»Nein, niemals, Kimber«, antwortete er leidenschaftlich. »Du wirst immer an meiner Seite sein, und ich an deiner. Und das sagt dir dein MacGregor.«
Sie lachte. Wenn er so sprach, gab es keinen Zweifel mehr.